LA MENACE

BETHANY ADAMS

Traduction par
GAELLE TY R SO
Traduction par
VALENTINE TRANSLATION

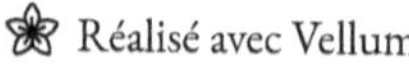 Réalisé avec Vellum

À tous ceux qui manquent de confiance en eux :
Tout le monde a de la valeur.
Vous avez de la valeur.
Ne l'oubliez jamais.

CHAPITRE 1

Lyr frotta sa poitrine douloureuse d'un geste furtif à l'insu d'Arlyn. Si sa fille se doutait un instant qu'il n'était pas complètement rétabli, elle insisterait pour retourner à Braelyn, et il en avait plus qu'assez d'être confiné aux intérieurs de son domaine. Il lui avait promis de l'emmener au village une fois le calme revenu, et il était plus que temps de tenir parole.

Les derniers des nobles sous son commandement étaient rentrés chez eux depuis plus de deux semaines maintenant, une fois leurs serments de sang prêtés. Lyr tressaillit à ce souvenir. Son niveau d'énergie, magique et physique, était descendu si bas après avoir été gravement blessé, que se tenir debout sur la colline pour recevoir serment après serment avait été un vrai calvaire. Mais il avait fait en sorte que personne ne se rende compte de son abattement. Les dirigeants ne pouvaient pas se permettre d'afficher leur faiblesse.

Arlyn avait quand même dû percevoir quelque chose, car elle lui adressa un regard inquiet.

— Est-ce que tout va bien ?

— Peut-être pas tout, mais je vais suffisamment bien.

Alors qu'il n'avait aucun scrupule à déjouer la vigilance du guérisseur, Lyr voulait se montrer le plus honnête possible avec elle.

Arlyn agrippa son bras en fronçant les sourcils, le forçant à s'arrêter à sa hauteur.

— Qu'est-ce que c'est censé vouloir dire ?

— Simplement qu'il faudra du temps pour que la vie reprenne son cours normal.

— Tu avais l'air contrarié, dit Arlyn avec une expression circonspecte.

Lyr s'efforça de se détendre – autant que possible alors qu'il balayait le sentier forestier du regard, à l'affût du moindre signe de danger. Il n'avait rien vu de plus que des arbres anciens et un oiseau de temps à autre pour l'instant, mais il devait rester vigilant.

— Pardonne-moi. Mes pensées se sont égarées vers des choses moins plaisantes. Le village sera un excellent exutoire.

Arlyn le fixa pendant un moment puis haussa les épaules.

— Si tu le dis.

Lyr désigna le sentier de la main, et ils se remirent en route. Il voulait faire quelque chose pour contrebalancer tout ce qu'elle avait traversé depuis qu'elle avait rejoint son monde. Pour se racheter de tout ce temps qu'il n'avait pas passé auprès d'elle – vingt-deux ans en temps moranaien, mais vingt-six sur Terre. Le fait qu'il n'ait découvert l'existence d'Arlyn qu'à peine deux mois auparavant ne changeait rien à l'affection qu'il lui portait. Il n'aurait jamais dû laisser Aimee, son âme sœur, sur Terre après avoir appris la mort de son père. Que se serait-il passé si seulement il avait davantage insisté pour qu'elle tente de traverser le Voile ? Il ne le saurait jamais à présent. Sa seule certitude était qu'Arlyn avait fait les frais de sa décision.

Une visite du village n'était pas grand-chose en comparaison.

Le petit cri surpris d'Arlyn indiqua à Lyr qu'elle venait de repérer le premier bâtiment parmi les arbres environnants. Ses congénères n'étaient pas adeptes de la déforestation, préférant bâtir leurs demeures au cœur ou en bordure de la forêt. Les pierres extraites plus loin dans la vallée étaient parfaites pour se fondre dans le paysage, leurs nuances bigarrées de gris, de vert et de brun les rendant difficilement discernables parmi les troncs des arbres et les plantes grimpantes recouvrant les murs.

Un sourire ravi s'étira lentement sur le visage de sa fille.

— Est-ce que la pierre est aussi sculptée ?

— En grande partie. De façon très similaire aux murs du domaine.

— Combien y a-t-il de bâtiments par ici ? C'est difficile à déterminer depuis la crête.

Lyr afficha une moue dubitative. Il venait juste d'approuver le dernier des projets de construction pour la saison, accroissant le nombre d'habitations. *Ah, oui.*

— Dans les environs immédiats ? Quatre-cent-trente-sept, sans compter les commerces.

Arlyn écarquilla les yeux et balaya du regard la forêt autour d'eux.

— Où ça ?

Pour la première fois depuis longtemps, Lyr sourit. Il mit ses inquiétudes de côté et céda à l'envie irrésistible de la taquiner.

— Ils sont peut-être invisibles.

Elle rit.

— Oui, bien sûr.

— Comment peux-tu être certaine que ce n'est pas le cas ? Tu viens tout juste de commencer à apprendre la magie, après tout.

— Parce que vu tout ce qui s'est passé dans ma vie dernièrement, je suis sûre que j'en aurais déjà heurté un de plein fouet !

Le sourire d'Arlyn alors qu'elle prononçait ces mots indiqua à Lyr qu'elle plaisantait aussi en retour.

Il grimaça néanmoins intérieurement en songeant à quel point la vie de sa fille avait été chaotique depuis son arrivée à Moranaia – et pas seulement parce qu'elle avait dû faire de gros efforts pour s'adapter en passant de la Terre à ce nouveau monde. Le fait qu'elle se soit retrouvée au cœur d'un complot contre lui et qu'elle ait failli se faire assassiner en guise de bienvenue n'avait pas aidé. Il tenta de chasser cette pensée menaçant sa bonne humeur.

— Je comprends ton raisonnement. Mais en réalité, la plupart des constructions sont agencées autour des arbres près du centre du village. Les groupements plus importants et plus visibles se trouvent près des champs au nord.

Ils marchèrent dans un silence complice pendant un moment, apaisés par le doux bruissement des feuilles dans la brise. Il y avait peu de maisons par ici et la plupart de leurs occupants étaient partis travailler, ne laissant rien d'autre que l'atmosphère paisible de la forêt. Lyr avait décidé de venir ici pour contenter Arlyn, mais il avait lui-même le cœur un peu moins lourd à présent. Il parvenait à mettre de côté tout ce qu'il n'avait pas réussi à faire. Protéger son propre peuple, écarter tout danger pour sa mère, s'apercevoir que...

Il serra les poings en faisant une fois de plus le vide dans son esprit. Il n'avait peut-être pas *tout à fait* mis ces pensées de côté. Surtout alors que le cerveau derrière la dernière attaque n'avait toujours pas été identifié.

— Tu as encore l'air préoccupé.

Clechtan ! jura Lyr dans sa barbe.

— Désolé.

Arlyn lui adressa un regard en biais circonspect.

— Tu es sûr que tu ne veux pas qu'on remette ça à plus tard ?

— Ma paperasse est enfin à jour, répondit-il en s'efforçant de sourire.

Lyr était prêt à tout pour que sa fille ne voie pas à quel point il souffrait, physiquement et moralement, et il comptait bien se rétablir au plus vite.

— Dans quelques semaines, les premières récoltes vont commencer et il y aura de nouveau plus de travail. Nous devrions profiter de cette accalmie.

Le sentier débouchait sur une clairière naturelle abritant le village de Telerdai, et si Arlyn s'inquiétait encore de l'humeur de son père, elle en fit momentanément abstraction devant la vue qui s'offrait à elle. Des sentiers pavés serpentaient entre des buissons et des massifs de fleurs, puis convergeaient vers un bassin aux eaux cristallines au centre. Tout autour, des commerces étaient installés à la base des plus grands arbres et derrière eux, des escaliers en colimaçon autour des troncs permettaient d'accéder à quelques maisons bâties dans la canopée, la plupart habitées par les propriétaires des commerces.

En tant que général dans l'armée, Lyr avait un grand nombre de soldats sous son commandement, ces derniers résidant soit sur le domaine, soit sur les terres environnantes, et le village en témoignait. En contournant le jardin central pour se rendre chez l'arctière, ils passèrent devant deux types d'armuriers, un forgeur de lames, et un maroquinier. D'autres commerces plus classiques étaient installés plus loin et Lyr pointa la taverne du doigt alors qu'ils approchaient de l'atelier de l'arctière. S'il lui restait un peu d'énergie, il emmènerait Arlyn là-bas pour le déjeuner.

Comme sa fille n'était toujours pas à l'aise avec l'étiquette moranaienne, Lyr entra en premier dans l'atelier. Il s'arrêta juste après avoir franchi le seuil en percevant le bourdonnement de la magie emplissant l'air dans la pièce. L'arctière, Leren, était perchée sur un tabouret derrière son plan de travail, le regard rivé sur le bois sous ses mains. Arlyn s'arrêta à côté de son père et observa la scène d'un air curieux.

— *Isilat,* leur dit Leren en marmonnant à cause de la râpe coincée entre ses dents.

Lyr lui adressa un bref hochement de tête et se dirigea vers les quelques arcs exposés à gauche de l'entrée. Enchanter des objets était un art délicat, un procédé complexe qu'il ne se permettrait pas d'interrompre sans raison valable. Et pour une fois, il n'était pas pressé.

Arlyn hésita, le regard tourné vers Leren, puis finit par hausser les épaules avant de le rejoindre.

— *Qu'est-ce qui se passe ?* demanda-t-elle à son père à travers leur connexion mentale. *Pourquoi a-t-elle dit « en cours » au lieu de nous saluer ?*

— *Elle est en train de travailler sur un sort*, expliqua Lyr. *Cette expression est employée depuis si longtemps qu'elle est considérée comme une manière polie pour les artisans d'avertir leurs clients qu'ils pourraient en avoir pour un moment.*

— *Ah*, dit Arlyn en passant un doigt sur la branche lisse d'un petit arc classique. *C'est du bon boulot. Est-ce qu'elle travaille sur commande ?*

— *La plupart des artisans le font ici.*

— Pardonnez-moi, *Myern*, dit Leren en s'adressant à lui par son titre.

Il se tourna et vit qu'elle s'était levée, son sortilège achevé.

— Bonjour, soyez les bienvenus.

Lyr adressa un regard furtif à Arlyn avant de se diriger vers l'arctière. Malgré la nervosité qu'il percevait chez sa fille, elle le suivit après un instant. Il réprima un sourire en faisant les présentations, puis échangea quelques mots avec Leren à propos de sa famille et de son travail. Arlyn allait devoir s'habituer à ce genre de choses, car il n'allait pas revenir sur sa décision de la désigner comme son héritière. Heureusement, sa fille ne mit pas longtemps à se débarrasser de son appréhension. Après un bref moment, Lyr recula discrètement d'un pas alors qu'elle et Leren discutaient de la façon dont les techniques de fabrication des arcs variaient entre la Terre et Moranaia.

Une porte s'ouvrit à l'arrière de l'atelier et la fille de Leren la franchit d'un pas mal assuré avec quelques boîtes en équilibre précaire dans les bras. La voyant en difficulté pour refermer la porte derrière elle, Lyr se précipita pour l'aider. Il tenta d'attraper l'une des boîtes, mais cette dernière bascula et son couvercle s'ouvrit lorsqu'elle s'écrasa au sol dans un fracas métallique. Lyr se figea sur place, l'estomac noué par ce bruit.

Son regard se braqua sur les objets métalliques éparpillés sur le sol. Pendant un long moment, le monde se brouilla autour de lui. Des pointes de flèches et des râpes, toutes en *peresten*. Pas en fer. Ni même en acier. Il se frotta les poignets presque inconsciemment. Pas de menottes. Il n'était pas enchaîné dans la demeure d'Allafon, en train de se vider lentement de sa force vitale. Il ressentit une brûlure au niveau de la blessure à peine cicatrisée sur son torse à ce souvenir.

— *Myern* ? l'interpella la jeune fille d'une petite voix.

Par la force de sa volonté uniquement, Lyr parvint à détourner son regard des objets métalliques. Il inspira et expira profondément pendant quelques instants, le bruit de sa propre respiration lui paraissant bien trop fort. Les autres pouvaient-ils l'entendre ? Il laissa retomber ses bras le long de son corps et se redressa, remarquant alors seulement le visage cendreux de la jeune fille.

— Je suis désolé, Areth. J'ai manqué la boîte de peu.

Elle le regarda fixement pendant un moment, et il pouvait pratiquement voir son dilemme dans ses yeux. Mais à l'âge de 14 ans, elle en savait assez sur les formalités et la politesse pour ne pas le questionner à propos de sa réaction. Il n'avait plus qu'à espérer que les autres n'aient rien remarqué – surtout Arlyn. Il ne voulait pas qu'elle s'inquiète pour lui alors qu'il avait juste besoin d'un peu plus de temps pour se remettre entièrement. Il était le *myern* – le seigneur à la tête du domaine. Il s'en sortirait.

— Je n'aurais pas dû essayer de tout porter à la fois, finit par dire Areth.

Le visage de la jeune fille avait repris des couleurs, mais elle lui adressa un regard circonspect en se baissant pour ramasser le contenu éparpillé de la boîte.

Ravalant la bile dans sa gorge, Lyr s'agenouilla pour l'aider. Ce n'était pas du fer. *Pas du fer.*

— Je vois que tu travailles avec ta mère aujourd'hui. Elle m'a fait part de tes progrès, qui semblent très prometteurs.

— Merci, *Myern*, dit Areth, le visage empourpré par la fierté qui faisait pétiller ses yeux. Elle me laissera peut-être même fabriquer un arc par moi-même bientôt.

— Une fois que tu auras terminé ton analyse des différences entre les dialectes sidhes, intervint Leren.

Lyr se détendit un peu en avisant l'expression exaspérée d'Areth tandis qu'elle reposait la dernière râpe dans la boîte. Une réaction intemporelle des enfants aux propos de leurs parents, une expression que sa propre fille avait déjà affichée plus d'une fois au cours du mois écoulé. Avec l'aide des déités, il la verrait encore de nombreuses fois. Même s'il ne le méritait pas.

— Une tâche importante, dit Lyr.

Elles ne se doutent pas à quel point. Alors que les Sidhes réclamaient l'aide de son peuple avec de plus en plus d'insistance, la connaissance de leur langue s'avérait plus cruciale que jamais.

Areth sourit en soulevant l'une des boîtes pour aller la poser sur un second plan de travail.

— Je vais m'assurer de faire du bon travail, alors.

Au moment où Lyr lui rendait son sourire, il perçut une demande de connexion mentale. La signature énergétique de Kera. Étouffant un grognement, il retourna vers les arcs exposés près de l'entrée alors qu'Arlyn et Leren reprenaient leur discussion. Il valait mieux que personne ne voie son expression tandis qu'il répondait à sa nouvelle recrue.

— *Est-ce qu'il y a un problème sur le domaine ?*

— *Un émissaire vient d'arriver par le portail. Il dit qu'il apporte des nouvelles urgentes, et vu son apparence, je le crois sur parole.*

Lyr se passa une main dans les cheveux. Est-ce qu'il n'avait pas toujours su que cette accalmie était trop belle pour durer ?

— *Nous allons rentrer immédiatement dans ce cas. Si ce n'est pas déjà fait, offrez à l'émissaire de quoi se rafraîchir et se reposer.*

— *Naturellement, Myern.*

Et dire qu'il pensait avoir tout son temps.

APRÈS TOUT CE qui s'était passé au cours des deux derniers mois, l'aversion de Lyr pour son bureau était de plus en plus prononcée. Cet endroit était désormais associé à des conversations désagréables, pour ne pas dire pénibles, et des révélations dont il se serait bien passé. Il observa d'un regard las la longue pièce ovale, dont les étagères murales étaient éclairées par le soleil de midi qui pénétrait par les fenêtres et les puits de lumière. Cette magnifique vision aurait dû le réjouir, mais son cœur était serré d'effroi. Un émissaire envoyé en personne à travers le Voile avec des nouvelles urgentes n'augurait rien de bon.

Lyr se tenait debout devant son immense bureau en bois, avec Arlyn juste derrière lui à sa droite et Kai, son ami et compagnon de sa fille, à sa gauche. Malgré un début singulier, la relation entre ces deux-là semblait maintenant sereine. Sans réaliser qu'Arlyn ne comprendrait pas la situation, Kai avait amorcé l'union de leurs âmes à son insu. Aucun d'eux n'aurait alors pu dire avec certitude si elle allait accepter Kai ou faire en sorte que leur lien soit rompu. Étonnamment, elle lui avait pardonné. Lyr pensait avoir fait de même. Mais… *clechtan !* Il venait de faire la connaissance de sa fille depuis seulement quelques heures avant que son meilleur ami amorce son union avec elle.

Un mois ou deux de colère n'étaient pas grand-chose.

La porte à l'autre bout de la pièce s'ouvrit, et l'émissaire entra, escorté par Kera. Lyr dut faire appel à tous ses siècles d'entraînement pour conserver une expression neutre après un seul coup d'œil à l'autre elfe. Le diplomate arborait une expression hagarde, avec des rides marquées autour de la bouche et des yeux, et il était vêtu d'une tenue ordinaire qui n'avait rien à voir avec les habits d'un ambassadeur. La paix relative de ce dernier mois arrivait effectivement à son terme. Lyr renforça ses boucliers mentaux pour que les autres ne perçoivent pas son inquiétude.

Kera inclina légèrement la tête et se frappa deux fois la poitrine du poing en guise de salut. Lorsque Lyr lui adressa un hochement de tête, elle se tourna vers l'émissaire.

— Honorable visiteur, je vous présente *Callian Myern I Lyrnis Dianore nai Braelyn*, seigneur de ce domaine et diplomate assurant la liaison avec tous les royaumes féeriques associés à la Terre. *Myern*, je vous présente Oberin Tesore, ambassadeur de la reine Etora, de la colonie de Neor.

Lyr observa le visiteur qui s'inclinait devant lui. La plupart des

Sidhes s'étaient alignés sur les principales factions, comme les Tuatha dé Danann ou les cours des Seelie et des Unseelie, mais de temps à autre, une cité prenait en main sa propre gouvernance. Une colonie se trouvait quelque part entre les deux, autonome d'une certaine manière et cependant toujours sous l'autorité d'autrui. La reine Etora avait prêté allégeance à la cour des Seelie, mais elle régnait globalement sans ingérence. Lyr ne l'avait jamais rencontrée, étant donné que la dernière fois qu'elle avait envoyé un ambassadeur à Braelyn, son père était encore en vie.

— La maison Dianore vous souhaite la bienvenue, honorable Ambassadeur de Neor.

— Merci, *Myern*, dit l'émissaire d'une voix mal assurée reflétant son épuisement. L'hospitalité de votre maison s'avère des plus généreuses.

— C'est un honneur pour nous de vous accueillir.

Du coin de l'œil, Lyr entrevit Arlyn bouger légèrement et réprima un sourire. Son côté humain se manifestait le plus souvent par son manque de patience.

— Notre maison n'a pas eu le plaisir de recevoir l'un des vôtres depuis un certain temps.

L'émissaire tourna son regard vide vers Lyr.

— Je crains que ce plaisir soit de courte durée. C'est un grave problème qui m'amène ici, dans une dimension si éloignée de la mienne. Les nouvelles que j'apporte sont trop importantes pour que je m'acquitte des politesses requises. Je vous prie de m'excuser, mais je vais devoir aller droit au but.

— Oublions les formalités dans ce cas. Qu'est-ce qui vous amène ici, Ambassadeur Tesore ?

— Il n'y a pas de manière délicate de présenter les choses. (Oberin marqua un temps d'arrêt pour reprendre péniblement son souffle.) Neor est tombée. L'énergie empoisonnée provenant de la surface de la terre s'est infiltrée dans notre royaume, à travers les barrières dimensionnelles. Les gens de notre peuple, incapables de reconstituer leurs réserves d'énergie magique, ont commencé à devenir fous. Moins d'un mois auparavant, la violence a éclaté parmi ceux qui ont perdu la tête. Et la semaine dernière... la semaine dernière, la reine Etora s'est retirée dans une dimension située à proximité avec les quelques personnes encore en possession de leurs moyens, tandis que le roi Feron a entrepris de mettre les malades en quarantaine. Notre cité est devenue un endroit sans foi ni loi, les personnes saines d'esprit n'étant plus assez nombreuses pour rétablir l'ordre.

Lyr tressaillit d'appréhension et sa gorge se serra alors qu'il s'efforçait de ne pas laisser échapper un juron. Juste avant qu'Arlyn arrive à Moranaia, il avait envoyé Kai à la cour des Seelie pour discuter de l'énergie empoisonnée qui commençait à être problématique là-bas. Même si leur inquiétude était justifiée à ce moment-là, rien n'indiquait que le problème était si grave qu'il pourrait faire sombrer une cité entière dans le chaos.

C'était il y a quelques mois seulement. Qu'est-ce qui avait changé ?

— Les nouvelles sont graves, en effet, répondit Lyr de manière solennelle. Dites-moi, pourquoi avez-vous fait un si long voyage en ces temps troublés ?

L'émissaire s'inclina légèrement.

— Seigneur Lyrnis, la reine Etora aimerait officiellement solliciter votre aide pour mettre un terme à la violence et aux conflits accablant Neor. L'énergie est trop contaminée là-bas pour que quiconque retourne s'y installer, mais ceux en proie à la folie doivent être neutralisés. Et... des rumeurs circulent à propos de vos discussions avec certains Seelie sur la possibilité d'un retour à la surface de la terre pour rectifier la source du problème. Si Neor pouvait être sauvée un jour...

À côté de Lyr, Kai se raidit, mais il demeura silencieux. De tels pourparlers étaient censés demeurer secrets, et son ami était certainement mécontent d'apprendre que des rumeurs circulaient à ce sujet. Le seigneur Meren avait-il divulgué certaines informations à d'autres ? Lyr réprima la colère qu'il sentait monter en lui. À quoi jouaient les Seelie ? Ils avaient sollicité son aide pour résoudre le problème de l'énergie empoisonnée s'infiltrant dans les royaumes souterrains, pour ensuite rendre toutes les tentatives d'accord aussi difficiles que possible. Et à présent, au moins l'un d'entre eux semblait répandre des rumeurs.

Il allait avoir une discussion intéressante avec un certain seigneur sidhe. Plus tard.

Lyr s'efforça de garder un ton égal.

— En parlant des Seelie, pourquoi s'adresser à nous alors que votre colonie est sous leur autorité ? Une requête d'une telle ampleur devrait passer par eux.

— Nous avons abandonné tout espoir d'obtenir leur aide, Seigneur Lyrnis. Nous les sollicitons depuis un certain temps, mais ils refusent d'envoyer quiconque pour nous secourir, disant que seuls les humains sont à blâmer et que nous devons aller nous installer ailleurs. Après avoir entendu parler de vos échanges avec eux, la reine a décidé de faire directement appel à vous.

Oh, oui. Une très longue conversation avec le seigneur Meren.

— Je suppose que vous devez bien réaliser les complications que cela implique, n'est-ce pas ? En dehors du cauchemar diplomatique que cette situation pourrait causer avec les Seelie, je ne peux pas envoyer nos guerriers sur ces terres sans une menace claire et imminente, excepté sur ordre du roi. Je ne sais pas combien de temps il faudra pour obtenir son approbation.

Avant que l'émissaire puisse répondre, la porte du bureau s'ouvrit et Ralan, héritier du trône de Moranaia, entra.

— Fais-le.

CHAPITRE 2

Il ne faisait jamais vraiment nuit à Alfheim.

Depuis le point le plus haut de sa maison, Meli observait les murs en pierre blanche de la cité étinceler sous les derniers rayons du soleil couchant, réfléchis par des cristaux ornant la pointe d'innombrables pinacles. Des canaux magiques reliaient tous les cristaux de la cité entre eux, permettant à chaque foyer de profiter de cette lumière. Un halo brillait autour de la tunique argentée de Meli et de sa chevelure d'un blond clair. Les sols blancs et les murs crème étaient baignés d'une lueur semblable à celle de l'aube – tout était conçu pour accentuer la luminosité ici.

Seules les ténèbres qui gagnaient peu à peu du terrain aux abords des plaines en contrebas entachaient cette perfection.

Au moins, la fenêtre de Meli était trop en hauteur pour que quiconque puisse voir à quel point elle avait peur. Agrippée au rebord de la fenêtre, elle s'efforçait d'empêcher ses mains de trembler, mais en vain. Son roi allait l'envoyer à travers ces ténèbres, simplement parce qu'une devineresse à l'esprit dérangé avait décrété qu'il fallait le faire. À seulement 25 ans, et non vingt-cinq siècles, Meli allait devoir braver l'énergie empoisonnée pour guider l'ambassadrice à travers le Voile séparant les dimensions. Comme elle était sur le point d'être reconnue comme une Défavorable – une personne sans magie utile – si elle échouait à une ultime épreuve, l'affirmation de la devineresse avait provoqué un tollé parmi les autres maisons nobles.

Meli n'était personne. Presque une paria même, qui n'avait jamais mis les pieds en dehors d'Alfheim, même si elle s'était toujours sentie attirée vers… quelque part, un endroit dont elle ressentait l'existence au fond d'elle, mais sans savoir comment s'y rendre. Quiconque serait comme elle sur le point d'être relégué en marge de la société n'obtiendrait jamais l'autorisation de voyager en temps normal. Et pourtant, elle allait maintenant être obligée de guider un groupe à travers les brumes vers un endroit dont personne n'avait jamais entendu parler.

Son père avait parlé au roi à de multiples reprises pour lui demander de ne pas envoyer sa fille unique dans les brumes, et Meli suspectait même qu'il avait cherché à obtenir une audience avec Freyr, Dieu et Haut-Roi d'Alfheim, sans succès. Ce n'était pas surprenant. Sa famille faisait autrefois partie des maisons nobles les plus puissantes, mais plus ils avaient usé de leur influence pour retarder la dernière épreuve de Meli, plus cette position était devenue fragile. Elle allait devoir se soumettre à cette épreuve dans les plus brefs délais pour leur éviter la ruine. Si elle en avait l'occasion.

Les ténèbres qui s'infiltraient dans les terres environnantes depuis cinquante ans avaient accéléré le rythme de façon significative durant l'année passée. Le temps s'écoulait si rapidement ici en comparaison avec la Terre, d'où semblait provenir la contamination, que nul ne pouvait prédire à quel moment le cœur d'Alfheim serait aussi touché. Le roi était en proie à un tel désarroi qu'il avait consulté l'Ancienne, une devineresse si âgée que même les elfes les plus anciens n'avaient aucune idée de son nom. Il avait dû payer le prix fort en échange de son aide.

Cherchez ces cousins partis depuis longtemps pour la terre des Moranai, avait-elle dit.

Une curieuse directive. Parmi toutes leurs options, pourquoi aller demander l'aide de leurs « cousins » éloignés, une race d'elfes avec laquelle ils n'avaient pas communiqué depuis des millénaires ? Les Ljósálfar, les Elfes blancs, entretenaient peu de contacts avec leurs cousins les plus proches parmi les Sidhes, et encore moins avec ces Moranaiens. Pourquoi ne pas faire appel aux Vanes ou aux Ases ? Même si leur pouvoir était à peine plus grand que celui de certains dirigeants de son peuple, ils n'en restaient pas moins des divinités, la force la plus puissante vers laquelle se tourner selon Meli. Mais le roi en avait décidé autrement en se basant sur l'avis d'une devineresse que l'on disait sénile.

Et il avait en plus ordonné que Meli la Sans-Magie prenne la tête de l'expédition.

Que Freyr me vienne en aide, marmonna Meli pour elle-même. Elle ne savait rien du passage entre les mondes, et elle ne possédait pas le talent nécessaire pour accomplir cette mission. Elle était pourtant là, en train de se préparer pour un voyage à travers le Voile. Elle était certaine qu'ils allaient tous se perdre en route ou se faire tuer à cause d'elle. Les racontars à propos de l'aliénation mentale de la devineresse étaient sûrement vrais.

Les divinités voulaient peut-être qu'Alfheim tombe. Meli déglutit pour ravaler la boule qui se formait dans sa gorge. Si tel était le cas, la devineresse avait fait du bon boulot pour s'en assurer.

Meli se détourna de la fenêtre et observa d'un air revêche le sac en cuir toujours ouvert sur son lit. Que devait-on emporter pour un voyage vers une mort certaine ? Elle n'aurait pas besoin de robes de cour brodées pour errer entre les mondes, et si par miracle ils parvenaient jusqu'aux terres des Moranai, quoi que ce soit de formel serait réservé à l'ambassadrice. Quant aux provisions, d'autres s'en chargeaient.

Elle finit par fourrer trois tuniques dans le sac, ainsi que plusieurs chemises et quelques ceintures robustes. Sa main plana au-dessus de la petite dague en argent que son frère lui avait donnée avant de partir pour sa formation de guerrier. Elle se mordit la lèvre. Est-ce qu'elle aurait besoin de se défendre dans le

Voile ? Est-ce que cette arme pourrait être considérée comme offensante dans un monde étranger ? Haussant les épaules, elle prit la dague par son manche et la glissa dans une poche latérale de son sac.

Le devoir l'appelait à l'évidence, mais elle n'allait pas partir sans moyen de défense.

~

— Si vous voulez bien nous excuser, Ambassadeur Tesore, commença Lyr d'un ton calme alors qu'il bouillait intérieurement. Vous pourriez peut-être profiter d'un moment de repos pendant que nous discutons de cette affaire.

Ils attendirent en silence le temps que Kera escorte l'étranger hors de la pièce. Puis Kai regarda Ralan en souriant et en secouant la tête d'un air étonné.

— Dire que je pensais que c'était *moi* l'impétueux. Ton séjour sur Terre n'a visiblement pas amélioré tes manières.

Le prince haussa les épaules comme s'il s'en moquait, mais Lyr se doutait que les paroles de Kai l'avaient blessé. Ralan avait passé plus de trois-cents ans sur Terre après une sérieuse dispute avec son père et n'était revenu que pour sauver la vie de sa fille, qui était une sang-mêlé. Suite à cette expérience, on retrouvait chez lui un fascinant mélange de majesté et de nonchalance.

— Une vision m'a révélé que ce devait être fait. La violence des Neoriens aliénés ? Elle ne pourra pas être contenue là-bas bien longtemps. D'autres cités vont tomber dans un futur proche si on ne s'occupe pas de ce problème.

— Je dois quand même obtenir l'autorisation du roi pour envoyer autant de guerriers, Ralan.

Son ami se raidit.

— Je suis l'héritier du trône, et en tant que tel, je peux parler pour mon père.

— Ce père à qui tu refuses d'adresser la parole, tu veux dire ?

demanda Kai en ricanant. Je croyais que tu avais renié ta place d'héritier.

— J'en avais l'intention, répondit Ralan en se frottant la nuque avant de soupirer. Mais c'était avant d'embrasser de nouveau mes facultés. Les futurs où je renonce à ma position... ne doivent pas arriver, et je vais faire mon possible pour m'en assurer.

Lyr observa l'expression fermée du prince. Il n'avait pas une grande expérience des devins, de ceux travaillant activement en tant que tel en tout cas, mais il savait qu'ils avaient tendance à faire des prédictions énigmatiques. Son amitié de longue date avec Ralan ne lui donnerait aucun avantage à cet égard.

— Je suppose que tu ne peux pas nous dire qui est à blâmer pour tout ce qui se passe ?

— Pas si je souhaite une issue favorable. Le futur est une affaire complexe, et chacune de nos actions peut le modifier. Si tu l'apprenais maintenant, tu ferais des choses... qui ouvriraient trop de voies défavorables.

Lyr plissa les yeux, assailli par un sentiment de colère inattendu. Pour autant qu'il sache, sa vie n'avait jamais été guidée par un devin jusque-là, et il s'aperçut qu'il n'aimait pas cela. Mais il ne pouvait pas ignorer l'ordre de son prince.

— Je vais envoyer des renforts, à condition que tu acceptes d'en discuter avec le roi. Je te laisse le soin de lui annoncer qu'une partie de ses guerriers ont été déployés sans qu'il en ait été informé.

Ralan grimaça.

— Il va demander à ce que je rentre à la maison, mais s'il pense que je vais m'excuser...

La mâchoire de son ami se crispa à cause des mots qu'il ne voulait pas prononcer, mais Lyr comprenait. Le roi regrettait sans doute d'avoir créé un fossé entre lui et son fils, mais Ralan n'était pas prêt à lui pardonner. Il ne le serait peut-être jamais.

— Tu ne pourras pas l'éviter indéfiniment.

— Je ne le sais que trop bien, dit le prince d'un air renfrogné.

~

CHAQUE DÎNER ÉTAIT pour Lyr un rappel de son propre échec, et celui-ci ne faisait pas exception. Ses doigts se resserrèrent autour du verre qu'il tenait à la main lorsque sa mère traversa la salle à manger en boitant, soutenue par le guérisseur. Lial les avait prévenus qu'il faudrait du temps pour qu'elle se remette de sa chute de la tour de la bibliothèque. Une colonne vertébrale brisée était loin d'être une blessure anodine, même pour les elfes. Si sa mère était née humaine, elle n'aurait pas survécu.

Tout cela parce que Lyr n'avait pas réalisé que le capitaine de sa garde était un traître.

Personne d'autre ne semblait avoir remarqué la difficulté de Lynia à se déplacer. Ralan, Kai, et Selia, le maître de magie d'Arlyn, étaient en train de discuter des événements de la journée. La fille de Ralan, Eri, et Iren, le fils de Selia, étaient penchés l'un vers l'autre, discutant à voix basse. Sentant peut-être le regard de Lyr, Arlyn lui adressa un regard inquiet, mais il l'ignora. Qu'est-ce qui n'allait pas chez lui ? Il se força à détourner les yeux de sa mère et reposa son verre sur la table. *Je peux le faire.* Cela faisait plusieurs semaines maintenant qu'il parvenait à dissimuler sa réaction face au corps blessé de sa mère. *Un dîner de plus,* s'exhorta-t-il. *Un dîner de plus sans rien laisser paraître.*

Un gémissement plaintif de sa mère lui fit lever les yeux – juste au moment où elle chancelait. Lial la stabilisa et elle continua à avancer vers sa chaise, mais Lyr se raidit, luttant contre l'envie d'abattre son poing sur la table. Elle ne l'avait jamais blâmé. Pas une seule fois. Elle lui adressa même un sourire tremblotant en s'installant sur sa chaise à l'autre bout de la table. Mais lui ne pourrait jamais oublier.

— *Papa ?* murmura Arlyn en se penchant vers lui.

Lyr se détendit un peu en entendant ce mot. Elle l'appelait de plus en plus souvent « papa » ces derniers temps, et il était certain de ne jamais s'en lasser.

— La journée a été particulière, mais je vais bien.

Arlyn esquissa un sourire en coin.

— Je ne suis pas sûre de te croire.

Lyr se contenta de secouer la tête. Que pourrait-il bien lui dire ? Il ne voulait pas l'accabler davantage avec des problèmes qui finiraient par se résoudre avec le temps, qui était une chose dont les elfes ne manquaient pas.

— Je n'arrive pas à croire que l'émissaire ait insisté pour rentrer aussitôt, dit Kai depuis sa place à la droite d'Arlyn. Heureusement qu'un guide était disponible pour l'aider à traverser rapidement les brumes. Je ne suis pas certain qu'il aurait eu la force de franchir le Voile par lui-même une nouvelle fois.

Ralan souleva un plat de viande et le fit passer à sa gauche pour que Selia se serve en premier.

— Je vous avais dit que la situation était critique.

— Mon équipe partira à la première heure demain, affirma Kai.

Le cœur de Lyr fit un bond dans sa poitrine. Il n'avait pas eu l'occasion de demander à son ami avec qui il partirait en mission de reconnaissance. Il faisait généralement confiance à Kai pour choisir les individus les plus aptes pour ce travail, mais cette fois...

— As-tu prévu d'emmener Arlyn avec toi ?

Arlyn laissa échapper un rire, et Kai soupira en secouant la tête.

— Non. J'avais peur qu'elle m'accuse encore de la considérer comme une petite chose fragile, mais elle n'a pas protesté.

— Je ne suis quand même pas stupide. (Son sourire illumina tout son visage et elle donna un petit coup de coude à Kai.) Et j'aimerais autant ne pas être un cliché.

— Comment ça ? demanda Lyr d'un air perplexe.

— Tu sais, le cliché de la fille à peine entraînée qui se précipite vers le danger et se fait capturer ou tuer. Non merci.

Assis en face d'elle, Ralan rit de bon cœur.

— Mais elles ont généralement fière allure quand elles le font.

Lorsque Lyr lui lança un regard effaré, le prince précisa :

— Elle parle de ce qui arrive dans les films et les séries télévisées. Et dans les livres aussi parfois. C'est une figure populaire dans les histoires sur Terre.

— Je ne pense pas que tu puisses devenir un stéréotype, Arlyn, dit Lyr avec un sourire.

Son regard s'assombrit alors qu'elle haussait les épaules.

— Ce n'est pas comme si j'avais besoin de courir après les ennuis. J'en ai eu assez dernièrement sans les chercher moi-même.

Même s'il savait qu'elle n'avait pas dit cela comme un reproche, Lyr se raidit. Elle ne le blâmait pas, mais elle devrait. Elle avait dû traverser le Voile par elle-même pour le retrouver. Elle avait aussi failli mourir à plusieurs reprises parce qu'il n'avait pas su identifier les traîtres au sein de son domaine. Il était entièrement responsable de toutes les épreuves qu'elle avait subies.

Dans le silence soudain, Lyr se leva de table. La petite fille de Ralan et le fils de Selia le regardèrent fixement, bouche bée devant son geste brusque. Lyr détourna les yeux devant le regard de semonce de sa mère.

— Veuillez m'excuser. Je viens de me rappeler que j'ai une missive urgente à rédiger.

C'était une bien piètre excuse pour son impolitesse, mais personne ne la remit en question. Lyr devait quitter la pièce avant que ses émotions le submergent et qu'il perde le contrôle. Même s'il lui fallait prétexter une missive urgente à rédiger pour cela.

— Bon sang, marmonna Arlyn alors que la porte se refermait derrière son père. Je ne pensais pas qu'il allait le prendre comme ça. Ce n'est pas la première fois que je plaisante à ce sujet.

Kai posa sa main sur la sienne tout en regardant la porte d'un air soucieux.

— Je ne l'ai jamais vu comme ça. Pas même après son retour ici alors que ta mère était restée sur Terre.

— Il dit qu'il va bien, mais... (Arlyn poussa un long soupir.) Je ne sais pas.

Elle hésita à leur parler de l'incident chez l'arctière, mais ne put s'y résoudre. Elle aurait trop l'impression de trahir son père en révélant le fait qu'il avait failli perdre pied. Arlyn n'était même pas certaine de ce qui s'était réellement passé. Il avait pâli, l'air presque paniqué, lorsque la boîte avait heurté le sol. Mais comme il n'avait pas été transpercé par une flèche lors de leurs mésaventures, elle ne voyait pas en quoi ces pointes auraient pu l'incommoder.

Serait-il possible qu'elle l'ait seulement imaginé ? Son père avait repris ses esprits si rapidement qu'elle n'était alors pas certaine de ce qu'elle avait vu, et cette incertitude l'avait empêchée de le questionner à ce sujet. Mais sa réaction à l'instant ? Tout le monde en avait été témoin. Arlyn devait maintenant réfléchir à ce qu'elle allait faire à ce propos.

LA LUEUR du feu vacillant sur le visage de Kien allait de pair avec la colère sourde qui le rongeait de l'intérieur sans discontinuer. Durant les premiers jours après le retour de son seul espion encore en vie du domaine d'Allafon, sa fureur avait été sanguinaire. Littéralement. Kien avait pris plaisir à décorer le campement avec le corps en charpie de cet idiot, cette démonstration de force ayant contribué à mettre en sourdine la grogne croissante parmi ses partisans. Il tremblait encore de rage en songeant à la trahison qu'il venait de subir.

Allafon lui avait juré, *juré*, que le portail serait à eux. Kien avait été banni de Moranaia trois-cents ans auparavant, et à présent, l'occasion en or d'y remettre les pieds s'était envolée. Tout cela parce que son petit pantin de l'autre côté du Voile s'était amouraché de la mère de leur ennemi. Allafon aurait aisément pu éliminer Lyr et la maison Dianore d'un seul coup, laissant Braelyn accessible et vulnérable. Au lieu, il avait enchaîné Lyr et sa fille pour tenter de capturer Lynia. Quel sorte d'imbécile laissait ses prisonniers sans surveillance pour courir après une femme ?

Dommage qu'ils aient tué Allafon durant leur évasion. Le torturer lui aurait procuré des heures de plaisir.

Kien était un prince, et il était hors de question qu'on lui refuse le trône. Il lui restait les sang-mêlé, ses partisans naïfs. Quelques petits tours de magie et un peu d'entraînement suffisaient à les maintenir sous son emprise. Enfin, cela et la promesse de dominer le monde. Kien pouvait le comprendre. Si lui-même était né pour régner, la destinée de ces sang-mêlé était peut-être de contrôler les humains, après tout. Mais leur succès lui importait peu au-delà de sa propre victoire.

Il avait presque terminé de lancer le sortilège permettant au poison de s'infiltrer dans les champs énergétiques locaux. Dès que ce serait fait, ils trouveraient un autre endroit pour monter le camp. Depuis dix ans, ils voyageaient à travers le monde pour établir un maillage global ; il était maintenant temps de peaufiner le tout. Les États-Unis se prêtaient particulièrement bien à l'exercice, les vastes parcs publics présents sur ce territoire permettant à un mage entreprenant d'installer un campement invisible avec peu de chances d'être découvert. Et si cela devait malgré tout arriver, personne n'entendrait les intrus crier.

Un bruit de sabots arracha Kien à ses pensées colériques, et il afficha un sourire sournois. Niché dans une petite cuvette au cœur des Great Smoky Mountains, leur campement était pratiquement indétectable et il n'y avait aucune chance qu'un cavalier lambda tombe dessus au cours d'une balade. Non, il devait s'agir de son pion favori. Sans Naomh, les Sidhes auraient ruiné les plans de Kien depuis longtemps déjà. Heureusement que cet imbécile avait encore de l'influence.

Naomh pénétra dans le camp à cheval et se dirigea droit vers le feu sans même un regard pour la tête montée sur une pique à l'entrée. Ses longs cheveux de couleur claire cascadaient sur sa silhouette vêtue de cuir pour aller se confondre avec la robe crème de sa monture. À l'inverse, celui qui l'accompagnait, Caolte, écarta ses cheveux roux flamboyants de ses yeux alors qu'il observait le campement dans ses moindres détails depuis son coursier aussi noir que la nuit. Ah, la camaraderie fraternelle ! N'avaient-ils pas encore compris que l'un trahirait inévitablement l'autre ? Il ne pouvait pas en être autrement entre frères.

Naomh arrêta son cheval, mais resta en selle.

— C'est allé trop loin.

Le sourire de Kien s'élargit.

— Je vous assure que je ne comprends pas. Je fais exactement ce que vous vouliez. La surface n'est-elle pas maintenant contaminée au point que vos semblables ne peuvent pas y demeurer trop longtemps ?

— Nous étions censés convaincre les fauteurs de trouble parmi les Sidhes de s'en tenir aux royaumes souterrains, dit Naomh d'un ton mordant en serrant les dents, mais votre énergie empoisonnée s'infiltre dans nos maisons. Mon propre frère parle à présent de retourner à la surface pour régler le problème. Je veux pouvoir continuer à chevaucher sur les collines, pas y vivre.

— Je me suis heurté à des... complications. Peut-être même accentuées par *votre* incompétence. Mes ennemis sont désormais plus puissants, et le portail demeure hors de ma portée. (Les yeux de Kien reflétaient en partie sa fureur, mais sa voix demeura posée.) Voudriez-vous m'expliquer pourquoi le diplomate moranaien est toujours en vie ?

L'énergie se mit à crépiter dans l'aura de Naomh.

— Un échec qui ne se répètera pas. Empêchez le poison de se répandre sous terre, et je me chargerai personnellement de son trépas. Peu importe de qui vous voulez vous débarrasser en surface, du moment que je peux continuer à me déplacer librement au crépuscule.

— Je verrai ce que je peux faire, répondit Kien avec un rire aigu sans joie.

Si seulement Naomh comprenait qui est réellement *aux commandes.*

Sans rien ajouter, les deux cavaliers firent demi-tour et lancèrent leurs montures au galop. Juste comme ils atteignaient la limite du campement, Caolte regarda par-dessus son épaule, faisant voleter ses cheveux qui ressemblaient véritablement à des flammes. Son regard bleu glacial promettait une mort certaine alors qu'il soutenait celui de Kien. Même si Caolte ne prononça pas un mot, Kien comprit l'avertissement. S'il faisait du mal à Naomh, son frère le tuerait.

CHAPITRE 3

Après avoir salué Arlyn de la main une dernière fois, Kai passa de l'autre côté de l'arche en pierre et s'enfonça dans les brumes du Voile. Il prit grand soin de garder le contrôle sur le sortilège qui le reliait aux deux autres *sonal*, sans quoi ils risqueraient de se perdre dans l'immensité grisâtre pendant qu'il cherchait le filament de magie qui le mènerait à sa destination. Kai mit plus de temps pour effectuer cette tâche que s'il voyageait vers la Terre, où il se rendait fréquemment, car il n'était pas retourné à Neor depuis la fin de sa formation, plus de trois-cents ans auparavant. Il trouva enfin le filament orange pâle et s'en servit aussitôt pour se propulser jusqu'au bon portail, entraînant les autres à sa suite. Les flux d'énergie étant heureusement calmes, il leur fallut peu de temps pour passer de l'autre côté.

L'escouade émergea dans une grotte peu éclairée, et Kai tressaillit. Le fait d'être sous terre ne le dérangeait pas habituellement, mais l'aspect stérile et industriel de la colonie de Neor le perturbait d'une certaine façon. On ne les qualifiait pas de « peuple ordonné » pour rien. Quelle ironie qu'ils aient été les premiers à sombrer dans la démence !

Une bande de lumière de source magique était encastrée dans des panneaux métalliques gravés de chaque côté du court tunnel menant hors de la grotte, la lueur surnaturelle s'évanouissant dans l'obscurité juste au-delà. Tout comme lors de sa précédente visite ici, les gravures suscitèrent chez lui un désagréable sentiment d'effroi. Il avait oublié cette sensation après si longtemps, mais il se sentait à présent crispé et ce n'était pas seulement dû à son inquiétude à propos de leur mission.

Kai secoua la tête pour chasser son malaise. Il agrippa le pommeau de son épée et renforça les boucliers magiques le protégeant des attaques autres que physiques. Puis il donna le signal de départ d'un bref geste de la main et les trois *sonal* avancèrent prudemment vers le bout du tunnel, qui débouchait sur l'artère principale de la cité. Les globes lumineux qui projetaient autrefois une chaleureuse lueur dorée sur la route étaient à présent éteints et pendaient mollement en haut de leurs poteaux métalliques. Le seul éclairage provenait des éclairs occasionnels et de la lune artificielle de source magique brillant au plafond de la gigantesque caverne. Aurait-il mieux valu arriver quand le soleil magique cavalait dans le ciel ? L'un des globes lumineux bougea sous le coup d'une rafale de vent et le raclement horripilant du métal rouillé contre le métal fit frémir Kai. *Probablement pas.*

Leurs vêtements noir et gris leur permirent de se fondre dans les ombres alors qu'ils s'éloignaient de l'entrée de la salle du portail. Des murmures et des grognements résonnaient quelque part au loin. Des flux d'énergie projetés par des mages fusaient dans le ciel, avec un hurlement fendant l'air de temps en temps. L'inquiétude de Kai s'amplifia. Les Neoriens se targuaient de leur capacité de maîtrise. Quel genre de poison avait pu les mener à une telle aliénation mentale ?

Miaran ! jura Kai. Lui et ses éclaireurs étaient désavantagés de par leur incapacité à se réapprovisionner en énergie sans risquer eux-mêmes la démence. Délestés de telles préoccupations, les quelques individus torturés mettant la cité à sac pouvaient sans cesse renouveler tous les sortilèges qu'ils lançaient jusqu'à ce que leurs réserves personnelles d'énergie soient épuisées. Au vu des éclairs fendant le ciel, ils étaient loin d'être à sec.

La route était presque certainement un piège pour les imprudents. Les Neoriens avaient agencé leur cité avec une perfection mathématique. Leur sens de l'ordre était une habitude tellement ancrée qu'il était probable qu'elle ait perduré malgré la folie ambiante. Si des capteurs magiques avaient été mis en place pour déclencher l'alerte en cas d'arrivée à travers le portail, la route principale serait surveillée. D'un bref ordre mental, Kai enjoignit les *sonal* à quitter le tunnel et à se plaquer contre la paroi rocheuse de la caverne sur leur droite alors que lui-même se courbait en deux pour progresser vers la gauche. Ils s'avancèrent lentement de quelques mètres avant de s'arrêter pour observer la cité plus en détail.

Les angles sévères et parfaits des bâtiments n'étaient pas adoucis par la lumière de la lune artificielle. Depuis un petit renfoncement dans la roche, Kai scanna les structures métalliques. Aucun signe de mouvement, mais...

Il retint son souffle alors que les poils de ses bras se hérissaient et que ses boucliers internes émettaient un avertissement strident. Un orbe de foudre condensée s'écrasa dans la paroi rocheuse à quelques mètres de lui, et sa gorge se serra pour retenir un cri. *J'ai eu chaud. Très chaud.* Un glapissement de douleur retentit soudain à proximité, suivi d'un rire criard s'apparentant tout autant à une arme que l'orbe. Les deux étaient suffisamment proches pour que le corps de Kai se raidisse entièrement. Puis le bruit de pas accélérés signala le départ des Neoriens.

— *Avez-vous été attaqué, Taysonal Kaienan ?*

Tout en balayant attentivement le périmètre avec ses sens, Kai rassura mentalement l'autre scout. Il projetait sa magie par petites touches, comme un bambin marchant pour la première fois sur un terrain irrégulier. Après un moment, il fut certain que personne ne rôdait entre sa position actuelle et le portail. Même si Kai pouvait ériger des boucliers et pratiquer la magie de combat, il n'était pas un mage et ne ferait pas long feu dans une bataille impliquant plusieurs d'entre eux à l'esprit dérangé. Des deux *sonal* qui l'accompagnaient, seule Belere était plus compétente dans ce domaine, mais son talent ne serait pas suffisant pour faire une différence, surtout alors qu'aucun d'entre eux ne pouvait puiser de l'énergie dans leur environnement.

Kai donna une petite chiquenaude mentale aux deux autres.

— *Nous devons retourner à Moranaia. Je n'ai pas été attaqué, mais ce combat était dangereusement proche. Nous ne pouvons pas risquer d'aller plus loin sans mages à nos côtés.*

Ils retournèrent jusqu'au portail aussi rapidement et furtivement que possible et le franchirent sans perdre un instant. Kai s'aperçut aussitôt que quelque chose avait changé, car les flux d'énergie du Voile n'étaient désormais plus calmes. Les brumes s'agitaient comme les nuages avant une tempête, et le filament de magie qu'il était censé suivre tournoyait et s'entremêlait aux autres. Il poursuivit néanmoins son avancée avec les deux éclaireurs à sa suite et se mit à chercher le filament qui leur permettrait de rentrer à Moranaia. Le temps était vraiment relatif ici, mais son expérience lui indiqua que la moitié de la journée s'était écoulée avant qu'il le trouve enfin. Le dos trempé de sueur et les membres engourdis, Kai les propulsa jusqu'à leur destination. Il était vraiment *très* enthousiaste à l'idée de répéter le processus avec toute une troupe.

MELI SE TENAIT DEBOUT devant la gigantesque arche en pierre du portail d'Alfheim et s'efforçait de garder le contrôle sur son estomac nauséeux. Le petit déjeuner que sa mère l'avait forcée à avaler menaçait de remonter, ce qui ne ferait qu'ajouter à son humiliation. La plupart des elfes rassemblés autour de son petit groupe pensaient que le roi était fou de compter sur quelqu'un de si jeune et d'un rang si bas. En réalité, elle était d'accord avec eux. L'ambassadrice, une femme austère âgée de plus de mille ans, daignait à peine lui adresser la parole. La devineresse s'était assurément trompée. Et pourtant...

Quelque chose l'appelait. Meli avait toujours eu cette impression de quelque chose d'inachevé et avait souvent vu dans son sommeil des images d'endroits où elle n'avait jamais mis les pieds. Lorsqu'elle était enfant, ses rêves étranges avaient inquiété ses parents, alors qu'elle-même n'en gardait que de vagues souvenirs la plupart du temps. Hormis une paire d'yeux qu'elle voyait toujours clairement – des yeux de couleur émeraude reflétant une grande souffrance. Elle ressentait depuis longtemps au fond d'elle que si elle s'aventurait à franchir le portail, elle pourrait les trouver. Ce voyage insensé lui permettrait peut-être au moins de résoudre ce mystère, à condition qu'elle ne les fasse pas tous tuer.

Vionafer, Haut-Mage d'Alfheim, s'avança et tendit à Meli le cristal dont elle aurait besoin pour maintenir son groupe uni dans les brumes. Prenant une grande inspiration, Meli accepta la pierre qu'elle lui offrait. Ses mains tremblaient autour du cristal à la surface lisse, et elle s'efforça de ne pas le faire tomber lorsqu'un flux d'énergie la traversa. Pour autant qu'elle sache, elle ne possédait pas la faculté permettant de traverser le territoire entre les mondes. Elle n'avait aucun talent, magique ou autre. Ses pouvoirs étaient minimes, au mieux, à peine suffisants pour s'accorder avec la pierre. Si elle devait perdre ou briser le cristal, tout le groupe serait perdu. La bile lui remonta dans la gorge au point qu'elle crut qu'elle allait s'étouffer.

— Détendez-vous, Ameliar, dit Vionafer en lui adressant un sourire, l'une des rares expressions amicales que Meli avait vues ce jour.

Le mage écarta ses cheveux bruns aux reflets dorés pour ôter une chaîne de son cou. Elle en détacha le pendentif, un filet à pierre au fin maillage d'argent.

— Placez le cristal là-dedans et portez-le sur vous durant votre voyage. Vous n'avez pas besoin de l'avoir tout le temps en main.

Meli soupira de soulagement.

— Merci, Haut-Mage.

— La chaîne et le pendentif sont enchantés pour ne jamais se rompre, et une fois que vous passerez le collier autour de votre cou, il ne tombera pas à moins que vous tiriez dessus avec l'intention de l'arracher. J'ai ajouté un sort reliant la magie du cristal au charme utilisé pour faire léviter le chariot à provisions.

— Haut-Mage, je...

Meli s'interrompit pour chercher ses mots, abasourdie par le fait qu'on place un objet si précieux entre ses mains avec autant de désinvolture. Seuls des siècles d'économies lui auraient permis de s'offrir un sortilège si élaboré. Un travail sur mesure par le haut-mage en personne valait une fortune.

— ... je suis honorée au-delà des mots de me voir confier ceci. J'espère seulement m'en montrer digne.

Vionafer se pencha pour s'approcher d'elle avec une expression solennelle, malgré le ton léger de sa voix lorsqu'elle reprit la parole.

— J'ai aussi ajouté un signal de détresse. Si vous vous perdez et qu'il n'y a plus d'espoir, il s'activera et j'en serai informée. Cela ne faisait pas partie des ordres du roi, mais je refuse de vous laisser partir sans moyen de protection. Et ne vous inquiétez pas... le roi a déboursé une somme plutôt généreuse.

L'éclat de malice dans les yeux gris du mage surprit Meli. Elles n'avaient jamais échangé un mot avant ce jour, mais elle avait apparemment une alliée. Meli sourit pour la première fois depuis la décision du roi. Elle espérait que le haut-mage avait facturé le triple au roi.

— Je n'ai pas de mots assez forts pour exprimer ma gratitude, Haut-Mage.

— Remerciez-moi en arrivant sans encombre à destination.

Vionafer ouvrit le filet pour qu'elle y place le cristal, puis le referma en murmurant quelques mots. Lorsque Meli passa la chaîne autour de son cou, l'énergie du sortilège complété pulsa dans l'air autour d'eux. Elle avait assez de magie propre pour sentir les brins établir la liaison entre elle et ses quatre compagnons de voyage, ainsi que le chariot à provisions. Avec un dernier sourire, le haut-mage s'écarta et regarda Meli se placer de nouveau face au portail.

Enhardie par les paroles du mage, Meli fit quelques pas hési-tants vers la gigantesque arche en pierre. Juste avant de passer de l'autre côté, elle jeta un œil par-dessus son épaule. En bordure de la foule, ses parents s'efforçaient de conserver leur calme de façade. Plus près d'elle, l'ambassadrice et ses trois préposés – Berris, Pol, et Orena – suivaient, prenant soin d'afficher une expression impassible. Il n'était cependant pas difficile d'imaginer leur consternation et leur peur à l'idée que quelqu'un d'aussi jeune et incapable que Meli allait les mener vers l'inconnu. Elle ressentait sensiblement la même chose.

~

En bref, nous allons avoir besoin de plus de mages, dit Kai pour conclure son rapport formel.

Lyr réprima l'envie irrésistible d'enfouir son visage dans ses mains. Bien qu'il soit général d'un contingent de leur armée, la branche des Callian comptait parmi ses rangs les soldats les plus habiles en matière de combat *physique*. Leurs véritables mages travaillaient sous les ordres des généraux de la branche des Taian. Si Ralan insistait pour qu'ils viennent en aide à Neor, Lyr allait devoir négocier avec les Taian pour qu'ils envoient une petite troupe de mages. Dire qu'il venait tout juste de mettre de l'ordre dans sa paperasse.

En temps normal, son poste de *myern*, troisième duc de la branche des Callian, lui convenait parfaitement, mais l'arrivée d'Arlyn avait modifié l'équilibre entre sa vie personnelle et son travail. Faire face aux attaques contre leur maison et trouver un maître de magie pour gérer les facultés inattendues d'Arlyn avait déjà été suffisamment perturbant, mais ses blessures l'avaient en plus pratiquement vidé de son énergie. Il ne put que soupirer devant la nouvelle tournure des événements.

Miaran ! maugréa Lyr, même si ce juron était à peine à la hauteur de son exaspération. Combien d'entre eux seront nécessaires d'après toi et de quelle sorte ?

— Au moins cinq, peut-être dix, répondit Kai. Il nous faut des mages capables de protéger un grand groupe et de maîtriser les

Neoriens qui seront faits prisonniers. Ils devront également avoir des cristaux d'énergie puisque celle de là-bas est trop contaminée pour puiser dedans si leurs réserves se retrouvent à sec.

— Attends une seconde, dit Arlyn en se détournant de la fenêtre par laquelle elle regardait. Qu'est-ce que vous allez faire avec les Neoriens que vous aurez capturés ?

Kai secoua la tête.

— Cette décision ne m'appartient pas.

Lyr pianota sur son bureau en réfléchissant à la question. Qu'est-ce qui serait le plus prudent pour tous ? Il songea au rapport que Kai venait de délivrer.

— Nous allons tâcher de les maîtriser autant que possible jusqu'à ce que nous trouvions la source du poison. En espérant que nous ne serons pas obligés de les tuer.

Arlyn le regarda d'un air effaré.

— Les tuer ? Tu plaisantes, hein ? Tu ne peux pas simplement assassiner ces gens, déments ou non.

— Si nous ne parvenons pas à les garder sous contrôle ou à faire en sorte qu'ils cessent leurs attaques, nous n'aurons pas d'autre choix. Ils s'en prennent déjà les uns aux autres. Je ne permettrai pas que mon propre peuple soit menacé.

— Bien sûr que non, mais... ils ne peuvent pas être guéris ?

Lyr regarda Kai d'un air surpris. N'avait-il pas parlé à Arlyn des missions qu'il avait effectuées avant son arrivée ?

— D'après ce qu'ils ont dit à ton âme sœur quand il s'est rendu à la cour des Seelie, les Sidhes n'ont pas réussi à soigner la folie causée par l'empoisonnement de l'énergie. Je ne pense pas que les Neoriens sachent comment le faire non plus, sinon ils n'auraient pas demandé notre aide.

— Tu devrais peut-être en parler à Lial. Ce n'est pas parce que les Sidhes n'ont pas trouvé de solution qu'on ne peut pas y arriver, dit Arlyn.

En dépit du sérieux de la conversation, Lyr ne put s'empêcher de sourire en l'entendant dire « on ». De plus, son idée était excellente.

— Je vais le faire. Jusqu'à ce que nous trouvions la source du poison, capturer et soigner ceux qui sont affectés serait certainement la meilleure solution.

Kai se racla la gorge.

— Et à propos des mages ? Ralan peut demander à son père, mais ça va prendre du temps.

Avisant l'expression inquiète de sa fille, Lyr se rappela un dossier sur lequel il travaillait et son sourire s'élargit. La mère d'Arlyn était humaine, mais ils avaient découvert que le grand-père d'Arlyn était un sang-mêlé qui avait été engendré puis abandonné par un mage de la branche des Taian – le père de Selia, Loren, en fait. Lyr était en train de négocier l'union entre leurs deux familles. Étant donné la culpabilité que ressentait Loren d'avoir négligé son fils et perdu la trace de sa lignée, Lyr pourrait sans doute le convaincre de lui envoyer quelques mages, surtout en sachant que Selia était de son côté.

— Je vais voir ce que je peux faire.

— Tu pourrais demander à...

Arlyn se tourna brusquement vers la fenêtre, son regard fusant vers les arbres au loin.

— Vous avez senti ça ?

— Senti quoi ?

— Je suis encore en train de m'habituer au fait d'être connectée au système de protection du domaine, mais je crois que j'ai détecté une intrusion. (Elle se tourna vers eux en fronçant les sourcils d'un air perplexe.) C'était très furtif. Mais si vous ne l'avez pas senti...

Kai et Lyr échangèrent un regard.

— *Mialn*, je n'ai rien senti en dehors de ton malaise. Mais après les attaques du mois dernier, je ne pense pas que nous devrions ignorer ce que tu as perçu. Si Lyr m'y autorise, je vais aller patrouiller la zone pour voir s'il y a quelque chose d'anormal.

Après avoir donné son consentement d'un hochement de tête, Lyr regarda son ami s'en aller. Lui-même n'avait rien senti non plus, mais Arlyn était mi-humaine et dotée de facultés magiques qu'il ne possédait pas. Si sa fille avait bel et bien détecté une brèche, ils pourraient tous être de nouveau en danger. Après tout, Lyr n'avait toujours pas identifié le cerveau derrière la trahison d'Allafon. Leur paix relative semblait toucher à sa fin.

— Je t'aime, *laial*.

Ralan étreignit chaleureusement sa fille, son âme comblée par la sensation de ses bras autour de son cou. Âgée de 6 ans, Eri serait certainement bientôt trop grande pour ce genre de câlins. Il n'utiliserait pas son don de double vue pour vérifier, même s'il le pouvait. Il ne savait que trop bien qu'il ne servait à rien de visualiser les événements crève-cœur à l'avance. Il resserra son étreinte pendant un instant de plus avant de la reposer sur ses pieds.

— Je t'aime aussi, Eri. Toujours.

— Je sais.

Elle gloussa avant de se diriger en courant vers la porte, bien décidée à aller retrouver son nouvel ami, Iren, le fils du maître de magie d'Arlyn. Et comme Eri avait hérité du don de double vue de Ralan, elle savait probablement bel et bien à quel point il l'aimait.

Ralan se tourna vers le miroir, hésitant pourtant à activer le sort de communication qui le connecterait au palais. Après une recherche approfondie parmi les innombrables fils du destin, correspondant à autant de possibilités, il n'avait trouvé aucun avenir favorable dans lequel il serait toujours fâché avec son père. Il n'avait aucune raison valable de repousser davantage cette entrevue. Ralan se servait rarement de son don pour voir les futurs possibles pour lui-même – cette habitude-là conduisait à la folie –, donc il ne cherchait pas à retarder ce moment parce qu'il savait que la réunion se passerait mal. C'était peut-être une question de fierté. Durant plus de trois-cents ans, il avait occulté toute pensée concernant son père. Il avait juré de ne jamais revenir à Moranaia, mais lorsqu'Eri était devenue de plus en plus malade, incapable de puiser de l'énergie sur Terre, il avait brisé ce serment.

Se réconcilier avec son père revenait pratiquement à trahir sa détermination.

Juste comme ses doigts s'apprêtaient à toucher le bord du miroir, Ralan sentit l'énergie de Lyr effleurer ses boucliers mentaux. Sa main retomba le long de son corps alors qu'il ouvrait le canal télépathique.

— *Oui ?*

— *Il faut que tu viennes dans mon bureau. Teyark est ici.*

— *Teyark ?* répéta Ralan, observant sa propre expression confuse dans le miroir devant lui. *Mon frère ? C'est toi qui lui as demandé de venir ?*

— *Tu sais bien que je n'aurais pas fait ça sans t'en parler avant. En plus, j'ai déjà assez de choses à gérer sans qu'un autre prince vienne s'en mêler.*

Ralan se sentait à la fois impatient et nerveux. Bien que Teyark soit le seul guerrier dans leur fratrie, il était aussi le plus bienveillant d'entre eux. Durant leur enfance, son frère avait souvent pris le temps de l'écouter raconter ses malheurs, même si Teyark avait presque cinq-cents ans de plus. Le plus grand regret de Ralan était de ne pas s'être confié à son frère après sa dispute avec leur père. Son frère lui en voulait-il pour ça ? La réponse à cette question le tracassa durant tout le trajet jusqu'au bureau de Lyr.

Il aurait dû s'en douter, mais Ralan se figea quand même sur place quand il vit le nombre de personnes dans la pièce. En plus de Lyr et Teyark, cinq gardes en armure complète étaient présents, ainsi qu'un autre homme vêtu d'une tunique et d'un pantalon sobres mais de bonne confection. La pièce généralement spacieuse semblait bondée, et Ralan se demanda comment les gardes de Teyark pouvaient supporter le port de leurs casques. Il espérait que Lyr avait un mage dans les parages pour renouveler le sortilège permettant de rafraîchir la pièce.

Sans aucune colère visible, Teyark s'avança pour le saluer.

— Mon frère, je n'ai pas les mots pour te dire combien je suis heureux de te voir.

— Moi de même, répondit Ralan, néanmoins étonné par le

manque de courtoisie dont son frère faisait preuve en omettant de présenter son compagnon de voyage.

Teyark suivit son regard jusqu'à l'autre homme à qui il fit signe de s'avancer avec un sourire.

— Mon bien-aimé, je te présente mon frère, *Moranai Elaiteriorn i Ralantayan Moreln nai Moranaia*. Ralan, voici *Moranai Mierorn i Corath Moreln se Teyark nai Moranaia*.

En dépit du temps qu'il avait passé loin d'ici, Ralan parvint aisément à extraire les informations essentielles de son titre. Son cœur se gonfla de joie devant cette révélation.

— Tu as trouvé ton âme sœur. Félicitations !

Teyark haussa un sourcil d'un air dubitatif.

— On dirait que ça te surprend. Est-ce que ce n'était pas censé arriver ?

— J'ai regardé une fois il y a quelques siècles, mais je n'ai pas vu de futur où tu l'avais trouvée à l'époque. Quelque chose a dû changer pour que ça devienne possible. (Ralan sourit.) Bienvenu, mon nouveau frère. Fais-moi le plaisir de m'appeler Ralan.

Le visage de l'autre homme refléta aussitôt sa joie sous ses cheveux blonds coupés court.

— Tout comme je te prie de m'appeler Corath. Je suis vraiment heureux de rencontrer ce frère qui a tant manqué à mon bien-aimé.

— Teyark..., commença Ralan.

Son frère leva une main devant lui et fit non de la tête.

— Nous pourrons en parler plus tard, en privé, même si je tiens juste à dire que je ne suis pas fâché. Je suis venu pour te demander de rentrer au plus vite. Notre père t'a officiellement désigné comme son héritier et les nobles sont de plus en plus nerveux à la cour à cause de ton absence.

— Ce n'est pas juste que ce soit moi l'héritier. Même en sachant ce que l'avenir nous réserve, je ne peux pas me réjouir de prendre la place qui te revient de droit.

En se basant sur une prophétie de la grand-tante de Ralan, le roi avait décrété longtemps auparavant que le premier de ses enfants à engendrer un sang-mêlé serait son héritier. Maintenant que Ralan utilisait de nouveau ses facultés, il comprenait pourquoi sa grand-tante avait déclaré quelque chose d'aussi étrange, mais ce n'était pas facile pour autant.

— Je ne trouve pas ça équitable que le fait de pouvoir avoir un enfant ou non ait été décisif.

— C'est ça qui te dérange ? demanda Teyark en riant. J'ai eu plusieurs relations avec des femmes rencontrées ici et là durant mes treize-cents ans d'existence. Si j'avais vraiment voulu être roi, j'aurais pu trouver une femme d'un autre monde avant même que tu sois né.

Ralan se détendit en prenant les paroles de son frère en considération. Le fait que Teyark ait bien réfléchi à la situation et ait fait un choix lui permettait de se sentir un peu moins coupable.

— Quoi qu'il en soit, je ne peux pas rentrer maintenant.

Ralan jeta un coup d'œil aux gardes avant de regarder de nouveau son frère dans les yeux.

— C'est une affaire politique. Je dois m'entretenir avec toi sans tes *loreln*.

Le garde du corps le plus proche de Teyark, probablement le chef, ôta son casque et fit quelques pas vers eux avec l'intention manifeste de protester, mais il s'immobilisa en avisant le haussement de sourcils de Ralan. L'air renfrogné, il fit signe aux autres de le suivre et tous sortirent par la porte latérale. Le bureau de Lyr, une pièce ovale donnant sur l'extérieur du domaine, était doté de grandes fenêtres. Même si le domaine était bien protégé, les gardes royaux se postèrent à l'extérieur, dos à la pièce. Ralan avait oublié à quel point les *loreln* prenaient leur travail au sérieux.

Il mena les autres vers les chaises disposées au centre de la pièce, sous des puits de lumière, et attendit qu'ils s'installent. Le temps était venu de dévoiler une partie de ses visions.

— Les Sidhes sont dans le pétrin. Si on ne fait rien pour les aider, on est tous condamnés.

CHAPITRE 4

*C*ondamnés ?

Lyr cessa de respirer. À quel moment étaient-ils passés d'un petit mais sérieux problème à une condamnation à mort pour tous ? Ils discutaient depuis un bon mois des différentes solutions envisageables pour parer à l'empoisonnement de l'énergie et Ralan n'avait à aucun moment suggéré quelque chose d'aussi désastreux.

— Par toutes les divinités d'Arneen, comment se fait-il que je ne sois informé de ça que maintenant ?

Le devin haussa les épaules en affichant une expression impassible.

— Parce que c'est le bon moment.

Teyark et Corath échangèrent des regards confus.

— Je n'ai jamais entendu parler d'un quelconque problème chez les Sidhes, et notre père n'a rien dit à ce propos non plus, dit Teyark.

Lyr se raidit en entendant le ton de reproche du prince aîné.

— Votre Altesse, je vous assure que je n'ai pas négligé mes devoirs envers le roi. Jusqu'à présent, je pensais qu'il s'agissait d'un problème mineur. De l'énergie empoisonnée s'infiltre dans les royaumes des Sidhes depuis quelque temps, mais ce n'est que récemment que les gens ont commencé à tomber malades ou à sombrer dans la démence. J'ai rassemblé plus d'informations et je prévoyais d'envoyer un rapport sous peu.

Corath fronça les sourcils d'un air circonspect.

— Notre monde n'est pas étroitement lié à la Terre, contrairement au leur. Je ne vois pas en quoi cette affaire nous concerne.

— C'est aussi ce que je me suis dit, abstraction faite des éventuelles complications diplomatiques, répondit Lyr. Cependant, Kai affirme que le Voile entre les mondes devient de plus en plus chaotique. Aujourd'hui même, une colonie de la cour des Seelie est venue solliciter notre aide.

Les traits tendus, Teyark écouta attentivement le récit des événements du jour, y compris ce dont Kai avait été témoin à Neor, puis il regarda son frère avec curiosité.

— Plutôt hardi de ta part d'offrir notre aide sans avoir consulté notre père.

— Notre père ne s'est pas gêné pour utiliser mon don quand ça l'arrangeait, jusqu'à ce que mes visions impliquent Kien en tout cas. (Ralan se redressa sur sa chaise, la tête haute, ses yeux dorés reflétant son assurance.) S'il veut que je sois son héritier, il va m'écouter à présent. Ce problème est plus proche de Moranaia que tu ne le penses. Je peux seulement faire de mon mieux pour nous guider vers une issue favorable, même si tant de choses peuvent modifier les chemins. Quand on lit l'avenir, le moment où les choses se produisent est vraiment essentiel.

— *Miaran dae fe onai !*

Du fer en plein cœur ! Le juron avait échappé à Lyr. Malgré l'inconvenance d'une telle façon de s'exprimer dans une réunion aussi formelle, les regards des deux nouveaux venus indiquaient que le sentiment était partagé.

Teyark afficha un sourire en coin.

— Bien dit, Seigneur Lyr. Je ne doute pas que mon père sera du même avis.

— Surtout quand il lira mon dernier rapport, si ce n'est pas déjà fait.

Lyr se pencha en avant et poursuivit en baissant la voix :

— La personne responsable de l'empoisonnement de l'énergie a peut-être un agent ici. Le défunt seigneur Allafon, le père supposé de Kai, travaillait de concert avec quelqu'un pour éliminer cette maison, et le frère de Kai pense que les deux problèmes sont liés.

Teyark eut l'air surpris.

— Le père *supposé* ? Qu'est-ce que ça signifie ?

— Bien plus de choses se tramaient que ce que mon père ou moi-même pensions. La mère de Kai n'était pas l'âme sœur d'Allafon, contrairement à ce qu'il prétendait. Il l'a tuée en partie parce que Kai n'était pas son fils.

Teyark jura à son tour, mais Lyr se contenta de soupirer, fatigué de tout cela.

— Il a conspiré pendant cinq-cents ans, et aucun de nous ne s'en doutait. Pas avant qu'il nous tende un piège, à Kai, Arlyn et moi, et essaie de nous tuer.

Corath brisa le silence soudain.

— Mais qu'avait-il à voir avec l'énergie empoisonnée atteignant les royaumes des Sidhes ?

— Peut-être rien, concéda Lyr. Mais l'assassin qu'il a d'abord envoyé nous a avertis de rester en dehors des affaires des Sidhes. Le manche de son poignard portait le même sceau que celui sur l'épée utilisée pour le meurtre de mon père, dans lequel Allafon était impliqué. Et le frère de Kai, Morenial, pense que son père était associé à quelqu'un d'un autre monde.

— On dirait bien que nous avons plus de questions que de réponses, dit Teyark.

Lyr soupira de nouveau.

— En effet.

LE PETIT FRAGMENT de fer narguait Lyr depuis le carré de soie où il était posé sur son bureau, à distance prudente de lui. La vingt-cinquième heure était largement dépassée. Teyark et Corath s'étaient retirés dans leur chambre. Kai venait enfin de rentrer après avoir fouillé en vain le domaine, et Arlyn était partie travailler avec son maître de magie, Selia. Après avoir passé plusieurs heures à répéter des erreurs de débutant sur le même lot de paperasse, Lyr avait abandonné tout espoir d'être productif et était passé à sa nouvelle obsession – la transformation du fer.

Arlyn avait été la première à faire cette découverte et elle maîtrisait de mieux en mieux la technique à employer. Comme beaucoup de ses congénères, Lyr était allergique au métal. Sa fille également, mais de façon moins sévère. La clé pour réussir à transformer le fer semblait être liée à son magnétisme – la polarité du fer avait un effet néfaste sur leur énergie, la repoussant ou la drainant hors de leur corps. Arlyn pouvait projeter son énergie contre le métal et inverser sa polarité, mais jusqu'à présent, elle était la seule d'entre eux à pouvoir le faire de manière efficace. Lyr n'y arrivait pas du tout.

Le simple petit fragment sur son bureau suffisait à exercer une pression sur ses boucliers, alors même si ses précédentes tentatives pour répliquer la technique d'Arlyn l'avaient ébranlé et affaibli, il était déterminé à maîtriser la transformation du fer. Cela lui permettrait peut-être de se remettre de ce qui s'était passé et de ne plus sentir la morsure du fer autour de ses poignets chaque fois qu'il entendait le raclement du métal contre le métal. Et surtout, il pourrait peut-être transformer les fragments de fer encore présents dans la blessure sur son torse afin que Lial puisse achever le processus de guérison. Il en avait assez de cacher ce problème aux autres, mais il ne pouvait pas se résoudre à l'avouer non plus.

Lyr fit planer une main tremblante au-dessus du bout de métal et ferma les yeux avant de projeter son énergie. Le fer la repoussa aussi efficacement qu'un barrage pouvait entraver un cours d'eau, et il lutta pour garder le contrôle. Un si petit fragment, et pourtant sa magie voulait fuser dans un millier de directions. Il serra les dents et projeta davantage d'énergie vers le fer.

Peu à peu, ce dernier commença à céder. La sueur perlait sur le front de Lyr. Si près du but cette fois. Il y était presque...

Le cliquetis du loquet de la porte perturba sa concentration, et il fit l'erreur de lever les yeux. Son énergie partit dans tous les sens et les différents flux furent absorbés par le champ de protection magique qu'il avait érigé autour de son bureau pour parer à cela. Kai se figea dans l'embrasure de la porte alors que Lyr lâchait une bordée de jurons dont ses soldats auraient été fiers. Il n'avait jamais été aussi près de réussir, seulement pour être interrompu. Le regard cuisant qu'il lança à son ami aurait pu faire fondre le métal qui le tenait en échec.

— Désolé de t'interrompre. Qu'est-ce que... ? (Kai écarquilla les yeux en apercevant le bout de métal.) Bon sang, qu'est-ce que tu fabriques avec du fer ?

Lyr prit tout son temps pour replier le carré de soie autour du fragment et le placer dans une pochette, prenant bien soin de ne pas toucher le fer. Avant de répondre, il ouvrit le tiroir le plus sécurisé de son bureau, auquel seuls lui et Arlyn avaient accès. Après y avoir déposé la pochette, il se tourna de nouveau vers son ami.

— Je travaille depuis un moment sur la technique de transformation du fer, en vain jusque-là. Je pense que j'y serais parvenu cette fois sans ton interruption.

— Tu pourrais peut-être mettre une pancarte sur la porte, tu sais.

Kai avança jusqu'à la limite du champ de protection autour du bureau de Lyr et attendit qu'il le fasse disparaître.

— Mais je suis sincèrement désolé. J'ai oublié de te demander tout à l'heure si tu avais discuté avec Selia de l'intrusion perçue par Arlyn.

— Tu as besoin de savoir ça maintenant, au beau milieu de la nuit ?

Kai soupira.

— Pas vraiment, mais je n'arrive pas à trouver le sommeil. Je sens que quelque chose cloche dans toute cette affaire.

— Oui, eh bien, étant donné que Ralan a affirmé que nous serons tous condamnés si nous n'aidons pas les Sidhes, ton inquiétude est peut-être justifiée, dit Lyr d'un ton ironique en se renfonçant dans son siège.

— Il a vraiment dit « condamnés » ? demanda Kai avec un renâclement hilare. Il n'y va pas avec le dos de la cuillère.

— Pardon ?

— Désolé. Je tiens cette expression d'Arlyn, dit Kai avec les yeux rieurs malgré la gravité de la situation. Je voulais dire que sa façon de dire les choses semble un peu extrême.

— Peut-être, mais je ne peux pas ignorer les prédictions d'un devin, rétorqua Lyr en pianotant nerveusement sur son bureau. Et, oui, j'ai discuté avec Selia. Ni elle ni le jeune Iren n'ont senti quoi que ce soit. Si les barrières du domaine ont bel et bien été forcées, Arlyn est la seule à l'avoir détecté. Il pourrait s'agir d'un autre sang-mêlé, mais si c'était le cas, comment serait-il arrivé ici ? Ton frère a dit qu'Allafon avait tué tous ceux qu'il avait employés pour essayer de nous nuire.

Kai reprit son sérieux.

— La personne derrière les actes d'Allafon doit être basée sur Terre.

— Oui, acquiesça Lyr d'un air las. Quant au comment et au pourquoi... les réponses à ces deux questions sont rarement aussi simples qu'il n'y paraît.

MELI POUVAIT PRESQUE LITTÉRALEMENT SENTIR le temps ralentir et s'étirer. Des heures, des jours, des années... elle ne savait absolument pas depuis combien de temps ils erraient dans les brumes sans fin. Un brouillard gris ondoyant les enveloppait, jusque sous leurs pieds, où il était néanmoins aussi ferme que le sol. Ils tombaient parfois sur de petites sources d'eau pure semblant sortir de nulle part, mais il était impossible de les utiliser pour évaluer la distance qu'ils avaient parcourue ou par quels endroits ils étaient passés. Des filaments colorés flottaient dans la grisaille ici et là, et d'instinct, elle avait suivi celui de la même couleur vert émeraude que les yeux si expressifs qu'elle avait vus en rêve.

Mais pendant combien de temps devait-elle faire confiance à son instinct avant d'utiliser le signal de détresse incorporé à son collier ? Ils avaient déjà consommé la moitié de leur nourriture, et la préposée dénommée Berris avait l'air de plus en plus hagarde à cause de l'incessante monotonie. Les deux autres semblaient en retrait, adressant à peine la parole au reste du groupe, et l'ambassadrice... eh bien, elle avait l'air aussi blasée que d'habitude.

Par les dieux, c'est peine perdue ! Meli n'avait aucune idée de ce qu'elle faisait.

Pour autant qu'elle sache, le filament émeraude ne menait à rien. Et pourtant, elle se sentait attirée dans cette direction d'une manière qu'elle n'avait ressentie que dans ses rêves. Comme si une autre partie d'elle se trouvait quelque part au-devant d'elle, attendant simplement qu'elle vienne la revendiquer. En dépit du comportement hostile de l'ambassadrice et des regards furtifs des préposés, Meli continua à suivre instinctivement ce filament en espérant de tout son cœur que c'était le bon.

— Vous réalisez que si je perds la vie à cause de vous, ma famille demandera des comptes à la vôtre ?

Meli sursauta en entendant la voix rageuse de l'aînée et tourna la tête vers elle.

— Il me semble qu'ils devraient plutôt s'adresser au roi, puisque c'est lui qui a ordonné une telle folie.

— Peut-être. (L'expression de l'ambassadrice reflétait un soupçon de jalousie.) Mais c'est vous que ma famille blâmera. Combien de temps allons-nous encore passer dans cet endroit maudit ?

Meli haussa les épaules et regarda de nouveau devant elle. L'ambassadrice l'avait tant de fois menacée qu'elle ne se souciait plus de ce que pensait l'autre femme. Meli n'avait rien demandé de tout cela et elle refusait de se faire fustiger à cause de ce que leur roi avait ordonné. Suivre ce filament vert était tout ce qui comptait pour l'heure.

— Le temps qu'il faudra pour arriver à destination.

Bien que de manière subtile au début, les brumes mouvantes devenaient de plus en plus turbulentes. D'autres filaments commencèrent à tournoyer et à s'enrouler autour du vert, obligeant Meli à changer constamment de direction. Elle avait mal aux pieds et aux jambes, et chacun de ses pas était un supplice durant ce voyage sans fin. Par les dieux, combien de temps s'était écoulé ? Leur progression était de plus en plus difficile, les brumes s'épaississant et entravant leurs mouvements. Cela faisait peut-être un mois qu'ils marchaient, ou un millénaire.

Les deux préposés en retrait lançaient des regards perdus à la ronde. La troisième s'étreignait elle-même, se frottant les bras sans relâche, de façon presque frénétique. Meli ne faisait plus attention à l'ambassadrice. Elle pouvait sentir la présence de l'aînée à travers son collier enchanté et n'avait aucune envie de poser les yeux sur ce rappel vivant du poids sur ses épaules.

Un cri de douleur arracha Lyr à son sommeil troublé. Luttant pour reprendre son souffle, il se redressa brusquement en position assise et agrippa sa poitrine, à la recherche de sa blessure. La douleur sourde due à la cicatrisation amplifia sa panique avant que la mémoire lui revienne. Le corps tremblant, il laissa retomber sa tête sur ses genoux et tenta de ralentir sa respiration. Certaines nuits, il s'agissait du fer mordant ses poignets et le vidant de son énergie. D'autres le plongeaient dans la souffrance de sa mère qui avait frôlé la mort. Et parfois, comme cette nuit, il revoyait la dague en fer s'abattre sur lui, avant de riper sur son pendentif et de lacérer ses chairs.

Les nuits suivant ses tentatives de transformation du fer étaient généralement les pires. Le rêve qu'il avait fait était néanmoins différent cette fois. Avant la vision de la dague, Lyr avait erré dans les brumes du Voile, complètement perdu. Pourtant, même s'il ne possédait pas le talent de guide, il les avait traversées suffisamment souvent avec Kai pour savoir à présent comment se rendre où il voulait. Mais dans son rêve, les brumes grisâtres s'étaient enroulées autour de lui, le poussant et le tirant jusqu'à ce qu'il n'ait plus aucune notion du temps ou de l'espace. Au moment où la panique avait commencé à monter, la scène s'était interrompue et il s'était retrouvé dans la petite pièce où Allafon les avait retenus captifs, la lame en fer s'abattant déjà sur lui.

Ses longs cheveux collaient à son torse et son dos couverts de sueur alors qu'il sortait de son lit et se rendait d'un pas chancelant dans la salle d'eau. Il tira sur une bonde et de l'eau se mit à cascader sur sa tête et le long de son corps. Lyr se félicita d'avoir recréé une douche ici après avoir découvert leur existence sur Terre. Il garda l'eau aussi fraîche qu'un ruisseau de montagne au début de l'été, même si le sortilège utilisé pour la purifier aurait aussi bien pu la chauffer. Avec son espace de douche en pierre ressemblant à une falaise, il pouvait presque se croire à l'extérieur.

Lyr se sécha avec un sort très simple que même ceux qui n'étaient pas mages pouvaient apprendre. Il aurait pu se laver de la même manière, mais il n'aurait pas éprouvé la même satisfaction. L'eau fraîche contribuait habituellement à apaiser son esprit et ses émotions, lui apportant un sentiment de paix intérieure, mais ce ne fut pas suffisant pour chasser ses préoccupations cette fois. En dehors de la douleur liée à sa blessure, les brumes qui s'étaient accrochées à lui semblaient toujours présentes. Maintenant que la panique s'était estompée, il repensa à son rêve, et... il aurait pu jurer que c'était comme si quelqu'un avait voyagé avec lui – quelqu'un qui d'après son ressenti n'était autre qu'Aimee, l'âme sœur qu'il avait perdue des années auparavant.

Il n'avait pas rêvé de son âme sœur depuis bien longtemps. Pourquoi maintenant ?

Après avoir enfilé un peignoir, il se rendit sur le balcon qui surplombait le tronc massif d'Eradisel, l'un des neuf arbres sacrés des neuf divinités d'Arneen, celui de Dorenal en l'occurrence, la déesse du Voile. En tant que gardien d'Eradisel, il avait le privilège de pouvoir la consulter lorsque nécessaire. Au fil des deux décennies à son poste de *myern* du domaine, Lyr était en quelque sorte devenu ami avec l'arbre sacré, un honneur dont il essayait de ne jamais abuser. Eradisel saurait peut-être ce que son rêve signifiait.

Il posa une main sur le tronc lisse. L'énergie d'Eradisel fit vibrer l'air autour de lui et il ouvrit son esprit à sa voix bienveillante.

— *Qu'est-ce qui te trouble cette nuit, mon jeune ami ?*

À presque 550 ans, Lyr sourit de s'entendre appeler ainsi.

— *En plus de mes cauchemars habituels, j'ai rêvé du Voile. C'était déroutant.*

L'énergie d'Eradisel se figea, ce qui s'apparentait à un soupir chez elle.

— *Tu sais que je ne peux pas partager les secrets du Voile avec toi.*

— *Je le sais. C'est juste que... j'ai eu l'impression de sentir la présence d'Aimee, morte depuis des années maintenant.*

— *On peut rarement se fier aux rêves, même si c'est à travers eux que vous, les mortels, pouvez être au plus proche de ce qui se passe dans le Voile.*

Eradisel transmit un sentiment de paix à Lyr, même si les mots qu'elle prononça ensuite le blessèrent.

— *Je peux simplement te dire qu'Aimee Moore ne voyage pas à travers les brumes d'un temps ou d'un lieu quelconque. Tu ne la trouveras jamais dans le Voile.*

CHAPITRE 5

— **D**étends-toi et ne pense plus à rien.

Assise sur un tapis de sol dans une salle d'entraînement dotée d'un champ de protection spécial, Arlyn relâcha ses muscles et tenta de suivre les instructions de son maître de magie. Il était encore tôt, quelques graduations avant le petit déjeuner. Le froid de la pierre sous son tapis peu épais s'infiltrait dans son corps, engourdissant ses membres inférieurs, mais n'aidant en rien pour apaiser ses pensées tumultueuses. Comment était-elle censée faire le vide dans son esprit avec tout ce qui se passait en ce moment ? Avec un soupir, elle fit de son mieux, bloquant chaque pensée qui tentait de s'imposer.

— Je veux que tu cherches dans ton esprit le sort qui te lie au domaine, dit Selia. Examine-le et vois si tu peux localiser la partie correspondant aux barrières de protection.

Arlyn ouvrit un œil pour entrevoir le visage de son mentor.

— Est-ce que les mages font vraiment ça chaque fois qu'ils utilisent la magie ?

Selia rit.

— Bien sûr que non. Après un siècle ou deux, ces choses-là se font naturellement.

— Évidemment.

Même si Arlyn avait commencé à s'habituer à son nouveau mode de vie à Moranaia, elle éprouvait encore des difficultés à appréhender une si grande échelle de temps. Elle savait depuis toute petite que son père était un elfe, mais elle n'avait jamais réfléchi à ce que cela pourrait signifier pour sa propre espérance de vie. Combien de temps lui faudrait-il pour s'habituer à entendre parler de siècles de façon si ordinaire ? D'après le guérisseur, son corps utilisait l'énergie magique pour se régénérer de la même manière que les elfes de sang pur, alors elle supposa qu'elle aurait amplement le temps de le découvrir.

Arlyn ferma résolument les yeux et essaya encore de mettre ses pensées désordonnées de côté. Mais bon sang, les deux autres fois où elle avait utilisé sa magie avaient été accidentelles. Elle n'avait pas eu besoin de *savoir* comment téléporter Kai pour le sauver ou comment transformer le fer. Elle avait souhaité que ces choses se produisent... et elles s'étaient produites. Au cours du dernier mois, Selia avait travaillé avec elle sur la façon de puiser et d'emmagasiner de l'énergie, ainsi que sur les moyens de protection de base. À présent, Arlyn était tellement nerveuse à l'idée d'utiliser sa magie de manière volontaire qu'elle avait du mal à se souvenir de ses leçons.

Les mains coincées entre ses genoux pour dissimuler leur tremblement, Arlyn chercha le sortilège correspondant à la clé du domaine. Cette dernière renfermait une carte mentale des lieux, l'emplacement de chaque garde en poste, et la trame des sorts de protection. Depuis la tentative de meurtre sur Kai et la trahison d'Allafon le mois dernier, son père avait ajouté des sorts conçus pour détecter toute intrusion sur le domaine et les alerter aussitôt.

— Je l'ai, dit Arlyn.

— Bien. Maintenant, donne-moi tes mains.

Arlyn tendit les bras vers son mentor, assise sur un autre tapis en face d'elle. Comme elle avait appris à la faire au cours du mois écoulé, elle ouvrit son esprit à Selia, juste assez pour établir une liaison magique et communiquer par télépathie. Même si l'autre femme n'avait pas accès à la trame des sorts de protection et ne pouvait pas la modifier, elle pouvait l'observer et guider Arlyn.

— Je veux que tu inspectes les barrières. Vois si tu peux trouver une brèche ou quoi que ce soit d'anormal. S'il y a un problème, nous allons le régler.

~

LORSQUE LYR se sentait d'attaque, ses matinées étaient réservées à l'entraînement au combat. Bien que sa blessure lui fasse encore mal, il maniait de nouveau l'épée depuis une semaine. Il s'exerçait parfois avec Kai, ou avec Arlyn pour la former, mais après des nuits comme la précédente, il s'entraînait seul. La danse du corps et de l'épée était pour lui la meilleure des catharsis. Après tout ce qu'il avait perdu, c'était le seul moment où il se sentait entier.

Lyr enchaînait inlassablement les positions. Il utilisait sa magie pour augmenter sa vitesse et aiguiser ses sens, jusqu'à sentir le moindre souffle d'air et le mouvement de l'herbe sur le terrain d'entraînement. Alors qu'il attaquait et parait, il pouvait prétendre lutter contre le maelstrom d'émotions en lui. Toute sa colère et toutes ses peurs se tenaient devant son épée qui tour-noyait dans les airs, mais comme le vent, elles lui échappaient. Il n'en serait pas libéré lorsqu'il s'arrêterait.

Après une demi-graduation, Lyr rengaina sa lame et se rendit à la fontaine, une série de bassins en pierre reliés à une petite source en bordure du terrain. Il trempa un linge dans le bassin le plus bas et essuya la sueur de son visage avant de plonger un gobelet dans la section supérieure pour le remplir. Il le but d'un trait puis se versa un autre gobelet plein sur la tête. Même si le début de l'automne approchait à grands pas, la chaleur collait encore à la peau. Le seul moment encore pire que la saison de *toren* pour s'entraîner était celle de *pioren*, durant laquelle un mois ou deux de gelées précé-daient le printemps. Même *lui* avait tendance à rester à l'intérieur à cette période.

Lyr se figea de surprise en remarquant l'arrivée de Teyark sur le terrain. Le prince venait-il s'entraîner ? Des quatre enfants royaux, il était le seul à maîtriser la magie de combat comme Lyr, mais le prince avait plus que suffisamment d'expérience pour ne pas avoir à s'entraîner lors de ses déplacements. Et comme il n'avait pas été officiellement présenté à la maisonnée, la plupart des partenaires potentiels l'éviteraient par courtoisie.

Teyark sourit lorsqu'il arriva à la hauteur de Lyr.

— Bien le bonjour.

S'il avait eu affaire à Kai, Lyr l'aurait gratifié d'une réplique ironique sur la réelle qualité de la journée, mais il se contenta de sourire en retour.

— Bonjour, Prince Teyark.

— J'espérais vous trouver ici, dit Teyark en observant le terrain et les quelques guerriers qui s'y entraînaient. Je ne vois personne d'autre avec notre type de magie. J'ai très envie d'un vrai défi.

Lyr acquiesça d'un hochement de tête, même si ses membres étaient lourds de fatigue et que sa blessure à peine cicatrisée le lançait après son entraînement. Il n'avait aucun moyen de refuser poliment ce combat sans révéler sa faiblesse. Teyark ne lui en voudrait sans doute pas, mais il avait déjà failli une fois à son rôle de *myern* et il refusait que cela se reproduise.

Alors qu'ils se dirigeaient vers le centre du terrain, Lyr réprima un juron. S'entraîner avec quelqu'un d'aussi puissant que le prince était une rare opportunité, et il ne pourrait même pas l'apprécier à cause de son état actuel. En plus, les autres guerriers présents sur le terrain interrompirent leur propre entraînement pour les regarder. Juste ce dont il avait besoin – un public.

Résigné, il activa le sortilège qui préviendrait toute blessure grave et se mit en position. Sa blessure le lança encore plus lorsque sa magie de combat se mit à circuler librement dans son corps. Enfin, *presque* librement. Les fragments de fer encore logés dans sa plaie à moitié cicatrisée repoussaient son énergie, mais il chassa cette gêne de son esprit. La danse de sa lame éclipsait toute pensée.

Teyark marqua un temps d'arrêt avant de se mettre en mouvement, débutant par une attaque directe. Toutes les parades possibles défilèrent dans l'esprit de Lyr, habitué depuis longtemps à traiter de telles informations. Il opta pour une parade basse suivie d'une esquive de côté en faisant remonter sa lame vers le ventre de son adversaire. Il ne fut pas surpris de voir son coup aussitôt paré et une seconde attaque plus rapide que l'éclair.

Ils se déplaçaient d'avant en arrière de manière fluide sur le terrain, aucun des deux ne parvenant à prendre un réel avantage sur l'autre. Cependant, Lyr savait que sans son sort de protection il aurait déjà quelques entailles, alors que le prince n'aurait rien. Teyark s'entraînait depuis au moins huit-cents ans de plus que lui et il était puissant.

Puis Lyr flancha.

Il prit une brusque inspiration sous le coup de la surprise lorsque son énergie se mit à vaciller avant de se dissiper. Seules ses années d'entraînement lui permirent d'éviter une blessure grave, sort de protection ou non. Lyr para le coup suivant par réflexe alors que ses muscles se mettaient à trembler. Sa main libre vola pour aller agripper la blessure brûlante sur son torse, et il effectua laborieusement quelques mouvements de plus avant que Teyark interrompe le combat.

Le prince fronça les sourcils.

— Lyr ?

— Un moment, répondit Lyr, le souffle court.

Il rengaina tant bien que mal son épée et se courba en deux, les mains sur les genoux, pour reprendre son souffle. Par les dieux, il espérait que le prince ne pouvait pas voir comme tout son corps tremblait. La bile lui remonta dans la gorge et il se redressa dans une tentative vaine d'atténuer son malaise. Mais aucune position ne pourrait lui épargner la honte écœurante d'un nouvel échec.

— Je... j'ai bien peur de ne pas être aussi rétabli que je le pensais.

Teyark se détendit, mais ses yeux reflétèrent un soupçon de regret.

— J'aurais dû tenir compte du fait que vous avez été blessé récemment.

— Je suis le seul responsable, dit Lyr en s'efforçant de sourire. Vous m'avez trouvé en train de m'entraîner ici, après tout.

Un mouvement derrière Teyark attira l'attention de Lyr et il cligna des yeux d'un air surpris en voyant Eri arriver sur le sentier bordant le terrain d'entraînement. Elle afficha un sourire radieux en croisant son regard. Que faisait-elle ici ? Son père, Ralan, l'avait avertie de ne pas s'approcher du terrain durant les heures d'entraînement à moins qu'il soit avec elle. Âgée de seulement 6 ans, elle n'avait pas à jouer à proximité de soldats à l'entraînement. Elle était pourtant là, se faufilant à travers une brèche dans le muret en pierre avant de passer devant un trio de guerriers stupéfaits.

— *Tu ferais bien de te baisser sur-le-champ*, conseilla-t-elle à Lyr par télépathie, son esprit étant entré en communication avec le sien sans avoir cherché à obtenir son consentement au préalable.

ARLYN RESTA bouche bée devant l'ingéniosité du système de protection du domaine. Elle s'était attendue à ce que l'arbre sacré fournisse l'énergie nécessaire pour cela, mais cette dernière semblait provenir d'une source souterraine tellement profonde qu'elle n'aurait jamais soupçonné son existence si elle ne l'avait pas cherchée. La magie partait de là, chaque couche entrelacée de manière experte avec la suivante. Les techniques utilisées pour créer une telle chose allaient tellement au-delà de ses compétences rudimentaires qu'elle comprenait seulement une infime partie de ce qu'elle voyait.

La seule chose qu'Arlyn reconnaissait réellement était sa « clé » magique. Encastrée dans l'une des couches intérieures, elle était reliée à chaque endroit et à chaque personne au sein du domaine. Elle projeta ses sens vers l'extérieur pour inspecter tout le système, mais rien ne lui sembla anormal. Pour autant qu'elle puisse en juger avec sa formation limitée, les sorts de protection n'avaient pas été altérés. L'étrange irrégularité qu'elle avait ressentie la veille n'avait pas dû les affecter. Elle l'avait peut-être imaginée finalement ?

Arlyn commença à rappeler son essence à elle comme Selia lui avait appris à le faire. Juste avant qu'elle se déconnecte du système de protection du domaine, un flux d'énergie la traversa. Elle frémit sous le coup de cette curieuse sensation de froid tout en cherchant la source de la perturbation, pour finalement s'apercevoir qu'elle ne provenait pas du système de détection des intrus. Les sorts de protection n'avaient rien à voir là-dedans.

Comme un signal lumineux, l'énergie étrangère étincela en elle le temps d'un battement de cœur supplémentaire avant de s'estomper. Mais Arlyn la reconnut cette fois.

Elle était d'origine terrienne.

EN TOTALE CONTRADICTION avec son visage souriant, les paroles d'Eri furent prononcées avec une telle intensité que Lyr obéit de manière instinctive. Alors qu'il se jetait à terre, il vit du coin de l'œil que Teyark faisait de même. Et juste à temps. Le peu d'énergie que Lyr avait réussi à rassembler après l'effondrement de sa magie se fragmenta à son tour et un bruit sourd retentit au-dessus de sa tête. Il leva les yeux et vit un poignard en fer planté dans l'arbre derrière lui.

— *Clechtan !* jura Lyr en tentant de rassembler plus d'énergie, sans succès en présence de tant de fer.

Il s'accroupit, la dague sanglée à sa botte déjà en main, alors que les cris de ses soldats emplissaient le terrain d'entraînement. Il tira son épée de son fourreau et balaya la clairière du regard pour tenter de repérer son agresseur. Les guerriers fouillaient la zone avec leurs épées tirées, mais il n'y avait aucun signe d'un intrus. Chacun semblait à sa place, hormis Eri, qui retournait vers le muret en pierre comme si rien ne s'était passé.

— Qu'est-ce qu'elle fabrique ? marmonna Teyark, ses propres armes en main.

— Je vais l'avertir, dit Lyr à voix haute avant de connecter son esprit au sien. *Eri ! Mets-toi à l'abri.*

La fillette le regarda par-dessus son épaule avec des yeux flamboyants.

— *Pas besoin.*

Lyr raffermit sa prise sur le pommeau de son épée. Elle avait raison. Après avoir passé la zone au peigne fin en jetant des sorts de révélation, les *loreln* de Teyark n'avaient trouvé aucune trace de l'agresseur. Un seul coup d'œil au sceau gravé dans le manche du poignard confirma ses pires craintes. Celui qui avait attaqué Kai et qui s'était volatilisé plus d'un mois auparavant était de retour. Et cette fois, il n'avait pas pu être envoyé par Allafon.

Que son âme pourrie soit transpercée par du fer ! Lyr tenta de puiser davantage d'énergie pour pouvoir scanner la zone à son tour, mais il grimaça devant l'élancement douloureux dans son torse.

— *Miaran !* jura-t-il dans sa barbe.

Teyark regarda fixement Lyr.

— Avez-vous vu quelque chose ?

— Seulement ma propre faiblesse.

Lyr croisa le regard d'Eri, à présent assise sur le muret en pierre. Son expression était paisible, un sourire flottant sur ses lèvres.

— Ralan ne nous a pas mis en garde contre une éventuelle attaque. Comment a-t-elle su qu'il y avait un problème ? Mes propres barrières n'ont détecté aucune intrusion.

— C'est bien la fille de Ralan, aucun doute, répondit le prince d'un air faussement affligé. Il faisait souvent le même genre de choses quand il était jeune, même si ma grand-tante le réprimandait à chaque fois pour avoir utilisé son don de double vue de manière irréfléchie. Heureusement qu'Eri a hérité de ce trait de caractère.

En dépit de la situation, Lyr sourit.

— En effet.

CHAPITRE 6

Lyr avait demandé à ses employés de maison, de jeunes elfes rémunérés durant l'apprentissage de leurs talents respectifs, de servir le déjeuner en avance dans la salle à manger donnant sur le jardin. Comme il avait l'estomac noué, la nourriture ne lui faisait pas envie, mais il savait que le fait de manger l'aiderait à restaurer une partie de l'énergie qu'il avait perdue à cause du fer. En plus, c'était l'endroit le plus pratique pour discuter de la dernière attaque en date.

Lyr n'avait pas seulement demandé aux membres de sa famille d'assister à cette réunion, mais également à chacun de ses invités. Arlyn était assise à sa droite et Kai à sa gauche. Du même côté de la table que sa fille se trouvaient Selia, son fils Iren, et Eri. Teyark avait pris place à côté de Kai, suivi de Corath et de Ralan, qui occupait le siège en face de celui de sa fille. Lyr avait gardé les yeux rivés sur son assiette le temps que sa mère s'installe à l'autre bout de la table. Ses nerfs étaient déjà suffisamment à vif sans qu'il soit témoin de sa difficulté à se déplacer.

Le capitaine des *loreln* regardait Lyr d'un air renfrogné depuis l'endroit où il était posté à l'extérieur. Ce dernier ne savait pas si son hostilité était due au fait qu'il avait été une fois de plus exclu des discussions ou au caractère hautement informel de leur placement à table, et il s'en moquait. Au sein d'une cour – et dans la plupart des situations en réalité –, les princes se seraient vu attribuer les places d'honneur. Ici, ils étaient attablés comme des amis. Lyr s'était attendu à une attitude aussi décontractée de la part de Ralan, mais Teyark l'avait surpris en insistant également sur l'absence de formalités entre eux. Chacun faisait passer les plateaux de pain, de fromage et de gibier d'eau en faisant aisément abstraction de l'étiquette.

Lyr s'interrogeait sur le calme relatif qui régnait dans la pièce et qui soulignait tristement la fréquence des attaques ces temps-ci. Il était peut-être le seul à être si tendu. Sans doute parce qu'il était aussi le seul à chercher l'origine de ce sceau depuis presque trente ans. Il se trouvait sur le pommeau de l'épée qui avait transpercé son père et sur le poignard de celui qui avait tenté d'assassiner Kai. Et sur cette troisième arme à présent. Combien de temps cette histoire allait-elle encore durer ? Lyr s'efforça d'avaler son repas malgré la boule qu'il avait dans la gorge et attendit que les autres aient presque terminé le leur.

— Pardonnez-moi mon empressement, mais je ne peux pas attendre davantage pour discuter de cette attaque.

Habituée à la rapidité des humains, Arlyn leva les yeux au ciel et sourit à son père. Il lui retourna un bref sourire avant de balayer les personnes attablées du regard.

Kai secoua la tête d'un air pessimiste.

— Il n'y a pas grand-chose à dire. Le poignard est notre seule piste.

— En réalité, très cher, ce n'est pas tout à fait vrai. Je n'ai pas eu l'occasion de t'en parler. (Arlyn échangea un regard avec son mentor.) Selia me guidait pour réaliser un exercice lorsque l'attaque a eu lieu. Pendant que j'inspectais le système de protection pour trouver une trace de l'étrange sensation d'intrusion que j'ai eue, j'ai perçu autre chose. Qui que soit cet individu, il a trouvé le moyen de se camoufler, mais... une fois ce camouflage retiré, je peux détecter sa présence.

Teyark reposa le pain qu'il s'apprêtait à manger et la regarda d'un air sceptique.

— Et pourtant personne d'autre n'a ressenti son énergie ?

— C'est une sorte de signal lumineux. Il est peut-être censé attirer l'attention des humains ou des sang-mêlé comme moi, dit Arlyn.

Le cœur de Lyr vacilla en entendant cela. Allait-elle se retrouver en danger à présent ?

— Tu penses que cet individu sait que tu es là et qu'il est capable de sentir ta présence ?

— C'est à *lui* qu'il faudrait demander ça, répondit-elle en haussant les épaules.

Selia regarda Lyr d'un air dubitatif.

— Ce flux de magie semblait très... humain. J'ai observé la façon dont il affectait Arlyn, et il semblait identifier cette partie d'elle. Cependant, j'ai perçu la trace d'un sort d'illusion qui m'a grandement fait penser à ma propre formation dans ce domaine. L'un des nôtres est impliqué, peut-être même un Moranaien.

Eri, qui faisait des messes basses à Iren entre deux bouchées, leva les yeux et rit.

— Le mystère devrait bientôt être résolu.

— Vraiment ?

— Assurément, dans moins d'un mois. Ce qui n'est pratiquement rien.

Ralan reporta aussitôt son attention sur Eri en fronçant les sourcils. Même ceux qui avaient connaissance du talent de devineresse de la fillette s'immobilisèrent pour la fixer du regard, ce qui ne sembla pas la préoccuper le moins du monde. Le sentiment d'être guidé prit soudain de l'ampleur en Lyr, en même temps que sa colère. Si les divinités s'intéressaient suffisamment à son cas pour amener deux devins à sa table, pourquoi les événements de ces derniers mois n'avaient-ils pas pu être évités ? Ce n'était pas la faute de Ralan ou d'Eri – Lyr le savait bien. Il ne parvenait pourtant pas à contenir la rage qui l'animait.

— J'en ai assez de tout ça, dit-il d'une voix mordante. Ton

avertissement était à deux doigts d'arriver trop tard aujourd'hui, et le prochain pourrait bien ne pas venir du tout. Dis-moi simplement ce que tu sais.

La chaise de Ralan crissa sur le sol lorsqu'il se leva.

— Je ne te laisserai pas intimider ma fille ou faire pression sur elle.

— Et où étais-tu aujourd'hui, Ralan ? Pour un devin de renom, tu n'as pas fait grand-chose à part nous impliquer dans davantage de problèmes, rétorqua Lyr en lançant un regard noir au prince.

— J'utilise mes facultés librement, personne ne peut me l'ordonner, dit Ralan en se penchant en avant, les mains agrippées au rebord de la table. Mais pour ta gouverne, j'essaie généralement de ne pas examiner les différents futurs possibles pour mes proches. À moins qu'une vision s'impose à moi, comme c'était le cas pour les problèmes des Neoriens, je ne regarde pas. Qu'est-ce que tu ferais si nous n'étions pas là ?

— Assez ! intervint Lynia avec hargne, son regard réprobateur passant de l'un à l'autre. Nous n'avons pas besoin de plus de discorde, à cette table ou dans cette maison.

Bien qu'âgé de plus de cinq-cents ans, Lyr se sentit penaud face à la remontrance de sa mère. Elle avait raison. Qu'est-ce qui ne tournait pas rond chez lui ? Il était ami avec Ralan depuis des siècles et ne lui avait jamais demandé de lui faire part de ses visions avant.

— Pardonne-moi, Ralan. Cette situation me met les nerfs à vif.

Le prince hocha la tête et se rassit, mais ses yeux reflétaient encore une pointe de colère.

— Pareil.

Se sentant soudain épuisé, Lyr s'efforça néanmoins de garder le dos droit. Ils avaient besoin qu'il reste fort, qu'il assume sa position de dirigeant. Non seulement pour les personnes autour de cette table, mais aussi pour tous les gens sous sa responsabilité.

Tout le reste devait être mis de côté. Avec cette pensée en tête, il s'adressa à Selia :

— Pensez-vous être capable d'ajouter une sorte de barrière capable de détecter la magie perçue par Arlyn ?

Selia sembla réfléchir à la question.

— Peut-être. Je vais travailler avec elle sur ce problème dans la journée.

— Merci, dit Lyr. En attendant, faites attention à vous.

Arlyn se pencha en avant.

— Je pourrais te dire la même chose. Tu n'as pas été...

Elle s'interrompit et se mordit la lèvre inférieure. Était-ce de l'inquiétude qu'il voyait dans ses yeux ? Lyr se crispa. Se pourrait-il que sa fille ait deviné à quel point il était proche du point de rupture ?

— Qu'est-ce qu'il y a ? lui demanda-t-il gentiment.

Arlyn s'apprêtait à développer, mais après un bref coup d'œil à la ronde, elle secoua la tête et se contenta de dire :

— Reste simplement sur tes gardes. OK ?

LES BRUMES ENVELOPPANT les chevilles de Meli étaient si épaisses que chaque pas semblait durer une éternité. Plus seulement chaotiques, elles tournoyaient autour d'eux comme une force tangible. Sans son collier enchanté pour maintenir le groupe uni, les autres se seraient perdus depuis longtemps. Elle faisait tout son possible pour continuer à avancer dans le brouillard, suivant toujours le filament vert émeraude.

Pol gigotait à son côté. Il croisait les bras. Puis les décroisait. Il tournait la tête vers l'arrière pour fixer les brumes englobant tout. Puis tournait les yeux vers Meli. Elle percevait chacun de ses mouvements du coin de l'œil, ce qui la déconcentrait. Par Freyr, est-ce qu'il *s'ennuyait* ?

Il finit par prendre la parole.

— Pourriez-vous vous dépêcher, s'il vous plaît ? Nous n'avons presque plus rien à manger.

Meli se figea. Elle dut prendre quelques grandes inspirations avant de pouvoir lui faire face sans crier. Mais en dépit de ses paroles l'enjoignant à se presser, le préposé souriait.

— Je suis désolée si j'ai perturbé vos plans, répondit-elle d'une voix irritée. Si j'avais la moindre idée de la façon de procéder, je peux vous assurer que nous serions arrivés depuis longtemps. Je ne suis pas une marcheuse des brumes.

— Non, vous êtes extralucide. (Il tâtonna les poches de sa tunique avant d'en sortir une bourse en cuir d'apparence ancienne.) Voulez-vous des runes pour les lancer ?

— Vous vous trompez, répondit Meli, sa colère se transformant en perplexité.

Elle regarda à peine la bourse, ne voulant pas qu'il pense qu'elle allait l'accepter. C'était la première fois que l'un des préposés s'adressait à elle et elle se méfiait de son intérêt soudain.

— Je suis encore moins une devineresse qu'une marcheuse des brumes.

Ne voyait-il pas qu'elle n'était rien ? Elle avait échoué par deux fois aux épreuves de magie – si elle possédait un quelconque talent, les mages l'auraient déjà découvert. Le fait que le préposé prétende ne pas le savoir était d'une cruauté d'un genre nouveau.

Le rire de Pol résonna à travers les brumes mouvantes jusqu'à ce que le son semble les entourer.

— Qui a dit que vous étiez une devineresse ? Vous êtes une dénicheuse. Capable de trouver ce qui est perdu. De révéler la voie à suivre. Je suppose que c'est une faculté qui n'est pas souvent évaluée ou développée chez les Ljósálfar. C'est aussi clair pour moi que les cristaux sur vos pinacles.

Meli secoua la tête d'un air confus. Il parlait comme s'il n'appartenait pas à son peuple. Même si elle ne l'avait effectivement jamais vu avant, elle avait du mal à imaginer le roi faire appel à un étranger pour cette mission. Mais... seul un étranger n'aurait pas été au courant de son opprobre. Il ne cherchait peut-être pas à se moquer d'elle.

Elle regarda l'ambassadrice, mais l'aînée ne semblait pas surprise par les propos de Pol.

— Qui êtes-vous ? demanda Meli. Si vous n'êtes pas l'un des nôtres, qu'est-ce que vous faites ici ?

— L'Ancienne a pensé qu'il serait sage d'avoir un avis extérieur. J'ai voyagé depuis les terres des Dökkálfar pour vous accompagner à sa demande.

L'un des Elfes noirs ? Au vu de la pâleur de sa peau et de ses cheveux roux, c'était peu crédible. Les Dökkálfar étaient pratiquement tous d'apparence foncée – peau, cheveux, yeux – avec peu de variantes. En réalité, Meli se réjouirait d'être en présence d'un de ses semblables basanés. Elle ne comprendrait jamais pourquoi les humains voyaient les Elfes noirs comme des êtres maléfiques alors qu'ils étaient ingénieux et dignes de confiance. Stoïques et indifférents vis-à-vis des royaumes au-delà du leur, ils cherchaient rarement à faire du mal aux autres.

Bien que tentée de le faire, Meli décida de ne pas remettre son affirmation en question. Si l'un d'entre eux n'était pas celui qu'il prétendait, eh bien… les trois préposés étaient le problème de l'ambassadrice. Le rôle de Meli était de trouver les terres des Moranai et rien de plus.

— Désolée, Pol des Dökkálfar, mais je n'y connais rien en divination.

Le préposé lui tendit la bourse.

— Ce ne sera plus le cas une fois que vous aurez pris ces runes.

— Je vous remercie, mais je ne peux pas…

— Voulez-vous rester coincée ici à jamais ? Prenez-les et faites-nous sortir de ces satanées brumes. Ce voyage n'est plus du tout amusant.

Amusant ? Pas du tout convaincue, Meli accepta néanmoins la bourse. Encore empreint de la chaleur de la main du préposé, le petit sac en cuir souple était plus lourd que ce à quoi elle s'était attendue. Elle délia le cordon et fit tomber les pierres dans sa paume. Neuf galets plats de forme ovale, étrangement similaires en tout, hormis leurs symboles. Ces derniers n'étaient néanmoins pas communs pour des runes. Une ligne courbe brillante tournoyait sur chaque pierre, sans jamais se figer en un sigle reconnaissable.

Meli leva brusquement les yeux vers le préposé.

— Qu'est-ce que... ?

— Lancez-les simplement. Vous verrez.

Elle rejoignit leur chariot à provisions, le seul endroit avec une surface suffisamment plate. Même s'ils marchaient sur un sol d'apparence solide, elle doutait que ce soit une bonne idée de lancer les pierres sur le néant grisâtre sous leurs pieds. Meli fit de la place sur le chariot et après un dernier regard hésitant aux autres, elle secoua les runes et les lança. Le bruit des pierres heurtant le bois résonna dans l'air, faisant sursauter Berris qui poussa un grognement. Meli n'avait cependant pas de temps à perdre avec l'elfe maboul. Son attention fut entièrement accaparée par la lumière éclatante qui jaillit des pierres à la verticale.

Après un moment, des formes brillantes apparurent, ne ressemblant à aucun symbole runique connu de Meli. Les pierres avaient atterri sur le chariot en un cercle grossier avec une rune au milieu, et chacune était associée à une ligne d'une couleur différente. Seule la ligne verte de la pierre située au centre présentait une similarité avec le filament émeraude qu'elle avait suivi à travers les brumes. Mais malgré cette couleur commune, la ligne ne représentait rien d'identifiable et un sentiment de frustration s'empara de Meli.

Pol s'est clairement trompé, se dit-elle en riant intérieurement. Les symboles de chacune des runes commencèrent alors à s'assembler pour former quelque chose d'entièrement différent. Meli sentit son esprit voguer parmi les filaments d'énergie colorés flottant dans le Voile. Elle ne comprenait pas leur signification et pouvait seulement suivre cette énergie sans la toucher, mais la magie que renfermaient les runes traça le chemin émeraude sur toute sa longueur.

Lorsque la voie à suivre apparut clairement dans son esprit, Meli l'observa attentivement pour en mémoriser chaque détail au cas où la vision disparaîtrait. Elle essaya ensuite de relaxer la magie, mais cette dernière refusa de la quitter. Meli tourna sur elle-même et ses pieds se mirent à suivre le chemin de leur propre chef. Que se passait-il ? Pourquoi ne pouvait-elle pas s'arrêter ?

Des doigts agrippèrent fermement ses épaules, la forçant à s'immobiliser.

— Contrôlez-la, dit Pol d'un ton autoritaire.

Ses mots mirent un terme à l'emprise des runes sur Meli, qui prit une grande inspiration.

— Je suis désolée.

— Vous apprendrez, affirma Pol en haussant les épaules.

Meli rassembla les runes en tremblant. Une ligne courbe tournoyant sans relâche était de nouveau visible sur chacune d'elles, mais la lumière avait disparu. Elle toucha les pierres d'un doigt hésitant qui ne rencontra que leur surface lisse. Quelle que soit la nature de la magie qui avait failli prendre le contrôle, elle n'était pas liée aux symboles, mais ancrée au sein même des pierres. Sa main plana un instant au-dessus des runes avant qu'elle les ramasse pour les ranger soigneusement dans la bourse. Ses connaissances étaient bien trop limitées pour pouvoir les utiliser à bon escient.

Meli renoua le cordon de la bourse et la tendit à Pol pour lui redonner.

— Merci de m'avoir prêté des runes aussi uniques.

Le préposé afficha un sourire qui se refléta dans ses yeux dorés.

— Je ne vous les ai pas prêtées, jeune elfe. Elles ont toujours été à vous.

Avec le chemin à emprunter encore bien en tête, Meli décida de ne pas perdre de temps à en débattre. Elle accrocha la bourse à sa ceinture et fit signe aux autres de la suivre. Pour une fois, elle savait exactement où aller.

~

Lyr avançait à bonne allure sur son sentier favori à travers les bois, ses pas davantage guidés par l'habitude que par une intention quelconque.

Effectuer sa marche quotidienne avec un autre assassin dans les parages était plus que stupide. Il aurait au moins pu ne pas semer les gardes du corps qui le suivaient comme son ombre chaque fois qu'il quittait le domaine – les trois mêmes qui n'avaient pas été capables de détecter ou d'écarter le danger seulement quelques heures auparavant. Mais pour l'heure, il s'en fichait, et cet état d'esprit gagnait du terrain à mesure que les jours passaient. S'il marchait assez vite, il parviendrait peut-être à dépasser sa frustration et sa colère.

Lyr serra les poings devant le sentiment d'impuissance qui l'assaillit, le même écœurement qui le tourmentait depuis près de trente ans. Il n'arrêtait pas de se dire que la situation allait s'arranger. Du haut de ses 549 ans, il savait que les choses changeaient et évoluaient en permanence, même parmi les elfes au rythme de vie plus lent. Il était pourtant là, avec le meurtre de son père toujours non résolu, la personne derrière leurs problèmes récents non identifiée, et son âme sœur perdue à jamais pour le monde. Malgré sa formation et son pouvoir, il ne pouvait rien arranger.

Et à présent, il fallait qu'il se soucie des Neoriens.

Lyr était à mi-chemin du portail lorsque l'alarme intégrée au système de protection du domaine retentit dans son esprit. Les muscles tendus, il s'arrêta pour examiner mentalement la situation. Cinq personnes venaient de franchir le portail sans autorisation, et elles n'étaient pas guidées par quelqu'un en lien avec Braelyn. Les guides qui escortaient les voyageurs possédaient des médaillons leur permettant d'entrer avec leur groupe, donc il devait bel et bien s'agir d'une intrusion.

Il ne disposait que de la dague sanglée à sa botte, mais le temps pressait et sa sécurité était secondaire. *Clechtan*, il n'avait plus à faire ses preuves en tant que guerrier ! Ce territoire était le sien et il le connaissait mieux que n'importe quel intrus le pourrait. Il n'avait pas besoin de gardes du corps juste pour aller voir ce qui se passait au portail. Il pourrait s'en approcher rapidement et furtivement, et les gardes de terrain ne devaient pas être très loin.

Lyr érigea ses propres boucliers et les renforça au maximum avant de s'élancer hors du sentier. Le sous-bois était peu broussailleux ici, la forêt étant entretenue pour prévenir les incendies, et il allait donc devoir se montrer prudent pour ne pas se faire repérer. Il savait néanmoins très bien par où passer. Il naviga parmi les arbres en projetant largement ses sens, détectant seulement les intrus et les gardes perchés dans les arbres entourant le portail. Les *tayianeln* ne laissaient plus rien au hasard après leurs échecs précédents et ils avaient déjà envoyé des gardes supplémentaires au portail. Même s'ils attendaient les ordres de Lyr, ils étaient prêts cette fois.

Lyr se faufila derrière un banc en rondins conçu pour se fondre dans le paysage forestier. C'était le plus grand et le plus éloigné des trois bancs répartis autour de la clairière entourant le portail, parfait pour s'accroupir derrière. Ne sachant pas si les intrus disposaient de facultés magiques qui leur permettraient de détecter sa présence, il projeta plusieurs signatures énergétiques factices à différents endroits autour de la clairière. Une fois satisfait, il jeta un œil par-dessus le banc pour observer les nouveaux arrivants.

Quatre femmes et un homme. La personne la plus proche de sa cachette était une elfe plus âgée portant des habits longs, et les deux femmes à son côté semblaient être à son service. Lyr tourna les yeux vers l'homme aux cheveux flamboyants et retint aussitôt son souffle. L'énergie qui tournoyait autour du nouveau venu ne ressemblait à rien de ce que Lyr avait pu voir jusque-là. Pas tout à fait comme celle d'Eradisel, mais...

La voix de Ralan retentit soudain dans son esprit sans avertissement ni excuses.

— *N'attaque pas et méfie-toi de l'homme. Il n'est pas celui qu'il prétend.*

Lyr observa plus attentivement le groupe. Les habits blancs de l'aînée étaient richement brodés. Plus raffinés que ceux des autres dans son groupe. Et bien que la puissance de l'homme fût indéniable, les seules armes qu'ils portaient sur eux étaient des dagues de cérémonie. Encore des diplomates ? Il y avait une autre femme, qui était peut-être un genre de guide. Elle se tenait à l'écart des autres, et ses frêles épaules étaient si tendues qu'il pouvait le voir depuis l'autre bout de la clairière.

La femme plus âgée aboya un unique mot, que Lyr ne put discerner, et la femme à la silhouette élancée pivota sur ses talons, ses longs habits tournoyant autour de ses chevilles. Les étoffes étaient de bonne qualité, mais ses vêtements étaient plus sobres que ceux de l'aînée et maintenus par une ceinture en cuir. Elle fit un pas en avant et un pendentif monté sur une fine chaîne scintilla entre ses seins. L'amulette était-elle un simple ornement ou une sorte d'arme ?

Il n'aurait peut-être pas dû s'éloigner du domaine sans son épée finalement. Lyr se pencha en avant, concentré sur l'éclat métallique. La femme bougea de nouveau, passant à l'ombre, et la source du scintillement devint évidente. Un gros cristal dans un filet au maillage d'argent. Si cette femme était une assassine, il mangerait la mousse recouvrant le banc.

Elle prit ensuite la parole, attirant aussitôt l'attention de Lyr sur son visage. Bien qu'elle ne l'ait pas remarqué, il plongea son regard dans ses yeux bleu clair. Un frisson le traversa de part en part.

Ils ne s'étaient jamais rencontrés, mais il la connaissait.

Les mains de Lyr agrippèrent l'écorce du banc en rondins jusqu'à ce que le lichen s'effrite sous ses doigts. Ce n'était pas possible. Aimee était morte quatre années terrestres auparavant, et sa fille en avait été témoin. Arlyn n'aurait pas pu se tromper sur la mort de sa mère. De plus, la femme devant lui avait des cheveux blond clair, si différents du roux flamboyant qu'Arlyn avait hérité de sa mère. Il pouvait voir de ses propres yeux qu'il ne s'agissait pas d'Aimee, mais il sentait la connexion entre leurs âmes.

C'était la même que celle qu'il avait partagée avec Aimee, sans jamais compléter leur union. Bien que la signature énergétique de cette étrangère soit différente, son esprit était identique.

Cette femme était son *aenac* – son âme sœur.

Impossible.

Lyr n'avait jamais entendu parler d'un elfe trouvant une autre âme sœur après avoir perdu la première. Les âmes appariées étaient liées et lorsque l'une d'elles s'éteignait, elle emportait avec elle une partie de l'autre personne, la laissant avec une âme morcelée incapable de se lier de nouveau. Et pourtant, son âme résonnait avec celle de la femme à l'autre bout de la clairière. Peu importe à quel point il essayait de le nier.

Soudain, Lyr comprit pourquoi Kai avait paniqué et donné à Arlyn le collier permettant d'amorcer leur union lors de leur première rencontre. Lyr voulait s'élancer vers cette femme et faire de même avant de perdre une autre âme sœur, et il dut faire appel à toute la force de sa volonté pour résister. Même s'il s'avérait que tous les membres de ce groupe étaient prêts à le tuer, ils ne franchiraient pas de nouveau ce portail. Pas avant qu'il ait parlé à cette femme.

Après avoir donné un ordre par télépathie aux *tayianeln* cachés dans les arbres au-dessus de lui, Lyr s'apprêta à révéler sa présence. Sentant Kai approcher, il établit une brève liaison entre eux.

— *N'attaque pas. Reste en retrait et laisse-moi gérer ça. L'une de ces femmes ressemble à Aimee.*

CHAPITRE 7

— Guide !

Meli se retourna si vite qu'elle faillit s'empêtrer dans ses propres habits. Plus que lassée de l'attitude de l'ambassadrice, elle lança un regard noir à l'aînée. L'hostilité de la diplomate à son égard était-elle due à une quelconque querelle politique ou aux rumeurs à propos de l'exil imminent de la jeune elfe sans magie ? Meli n'en savait rien et elle s'en fichait. Ses craintes et son anxiété avaient disparu dans les brumes mouvantes, et elle refusait de se laisser malmener davantage.

— Ambassadrice Teronver, je vous prierai de vous adresser à moi par mon nom. Ameliar, au cas où vous l'auriez oublié.

L'aîné serra les poings et même Berris avait conservé assez de présence d'esprit pour s'écarter.

— Vous n'êtes rien, ma fille. Je m'adresserai à vous comme bon me semblera. Vous ne méritez aucun respect après nous avoir amenés dans cette contrée sauvage. Tout le monde savait que le roi avait perdu la tête, et ceci en est la preuve.

C'était déjà évident sans ça, songea Meli en ricanant intérieurement.

— Dites-moi, comment savez-vous que nous ne sommes pas arrivés à destination ?

— Vous pensez pouvoir trouver de l'aide dans un tel endroit ? Je doute que quiconque parmi ces gens non civilisés soit plus compétent que les grands mages d'Alfheim. (Teronver désigna la clairière vide d'un air pincé.) Pas un bâtiment en vue. J'exige que vous nous rameniez chez nous.

Meli fit non de la tête, prête à en découdre, mais elle fut interrompue par le petit rire de Pol. Elle suivit son regard puis se figea, bouche bée. Un elfe se tenait debout, seul, à l'autre bout de la clairière. Elle remarqua à peine ses cheveux brun foncé et son beau visage. Son attention était entièrement accaparée par ses yeux. De forme et de couleur identiques à ceux qui avaient hanté ses rêves d'aussi loin qu'elle s'en souvienne. Même lorsque l'ambassadrice agrippa son bras, elle ne put détourner le regard.

C'était lui.

Les ongles de Teronver s'enfoncèrent dans le bras de Meli, mais son attention resta braquée sur le nouveau venu. Il s'avança lentement vers eux d'un pas leste, sa posture similaire à celle des guerriers qui s'entraînaient dans les champs près de sa maison. Elle ne doutait pas qu'il était prêt à se battre s'ils se montraient hostiles et son cœur se serra, car pour la première fois depuis qu'elle avait franchi le portail, elle commençait à avoir peur. Berris était ce qui se rapprochait le plus d'un guerrier parmi eux, et elle oscillait d'un pied sur l'autre derrière l'ambassadrice. Génial.

Malgré la position de dirigeante de Teronver au sein du groupe, l'étranger s'arrêta devant Meli et s'inclina légèrement.

— *Mor gher Ayanel.*

Elle tressaillit devant la douceur de sa voix. Elle aurait pu jurer l'avoir déjà entendue dans ses rêves, mais elle n'avait absolument pas saisi ce qu'il avait dit.

— Je suis désolée, mais je ne comprends pas.

L'homme fronça les sourcils d'un air perplexe et s'exprima de nouveau, son intonation un peu différente cette fois. Voyant Meli secouer la tête d'un air confus, il fit plusieurs autres tentatives, semblant chercher un langage qu'elle comprendrait. Aucun des membres du groupe n'avait envisagé que ces gens pourraient ne pas parler leur langue. Une erreur grossière.

— Il faut que je m'entretienne avec Freyr à propos de votre isolement, marmonna Pol autant pour lui-même que pour Meli. Ça ne devrait pas faire mal. Enfin, pas trop.

— Qu'est-ce que... ?

Sans prévenir, Pol leva les mains, les paumes tournées vers chacun d'eux. L'énergie qui en jaillit subitement la prit par surprise, mais l'expression ahurie de l'étranger éclipsa la sienne. Juste avant que les ténèbres l'engloutissent, elle vit son visage se crisper de douleur. Puis elle sombra.

LYR GÉMIT ALORS qu'il reprenait conscience. Son esprit confus essayait de comprendre pourquoi il sentait un bâton s'enfoncer dans son dos et qui était la personne qui criait au-dessus de lui. Il se souvint alors de la frappe de magie de l'homme aux cheveux flamboyants et ouvrit brusquement les yeux pour se retrouver en plus aveuglé par la lumière. Quelque chose bougea au-dessus de lui et lui procura une ombre bienvenue, puis il réalisa que c'était Arlyn qui le surplombait, avec une flèche encochée dans son arc.

À quel moment était-elle arrivée ? Il cligna des yeux, en proie à un mal de crâne, et se remit debout.

Les gardes de terrain les encerclaient, lui et Arlyn, avec Kai en première ligne. Alors que Lyr commençait à reprendre ses esprits, il comprit que son ami n'avait fait qu'élever la voix. Le mage étranger, quant à lui, était littéralement plié de rire alors que les autres membres de son groupe affichaient un air confus. Lyr se massa les tempes et alla se placer devant Kai.

Lorsque l'homme finit par se redresser, ses yeux étaient encore rieurs.

— Voilà qui est enfin amusant.

Lyr réalisa avec surprise qu'il avait compris ses paroles. Il connaissait lui-même des sorts pour inculquer une langue à quelqu'un, mais c'était bien la première fois qu'on lui en imposait une sans son consentement. Il repéra la femme avec laquelle il avait tenté de communiquer et constata qu'elle avait l'air plus choquée que souffrante. La douleur qu'il ressentait venait-elle du fait que le sortilège avait forcé ses boucliers mentaux ? L'étranger avait réussi cette prouesse avec une facilité alarmante. Ralan avait raison – cet homme n'était pas du tout celui qu'il prétendait être.

— Je vous souhaite le bonjour, commença Lyr en essayant d'adopter la façon de parler de l'étranger.

Incertain des composantes du sort, il s'efforça néanmoins de trouver la bonne formulation avant d'ajouter :

— Je suis *Callian Myern i Lyrnis Dianore nai Braelyn*, ce que vous pourriez traduire par Seigneur Lyrnis, Duc de Braelyn. Notre maison vous souhaite la bienvenue à Moranaia, à condition que votre visite soit de nature pacifique.

Lyr ne regarda pas la femme vêtue de manière sophistiquée qui était probablement à leur tête. À l'instant même, il se fichait pas mal du protocole. Il se contenta d'attendre que la jeune elfe déchiffre ses mots. Comme tous hormis le mage échangeaient encore des regards confus, il en déduisit que le sortilège n'avait été destiné qu'à lui et à la femme à qui il venait de s'adresser. Cela lui donnait une bonne excuse pour exclure les autres.

— Je... oui, nous venons en paix. Nous sommes donc bien à Moranaia ?

Meli lança un regard empreint de nervosité à Kai, qui se tenait là avec son épée tirée, avant de tourner de nouveau les yeux vers Lyr.

— Nous sommes venus d'Alfheim pour solliciter votre aide.

Alfheim ? Lyr eut du mal à dissimuler sa surprise face à cette révélation. Les Ljósálfar étaient réputés pour être renfermés sur eux-mêmes, la majorité ne reconnaissant même pas leur relation avec les autres races féeriques. D'après ce qu'il avait entendu, ils se considéraient comme trop proches des déités pour demander de l'aide à qui que ce soit d'autre.

— Puis-je savoir quel est votre nom ?

— Ameliar Liosevore, mais la plupart des gens m'appellent Meli. Vous devriez en réalité vous adresser à l'ambassadrice Teronver. Je n'ai fait que nous amener jusqu'ici.

À la mention de son nom, l'aînée aboya un autre mot inconnu de Lyr et enfonça davantage ses ongles dans le bras de Meli. La jeune elfe tenta de se libérer, mais la femme resserra sa prise et la secoua légèrement en s'adressant de nouveau à elle.

Le regard de Lyr se fit glacial, alors qu'il bouillait de colère intérieurement.

— Si elle ne lâche pas immédiatement votre bras, elle pourra retourner d'où elle vient.

Meli prononça sèchement quelques mots dans sa langue natale et l'ambassadrice la lâcha. Frottant son bras, la jeune elfe s'approcha de Lyr et les gardes autour de lui s'agitèrent. Il leva une main.

— Baissez la garde.

Lyr s'adressa à Kai par voie télépathique :

— *Ils sont venus d'Alfheim pour chercher de l'aide.*

Sans un mot, Kai rengaina son épée et recula pour aller se placer à côté d'Arlyn. Après avoir regardé son père et son compagnon tour à tour, Arlyn abaissa également son arc.

— *Alfheim ?* demanda Kai. *Pas étonnant que je ne comprenne pas un mot de ce qu'ils disent. Ces fumiers arrogants nous évitent depuis des millénaires.*

Lyr réprima un sourire devant l'affirmation crue mais juste de son ami. Avant qu'il puisse répondre, Meli s'adressa à lui, jetant toutefois un regard inquiet aux gardes qui l'encerclaient encore de manière protectrice.

— Y a-t-il un endroit où nous pourrions nous installer le temps de présenter notre demande d'assistance ? Nous vous serions reconnaissants de nous prêter un petit bout de terrain pour établir notre campement, et encore plus si nous avions la possibilité de chasser.

Lyr songea à lui demander de séjourner dans sa demeure, suffisamment proche de lui pour qu'il puisse la voir, mais la prudence bataillait avec le désir. Ils ne savaient pas grand-chose à propos des membres de ce groupe, et leur arrivée coïncidait de manière suspecte avec la récente attaque au sein du domaine. Pour autant qu'il sache, la connexion qu'il ressentait entre eux pourrait bien être une ruse. Jusqu'à ce qu'il soit certain de leurs intentions, il avait plutôt intérêt à se montrer très prudent quant au choix de leur lieu de résidence.

~

UN SENTIMENT d'urgence de plus en plus pressant rongeait Kien de l'intérieur. Un autre assassin avait échoué, celui-là mi-humain, mi-Dökkálfr. Comment avaient-ils détecté la présence de Beckett ? La cape qu'il portait ce jour-là avait été conçue pour déjouer le système de protection de Moranaia, et il était suffisamment doué pour combiner sa magie au fer. Mais d'une façon ou d'une autre, ils l'avaient quand même repéré.

Pire encore, la disparition de son frère Ralan du monde des humains indiquait clairement qu'il était rentré à Moranaia avec sa fille. L'empoisonnement de l'énergie ne servait plus à rien à présent puisque Kien l'avait uniquement déclenché pour tuer la fillette, et Ralan avec, si possible. Ce n'était plus qu'une question de temps avant que son frère devienne roi. Leur père n'en avait plus pour longtemps désormais.

Il n'y a aucun futur dans lequel tu seras roi. Résigne-toi.

Maudits devins. D'abord, la grand-tante de Kien avait tenté de le manipuler en lui faisant croire qu'il ne pourrait jamais régner. Ensuite, elle avait prophétisé que le premier des enfants du roi qui engendrerait une descendance avec une femme d'un autre monde serait son héritier. Comme Teyark s'intéressait rarement aux femmes, Ralan était le candidat le plus probable.

Un autre satané devin.

Pourquoi personne d'autre ne voulait-il comprendre qu'un devin ne devrait pas régner ? Kien ne ferait jamais aveuglément confiance à ceux qui lisaient l'avenir et œuvraient pour l'altérer.

Un tel pouvoir était diabolique. Sa grand-tante n'avait-elle pas conspiré pour faire monter l'un de ses semblables sur le trône ? Dommage pour elle. Kien serait l'artisan de son propre futur.

Il allait devoir redoubler d'efforts pour s'approprier le portail. Après son exil, il avait été enchanté pour l'empêcher de revenir, mais au moins deux individus parmi son armée de sang-mêlé seraient capables de rompre ce sortilège si seulement ils pouvaient prendre le contrôle du portail pendant suffisamment longtemps. L'empoisonnement de l'énergie pouvait attendre. Certains protesteraient, mais Kien n'était pas contre un petit démembrement s'il devait se montrer persuasif. Il fallait tout faire pour empêcher les atrocités qu'un devin provoquerait en tant que roi.

Lyr décida finalement d'héberger les nouveaux arrivants dans la tour des invités agencée autour d'un arbre entre les baraquements et son bureau. Leurs intentions s'avéreraient peut-être mauvaises, mais il ne pouvait pas refuser l'hospitalité à des diplomates en déplacement. De plus, s'ils étaient impliqués dans les attaques, il valait mieux les garder à proximité.

À proximité et sous surveillance constante.

Suivi de tout le groupe, Lyr monta l'escalier extérieur spiralant autour de la tour des invités jusqu'à ce qu'ils atteignent la passerelle couverte menant à la porte d'entrée. Il aperçut le garde perché dans les branches au-dessus de son bureau, prêt à signaler toute activité suspecte. Une précaution nécessaire ces derniers temps.

Les bâtiments du domaine étant aménagés autour et parfois dans les arbres, les logements réservés aux invités étaient suffisamment spacieux pour que les membres du groupe ne se sentent pas offensés par leur installation ici. En réalité, le fait d'avoir une tour entière à leur disposition pourrait contribuer à apaiser le sentiment de supériorité manifeste de la diplomate plus âgée, et il serait plus facile pour Lial de soigner les deux préposées les plus affectées par le voyage. Lyr était surtout inquiet pour la petite femme au teint pâle qui continuait à s'étreindre elle-même en gémissant. Si Lial ne pouvait rien faire pour elle, ils allaient devoir faire venir un guérisseur spécialisé dans les troubles mentaux.

Lyr leur montra le loquet de la porte, qui comme le reste de la tour se confondait avec l'écorce de l'arbre, puis les fit entrer. L'intérieur était joliment incurvé et agencé en spirale autour du tronc de l'arbre, chaque espace de vie étant séparé du suivant par une volée de marches. Sur la droite en descendant, il y avait une petite table pour les repas, tandis que sur la gauche en montant se trouvait un espace salon et détente. Au-dessus, il y avait une bibliothèque ainsi que six chambres séparées.

Prenant soin de conserver une expression polie, Lyr désigna la porte par laquelle ils étaient entrés.

— Il s'agit du seul accès au logement, et un garde sera posté à la passerelle pour assurer votre sécurité.

Hormis Ameliar et Pol, tous le fixèrent d'un air impassible, ne comprenant toujours pas un mot de ce qu'il disait. Ameliar regarda la passerelle en fronçant les sourcils.

— Un garde pour notre sécurité ? Voulez-vous dire que nous sommes prisonniers ?

— Bien sûr que non.

Seulement très bien surveillés, songea Lyr avant d'ajouter :

— Nous avons eu quelques difficultés dernièrement, et je veux simplement m'assurer que vous soyez protégés. Le garde pourra aussi vous servir d'escorte afin de ne pas vous perdre. Braelyn est un domaine au sein duquel il peut être difficile de naviguer.

La lueur dans les yeux de Meli indiqua à Lyr qu'elle voyait clair dans son jeu malgré ses efforts pour faire preuve de diplomatie, mais elle ne protesta pas. Au vu de leur arrivée soudaine, la prudence dont il faisait preuve n'était pas déraisonnable. Même quelqu'un d'aussi manifestement jeune qu'elle pourrait le comprendre. Elle se contenta de hocher la tête et se tourna vers les autres pour leur expliquer tandis que Pol l'observait en souriant.

Lyr ne voyait pas comment celui-là s'était retrouvé inclus dans leur groupe. Ses cheveux flamboyants détonnaient parmi ses compagnes de voyage aux cheveux blond clair et son dynamisme était encore plus frappant. Comment n'avait-il pas été ébranlé par son voyage à travers le Voile alors que les quatre femmes étaient visiblement exténuées ? Lyr allait s'assurer que ses gardes surveillent particulièrement Pol.

Alors que Meli expliquait la situation aux autres, le visage de l'ambassadrice se crispa. Elle aboya quelques mots que Lyr ne comprit pas. Le corps de la jeune elfe se raidit entièrement. Elle répondit à l'autre femme à voix basse, semblant se défendre contre une quelconque accusation. Lyr ne savait pas encore pourquoi l'aînée traitait Meli avec autant de malveillance, mais un besoin vital de la protéger l'assaillit. En dépit de son incertitude quant à l'authenticité de leur lien, il était indéniablement attiré par elle.

Il allait devoir se tenir sur ses gardes vis-à-vis de cela.

— Dame Ameliar, veuillez assurer à votre dirigeante que cet hébergement compte parmi les meilleurs au sein du domaine. Nous privilégions les petites habitations qui s'intègrent dans l'environnement naturel. Même le palais du roi ne se dresse pas aussi haut que les pinacles en pierre qui font la renommée d'Alfheim.

— Dame ? Non, non... je ne suis pas une dame. Juste Meli, dit-elle en triturant la bourse qui pendait à sa ceinture. Vous venez de mentionner nos pinacles en pierre. Êtes-vous déjà allé à Alfheim ? Vous me semblez... familier.

Lyr avait du mal à rester méfiant alors que son regard était plongé dans les yeux confus de la jeune femme, d'un bleu aussi pâle que celui des fleurs parsemant les champs au printemps. Elle parlait de façon si hésitante et affichait si ouvertement sa nervosité qu'il était évident qu'elle n'avait absolument pas l'habitude de gérer ce type de situation.

— J'ai seulement lu des choses sur votre monde dans nos registres. Êtes-vous déjà allée sur Terre ?

— Oh, non. Je n'ai jamais quitté Alfheim. Jusqu'à maintenant, du moins. Je viens juste de terminer mes études.

Lyr hocha la tête, ses doutes confirmés. Les elfes avaient une apparence juvénile durant des siècles, mais leurs manières permettaient souvent d'identifier les plus jeunes parmi eux. Meli n'avait sans doute pas plus de trente ans, ce qui signifiait que sa présence au sein d'un groupe diplomatique était plutôt curieuse – mais aussi qu'elle était trop âgée pour être une réincarnation d'Aimee.

— Nous aurons peut-être l'occasion de discuter de ce curieux sentiment de familiarité plus tard. Tout d'abord, je dois vérifier mon emploi du temps et voir à quel moment je serai disponible pour recevoir la requête de l'ambassadrice. Je vous prie de bien vouloir l'informer que j'enverrai prochainement un message avec cette information.

— Ce sera fait, Seigneur Lyrnis, affirma-t-elle en inclinant la tête.

Même si tous ses instincts lui hurlaient de rester avec elle – ou mieux encore, de l'emmener avec lui –, Lyr se fit violence pour hocher la tête et se détourner, avant de forcer ses pieds à le conduire vers son devoir omniprésent envers son peuple.

CHAPITRE 8

Lyr avait eu l'intention de rejoindre son bureau une fois descendu de la tour, mais au lieu de ça, il se retrouva à errer dans le jardin. Il ralentit l'allure alors que la culpabilité montait. Beaucoup de travail l'attendait, et il avait dit à Meli qu'il allait organiser une réunion. Lial n'allait cependant pas tarder à aller rendre visite aux nouveaux venus, il pouvait donc s'accorder un moment de paix – même si cette notion était très relative ces temps-ci – avant d'aller consulter son emploi du temps.

Déterminé à profiter du peu de temps qu'il avait devant lui, il accéléra le pas et emprunta un petit sentier qui longeait le ruisseau serpentant à l'arrière du domaine. Autrefois, un petit muret en pierre séparait le chemin du cours d'eau, mais il s'agissait plutôt d'un élément décoratif que d'une véritable barrière. Construit par sa grand-mère, si sa mémoire était bonne. La pierre était si usée par les millénaires écoulés que seule la magie maintenait le muret dans son état actuel.

Lyr suivit le ruisseau jusqu'à ce que des rires d'enfants se mêlent au gargouillis apaisant de l'eau. Sur la droite, où la forêt s'ouvrait sur une prairie, Eri et Iren se poursuivaient l'un et l'autre sur l'herbe souple et verdoyante. Son cœur trébucha. Même si aucun des deux enfants ne ressemblait à Arlyn, il se sentit affecté par leur joie débridée. Sa fille avait-elle été si joyeuse et insouciante durant les années qu'il avait manquées ? Il avait l'âme en peine en songeant à tout ce temps perdu.

Arlyn lui avait peut-être pardonné le fait de ne pas être revenu sur Terre pour s'assurer qu'Aimee allait bien, mais lui-même ne pensait pas être capable de se le pardonner un jour.

— Ils sont devenus si proches en si peu de temps. Est-ce que c'est courant parmi les enfants chez les elfes ?

Lyr sursauta lorsqu'Arlyn interrompit ses rêveries, totalement désarçonné par son apparition soudaine. Peu de gens arrivaient à le prendre par surprise, de façon intentionnelle ou non.

— Je pense que les enfants sont un peu les mêmes partout. Ils ont peu de contraintes, contrairement à leurs aînés.

— Tellement vrai, acquiesça Arlyn en souriant encore un moment en les regardant. Je suis désolée de te déranger alors que tu es perdu dans tes pensées, mais j'étais en train de regarder les rapports dont tu voulais que je m'occupe quand le miroir de ton bureau s'est mis à sonner.

Lyr se remit en route en direction de la demeure principale, même si c'était le dernier endroit au monde où il avait envie d'être.

— *Clechtan !*

— Est-ce que c'est mauvais signe ?

Voyant les enjambées qu'Arlyn devait faire pour arriver à le suivre, il ralentit le pas.

— Probablement. Ce miroir est mon moyen de communication avec plusieurs autres royaumes féeriques et elfiques. Je suppose qu'il s'agit encore d'un autre groupe qui veut me demander quelque chose.

— Pourquoi celui qui vient juste d'arriver ne t'a pas contacté à l'avance s'il y a moyen de le faire ? Ça semble malpoli de se pointer sans prévenir.

— Je ne suis pas en liaison avec les Ljósálfar. Ils ont quitté la Terre bien avant nous et se considèrent comme des êtres presque divins. Même s'ils ont daigné reconnaître leur relation avec notre peuple, ils ne se sont certainement pas souciés de rester en contact.

Personne de ma connaissance n'a entendu parler d'eux au cours des millénaires écoulés depuis que nous avons quitté le monde des humains.

— Presque divins ? demanda Arlyn d'un ton surpris. La femme a qui tu as parlé ne m'a pas donné cette impression. Je n'ai pas compris ce qu'elle a dit, mais son hésitation était évidente. Elle avait l'air de souhaiter que le sol l'engloutisse.

— Elle est assez jeune. Peut-être même plus jeune que toi. C'est assez curieux en effet de voir quelqu'un de son âge participer à une expédition comme celle-ci.

Désireux d'observer l'expression de sa fille, Lyr l'arrêta en douceur en posant une main sur son épaule avant de lui demander :

— Aurais-tu par hasard remarqué quelque chose de différent chez elle ? Quelque chose de familier, peut-être ?

Arlyn afficha une moue dubitative.

— Maintenant que tu le dis... oui. Je suis sûre que je ne l'ai jamais vue avant pourtant.

Le cœur serré, Lyr détourna les yeux.

— Arlyn, je... je ressens un lien d'âmes avec elle.

Pendant un long moment, seuls les rires des enfants au loin brisèrent le silence. Lorsque Lyr osa regarder sa fille dans les yeux, il fut alarmé de les voir emplis de larmes. Était-elle contrariée à l'idée qu'il ait pu trouver quelqu'un d'autre que sa mère ? Puis elle le surprit en se jetant dans ses bras, un rire lui échappant alors qu'elle l'étreignait. Lorsqu'elle s'écarta de lui, son visage rayonnait de joie.

— Je croyais que tu avais dit que tu n'aurais jamais une autre chance. Bon sang, c'est merveilleux !

— Du calme, Arlyn, dit-il alors qu'il ne pouvait pas s'empêcher de sourire devant son enthousiasme inattendu. Un tel bonheur est encore loin d'être gagné. Déjà, je n'ai bel et bien jamais entendu parler de quelqu'un ayant trouvé une autre âme sœur après avoir perdu la première. Il existe quelques rares liens d'âmes avec trois ou quatre partenaires, mais ce n'est pas la même chose. Je ne suis pas sûr de pouvoir me fier à ce ressenti.

Arlyn secoua la tête pour protester.

— On peut difficilement se tromper sur un lien d'âmes.

— J'ai appris à ne rien prendre pour acquis. (Il reprit son sérieux en songeant à cela et son sourire s'évanouit.) Il n'y a aucune garantie qu'elle sera intéressée par moi, et le lien d'âmes n'est pas obligatoire. Le fait de ne pas s'unir n'a guère de conséquences, hormis le fait de perdre quelque chose de rare. Comme je ne suis pas aussi impétueux que Kai, je refuse d'amorcer le lien et de lui demander son avis seulement après. Même si je dois bien admettre que la méthode est tentante.

— Hé ! s'exclama Arlyn en souriant et en le poussant gentiment.

Devant ce geste affectueux spontané, Lyr eut un pincement au cœur, mais pas de façon douloureuse comme tout à l'heure. Bien qu'il ait manqué l'enfance de sa fille, il avait maintenant l'opportunité de se rapprocher d'elle. Maintenant et pour les siècles à venir.

— Tu peux le répéter à Kai.

— Tu sais que je vais le faire, répondit Arlyn en riant. Mais allons-y. Le miroir ne va prendre l'appel par lui-même. On ferait bien d'aller voir ce qui se passe encore.

Ils entrèrent par le couloir situé à l'arrière de la demeure et l'humeur de Lyr s'assombrit davantage lorsqu'il vit la porte de la bibliothèque. Cette même bibliothèque où sa mère avait fait une chute, entraînant avec elle son traître de capitaine. Un mois s'était écoulé, mais il ne supportait toujours pas l'idée d'y remettre les pieds. Le guérisseur avait déjà déplacé le corps de sa mère – qu'il avait sauvée – le temps que Lyr revienne jusqu'au domaine, mais il pouvait quand même visualiser son corps désarticulé sur le sol en pierre. Cette pièce était un rappel constant de la façon dont elle avait souffert à cause de son manque de vigilance. Il lui faudrait un certain temps pour pouvoir y pénétrer de nouveau sans avoir la nausée.

Devinant ce qu'il ressentait, Arlyn pressa le bras de son père alors qu'ils passaient devant la bibliothèque, et ce geste lui fit chaud au cœur. Il hâta cependant le pas, refusant toujours de se confier sur la profondeur de sa détresse. Il ne pouvait pas faire porter ce fardeau à Arlyn, pas alors qu'elle et tous les autres avaient besoin qu'il se montre fort. S'il pouvait se remettre suffisamment vite, ils ne s'apercevraient jamais de sa faiblesse.

Arlyn l'arrêta juste avant qu'ils entrent dans son bureau.

— Je travaille avec Selia sur les barrières de protection, alors je ne peux pas rester. Je me demandais toutefois... si les prêtres d'Arneen peuvent rompre un lien d'âmes, est-ce qu'ils ne pourraient pas aussi répondre à tes questions à propos de ce lien potentiel ? Peut-être qu'*eux* auraient une trace d'un cas similaire dans leurs registres.

— Excellente idée. (Il lui lança un regard par-dessus son épaule en ouvrant la porte.) La plupart des prêtres vivant ici prennent soin d'Eradisel, donc leur formation est centrée sur l'arbre sacré. Mais il y a une communauté isolée non loin d'ici. Quand nous en aurons fini avec Neor et nos nouveaux invités, j'irai voir ce que je peux trouver.

Puis Arlyn laissa Lyr à la tâche qu'il redoutait.

Devant les hautes fenêtres situées derrière son bureau se trouvait un grand miroir sur pied doté d'un élégant cadre en *peresten*. Comme les fenêtres du côté opposé se reflétaient dedans, la plupart des visiteurs ne le remarquaient pas – Arlyn avait même failli le renverser une fois. Il s'agissait pourtant de l'un des éléments les plus importants de la pièce. Le premier *myern* de Braelyn avait effectué de nombreux voyages sur Terre ainsi que dans les autres royaumes féeriques et elfiques afin d'établir des liaisons permettant aux Moranaiens de communiquer avec leurs semblables autrefois plus proches. Durant les quarante-mille ans depuis, chaque *myern* avait ajouté des liaisons selon les nécessités. Ce simple miroir était relié à tant d'autres.

Lyr s'avança pour observer son reflet et fronça un instant les sourcils devant les cernes marqués sous ses yeux, signe certain que son niveau d'énergie était trop bas. Son corps et ses réserves d'énergie semblaient ne plus se régénérer entièrement depuis sa blessure. S'il n'en parlait pas à Lial au plus vite, le guérisseur allait le tuer. Mais la communication qu'il était sur le point d'initier était plus urgente dans l'immédiat. Toute faiblesse serait remarquée, et il ne pouvait pas le permettre. Avec un geste ample de la main et une autre dépense d'énergie, il lança un charme simple pour modifier son apparence. Cela ferait l'affaire pour une réunion à travers le miroir.

Lyr fit courir ses doigts le long du cadre métallique froid, ses volutes ornementales lui rappelant le Voile. Il trouva le sortilège dont il avait besoin, y infusa sa propre énergie, et recula. Des images défilèrent dans le miroir alors que Lyr passait en revue les dernières tentatives de communication. Quand apparut le visage froid de Meren, seigneur Seelie et emmerdeur de première classe, Lyr grogna de manière audible. La dernière mission de Kai à la cour des Seelie avait été de négocier avec ce Sidhe en particulier, et les choses ne s'étaient pas bien passées.

La plupart de ceux que les humains désignaient comme les Sidhes dans leurs récits mythiques vivaient sous l'autorité des Tuatha dé Danann originels ou parmi les cours des Seelie et des Unseelie, avec d'autres créatures féeriques. Les collines des Tuatha étaient éparpillées et isolées, mais les cours étaient vastes et animées. Peu importe l'endroit où ils vivaient cependant, les Sidhes étaient tenus d'honorer le serment de leurs ancêtres : ils devaient rester sous terre tandis que les humains régnaient en surface. C'était le prix à payer pour une guerre qu'ils avaient perdue. La magie leur avait permis de se forger un monde souterrain dans une autre dimension proche de la Terre. Au fil du temps, la majorité d'entre eux en étaient venus à le préférer.

Meren, en revanche, était plus qu'impatient de retourner à la surface de la terre pour trouver une solution au problème de l'énergie empoisonnée. Il avait sollicité l'aide de Lyr à ce sujet un peu plus d'un an auparavant. Les Moranaiens ayant quitté la Terre avant le serment qui avait entraîné la construction des royaumes souterrains, Meren avait espéré que les éclaireurs de Lyr, libres d'aller et venir, seraient en mesure de découvrir quelque chose à la surface qui forcerait les Sidhes à briser leur serment ancestral. Au vu des tentatives d'assassinat auxquelles Kai avait dû faire face durant son séjour à la cour des Seelie, d'autres Sidhes étaient contre cette idée.

Avec un soupir, Lyr activa le sort de communication et se prépara à une discussion formelle. La surface du miroir devint d'un bleu vif, comme toujours avant l'établissement de la liaison avec le seigneur Sidhe. Lyr s'attendait à devoir patienter un long moment, mais le fond bleu disparut presque aussitôt pour laisser place au visage étonnamment crispé de Meren. Même si le Sidhe aux cheveux clairs était âgé de mille ans de plus que Lyr, cela ne se voyait pas. Seules de petites rides de fatigue au coin de ses yeux pouvaient l'indiquer.

— Je vous souhaite le bonjour, *Callian Myern i Lyrnis Dianore nai Braelyn*, dix-huitième en lice pour l'accession au trône de Moranaia et Ambassadeur principal à la cour des Seelie de la reine Lera. Je vous remercie de m'avoir recontacté aussi vite. J'espère que tous se portent bien au sein de votre foyer et parmi vos semblables.

Lyr avait suffisamment d'expérience pour ne pas mordre à l'hameçon. Le seigneur Meren se souciait peu de son bien-être et davantage de toute faiblesse qu'il pourrait lui révéler.

— Je vous salue également, Seigneur Meren de la cour des Seelie. Chacun réside ici en bonne santé et en paix, et j'espère qu'il en est de même pour votre maison. Que me vaut le plaisir de cette entrevue ?

Le seigneur Sidhe alla droit au but.

— La reine Lera a été informée que l'une de nos colonies, Neor, est tombée. Elle a aussi appris que sa subordonnée s'était tournée vers vous au lieu de notre cour, ce qui l'a plutôt contrariée.

— La *reine* Lera ? Je pensais que Tatianella était votre reine.

Meren afficha une moue embarrassée.

— Sa mère est… indisposée. La reine Tatianella s'est temporairement retirée.

La raison de la nervosité manifeste du seigneur devint évidente. Quelque chose de grave se passait à la cour des Seelie, et Lyr était prêt à parier que c'était en rapport avec l'empoisonnement de l'énergie.

— Je suis désolé de l'apprendre. Je vous confirme que nous avons effectivement été contactés par un représentant de la reine de Neor.

Le seigneur Meren tourna la tête de côté un moment comme s'il écoutait quelqu'un d'autre. Lorsqu'il tourna de nouveau les yeux vers Lyr, ce dernier vit qu'ils étaient emplis de regrets, même s'il ne doutait pas que cette émotion était feinte.

— J'ai bien peur de devoir insister pour que vous restiez en dehors de cette affaire. Elle ne concerne que les Seelie, et nous allons la régler à notre manière.

— Et j'ai bien peur de ne pas pouvoir faire ça, dit Lyr en redressant l'échine lorsque le souvenir du messager épuisé et désespéré lui traversa l'esprit. Mon propre prince, l'héritier actuel du trône, m'a ordonné de leur apporter notre aide.

— Pardon ? s'exclama Meren, plissant le front de colère. Comment avez-vous osé prendre une telle décision sans contacter notre cour d'abord ?

Lyr garda son sang-froid tout en s'autorisant à afficher son mépris.

— Oh, non, Seigneur Meren. Comment avez-*vous* osé ? Vous *nous* avez contactés il y a un an pour que nous vous aidions à gérer votre problème, mais nos tentatives répétées de trouver un accord n'ont eu pour seul résultat que la mise en danger de la vie de mon diplomate. Les brumes du Voile sont de plus en plus turbulentes pendant que vous refusez d'accepter une quelconque solution. Je ne permettrai pas qu'une cité entière soit livrée à la violence et au chaos parce que votre cour ne peut parvenir à un accord.

— Peu importe nos discussions précédentes, vous ne devriez pas intervenir dans les affaires de notre royaume.

Sentant son énergie s'affaiblir, Lyr se hâta de mettre un terme à la discussion.

— D'après ce que je sais, la reine de Neor est largement autonome et a le droit de travailler de concert avec d'autres royaumes. Quoi qu'il en soit, nous avons déjà promis notre soutien, et nous allons donc leur apporter notre aide. Si la reine Lera souhaite poursuivre l'établissement d'un traité avec nous, alors je vous enverrai une fois de plus l'*ayal* Kaienan.

Malgré son visage empourpré de colère, Meren conserva un ton posé.

— Je dois bien entendu consulter la reine à ce propos. Je vous recontacterai dans quelques jours.

Leur conversation prit fin de manière encore plus abrupte que celle dont elle avait commencé. Lyr déconnecta son énergie du miroir, le ramenant à son état par défaut, et se débarrassa du charme qu'il avait utilisé pour masquer sa fatigue. Son visage était pâle et presque hagard sous ses cheveux brun foncé. Il avait besoin de se reposer, de régénérer l'énergie qu'il ne semblait plus pouvoir stocker, mais après cette journée chaotique, il n'était pas certain de pouvoir mettre son esprit en veille.

Il tituba jusqu'à la chaise la plus proche et se laissa tomber dessus. Par toutes les divinités d'Arneen, pourquoi les Sidhes faisaient-ils traîner les choses ? Pourquoi solliciter régulièrement des pourparlers pour ensuite tenter de les mettre sur la touche ? Les Neoriens étaient la preuve vivante des dangers du poison, et Lyr avait sa petite idée sur la raison pour laquelle la reine Tatianella était « indisposée ». Comment pouvaient-ils regarder leurs gens tomber malades sans rien faire au nom de questions politiques ? Tout cela n'avait aucun sens.

Lyr appuya sa tête contre le dossier rembourré de la chaise alors qu'il envisageait toutes les possibilités. Le sommeil l'emporta sans qu'il s'en rende compte.

~

Naomh suivait l'éclat flamboyant de la chevelure de Caolte à travers la colline de Knocknarea. Leurs chevauchées nocturnes étaient plus difficiles à présent, la vie moderne se rapprochant de plus en plus du site ancien. Alors qu'autrefois ils se déplaçaient librement entre le crépuscule et l'aurore, ils ne s'aventuraient désormais à la surface que lors des nuits les plus noires. Ils pouvaient s'amuser avec les humains de temps à autre – et ne s'en privaient pas –, mais le faire trop souvent attirerait trop l'attention. Ils préféraient que la rumeur les considère comme des êtres légendaires. Une fois et une seule avaient-ils permis à un humain d'immortaliser leurs noms, et Caolte avait développé une affection surprenante pour le garçon. Ce n'était pas le cas de Naomh, mais à sa décharge, ce satané poète avait fait de lui un personnage féminin.

Leurs chevaux filaient à vive allure sur la pente de la colline, sans que leurs sabots foulent vraiment la terre. Les humains ne pourraient pas dire que les Sidhes avaient brisé leur serment – leurs pieds n'avaient jamais touché le sol. Alors que Caolte arrivait à proximité du cairn de l'Ancienne, il ralentit et tous deux regardèrent en contrebas. En dépit de l'heure tardive, de nombreuses lumières brillaient dans la ville bordant les eaux. Quelques années seulement auparavant, seule une poignée de petits bâtiments se dressaient dans l'obscurité, mais l'expansion des humains et de leur technologie avait changé les choses. Pourquoi tant de ses semblables voulaient-ils retourner dans ce monde... étrange ?

Caolte fit le tour jusqu'à l'autre côté, celui-là donnant sur des champs obscurs bien plus fidèles aux paysages des temps passés, avant d'arrêter son cheval. Son regard balaya le sommet de la colline avant de se tourner vers Naomh.

— Elle n'est pas là.

Après des siècles, Naomh comprenait précisément ce que son frère n'avait pas dit. Elle n'était jamais là. Cela faisait plus de cinq-cents ans qu'ils revenaient à l'endroit où il avait rencontré Elerie pour la première fois. Des centaines d'années à se dire qu'il aurait dû insister pour qu'elle reste auprès de lui après leur dernier séjour dans son royaume souterrain. Ils ne s'étaient jamais unis à la façon du peuple de la jeune femme, mais il avait ressenti leur connexion dans son âme. Elle lui avait juré de revenir une fois sa mission terminée, ce qui était sûrement le cas depuis le temps.

Naomh savait très bien qu'elle ne reviendrait probablement jamais, mais il lui avait promis de venir l'attendre chaque mois, à la lune noire, près du vieux cairn. Les Sidhes pouvaient parfois tergiverser ou se montrer évasifs, mais ils tenaient toujours leur parole. Naomh chevaucherait donc sur ces collines tous les mois tant qu'il en serait capable, et tant que son imbécile de frère ne viendrait pas tout gâcher en violant le traité. Un retour à la surface mènerait sans aucun doute à la guerre, et leurs semblables se feraient pourchasser chaque fois qu'ils se montreraient.

— Tu n'as pas besoin de m'accompagner, tu sais, dit Naomh. Je suis parfaitement capable de faire ce voyage seul.

Caolte lui lança un regard de travers, ses cheveux crépitant d'exaspération.

— Nous effectuons ce voyage ensemble depuis des millénaires, mon frère, et il en sera toujours ainsi.

Secouant la tête, Naomh fit faire demi-tour à son cheval pour redescendre la colline. Même si les deux étaient seulement demi-frères, il était plus proche de Caolte qu'il ne le serait jamais de Meren. Il regarda par-dessus son épaule en souriant et dit :

— Viens. Nous avons encore quelques méfaits à accomplir.

CHAPITRE 9

*L*yr se passa une main sur le visage, tentant de bloquer la lumière qui l'aveuglait.

Minute, de la lumière ? Il se redressa d'un bond. Sa chaise était tournée vers l'est, et la journée était trop avancée pour... Son regard fut subitement attiré par le miroir derrière lui, où le soleil couchant se réfléchissait. Il avait dû dormir durant plusieurs heures. Et si ses sens ne le trompaient pas, il n'était pas seul.

Plissant les yeux, Lyr balaya la pièce du regard, à la recherche de la présence qu'il avait détectée. Il ne lui fallut pas longtemps. La lumière lui parut rapidement moins aveuglante, et sa vision s'ajusta suffisamment pour pouvoir distinguer la silhouette de Lial, assis en face de lui dans la pénombre. Depuis combien de temps était-il là ? Lyr se sentit troublé de ne pas s'être réveillé à l'arrivée du guérisseur.

— Combien de temps allais-tu encore attendre avant de venir me voir ? demanda Lial.

Lyr se passa une main dans les cheveux pour les recoiffer après sa sieste improvisée.

— Je suppose que nier le problème ne servirait à rien puisque tu m'as surpris en train de dormir comme un bébé en plein après-midi.

— Pas à moins que tu aies défendu le domaine à toi tout seul contre une armée pendant que j'avais le dos tourné. Je ne vois pas grand-chose d'autre qui aurait pu drainer ton énergie à ce point. (Lial tapota sa lèvre de son index.) Kai m'a dit que tu te comportais de manière étrange ces derniers temps, et j'ai réalisé que je ne pouvais pas te laisser continuer comme ça plus longtemps. Si je dois faire venir un spécialiste des troubles mentaux, je le ferai.

— Je n'ai pas perdu la tête, mais je dois bien avouer que je ne suis pas en forme. Je n'arrive pas à me reposer à cause de cauchemars sur ma capture, la blessure de ma mère, la perte d'Aimee même. (Lyr frotta la blessure sur son torse d'un air pensif.) En plus de ça, ma blessure ne semble pas vouloir guérir entièrement.

— *Miaran*, Lyr ! Pourquoi ne m'as-tu pas fait appeler ?

Lial bondit sur ses pieds et se dirigea vers Lyr avec une expression qui était passée d'irritée à vraiment en colère.

— Enlève cette tunique où je vais m'en charger pour toi.

Lyr haussa un sourcil.

— Tu as beau avoir du sang royal, tu es sous mon commandement maintenant.

— Dans des cas comme celui-là, le guérisseur n'obéit à nul autre qu'à son talent.

Le prenant au mot, Lyr délaça le haut de sa tunique et en écarta les pans pour exposer la plaie qui barrait sa poitrine au niveau de son cœur, sa peau à peine cicatrisée après pourtant un mois. Lial plaça sa main au-dessus de la plaie et ferma les yeux. En moins d'une seconde, une lueur bleue vint irradier la blessure. Lyr sentit le fourmillement de l'énergie du guérisseur, mais sans douleur. Après un moment, il se détendit et ferma lui aussi les yeux jusqu'à ce que la sensation s'estompe.

Lyr leva les yeux et vit Lial regarder la blessure d'un air furieux comme si cette dernière avait commis une grave offense.

— Tu vois pourquoi je ne t'ai rien dit ?

— J'aurais dû insister pour regarder ça de plus près juste après ton retour, dit Lial en se redressant d'un air affligé. Pourquoi m'avoir caché ça ? Du fer dans la plaie, Lyr ? Quand tu as prétendu que ça guérissait bien, tu savais que ce n'était pas vrai.

— Qu'est-ce que tu aurais pu faire ? demanda Lyr sans aucune intention de l'offenser. Quand ma fille avait des fragments logés dans le bras, tu as dit qu'ils allaient devoir ressortir de façon naturelle.

— Ne me dis pas que c'est ta seule excuse, rétorqua Lial d'un ton mordant.

Poussant un long soupir, Lyr s'affala sur sa chaise.

— OK, je me rends, dit-il en levant les mains en l'air. Je pensais pouvoir le gérer. *Devoir* le gérer. On m'avait dit qu'Arlyn avait transformé le fer pendant que j'étais inconscient, mais l'effet bénéfique a commencé à s'estomper. J'ai pu continuer à utiliser la magie malgré tout... jusqu'à aujourd'hui. Mais je voulais transformer de nouveau le fer moi-même. Tu aurais pu me guérir plus facilement après.

— Du fer en plein cœur ! jura Lial avant de laisser échapper un bref éclat de rire. Une expression fort à propos. Satanée fierté des Dianore.

Le guérisseur soupira et sortit la petite trousse enroulée en cuir contenant ses instruments d'une pochette à sa ceinture.

— Tous les corps étrangers coincés sous la peau peuvent devenir problématiques, Lyr. Je vais devoir inciser et retirer les fragments de métal puisqu'ils ne semblent pas décidés à ressortir.

Lyr afficha une moue récalcitrante.

— Ici ? Tu veux m'ouvrir au beau milieu de mon bureau ?

— À moins que tu acceptes de me suivre dans mon cabinet, répondit Lial d'un air résolu en s'emparant d'un scalpel. Ces chaises sont enchantées pour résister aux taches, après tout.

Lyr fixa la lame aiguisée dans la main du guérisseur.

— Tu n'oserais pas.

— Ne me cherche pas, Lyrnis Dianore, dit sèchement Lial. Je suis presque suffisamment en colère pour laisser tomber le sort anesthésiant.

— Très bien, marmonna Lyr.

Avant que Lial puisse mettre sa menace à exécution, il bondit sur ses pieds et se dirigea vers la porte. Il ne souhaitait pas ensanglanter sa pièce favorite, sortilège ménager ou non.

Le cabinet du guérisseur se trouvait au pied de l'une des tours entourant le bâtiment principal. Lyr avait cependant du mal à apprécier la balade pour s'y rendre malgré la belle vue sur la vallée à sa gauche. Bon sang, il *détestait* la sensation provoquée par la suture d'une plaie. Sans parler du sang. Parcouru d'un frisson, il fixa le dos de Lial et essaya de ne pas penser à ce qui lui pendait au nez.

Lial ouvrit la porte de son cabinet et le traversa aussitôt en direction de l'escalier situé au fond de la pièce, la forte odeur épicée des herbes qu'il utilisait flottant dans son sillage. Lyr s'imprégna de cette senteur apaisante lorsqu'il suivit le guérisseur à l'intérieur. Même si Lial pouvait utiliser la magie de guérison – et le faisait souvent – pour soigner un large éventail de blessures, il se montrait toujours prudent et économe avec ses réserves personnelles. Lorsque c'était possible, il combinait la magie à des méthodes plus conventionnelles. De nombreux guérisseurs moranaiens critiquaient ce mélange, préférant se fier uniquement à la magie.

Fort heureusement, Lial se fichait de ce que les autres pensaient. Les méthodes du guérisseur étaient l'une des principales raisons pour lesquelles le père de Lyr lui avait demandé de rejoindre leur maison. Le *myern* précédent avait passé des décennies à tenter de solutionner le problème des allergies au fer, alors le fait d'avoir auprès d'eux quelqu'un capable de suturer une plaie causée par du fer s'était révélé inestimable. Lyr était du même avis.

Alors que Lial montait précipitamment les marches, Lyr s'arrêta juste après le seuil. Du côté gauche de la pièce se trouvait un long plan de travail avec des ouvrages de référence ainsi qu'une multitude de pots contenant des herbes, le tout rangé de manière ordonnée. Une table d'examen en pierre s'étirait parallèlement au mur du fond, séparée du lit sur la droite par l'escalier en colimaçon menant aux quartiers privés du guérisseur.

Lyr passa une main sur la blessure au niveau de son cœur en jetant un œil à la sortie, mais Lial redescendit l'escalier avant qu'il puisse s'éclipser. Les vêtements du guérisseur étaient à présent d'un rouge rouille foncé. Cette couleur sanguine donna la chair de poule à Lyr malgré des siècles de plaies suturées suite à des accidents à l'entraînement. Le temps n'avait rien changé au caractère déplaisant de ce qui l'attendait.

— Je te suggère d'enlever les vêtements que tu ne veux pas tacher.

Avec un soupir de résignation, Lyr se dévêtit et accrocha ses vêtements à des patères près de la table en pierre, avant de s'allonger sur la surface froide.

— Tu ne connais pas un sort qui pourrait retirer les fragments sans incision ?

Lial afficha un sourire en coin en tirant sur une petite table recouverte d'instruments pour la rapprocher de la table d'examen.

— Assurément, mais je parie que tu n'apprécierais pas plus la sensation de centaines de fragments de fer lacérant tes chairs.

— Tu prends un peu trop de plaisir à tout ça pour un guérisseur, grommela Lyr.

— Considère ça comme une forme de « je te l'avais bien dit ». (Lial se percha sur un tabouret en bois et se concentra sur la blessure.) Toutes les options auraient été plus simples à exécuter lorsque la plaie était encore fraîche. Mais si tu préfères que je fasse passer le fer à travers...

— Va pour l'incision, l'interrompit Lyr. (Il se redressa le temps que le guérisseur installe un coussin en cuir sous son cou, puis se rallongea en prenant soin d'écarter ses longs cheveux de son torse.) Que vas-tu faire d'autre ?

— Une fois l'hémorragie déclenchée, je lancerai un sort pour que les fragments soient évacués avec le sang. Je refermerai ensuite la plaie en utilisant la magie puisqu'il n'y aura plus de fer pour interférer avec le processus de guérison.

Fronçant les sourcils, Lyr tritura le pendentif qui lui avait sauvé la vie. L'endroit où il avait été cabossé formait avec les gravures d'origine un nouveau symbole aux contours flous, étrangement réconfortant. À contrecœur, il l'écarta également de sa poitrine.

— Je croyais que les blessures causées par du fer ne pouvaient jamais être guéries par la magie, dit Lyr alors que Lial attachait ses mains à la table d'examen.

— C'est généralement dû à des résidus de fer qui sont ensuite expulsés durant le processus de guérison naturel. Une fois que les fragments ont été évacués à travers la peau, la magie peut être effective. En plus, ce fer-là ne semble pas interférer avec mes pouvoirs, grâce à ta fille sans doute. C'est une chance pour toi parce que comme ça je peux utiliser la magie pour extraire les fragments.

Lial saisit un scalpel tranchant fait du *peresten* le plus pur – un métal que l'on ne trouvait qu'à Moranaia.

— Bon, est-ce que tu préfères être inconscient ou éveillé et anesthésié ?

Lyr soupira, les traits tendus.

— Éveillé et anesthésié. Vu les difficultés rencontrées ces derniers temps, je préfère rester vigilant. Et il faudra que j'aie les idées claires lorsque je négocierai avec lord Loren pour qu'il nous envoie des mages.

Une énergie anesthésiante émana de la main de Lial et Lyr sentit son torse s'engourdir. Il soupira et tressaillit de manière involontaire. Si le guérisseur n'avait pas entravé ses mains, il aurait agrippé sa poitrine pour s'assurer qu'elle était encore là. Il pouvait à peine percevoir ses propres battements de cœur ou le mouvement de ses poumons.

— Détends-toi. La sensation est déconcertante, mais tes organes fonctionnent comme il faut.

Lyr hocha la tête et ferma résolument les yeux pour tenter d'occulter le monde extérieur.

Un exercice difficile. Malgré le *ploc-ploc* d'une clepsydre et les jurons occasionnels marmonnés par Lial, le bruit spongieux des chairs de Lyr triturées par le scalpel et la magie semblait emplir toute la pièce. Lyr se sentit nauséeux et il commença à se concentrer sur la sensation étonnamment apaisante du sang ruisselant le long de ses flancs pour finir dans les profondes gouttières taillées dans la pierre sur les bords de la table. Avec les yeux fermés, il pouvait prétendre que c'était de l'eau.

— Est-ce que c'est douloureux ?

— Non.

Lyr regarda le guérisseur d'un air penaud.

— J'ai été soigné de nombreuses fois au cours des siècles après divers accidents à l'entraînement, mais jamais pour une blessure aussi grave. Je suis quand même bien content d'avoir été inconscient la première fois que la plaie a été suturée.

Trois-mille-cent-vingt *ploc* de la clepsydre plus tard, Lial plaça ses deux mains au-dessus de la plaie et entra en transe pour achever le processus de guérison. Quelques minutes de plus et la plaie commença à se refermer. Même si Lyr était encore anesthésié, le sort s'était en partie estompé et il pouvait discerner ce qui se passait. Il serra les dents devant l'étrange sensation des muscles et de la peau se réassemblant.

Lial finit par s'écarter et s'affaissa, posant un coude sur le bord de la table d'examen. Lorsque Lyr regarda vers le bas, il ne restait qu'une cicatrice des plus légères sur sa poitrine, une indication évidente que la blessure avait été causée par du fer, car les elfes avaient rarement des cicatrices autrement.

— Comment te sens-tu ? demanda le guérisseur d'une voix épuisée.

Lyr contracta ses biceps et ses abdominaux. Pour la première fois depuis plus d'un mois, il se sentait physiquement lui-même, hormis une sensation d'épuisement encore présente.

— Stupide de ne pas m'être occupé de ça plus tôt. (Il observa le visage de Lial.) Et toi ? Tu n'as généralement pas l'air aussi éreinté après une séance de soins.

Le guérisseur se remit laborieusement sur ses pieds et attrapa un pichet d'eau.

— J'ai supervisé un accouchement difficile avant ta sieste. La mère et l'enfant vont bien, mais ça m'a coûté pas mal d'énergie.

— Le premier-né de Coric et Fena ? demanda Lyr en acceptant le pichet que Lial lui tendait.

— Celui-là même. J'étais venu te voir pour te dire que Coric aurait besoin d'un peu plus de temps avant de reprendre son poste pour s'assurer que Fena se rétablisse.

Lial désigna la poitrine de Lyr d'un geste de la main.

— Nettoie-moi ça maintenant.

Lyr versa de l'eau sur son torse et le frotta avec un linge que Lial lui avait donné. Alors que l'eau et le sang restants s'écoulaient le long de la table vers une cuvette placée au bout, la porte s'ouvrit pour laisser entrer l'assistant de Lial, Elan, qui se dirigea vers le bassin et se hâta de verser jusqu'à la dernière goutte de son contenu dans une grosse jarre en pierre. Il utilisa même un sortilège de purification pour s'assurer qu'il ne restait plus rien dans la cuvette.

Elan lança ensuite un sort sur le dessus de la jarre pour la sceller, avant de la présenter à Lyr en s'inclinant pour le saluer.

— J'ai collecté chaque particule, *Myern*, comme me l'a demandé le guérisseur Lial.

Lyr jeta un regard interrogateur à Lial, qui haussa les épaules.

— Kai m'a dit qu'Allafon avait tenté d'utiliser la magie sacrificielle avant d'être arrêté, alors j'ai pensé que tu aimerais t'occuper toi-même du devenir de ton sang.

Il est sérieux ? se demanda Lyr intérieurement en haussant les sourcils.

— Par Arneen, qu'est-ce que je suis censé faire avec ça ?

Lial soupira et reposa le scalpel qu'il était en train de nettoyer.

— Tu veux que je vienne le transmuter ?

— Eh bien, je suis certain de ne pas vouloir me servir d'une jarre de mon propre sang en guise de décoration.

Elan ne put s'empêcher de rire sous le coup de la surprise, avant que Lial le réduise au silence d'un regard furibond. Le guérisseur s'approcha d'un pas agacé, s'empara de la jarre, et marmonna sèchement quelques mots en projetant son énergie dans le récipient. Après un moment, il l'ouvrit pour leur montrer qu'il était vide.

— J'ai tendance à oublier les lacunes des autres. Si seulement vous pouviez tous être aussi talentueux que les guérisseurs.

Le sourire faussement arrogant de Lial ne suffit pas à occulter la pâleur de son visage qui révéla à Lyr la véritable raison pour laquelle le guérisseur aurait préféré qu'il s'occupe lui-même de faire disparaître son sang. *Clechtan !* Il n'aurait pas dû le laisser lancer ce sortilège. Lyr faillit s'excuser d'avoir donné du fil à retordre au guérisseur, mais il savait d'expérience que ce dernier aimerait autant qu'il s'abstienne de le mentionner.

— Tu ne m'as pas raconté ce qui s'est passé avec les Ljósálfar, dit-il pour changer de sujet.

— Les deux plus affligées nécessiteront des soins supplémentaires, mais je pense qu'elles s'en remettront sans qu'on ait besoin de faire appel à un spécialiste des troubles mentaux. Les autres étaient en parfaite santé.

Lial, qui était en train de remettre de l'ordre dans ses instruments, leva les yeux et ajouta :

— Enfin, je pense que Pol se porte bien. Il est le seul à avoir refusé de se laisser examiner.

— Il a refusé ? Et tu n'as rien dit ?

Le guérisseur réenroula sa trousse en cuir et renoua l'attache d'un geste sec.

— Tu sais aussi bien que moi qu'il ne fait pas partie des Ljósálfar. Jusqu'à ce que je sache ce qu'il est, je préfère me montrer prudent.

— Je peux au moins tenter d'éclaircir ce point-là, dit Lyr en se rhabillant, sans s'embêter à relacer sa tunique. Après une douche. Merci, Lial, vraiment. Essaie de te reposer.

— Ah ! C'est là tout le paradoxe. Le guérisseur a lui-même rarement l'occasion de se reposer.

Les doigts de Meli étaient agrippés à la rambarde du balcon tandis qu'elle regardait la vallée en contrebas. Le soleil venait juste de se coucher derrière elle, plongeant les forêts recouvrant les collines dans la pénombre du crépuscule. Des arbres. Partout, des arbres. La dernière fois qu'elle s'était trouvée à une telle hauteur, c'était sur son propre balcon donnant sur les bâtiments en pierre blanche d'Alfheim et les plaines ondoyantes au-delà. Rien à voir avec cette nature sauvage. La Cité de Lumière était ordonnée, les petits arbres et les jardins agencés avec soin, les animaux apprivoisés. Même les forêts qui bordaient leurs plaines semblaient moins hostiles que celles-là.

Mais contrairement à la dernière fois où elle avait agrippé une balustrade, Meli se sentait plus excitée qu'effrayée. Oh, la peur de la vie sauvage était toujours ancrée en elle, mais elle était à présent ensevelie sous une couche d'enthousiasme inattendu. Le confort de sa maison et l'amour de ses parents lui manquaient, mais pour être honnête, elle devait bien admettre que son âme n'avait jamais été à sa place là-bas. Elle s'était toujours sentie déchirée, partagée entre la sécurité immuable d'Alfheim et ce qu'elle voyait dans ses rêves étranges.

Aucune peur ne pouvait rivaliser avec l'exaltation d'avoir rencontré ces yeux verts. Mais le fait qu'elle ait l'estomac noué et l'esprit troublé n'était pas entièrement dû à cet homme, pas seulement à lui en tout cas. Après s'être évanouie suite au sortilège de compréhension des langues lancé par Pol, elle était revenue à elle au moment où une fille aux cheveux roux avait jailli de la forêt avec une flèche encochée dans son arc. Une fille avec des yeux tout aussi verts – et tout aussi familiers. Des images sans queue ni tête avaient défilé dans l'esprit de Meli en la voyant. De curieuses pièces carrées, des machines en mouvement, et une enfant qui riait ressemblant à une version miniature de la jeune femme devant elle.

Meli n'avait pas encore parlé à cette dernière, mais d'après ce que le seigneur Lyrnis avait dit, il lui semblait qu'il avait également ressenti une connexion. Même si elle lui avait demandé s'il était déjà allé à Alfheim, elle savait que ce n'était pas le cas. L'arrivée d'un étranger aurait causé une telle agitation que tous hormis les nouveau-nés en auraient entendu parler. Elle ne savait pas trop quoi faire de sa réponse, cependant. En discuter plus tard ? Ce « curieux sentiment de familiarité », comme il l'avait appelé, était peut-être une chose ordinaire pour lui. Elle ne savait rien des Moranaiens en dehors de ce qu'elle avait vu aujourd'hui.

— Spectaculaire, n'est-ce pas ?

Meli se retourna en entendant la voix de Pol, et le regard amusé de l'homme croisa le sien, dubitatif.

— En supposant qu'on aime les arbres. Et l'obscurité. Comment ces gens parviennent-ils à se débrouiller sans cristaux de lumière ?

Pol ricana.

— Une question digne d'une véritable Ljósálfr.

— Qu'est-ce que vous insinuez ? demanda-t-elle en lui lançant un regard noir. Je ne suis pas comme l'ambassadrice, je ne me permettrais jamais de prendre ces Moranaiens de haut alors que j'en sais si peu sur eux. Je suis sûre qu'ils ont leur propre façon de faire.

Levant les mains devant lui d'un air faussement vaincu, Pol ricana de nouveau.

— Je faisais seulement référence à votre amour de la lumière. C'est bel et bien la raison pour laquelle on vous appelle les Elfes blancs, après tout.

— Oh... (Elle soupira et se tourna vers la vallée de plus en plus sombre.) C'est l'aspect sauvage de la nature qui me pose problème. Une partie de moi voudrait aller l'explorer, mais je n'ai aucune idée de ce qui se trouve là-bas. Je ne vois même pas de trouée dans les arbres. Mais je m'aventurerai peut-être demain dans le jardin que nous avons traversé.

Pol esquissa un sourire.

— Quel dommage. La nature exubérante est ce qu'il y a de plus fascinant ici.

Ils demeurèrent silencieux pendant un moment alors que Meli réfléchissait à la singularité de l'elfe – ou quoi qu'il soit – à côté d'elle.

— Je suis surprise que vous ne soyez pas déjà là-bas dans ce cas. Aviez-vous quelque chose à me dire ?

— Dame Ameliar – et je vous prie de ne pas me contredire, car vous êtes assurément une dame, que vous vous en rendiez compte ou non –, je suis surtout là pour *vous*. Les autres ne comptent pas.

Meli décida de ne pas s'attarder sur le mot « dame » pour se concentrer sur le reste de son discours.

— Je ne sais pas qui vous êtes ou d'où vous venez réellement, et j'apprécie l'aide que vous m'avez apportée dans les brumes. Mais comment pourriez-vous être là pour moi ? Mon rôle dans cette affaire est terminé. Je n'aurai même pas besoin de guider le groupe pour le retour si les Moranaiens peuvent nous trouver quelqu'un connaissant mieux le chemin.

— Je peux sembler indifférent, jouer le méchant lorsque c'est nécessaire, ou provoquer autrui à bon escient, mais je ne me trompe jamais.

— Alors je suppose que vous voyez des choses en moi qui m'échappent.

— Oh, oui, dit-il en lui adressant un sourire avec les yeux pétillants. Continuez simplement à vous exercer avec vos runes. Voyez ce qu'il y a à voir. Vous comprendrez en temps voulu.

La frustration poussa Meli à tourner les talons pour retourner à l'intérieur de la tour, même si elle risquait de se retrouver en présence de Teronver. À la porte, deux globes brillaient à présent depuis des alcôves taillées dans les murs, et lorsque Meli entra, elle constata que plusieurs autres conféraient une atmosphère tamisée à la pièce. Les globes se fondaient tellement dans le décor qu'ils ressemblaient à de simples ornements lorsqu'il faisait jour. Ces elfes semblaient effectivement avoir trouvé une alternative aux cristaux de lumière. Alors que la porte se refermait derrière Pol, elle se dirigea vers la table où de nombreux plats étaient à présent disposés, apparemment livrés sans qu'elle le remarque.

Comme si elles venaient de réchapper à une quelconque catastrophe, Berris et Orena étaient assises ensemble à l'autre bout de la table pour manger, levant leurs cuillères avec lenteur, mais sans trop trembler. Même si leurs traits étaient tirés, leurs regards ne reflétaient plus une démence à peine contenue. Meli remplit son assiette des mets les plus simples – de la viande blanche, du pain brun aux noix, et un morceau de fromage à pâte ferme – puis alla s'asseoir en face des deux autres, qui ne levèrent pas les yeux. Cela ne la dérangeait pas. Tant que l'ambassadrice demeurait à l'étage, elle était satisfaite.

Alors qu'elle savourait la dernière bouchée de son fromage goûtu, quelqu'un frappa doucement à la porte. Même Berris et Orena levèrent la tête, leurs visages s'animant un peu de curiosité, lorsque Pol fit entrer leur visiteur. Meli avait retenu son souffle jusque-là, attendant de voir si le seigneur Lyrnis était de retour, mais l'homme qui entra était un inconnu d'allure discrète avec des cheveux blonds coupés court, ainsi qu'une tunique et un pantalon aux tons terreux. Présumant qu'elle avait devoir servir d'interprète, Meli se hâta d'aller le saluer. Lorsqu'elle s'arrêta devant lui en souriant, il se frappa une fois la poitrine du poing et s'adressa à elle, mais de façon inintelligible.

Meli regarda Pol d'un air circonspect avant de se tourner de nouveau vers leur visiteur.

— Je suis désolée, mais je ne comprends pas.

L'elfe blond secoua la tête et lui tendit un morceau de papier plié. Meli l'accepta, mais lorsqu'elle ouvrit la missive pour la lire, elle parut agacée. Elle se tourna vers Pol en plissant les yeux d'un air mécontent.

— Vous n'auriez pas pu faire en sorte que je comprenne leur langage écrit ? Ou les personnes autres que notre hôte ?

— Heureusement que j'ai décidé de participer à ce voyage, marmonna Pol en lui arrachant la missive des mains. C'est un message du seigneur Lyrnis. « Honorables visiteurs, dignes représentants d'Alfheim, j'espère sincèrement que votre hébergement vous apporte tout le confort nécessaire après votre long voyage à travers le Voile. J'ai prévu de vous recevoir demain à la cinquième heure afin que ma maison puisse vous honorer comme il se doit. Si votre requête devait nécessiter un traitement plus urgent, veuillez me le faire savoir via mon messager. »

— La cinquième heure ? répéta Meli, perplexe. C'est si tôt.

Pol haussa les épaules.

— Si l'ego de l'ambassadrice s'en trouve satisfait, quelle importance ?

CHAPITRE 10

Lyr jura dans sa barbe jusqu'à ce qu'il arrive au ruisseau serpentant à l'autre bout du jardin. Après plus d'une heure de discussion avec Loren, père de Selia et baron d'un petit domaine de la branche des Taian, il n'avait toujours pas de mages à envoyer à Neor. Avec la découverte récente de leur lien de parenté et la position modeste de la maison Baran, ces pourparlers auraient dû se dérouler de manière aisée. Cependant, Loren était contrarié que Selia ait découvert l'existence du fils de sang mêlé qu'il avait abandonné, le grand-père d'Arlyn, et le baron avait depuis rendu chaque conversation aussi pénible que possible.

S'ils ne parvenaient pas rapidement à un accord, Lyr allait être forcé de s'adresser à une personne plus influente parmi les Taian, mais cela entraînerait d'autres complications en soi. Il pourrait toujours demander à Ralan d'intercéder en sa faveur, bien sûr. Le prince souhaitait à l'évidence qu'ils aident Neor, mais Lyr hésitait à impliquer le devin plus que nécessaire. Son impression d'être manipulé bataillait avec des siècles d'amitié. Il aimait mieux préserver cette amitié que savoir ce que le futur leur réservait.

Un bruit de clapotement attira son attention vers l'aval du ruisseau et il tourna la tête pour croiser le regard effrayé de Meli, qui marchait dans l'eau avec une tunique remontée jusqu'aux genoux. Lyr se mit à respirer de façon saccadée, et il lutta pour contenir le désir qui le cloua sur place avec une rapidité déconcertante à la vue du vêtement mouillé moulant les courbes de la jeune femme. Ils demeurèrent tous deux figés pendant un moment, avant que Meli remonte sur la berge après avoir visiblement repris ses esprits.

— Seigneur Lyrnis, je...

Elle s'interrompit un instant lorsqu'elle croisa son regard, puis ajouta :

— Est-ce que j'ai enfreint une de vos règles ? Le garde qui m'a indiqué la direction du jardin ne m'a pas dit que la baignade était interdite. La chaleur est si étouffante ici.

Lyr observa les manches longues de sa tunique, ainsi que ses pans dégoulinant d'eau qui retombaient autour de ses pieds nus. Même si ce vêtement était assez léger – et moulant –, il ne semblait pas adapté à la chaleur qui régnait en dehors de la tour des invités, dont les pièces étaient maintenues à bonne température grâce à un sortilège.

— Est-ce qu'il faisait frais quand vous avez quitté Alfheim ?

Le sourire chaleureux de Meli estompa l'inquiétude visible dans les traits de son visage.

— Comme toujours. Il ne fait jamais vraiment chaud ou froid là-bas, la température est juste... parfaite.

— Il n'y a pas de saisons ?

— Les feuilles changent de couleur et tombent, puis repoussent, mais la température varie à peine. J'ai lu des choses sur les saisons dans les volumes anciens durant mes études. La légende raconte qu'Alfheim a été placé dans les branches de l'Arbre du Monde en tant que royaume d'une beauté infinie. Même les plus extrêmes des temps n'oseraient pas lui porter atteinte.

Lyr reposa les yeux sur son visage et se résolut à les garder là.

— Il n'y a donc rien d'étonnant à ce que les Ljósálfar le quittent rarement. La situation doit être vraiment grave pour que vous soyez venus solliciter notre aide.

Sa peau pâle s'empourpra.

— J'imagine que c'est présomptueux de notre part de venir ici après avoir vécu reclus si longtemps. J'ai bien peur que votre entrevue avec l'ambassadrice Teronver ne soit pas plaisante. Elle est tant attachée aux traditions qu'elle préfèrerait nous voir tous mourir plutôt que de devoir compter sur quelqu'un n'appartenant pas à notre peuple. Ce sont bien évidemment ces mêmes traditions qui l'ont obligée à obéir au roi et à entreprendre ce voyage.

— Je vois. (D'un signe de tête, Lyr l'invita à le suivre sur le sentier.) Je garderai cette information en tête durant notre entrevue.

— Qui n'aura heureusement pas lieu aussi tôt qu'il m'avait semblé en premier lieu.

Lyr rit de bon cœur.

— Pardonnez-moi. Je n'ai pas pensé à demander au messager de vous expliquer la façon dont nous mesurons le temps avec les clepsydres. Comment avez-vous finalement compris ?

— L'ambassadrice n'était pas ravie à la perspective d'être reçue à une heure si matinale, alors Pol est allé se renseigner auprès d'un garde.

Lorsqu'ils arrivèrent à l'autre bout du jardin bien entretenu, Lyr n'avait toujours pas abordé le sujet qui lui tenait le plus à cœur. Il se décida néanmoins à inciter la jeune femme à s'arrêter en tirant gentiment sur son bras... avant de retirer brusquement sa main, le souffle coupé par l'intensité de ce contact. Le temps de plusieurs battements de cœur, ils gardèrent les yeux rivés l'un sur l'autre, sans se soucier que quelqu'un puisse les voir.

— Vous avez dit que nous pourrions parler plus tard. À propos de notre connexion, dit Meli en baissant les yeux. La situation est peut-être banale pour votre peuple, mais pas pour le mien. Je n'ai aucune raison d'avoir l'impression de vous connaître.

— Comme si nos âmes étaient deux pièces de puzzle séparées depuis longtemps ? demanda-t-il d'une voix éraillée par l'émotion.

Elle releva subitement les yeux vers lui.

— Oui. Exactement comme ça.

Lyr observa son visage, empreint de confusion et d'un soupçon de peur, et déglutit péniblement.

— Les âmes sœurs n'existent pas parmi votre peuple, alors ?

Meli plissa le front d'un air perplexe.

— Est-ce que vous parlez des compagnons d'âme ?

— Des âmes sœurs sont des personnes dont les âmes peuvent s'unir, moyennant de l'énergie et la volonté de le faire. Il y a un échange de colliers et des mots à prononcer, bien que les mots soient suffisants. Ce rituel consolide la connexion afin que les âmes restent pleinement liées à jamais.

Lyr s'empêcha de tendre la main pour attraper la sienne, réticent à l'effrayer, et lui demanda :

— Que sont les compagnons d'âme ?

— Ceux dont les âmes résonnent. Mais ils ne sont pas liés de la façon que vous avez décrite. (Elle se mordit la lèvre inférieure.) Leurs esprits ne sont pas fusionnés pour autant que je sache.

— Votre peuple est ancien, peut-être même plus que le nôtre. Se pourrait-il que la manière d'établir les liens d'âmes se soit perdue au fil du temps ? Même sans l'union de leurs âmes, les partenaires ressentent une forte connexion.

— Je ne sais pas. Je ne me suis jamais vraiment intéressée à ce genre de choses parce que je ne pensais pas... (Elle écarquilla les yeux comme un *daeri* apeuré dans la forêt.) Je ne m'attendais pas à trouver un compagnon. Mais je ne comprends rien à tout ça.

Lyr eut l'impression de se figer sur place.

— Qu'est-ce que vous ne comprenez pas ? Que nos âmes puissent s'accorder ?

Sa poitrine se soulevait au rythme de sa respiration laborieuse, et elle secoua la tête d'un air impuissant.

— Que vos yeux me soient apparus en rêve depuis mon plus jeune âge.

— Co... comment ? bafouilla-t-il, les tempes soudain battantes.

Une larme roula sur sa joue alors que son corps se mettait à trembler.

— Tout le monde disait que c'était mon imagination. Une illusion. Ou... d'autres choses moins agréables à entendre. Vous êtes pourtant là, bien vivant. Réel.

— Ameliar. Meli.

Lyr agrippa ses épaules et les pressa de manière réconfortante. Puis il l'attira dans ses bras quand il vit qu'elle continuait à trembler.

— Arrêtez. Je vous en prie, arrêtez.

— Je ne vous ai jamais rencontré avant. J'en suis certaine. (Elle prit une inspiration chevrotante avant de reculer pour pouvoir le regarder dans les yeux.) Quelque chose ne tourne pas rond chez moi.

Il grimaça d'un air affligé.

— Je suis désolé que vous puissiez penser ça à cause de moi.

— Non, dit-elle en s'écartant et en lissant des plis imaginaires sur sa tunique. Ce n'est pas votre faute. Je n'ai jamais été... Peu importe. Veuillez m'excuser pour ce débordement.

— Il n'y a rien à excuser.

— Mais si, insista-t-elle avec des yeux de plus en plus larmoyants. Vous semblez vraiment gentil, mais je ne pense pas être capable de faire ça. Cet endroit. Le lien d'âmes. C'est trop. Je veux seulement...

Avec un bruit étouffé, elle couvrit sa bouche de son poing et s'enfuit en courant. Lyr ne put que rester debout à la regarder partir, le cœur aussi lourd que les pierres du sentier sous ses pieds.

LYR PORTAIT un habit de cérémonie aussi sombre et pesant que son humeur. Même avec sa force, il devait faire un effort pour traîner derrière lui la longueur de ce paletot brodé d'argent et incrusté d'innombrables pierres noires. La tunique et le pantalon révélés par les pans ouverts à l'avant étaient gris charbon, tandis que le diadème ceignant son front était en jais et en argent. Malgré sa ressemblance avec une tenue de deuil, Lyr avait opté pour cet ensemble maussade.

Il ouvrit la porte de son bureau avec la tête haute et une expression volontairement impassible. Hochant la tête pour saluer Arlyn et Kai, il alla directement s'asseoir pour relire ses notes avant la réception formelle. Lyr avait passé la majeure partie de la nuit précédente à lire le peu d'informations qu'il avait sur Alfheim, et ses notes étaient encore plus sommaires. Il n'avait trouvé aucune trace d'une quelconque interaction entre leurs peuples depuis que les Moranaiens avaient quitté la Terre. Quoi qu'il se soit passé, il allait devoir se fier à son instinct.

Un coup d'œil à la clepsydre lui indiqua qu'il était presque l'heure. Il rangea ses documents dans un tiroir puis alla rejoindre sa fille et l'âme sœur de cette dernière. Kai était debout près de la fenêtre, vêtu d'un paletot dont les broderies représentaient de façon presque identique son paysage préféré – la vallée visible au-delà de la fenêtre. Surpris par cette vision, Lyr laissa échapper un petit rire. Lorsqu'Arlyn et Kai tournèrent vers lui des regards interloqués, il ne put réprimer un autre ricanement. Il avait encore le cœur lourd suite à sa dernière rencontre avec Meli, mais son corps se détendait peu à peu.

— Venez. Il est presque l'heure.

— Et tu trouves ça drôle ? demanda Arlyn en haussant les sourcils.

— Non, répondit Lyr en souriant. Regarde le paletot de Kai.

Elle tourna la tête pour observer l'habit de Kai, puis le paysage derrière la fenêtre. Son étonnement se transforma en hilarité, et même Kai se mit à rire lorsqu'elle souligna la similitude d'un geste de la main. Ils s'amusaient de pas grand-chose au final, mais cette distraction était la bienvenue. Alors que Kai et Arlyn suivaient Lyr hors de son bureau, tous se déplaçaient d'un pas moins raide. Le temps qu'ils arrivent à la salle de réception, Lyr était même parvenu à alléger son esprit. Les pourparlers avec Alfheim ne le concernaient que de loin, malgré les complications potentielles. Mais parler avec Meli si tôt après leur précédente discussion chargée en émotion... Serait-il capable de se maîtriser alors qu'il avait seulement envie de s'isoler avec elle pour poursuivre leur discussion ? Il mit cette question de côté et s'efforça de rester calme.

Il avait déjà perdu une âme sœur. Il allait juste devoir apprendre à vivre sans l'autre.

Le dais se trouvait à l'autre bout de la salle, juste avant les portes vitrées donnant sur le jardin. À la mi-journée, entrer dans cette pièce était comme pénétrer dans la forêt par une belle journée d'été. Intercalées entre les hautes portes et fenêtres tout autour de la salle, des colonnes sculptées pour ressembler à des troncs d'arbre s'étiraient jusqu'au plafond où elles se divisaient en branches. Un bleu lumineux s'accordant parfaitement avec le ciel était visible entre les feuilles artificielles. Ce vaste espace était une véritable œuvre d'art.

Ralan et Eri étaient debout d'un côté du dais, tandis que Teyark et Corath flanquaient l'autre côté. Lyr esquissa un sourire à la vue de Ralan et de sa fille. Ils avaient quitté la Terre moins d'un mois auparavant pour revenir ici, après des siècles d'absence dans le cas de Ralan. Pourtant, tous deux portaient des habits confectionnés dans le style moranaien actuel et brodés d'une multitude de petites feuilles. La dernière carrière en date du prince en tant que créateur de mode lui avait visiblement bien servi.

Avec une prestance issue de longues années d'expérience, Lyr prit sa place au centre et rabattit la traîne de son habit derrière lui d'un geste gracieux. Mais lorsqu'il vit Arlyn se débattre pour faire de même avec l'extrémité de sa robe en soie, un sentiment de tristesse l'assaillit et son cœur se serra. Sa fille marmonna un juron en anglais en lançant un regard noir à Kai, ne semblant pas avoir remarqué le changement d'humeur de Lyr – à l'instar de Kai, qui se contenta de rigoler et de voler au secours de sa compagne.

Par Arneen, elle aurait dû grandir ici. Elle n'aurait alors eu aucun mal avec des choses aussi simples que le port d'un habit de cérémonie.

Mais Lyr n'eut pas le temps de s'attarder sur ses regrets. Juste au moment où Kai reprenait sa place à sa gauche, les *loreln* du prince ainsi que ses propres gardes entrèrent et se déployèrent en cercle dans la salle. Hormis leurs invités, personne d'autre ne serait admis dans la grande salle. Rien ne pourrait le distraire de l'entrevue à venir.

Lyr adopta une expression neutre et ordonna mentalement à Koranel de faire entrer leurs visiteurs. Il eut un pincement au cœur en voyant Meli s'avancer avec les autres. Par la force de sa volonté, il arracha son regard d'elle et tourna son attention vers l'ambassadrice. D'un air froid et hautain, elle regardait droit vers le dais, sans toutefois croiser son regard, et sa bouche pincée soulignait son mécontentement.

Meli ne plaisantait pas lorsqu'elle lui avait parlé de l'attitude de l'ambassadrice. Il aurait dû lui demander plus d'informations, mais la discussion à propos de leur connexion l'avait trop accaparé. *Clechtan !* Il avait failli à son devoir en tant que *myern*.

Lorsque le groupe arriva à hauteur du dais, Koranel frappa deux fois sa poitrine du poing et inclina la tête.

— *Myern* Lyrnis et honorables témoins, je vous présente la délégation de la maison royale d'Alfheim. Que la paix et la raison puissent régner entre vous.

Au vu de l'expression amère de l'ambassadrice, Lyr doutait que l'idée derrière cette formulation traditionnelle soit réalisable. La diplomate faisait peut-être elle-même partie de la famille royale – une princesse mécontente de la mission qu'on lui avait confiée.

— La maison Dianore souhaite la bienvenue à la délégation royale d'Alfheim. Que l'honneur, la paix, et la joie vous accompagnent en ce jour.

Lyr dissimula sa satisfaction devant l'air de plus en plus renfrogné de l'ambassadrice. Elle ne comprenait évidemment pas un mot de ce qu'il disait. Il lui laissait le soin de se rappeler qu'elle aurait besoin de l'aide de Meli et sut que ce moment était arrivé lorsque ses yeux s'assombrirent. La diplomate à l'air pincé aboya un ordre succinct par-dessus son épaule. Meli inclina la tête et contourna les préposés de l'ambassadrice pour venir se placer à côté de l'aînée.

— Soyez remercié pour vos paroles de bienvenue, *Myern* Lyrnis, répondit Meli d'une voix assurée malgré le fait que son regard était tourné vers le plancher marqueté. Permettez-moi de vous présenter l'ambassadrice d'Alfheim, dame Teronver Aniore.

Comprenant manifestement qu'on venait de la présenter, dame Teronver fit un pas en avant et s'adressa directement à Lyr, sans même accorder un regard à Meli. La jeune elfe fronça les sourcils et leva les yeux vers lui.

— Dame Teronver m'a priée de vous dire ceci : « Nous avons entrepris un voyage d'une grande importance, mais j'ai bien peur que vous soyez dans l'incapacité de nous aider dans notre quête. »

Elle marqua un temps d'arrêt et secoua la tête d'un air incertain.

— J'espère que la traduction de paroles rapportées est aussi fidèle que lorsque je m'exprime en mon nom.

Meli parlait d'un ton posé avec une attitude humble, mais il pouvait pratiquement sentir la colère latente sous ses mots. Non dirigée contre lui, cependant – le changement de ton lorsque la jeune femme avait dit « dame Teronver » était certainement plus parlant pour lui que ce qu'elle pensait.

— Si ce n'est pas le cas, je pense que votre compagnon de voyage pourra nous apporter son aide.

Les yeux de l'homme aux cheveux roux reflétaient son amusement, mais il ne prononça pas un mot. Meli, en revanche, se raidit et lui lança un regard agacé par-dessus son épaule.

— Espérons que ce sera inutile, Seigneur Lyrnis.

Lyr réprima un éclat de rire. Après le douloureux sortilège que l'homme leur avait lancé, il ne pouvait pas vraiment la blâmer.

— J'aimerais savoir pourquoi dame Teronver pense que nous serons incapables de vous aider. C'est faire preuve de bien peu de foi que d'abandonner avant d'avoir exposé le problème.

Lyr attendit pendant que Meli s'entretenait avec l'ambassadrice, prenant plaisir à observer la jeune femme tenter de maîtriser son tempérament. Elle l'intriguait. En surface, elle semblait timide, mais un soupçon d'effronterie était parfois perceptible. Elle était comme une braise hors du feu, ne nécessitant qu'un souffle pour s'embraser et afficher sa vraie nature. Mais ce souffle, cette étincelle finale, ne pouvait venir que d'elle. Lyr se prit à souhaiter qu'il serait là lorsque cela arriverait.

L'expression de Meli s'était considérablement assombrie lorsqu'elle se tourna de nouveau vers lui.

— Avant que je poursuive, je vous prie de bien comprendre que ces paroles sont celles de dame Teronver.

Lyr haussa les sourcils d'un air circonspect.

— J'avais cru remarquer que vous ne sembliez pas d'accord toutes les deux.

— Raison de plus pour le dire franchement.

Meli redressa l'échine et leva le menton. Puis elle prit une grande inspiration avant de délivrer le message de la diplomate :

— « En tant qu'ambassadrice du roi d'Alfheim, je suis venue accomplir une mission d'une importance primordiale. Un poison menace la Cité de Lumière, et la situation nécessite des mesures urgentes. Qui sait combien de temps s'est écoulé pendant que... »

Elle s'interrompit comme si elle cherchait ses mots, mais ses narines évasées et ses sourcils froncés trahissaient son état d'esprit.

— « ... pendant que nous errions dans ce satané brouillard aux mains de notre guide incompétent. »

Lyr ressentit l'envie d'applaudir, mais il se contenta d'incliner la tête comme s'il acquiesçait.

— Le fait que vous répétiez ces paroles me laisse à penser que vous êtes plus magnanime que moi, Dame Ameliar.

— J'en doute, mais je suis certaine que le reste de sa déclaration nous en apportera la preuve.

Un petit sourire vint adoucir son expression, mais elle demeura le dos raide en poursuivant la traduction de la déclaration de dame Teronver :

— « Même si je vous remercie pour l'hospitalité que vous nous avez témoignée, je crains que vos ressources ne soient pas suffisantes pour nous aider. Alfheim est une grande et glorieuse cité, et la sauver ne sera pas une mince affaire. Si vous avez des supérieurs, je vous demande de nous envoyer plutôt vers eux. »

Un silence emplit la salle une fois l'écho de ses paroles dissipé. Des années de discipline permirent à Lyr de conserver ses bras le long de son corps de façon détendue, mais il eut le souffle coupé par la portée de cette insulte délivrée de façon si subtile et experte. Oh, à première vue, les paroles de l'ambassadrice semblaient suffisamment polies, mais comme chez de nombreux peuples féeriques, le véritable sens du discours se trouvait dans les sous-entendus. En à peine une journée, elle les avait jugés comme étant dans le besoin.

— Avez-vous pour habitude de mal évaluer la taille des choses, Ambassadrice Teronver ? demanda Lyr avec un sourire plus froid que les montagnes du nord durant la saison des glaces. Je peux vous assurer que les ressources de mon domaine sont abondantes.

Meli se mordit la lèvre inférieure avec des yeux pétillant d'hilarité. Pendant un instant du moins. Lorsqu'elle se tourna pour traduire, ses traits étaient de nouveau crispés.

— Dame Teronver me prie de vous dire que comme vous n'avez pas vu la grandeur d'Alfheim, vous ne pouvez assurément pas comprendre ce dont nous avons besoin.

— Est-ce qu'elle est sérieuse ?

Lorsque Meli fit oui de la tête, Lyr serra la mâchoire. Il écarta les deux premières réponses qui lui traversèrent l'esprit avant de trouver une réplique avec un semblant de diplomatie.

— Ne traduisez pas ce que je viens de dire. Veuillez simplement informer dame Teronver que je vais sur-le-champ trouver un guide pour la ramener à Alfheim avec ses préposés afin qu'elle puisse aller chercher de l'aide auprès d'une source plus digne. Je n'ai ni le temps ni l'envie de poursuivre ces pourparlers au vu de ces préjugés. (Il marqua un temps d'arrêt, le cœur soudain battant.) À vous seule, je dis que vous êtes la bienvenue ici si vous souhaitez rester.

—Je vais y réfléchir, mais...

Elle baissa subitement les yeux vers le sol alors que son visage pâlissait.

— ... je dois d'abord faire part de votre décision à l'ambassadrice.

Alors que Meli s'entretenait d'une voix feutrée avec l'émissaire de plus en plus agitée, Ralan regarda Lyr et s'éclaircit la gorge comme s'il voulait dire quelque chose. Lyr lança un regard en coin à son ami en faisant non de la tête.

— Je ne veux rien entendre. Je t'ai écouté quand il s'agissait des Neoriens, mais je ne traiterai pas avec cette femme.

Ralan rit.

— Pas de prophétie ici. Je pensais simplement que tu pourrais nous répéter ce qu'elle a dit.

— Tu ne devrais pas déjà le savoir ?

— Il y a de nombreux futurs possibles, répondit Ralan en haussant les épaules. Je peux difficilement tous les mémoriser. J'entends rarement des paroles exactes, en plus.

Lyr prit note de cette information avant de leur expliquer ce qui avait été dit. Lorsqu'il eut terminé, ses semblables moranaiens affichaient des expressions froides, leur fureur enfouie sous des siècles de politesse. Seule Arlyn, si novice en matière de politique, semblait confuse, même si Lyr doutait que ceux en dehors de la famille le remarqueraient. Elle observait avec attention la discussion animée entre les deux femmes venant d'Alfheim, comme si elle cherchait à déterminer la cause de leur désaccord.

La voix de plus en plus stridente, dame Teronver agrippa brusquement le bras de Meli et la secoua à chacun de ses mots percutants. Lyr s'avança, la main levée pour signaler à ses gardes de le suivre.

— Assez !

Même si l'aînée ne pouvait pas avoir compris ce mot, l'avancée de Lyr flanqué de deux gardes fut suffisamment claire. Elle relâcha Meli et recula alors que Lyr s'arrêtait devant elles.

— Dois-je supposer, Dame Ameliar, que l'ambassadrice n'approuve pas mes propos ?

— Elle me tient pour responsable. Elle dit que j'ai sûrement mal traduit. (Meli le regarda avec des yeux implorants.) J'ai peut-être fait de petites erreurs, mais je vous assure que j'ai rapporté ses paroles en toute bonne foi. Ce que j'ai dit correspondait à ce qu'elle voulait dire.

Lyr ne doutait pas que les paroles de l'ambassadrice avaient été correctement traduites, mais la fureur affichée par dame Teronver indiquait clairement qu'elle n'accepterait pas la décision qu'il avait prise. Il lança un bref regard à leur compagnon de voyage au sourire suffisant, Pol, qui se contenta de hocher la tête comme pour confirmer ce fait. Tenter de faire pression sur celui-là serait sûrement plus dommageable que bénéfique, et il devait se montrer prudent dans cette affaire. Bien que Lyr soit en droit de congédier l'ambassadrice pour son impertinence, il ne voulait pas lui donner une raison d'aller se plaindre auprès de son roi. Pas une raison recevable, en tout cas.

— *Laial*, l'interpella Arlyn d'une petite voix qui le surprit et le fit se retourner. Tu connais un sort pour transférer une nouvelle langue dans l'esprit de quelqu'un, non ? Tu m'as bien inculqué le moranaien. Et puisqu'il me semble que tu as aussi utilisé la magie pour apprendre toutes les langues humaines que tu connais, le transfert doit fonctionner dans les deux sens.

Par Arneen, elle avait raison. Pourquoi n'avait-il pas pensé à cela avant ? Le sortilège de Pol lui avait embrouillé l'esprit et... Est-ce que ce maudit *drec* avait altéré ses pensées ? Lyr se retourna vers la délégation et lança un regard noir à l'homme auquel ce dernier répondit simplement par un léger hochement de tête et un sourire en coin. Sans l'avertissement de Ralan au sujet de Pol le jour précédent, Lyr le confronterait sur-le-champ. *Clechtan !* Il allait devoir réfléchir à cela. *Plus tard.*

— Ma fille vient de me rappeler l'existence d'un sort me permettant d'inculquer ou d'extraire une langue. Si vous me permettez de l'utiliser, je pourrai m'adresser à dame Teronver dans sa propre langue. (Il marqua une pause et durcit son regard.) Sinon, ma précédente décision sera maintenue.

CHAPITRE 11

À peine un quart de graduation plus tard, Lyr se laissa tomber sur une chaise dans son bureau et jeta un regard à Meli, qui était assise à côté de lui. Étant donné qu'elle l'avait déjà rejeté ce matin même, comment allait-elle réagir face au caractère intime du sortilège de transfert des langues ? Même si aucun échange de pensées ou de souvenirs n'aurait lieu, il allait tout savoir sur sa façon de s'exprimer. Ses phrases et ses expressions favorites. Sa connaissance de la langue de Meli serait à jamais façonnée par la voix intérieure de la jeune femme.

Et pour elle, ce serait la même chose avec la langue moranaienne.

— Êtes-vous certaine de vouloir faire ça ?

La lumière descendant sur elle caressait ses traits crispés.

— Non, mais ce doit être fait.

Lyr haussa un sourcil d'un air circonspect.

— Faites-vous toujours ce qui doit être fait ?

— Malheureusement. (Sa bouche se tordit en un rictus à mi-chemin entre une grimace et un sourire.) Pour quelle autre raison aurais-je participé à cette mission insensée ?

— Je suppose que vous seule pouvez le dire.

Meli soutint le regard de Lyr d'un air déterminé qui lui fit plaisir.

— J'aurai peut-être la réponse un jour.

Perturbé par cet échange maladroit, Lyr détourna les yeux. Meli n'était pas intéressée par leur lien, une position qu'elle venait de clarifier en mettant l'accent sur son sens du devoir. Sans leur discussion dans le jardin, il n'aurait jamais deviné à quel point elle ressentait aussi leur connexion. Il se figea sous le coup d'une douleur subite, sa poitrine le brûlant comme si Lial l'avait de nouveau incisé. Comme si un millier de petits fragments de fer lacéraient ses chairs. Les déités avaient apparemment décidé qu'il ne méritait pas une seconde chance finalement.

— Bon, commença Meli d'une voix étranglée. (Elle s'éclaircit la gorge tout en resserrant sa prise sur l'accoudoir de la chaise.) Qu'est-ce que je dois faire pour ce sort ? Je suis sûre que l'ambassadrice est en train de faire les cent pas dans la salle de réception en maudissant chaque seconde de délai.

Il sourit et fit non de la tête.

— J'ai fait escorter les autres membres de votre groupe jusqu'à la tour où vous séjournez. Je ne veux pas me précipiter pour exécuter ce sort, de peur de faire une erreur. Nous nous réunirons de nouveau ce soir.

Lyr ne lui dit pas que ce serait douloureux ou que le transfert allait prendre du temps. Il ne *pouvait pas* lui dire, sans quoi elle risquerait de lutter contre le sortilège. Ce serait déjà assez difficile pour lui de compléter cette opération, sachant très bien ce que cela allait lui coûter, mais il était déjà passé par là de nombreuses fois et avait développé une certaine résistance à la douleur. Au lieu de quoi, il envoya un message à Lial par télépathie pour lui demander de se tenir prêt, puis approcha sa chaise de celle de Meli jusqu'à ce que leurs genoux se touchent presque.

Il localisa le sortilège dans son esprit et l'activa tout en puisant de l'énergie dans son environnement. La lueur bleue du sortilège se mit à pulser dans la paume de sa main gauche et il esquissa une série de symboles de sa main droite. Comme il l'avait fait avec

Arlyn un mois seulement auparavant, il tourna sa main pour venir presser la boule lumineuse sur le front de Meli, projetant l'énergie à travers elle. Mais cette fois, il allait extraire le langage de la jeune femme avant de lui inculquer le sien.

Il n'y avait pas de mots pour déclencher ce processus, le langage de Lyr n'ayant aucune influence sur celui de Meli. Tout en touchant le front de la jeune femme, il se mit à fredonner d'un timbre grave et retentissant, canalisant l'essence du langage de Meli pour former une seconde boule d'énergie dans sa paume gauche. Meli retint son souffle et il la sentit frémir sous ses doigts. L'opération fut brève, mais il savait d'expérience qu'elle semblait avoir duré bien plus longtemps. Lorsqu'il retira sa main, Meli tressaillit et secoua la tête.

Lyr s'efforça de se détendre alors qu'il prenait le sortilège entre ses mains. Meli l'observait et si elle percevait sa douleur, elle risquait de se crisper pour la partie suivante. Expirant lentement et de façon posée, il abaissa ses boucliers mentaux et pressa la boule d'énergie sur son propre front. Mais malgré ses efforts, sa respiration se fit saccadée alors que la magie le heurtait de plein fouet, le langage de Meli se déversant si rapidement en lui qu'il ne tenta pas de comprendre le sens des mots. Une douleur aiguë lui transperçait le crâne alors que de nouveaux canaux se développaient.

Il ne pouvait rien faire d'autre que l'accepter alors même que les limites de son champ de vision s'obscurcissaient.

Lorsque Lyr fut de nouveau en mesure de se concentrer, ses poumons étaient en feu tant il avait besoin de reprendre son souffle. Il lutta pour rester calme, pour ne pas céder à l'envie d'aspirer de grandes bouffées d'air de manière frénétique. Meli fronça les sourcils et il s'inquiéta de ne pas avoir suffisamment dissimulé sa souffrance. L'alfheimir faisait partie des langues les plus difficiles qu'il avait dû apprendre jusque-là – son mal de crâne suffisait à le prouver.

— Je ne suis pas rassurée, là. Vous me comprenez maintenant, non ? C'est bon ?

Lyr s'efforça de comprendre le sens de ses mots, son esprit

n'ayant pas encore totalement intégré son langage. Les langues étaient une affaire complexe, le résultat d'une construction sociale, et il fallait du temps pour les maîtriser correctement.

— En grande partie, je pense.

— Est-ce que ce n'est pas suffisant ?

Lyr aurait pu lui expliquer qu'elle devait elle aussi comprendre son langage afin d'éviter toute confusion diplomatique. Il aurait pu lui dire qu'il voulait l'entendre prononcer ses mots à lui. Il aurait pu dire bien des choses, mais rien n'aurait pu apaiser l'inquiétude qu'il voyait dans ses yeux. S'il essayait de lancer la dernière partie du sortilège à cet instant, ce serait un échec. Peut-être permanent. Il fallait qu'il trouve un moyen de la distraire.

Il se pencha en avant et pressa délicatement ses lèvres sur le front de Meli avant qu'elle puisse protester, ce simple contact aussi brûlant que du fer sur sa peau. Mais intense. Si intense. Alors qu'elle prenait une brève inspiration sous le coup de la surprise, il murmura les derniers mots contre son front.

— *Laeial hy maliar na Moranaia dae gher.* J'imprègne ton esprit de la langue moranaienne.

Meli poussa un cri alors que la magie s'écoulait en elle et elle repoussa aveuglément Lyr avant d'agripper sa propre tête à deux mains. Il s'écarta d'elle, sachant qu'elle lui en voudrait pour le baiser, mais incapable de le regretter. Quelques instants après, il revint vers elle et lui caressa les bras de façon apaisante alors qu'il attendait qu'elle s'évanouisse comme Arlyn l'avait fait. Mais Meli le surprit sur ce point. Après un long moment, elle leva les yeux et lui lança un regard noir.

Puis elle lui jeta son propre juron favori au visage.

— *CLECHTAN !* s'exclama Meli en bondissant sur ses pieds, faisant crisser les pieds de sa chaise sur le sol.

Elle se sentit confuse lorsque ce mot franchit ses lèvres, son esprit tentant de déchiffrer son sens littéral tout en comprenant de manière innée qu'il s'agissait d'un juron. Quelque chose à propos d'une vie peu réjouissante après la mort ? *Comment ça ?*

Meli avait terriblement mal à la tête, comme si un géant de glace était en train de l'écraser entre ses doigts. *Sauf que du froid serait apaisant.* Pour tenter de soulager sa douleur, la jeune femme cessa de regarder Lyr de travers et s'efforça de respirer calmement. *Inspire, expire. Inspire, expire.* Elle ferma aussi les yeux pour contrer le soleil de l'après-midi dardant ses rayons à travers le nombre malheureusement élevé de fenêtres. Rien n'aidait. Dans son esprit, elle s'entraîna à prononcer tous les jurons de son nouveau vocabulaire.

La jeune femme n'ouvrit même pas les yeux lorsque quelqu'un poussa la porte pour entrer. S'il s'agissait d'une personne mal intentionnée, elle l'accueillerait à bras ouverts, du moment qu'elle mette un terme à sa souffrance. Meli n'avait pas ressenti une telle douleur depuis qu'elle avait échoué aux épreuves des mages, et tous les boucliers personnels que sa maigre magie avait pu ériger avaient volé en éclats. Lorsque Lyr agrippa son bras pour lui éviter de chanceler, elle se dégagea néanmoins brusquement de sa prise et réprima un gémissement devant l'élancement dans son crâne. Elle ouvrit subitement les yeux pour pouvoir de nouveau lui lancer un regard furieux.

Un ricanement attira son attention et Meli se tourna pour voir un Moranaien aux cheveux auburn s'approcher d'eux. Ce dernier lui adressa un sourire puis secoua la tête d'un air moqueur en regardant Lyr.

— Encore en train de faire le joli cœur à ce que je vois.

— Ça suffit, Lial, rétorqua Lyr en le regardant de travers avant de désigner Meli d'un geste de la main. Arrête de m'asticoter et occupe-toi simplement de son mal de crâne.

— Pas du tien ?

Lyr se rendit à la fenêtre et riva les yeux sur le jardin au-delà.

— Je m'en sortirai.

L'air renfrogné de Meli s'accentua alors qu'elle reprenait place sur sa chaise. Est-ce qu'il la croyait plus faible que lui ? Même si une partie d'elle voulait lui prouver le contraire, elle n'était pas idiote. Elle ferma les yeux et laissa la magie du guérisseur la traverser et lui apporter un doux soulagement. Ses muscles se détendirent alors que la douleur s'amenuisait, et son esprit jusque-là embrouillé s'éclaircit. Il l'avait embrassée, sans avertissement ni permission. Et tout ça au nom d'un *sortilège*.

L'énergie apaisante s'estompa et le guérisseur s'écarta. Meli se donna quelques instants de plus avant de lever les yeux. Elle vit alors les mains du guérisseur projeter une énergie de couleur bleue à travers la tête de Lyr. Bien. Elle allait à présent pouvoir lui crier dessus sans se sentir coupable à cause de son mal de crâne. L'excitation de ce baiser, ce frôlement non désiré de ses lèvres, lui traversa de nouveau l'esprit comme pour se moquer d'elle. Cela ne fit qu'amplifier sa colère.

Après un bref échange de mots marmonnés avec Lyr, le guérisseur s'en alla, emportant une partie du courage de Meli avec lui. Le regard franc de Lyr, entièrement concentré sur elle, se chargea de l'éroder davantage.

— Vous n'auriez pas dû faire ça, dit-elle d'un ton mordant.

Il aurait pu tergiverser ou esquiver, mais il la surprit.

— Le baiser ? Vous avez raison et je vous présente mes plus sincères excuses.

La colère de Meli s'évanouit presque entièrement malgré sa tentative de l'alimenter.

— Faire une telle chose sans consentement, tout ça pour un sortilège...

— Vous vous trompez sur ce point, l'interrompit Lyr avant de faire un pas en avant en carrant les épaules. Je n'aurais pas dû le faire sans votre permission, c'est évident. Et il est vrai que je devais vous distraire pour vous empêcher de bloquer le sortilège. Mais je vous assure que je vous ai uniquement embrassée parce que j'en avais envie.

— Oh, je... (Meli se racla la gorge pour masquer sa confusion.) Ce n'était rien, après tout. Je veux dire, il s'agissait de mon front... et du genre de baiser qu'on donnerait à un enfant.

Lyr esquissa un sourire espiègle.

— Vraiment ?

Avait-elle songé à un géant de glace tout à l'heure ? Meli était certaine qu'elle allait s'embraser tant elle rougissait.

— Cette histoire ne peut mener à rien. Je ne peux pas...

— Quoi ? demanda-t-il lorsqu'elle s'interrompit. Être attirée par un Moranaien ?

Meli se mordit la lèvre et s'efforça de retenir ses larmes. Elle se leva sur des jambes tremblantes.

— Je suis désolée si je vous ai donné cette impression. J'ai fait preuve de faiblesse. Vous feriez mieux de chercher une autre partenaire compatible ailleurs.

Lyr haussa les sourcils d'un air perplexe.

— Je ne comprends pas, Meli. Je n'ai jamais cherché à vous forcer la main pour finaliser notre lien.

— Je sais. (Elle soupira, sans trop savoir si elle était en colère contre lui ou contre elle.) Faisons simplement... comme si rien ne s'était passé. Je ferais mieux de retourner auprès des autres.

Lyr la regarda droit dans les yeux avec intensité, mais il se contenta de hocher la tête.

— Très bien.

LA TÊTE RENVERSÉE en arrière et les yeux fermés, Lyr se reposait dans le fauteuil qu'il avait installé à proximité d'Eradisel. Il avait accroché son paletot à une patère et posé son diadème sur une table basse avant de s'installer sur le siège rembourré et de surélever ses pieds. Il lui restait peu de temps avant sa prochaine réunion avec l'ambassadrice, mais son esprit avait besoin de faire une pause. Juste après le départ de Meli, Loren l'avait rappelé pour de nouveaux pourparlers. L'habit de cérémonie de Lyr l'avait peut-être impressionné, car les mages demandés arriveraient dans deux jours.

Même s'ils demeuraient silencieux, l'énergie d'Eradisel était apaisante pour Lyr, la douce chaleur lui permettant de détendre ses muscles crispés depuis sa discussion avec Meli. Mais ses problèmes étaient toujours bien présents. Tant de souffrance et un tel sentiment de perte. Lorsqu'il avait vu Meli pour la première fois au portail et ressenti la connexion entre eux, il s'était mis secrètement à espérer. Mais vu la réaction de la jeune femme à son égard, il ferait tout aussi bien d'ensevelir ses espérances sous une chape de plomb. Même un simple baiser sur son front avait déplu à la jeune femme.

Par Arneen, il avait trop à faire pour s'attarder là-dessus. En plus de la réunion, il devait encore inculquer l'alfheimir à Kai et Arlyn. Il s'arracha au confort de son fauteuil avec un grognement et remercia silencieusement Eradisel. En enfilant son long manteau pesant, Lyr se rappela à lui-même que la rencontre d'une âme sœur potentielle n'était en aucun cas une garantie de bonheur.

Il était bien placé pour le savoir.

— Nous allons nous dispenser des formalités si vous n'y voyez pas d'inconvénient.

Lyr se tenait debout devant son bureau, n'étant plus enclin à honorer l'ambassadrice par une réception de grande ampleur. Le changement n'était pas passé inaperçu. L'ambassadrice Teronver releva le menton et observa Arlyn et Kai, postés de part et d'autre du *myern*. Ses yeux reflétèrent brièvement sa colère alors qu'elle constatait l'absence des autres, même si elle ne connaissait pas leur rang. Le simple fait de devoir présenter sa requête devant si peu de personnes était offensant pour elle.

— Comme vous voudrez, Seigneur Lyrnis.

— Je vais vous donner une chance de me soumettre votre demande, dit-il en la transperçant du regard. Ne la gâchez pas.

La femme inclina la tête, mais son expression ne laissait transparaître aucune déférence.

— Je viens d'Alfheim, Cité de Lumière et d'Air, demeure des Ljósálfar depuis la nuit des temps. Mon roi nous a envoyés chercher de l'aide pour contrer le fléau qui se rapproche de plus en plus de nos maisons. La plus sage et la plus âgée de nos devineresses nous a elle-même choisis et nous a demandé d'aller trouver ceux des terres des Moranai.

Lyr était habitué au langage formel, mais il eut quand même envie de lever les yeux au ciel. Ils ne venaient pas juste de se mettre d'accord sur le fait de s'en passer ?

— Quelle est la nature de ce fléau ?

— Nous n'en sommes pas certains.

Elle se raidit et releva davantage le menton avant d'ajouter :

— Nos mages sont extrêmement puissants, mais ils peuvent simplement affirmer que l'énergie est empoisonnée. La source de ce problème se trouve en dehors de notre royaume.

— Certains sont-ils tombés malades ?

Le petit rire aigu de la femme emplit la salle.

— Malades ? Les Ljósálfar ne sont jamais malades. *D'autres* peuvent être affectés de cette façon, mais nous sommes bien au-dessus de ça.

— Je ne parle pas de maladies humaines, Dame Teronver. (Poussant un soupir étouffé, Lyr puisa dans sa réserve de patience.) Nos cousins de longue date, les Sidhes, sont également affectés par l'énergie empoisonnée, jusqu'à la démence ou la mort dans certains cas. Nous avons tous besoin d'énergie pour survivre... même les Ljósálfar, je suppose.

— Nous n'avons remarqué aucun signe de démence. (L'ambassadrice marqua un temps d'arrêt, observant fixement Meli pendant un instant.) Mais nous devrions peut-être vérifier que cela ne cause pas... des lacunes chez nos enfants.

L'expression indignée de Meli face à l'insinuation de la diplomate éroda encore davantage la patience de Lyr, mais il parvint également à mettre cela de côté.

— Si vous n'avez pas peur de la maladie et que vos propres

mages sont au-delà de toute comparaison, pourquoi êtes-vous venue solliciter notre aide ?

Dame Teronver tortilla ses doigts, le visage impassible.

— Mon roi m'a assuré que nous avions besoin d'aide, et l'Ancienne nous a envoyés ici. Je pensais trouver une civilisation plus avancée, très puissante, mais...

Elle s'étouffa sur ses propres mots et serra les dents avant d'ajouter :

— Peu importe. Je ferai ce que mon roi a ordonné.

Pourquoi la devineresse la plus ancienne d'Alfheim avait-elle choisi cette elfe-là pour représenter leur peuple ? Lyr supportait à peine le fait de discuter avec elle et encore moins l'idée de devoir entamer des pourparlers. Rien de ce qu'il pourrait offrir ne conviendrait à dame Teronver.

— Quelle sorte d'aide votre roi vous a-t-il chargée d'obtenir ?

— Des mages, bien entendu, et des sorciers de terre pour purifier les sols si vous en avez. Aucun d'entre nous ne s'est aventuré dans les terres dévastées, mais il ne reste pas grand-chose en dehors du cœur d'Alfheim. Le poison a ravagé les forêts lointaines et s'infiltre dans nos champs, perturbant certains de nos sortilèges de culture. Notre cité doit être protégée et les terres nettoyées.

Ils avaient attendu que leur production alimentaire soit affectée avant de chercher de l'aide ? Les Ljósálfar étaient vraiment devenus reclus au-delà de toute mesure.

— Ma maison est plutôt réputée pour ses guerriers et ses éclaireurs que pour ses mages et ses guérisseurs, mais Moranaia est bien plus vaste que ce que vous avez assumé. Il y a d'autres maisons que je peux contacter pour ce dont vous avez besoin. Cela prendra du temps, cependant.

— Du temps ? répéta dame Teronver en balayant d'un regard méprisant le bureau à l'aménagement sobre de Lyr. Et combien de temps vous faudrait-il pour contacter vos... semblables éloignés ?

Cette fois, Lyr se permit d'afficher un petit sourire.

— Dame Teronver, il y avait presque trente millions de

personnes sur nos terres au dernier recensement. Trouver la bonne personne s'avère rarement aisé.

— Trente millions…, répéta l'ambassadrice en regardant par la fenêtre. Mais où… ?

— Vous feriez bien de ne pas nous juger en vous basant sur vos propres idéaux. Même si certains, particulièrement dans les plaines, construisent de grandes cités, la plupart d'entre nous préfèrent vivre en harmonie avec la forêt.

La diplomate pinça les lèvres devant ce reproche.

— Si vous le dites.

— En effet, dit Lyr en se contentant de hocher la tête, ignorant son ton revêche. Je vais commencer à me renseigner dès maintenant auprès de la branche des mages. Vous êtes les bienvenus ici tant que vous pourrez vous abstenir de tout comportement offensant, et j'organiserai une autre réunion dès que j'aurai plus d'informations.

Lyr fit un geste de la main pour congédier l'ambassadrice, mais elle ne bougea pas et le regarda fixement.

— Mais il s'agit d'Alfheim ici. Cité de Lumière. Son bien-être est d'une importance capitale. Dans combien de temps pourrez-vous m'en dire plus ?

— Je n'ai rien entendu dans votre compte-rendu qui indiquerait une situation d'urgence. (Il fit signe à un de ses gardes de s'avancer.) J'espère avoir des nouvelles pour vous dans trois jours, peut-être quatre. J'ai d'autres affaires importantes à traiter.

— Mais…

— Il est de mon devoir de collaborer avec tout peuple féerique originaire de la Terre, et d'autres ont sollicité mon aide avant vous, dit sèchement Lyr. Je m'efforcerai cependant de faire aussi vite que possible. Si je ne peux pas obtenir la coopération de la branche des mages dans un délai raisonnable, j'enverrai une missive au roi.

La diplomate plissa les yeux d'un air mécontent.

— Notre peuple mérite la priorité.

— Bonne journée, Ambassadrice Teronver, répondit Lyr d'un ton implacable.

Elle le regarda de travers, mais n'ajouta pas un mot avant de quitter la pièce. Les autres suivirent, le regard de Meli s'attardant un moment avant qu'elle aussi se dépêche de sortir.

～

ALORS QUE LA lumière déclinait à l'extérieur, Meli faisait les cent pas dans sa chambre. Le repas avait été livré à l'étage inférieur, mais elle n'était pas allée se servir. Elle était trop contrariée pour manger. En plus, le sol de sa chambre tanguait à chaque rafale de vent, ce qui la rendait encore plus nauséeuse que sa seule nervosité. Comment les Moranaiens s'étaient-ils habitués à cela ?

Si elle acceptait l'offre du seigneur Lyr, elle pourrait bien le découvrir.

Meli secoua la tête, et cette fois, ce fut au tour de son cœur de se serrer. Elle ne parvenait toujours pas à croire qu'il lui avait dit qu'elle pouvait rester. De façon désinvolte, comme si c'était chose simple. Ne voyait-il pas qu'elle ferait une terrible partenaire pour lui ? Il était puissant. Sûr de lui. Autoritaire. Tout ce qu'elle n'était pas. Sa proposition de rester était certainement due au lien qu'il ressentait entre eux. S'il la connaissait vraiment, il la laisserait partir sans y réfléchir à deux fois.

Elle l'avait déjà blessé à cause de son manque de courage. Il ne se rendait cependant pas compte de ce que cela lui coûterait de s'unir avec elle. Lorsqu'elle retournerait à Alfheim, elle serait forcée de choisir sa voie, et son absence de talent confirmerait sa place dans l'ombre. Les Ljósálfar étaient peu tolérants envers l'imperfection, et elle en était l'incarnation. Dans son propre royaume, elle serait considérée comme une femme impossible à marier – qui n'aurait probablement pas d'enfants. Elle pouvait difficilement imposer cette tare à un homme qui semblait aussi honorable que Lyr.

Et si elle ne retournait jamais à Alfheim ? Cela ne ferait que confirmer les rumeurs à propos de sa faiblesse – des rumeurs que sa famille haut placée n'avait jamais pu totalement étouffer. Que

Freyr les bénisse néanmoins pour cette tentative vaine. Meli essuya une larme qu'elle n'avait pu empêcher de couler à la pensée de ses parents et de son frère, même si elle voyait rarement ce dernier. Dans un cas comme dans l'autre, ils subiraient la honte de sa condition.

Dommage qu'elle n'ait pas simplement disparu dans les brumes.

CHAPITRE 12

Appuyé contre une colonne, Lyr regardait fixement par la fenêtre de la tour d'observation. Les deux lunes étant presque pleines, il n'avait pas allumé de globe enchanté et la nuit l'enveloppait dans une sorte de cocon divin. À une telle hauteur au-dessus du domaine, baigné dans la lueur des lunes se déversant à travers les fenêtres, il pouvait presque faire abstraction des problèmes qui l'attendaient en bas. Presque.

Dans la matinée, il allait devoir rédiger un rapport officiel à l'attention du roi. Après l'arrivée du diplomate de Neor suivie de celle des Ljósálfar, la situation était clairement en train de s'aggraver. Le problème de l'empoisonnement de l'énergie devait être pris en charge, et Lyr pourrait accomplir bien plus de choses si le roi était au courant et lui apportait son soutien. Par Arneen, il pourrait bien avoir besoin d'un ordre royal pour convaincre l'un des rares sorciers de terre de voyager vers un autre monde.

À moins qu'il puisse obtenir la coopération des fées. Lyr plissa les yeux en regardant au loin, bien que l'étang des fées soit caché par les arbres. Techniquement, les fées n'étaient pas sous l'autorité des Moranaiens, qui leur avaient offert l'asile des millénaires auparavant. Mais lorsqu'elles avaient fui la Terre... Lyr poussa un gémissement. Les Ljósálfar avaient refusé de les accueillir à Alfheim.

Les fées ne proposeraient pas leur aide.

Détectant l'énergie de Kai au pied de la tour, Lyr mit ses inquiétudes de côté. Ou tenta de le faire du moins. Il se demanda quelles sombres nouvelles pouvait bien lui apporter son ami. Une inondation peut-être ? Une guerre entre deux maisons ? Une armée de dragons sur le point de les envahir ? Lyr grimaça à cette dernière idée. Si les dragons brisaient leur trêve après presque quarante-mille ans, ses problèmes actuels ne seraient rien en comparaison.

— Je savais que je te trouverais ici.

Lyr se tourna en entendant la voix de Kai.

— Est-ce que tout va bien ?

— Pour une fois, oui. Pas de nouveau désastre. (Kai leva le panier qu'il tenait à la main, attirant l'attention de Lyr.) Après les événements d'aujourd'hui, j'ai pensé que tu aimerais faire une petite pause.

Ils s'installèrent sur l'un des bancs rembourrés installés le long des murs incurvés de la pièce. Tandis que Kai ouvrait le vin et sortait les verres, Lyr posa une assiette avec un gâteau entre eux. Il avait compris ce que son ami n'avait pas dit. Ils étaient de proches compagnons depuis plus de cinq-cents ans, et avant l'arrivée d'Arlyn, ils passaient beaucoup plus de temps ensemble. Cette petite pause était une bonne excuse pour faire comme au bon vieux temps.

Lyr se servit un verre de vin rouge foncé, faisant partie de l'une des rares sortes capables d'enivrer ses semblables, et le prit dans sa main. Se soûler était un processus difficile et intentionnel chez les elfes, car ils devaient stopper leur propre magie régénérative de manière volontaire afin d'éviter de purger l'alcool de leur sang avant qu'il puisse leur faire de l'effet. Même dans ce cas, peu de variétés pouvaient les affecter. Lorsqu'il avait l'occasion de boire un tel vin, il le savourait.

— Alors, que penses-tu de la *charmante* ambassadrice ?

— Comme dit Arlyn, c'est une « garce snobinarde »,
répondit Kai en levant son verre pour trinquer.

Lyr rit.

— Elle a vraiment dit ça ?

— Dès que la femme a ouvert la bouche. Et elle a raison.
D'après ce que j'ai entendu, les Ljósálfar ont toujours été...
difficiles.

— Il y avait peu d'informations sur eux dans mes livres. Dans
les livres de mon bureau, du moins, dit Lyr avant de prendre une
gorgée de vin.

— Toujours pas capable d'affronter la bibliothèque ?

Le soupir de Lyr fit ondoyer le liquide dans son verre.

— Pas encore. La plupart des livres sur le sujet *devraient* se
trouver dans mon bureau, mais je peux me tromper. Ça te dérangerait de vérifier pour moi ? Je... je ne peux simplement pas
retourner dans la bibliothèque.

Kai signala son accord d'un hochement de tête.

— Ça ne me dérange pas. Tu remettras les pieds là-bas quand
tu seras prêt.

— Je déteste cette faiblesse, dit Lyr en soulevant une part de
gâteau de l'assiette pour se contenter de la regarder. *Laiala* a
survécu. Je n'ai aucune raison de ne pas y retourner.

— Il faut parfois du temps pour se remettre d'un trauma-
tisme, dit Kai en se penchant en avant en serrant fermement son
verre de vin. Je fais encore des cauchemars où je revis l'attaque que
j'ai subie, tu sais. Ou le moment où j'ai tué mon pèr... Allafon, je
veux dire. Sa tête ensanglantée a roulé sur le sol de ce donjon dans
mes rêves plus de fois que je ne pourrais les compter.

Lyr tressaillit en entendant les propos de son ami, même si lui-
même avait été inconscient au moment où Allafon s'était fait
décapiter.

— *Miaran*, Kai ! En as-tu parlé à Lial ?

Kai haussa un sourcil d'un air étonné.

— Et toi ?

— Un point pour toi.

Lyr prit une grande gorgée de vin et laissa l'alcool lui monter à la tête.

Pendant quelques instants, ils mangèrent en silence – mais sans gêne. Lyr mit de côté les idées noires que leur conversation avait fait émerger et attendit que les traits de Kai se détendent un peu avant de reprendre la parole.

— Tu ne connaîtrais pas un sorcier de terre à tout hasard ?

— Hmm...

Kai finit de mâcher sa dernière bouchée de gâteau. Les sourcils froncés tandis qu'il réfléchissait, il prit une grande gorgée de vin et hocha brièvement la tête.

— Je crois qu'il y a une sorcière de terre sur Oria, si elle est toujours en vie. Si mon pèr... si Allafon ne l'a pas assassinée. Moren devrait le savoir.

Lyr grimaça intérieurement en entendant la tension de nouveau perceptible dans la voix de son ami. Il n'avait toujours pas demandé à Kai s'il avait été soulagé d'apprendre qu'Allafon n'était pas son vrai père, mais il ne voulait pas le bousculer. Il savait ce qu'on pouvait ressentir quand les autres vous questionnaient sur des sujets aussi sensibles.

— Tu pourras te rendre à l'étang des fées demain matin ? Et si elles refusent d'apporter leur aide, mets le cap sur Oria pour parler à ton frère.

— Comme vous voudrez, Seigneur Lyrnis, dit Kai avec un grand sourire.

Lyr leva les yeux au ciel et but le reste de son vin d'un trait.

— Rien que pour ça, je te laisse ranger tout ce bazar. Je vais aller dormir, *moi*.

Lyr entendit le rire de Kai derrière lui lorsqu'il quitta la pièce, mais ce dernier sonnait faux. La tension sous-jacente pesait sur ses épaules à chaque marche qu'il descendait. *Clechtan !* Il aurait dû s'apercevoir de la noirceur d'Allafon plus tôt. Son *père* aurait dû s'en apercevoir. Si les membres de la maison Dianore avaient fait leur travail correctement, la mère de Kai serait toujours en vie. Et Kai n'aurait pas été obligé de tuer celui qu'il croyait être son père.

Une responsabilité de plus à endosser, songea Lyr.

~

Les rayons du soleil perçaient à peine la canopée et les pieds de Lyr laissaient leurs empreintes dans la rosée matinale alors qu'il se dirigeait vers le village. Il avait reçu un message du tavernier dès son réveil, un fait assez rare pour l'alarmer. En apprenant que sa présence était requise, il s'était d'autant plus empressé d'y répondre. D'après Merrith, ils seraient plus tranquilles pour discuter au petit matin.

Lyr coupa à travers l'un des sentiers en pierre entourant la fontaine au centre du village et tourna en direction de la taverne. Des globes lumineux suspendus à de fins poteaux en bois éclairaient le chemin, seul signe de vie dans la clairière autrement sombre. Quelques lumières étaient visibles dans les maisons construites dans les arbres au-dessus des commerces, mais la plupart des fenêtres, à l'exception de celles de la taverne, n'étaient pas éclairées. De tous ceux que Lyr connaissait à Telerdai, Merrith était celui qui dormait le moins. Le Juste Milieu était rarement fermé.

La salle principale était calme lorsque Lyr entra, et les tables en bois usées étaient toutes inoccupées. Merrith, ses longs cheveux blonds attachés par un morceau de ficelle, était derrière le comptoir en train de nettoyer des verres. Des bouteilles étaient alignées contre le long miroir derrière lui, mais pas beaucoup. La plupart des gens venaient ici pour déjeuner ou pour dîner, et pas seulement pour boire.

Hochant la tête, Merrith reposa le verre qu'il tenait à la main et attendit que Lyr s'approche.

— Bonjour, *Myern*. Veuillez m'excuser de vous avoir fait venir ici de si bonne heure.

— J'étais déjà en train de me réveiller quand j'ai reçu votre message. J'espère que tout va bien ?

Ils discutèrent pendant un moment, le tavernier informant

Lyr de l'état de son commerce et des derniers commérages en date dans le village. Une fois les politesses requises échangées, Merrith prit l'un des gobelets qu'il venait de laver sur le comptoir et le remplit.

— Je sais bien que vous n'êtes pas venu ici aux aurores pour m'entendre parler de mon chiffre d'affaires. Je viens de recevoir un délicieux jus de fruits fabriqué dans le nord, où les baies d'ereth sont récoltées de bonne heure. Asseyez-vous et buvez un verre, si vous le voulez bien, pendant que je vous parle de la véritable raison de mon message.

Lyr prit place au bar et porta la boisson à ses lèvres. La saveur acidulée explosa en premier sur sa langue, comme toujours, suivie par une déferlante sucrée qui rendait le tout parfait.

— L'*erethai* est toujours un régal.

— Certainement plus réjouissant que mes nouvelles.

Merrith se versa également un verre et en but une gorgée, regardant Lyr d'un air grave par-dessus le rebord de son gobelet avant de poursuivre :

— Des rumeurs courent dans le village.

— Comme toujours, non ?

Merrith fit non de la tête.

— C'est différent des potins habituels. On dit qu'il y a eu une autre attaque au domaine, du même genre que vos problèmes précédents. La dernière fois, je n'ai pas fait plus attention que d'habitude. Jusqu'à ce que j'apprenne qu'Allafon s'était rebellé, je pensais que les rumeurs étaient exagérées. Cette fois, j'étais plus enclin à ouvrir mes yeux et mes oreilles.

— Vraiment ? demanda Lyr en savourant une autre gorgée de son jus de fruits. Je suppose que vous avez vu ou entendu quelque chose que je devrais savoir ?

Le verre du tavernier claqua sur le comptoir lorsqu'il le reposa et se pencha vers Lyr.

— Un étranger est arrivé ici la nuit dernière vers la vingt-sixième heure. Des voyageurs passent par ici de temps à autre, mais celui-là était différent. Malgré la chaleur, il portait une lourde cape. Il a demandé une grosse miche de pain frais et un repas chaud dans un moranaien décousu.

Les doigts de Lyr se resserrèrent autour de son gobelet presque vide.

— Vous pensez qu'il s'agissait de l'assassin ?

— Je ne peux pas l'affirmer, répondit Merrith avec une moue affligée. Il a esquivé toutes les questions que j'ai posées sur l'endroit où il allait ou celui d'où il venait, mais comme les médaillons remis aux voyageurs sont enchantés avec notre sort de compréhension des langues, je ne vois pas qui d'autre qu'un intrus pourrait s'exprimer de cette façon.

— Est-ce que d'autres choses vous ont alerté ? demanda Lyr d'une voix tendue.

Son regard se posa sur ses doigts qui avaient blanchi alors que la colère montait en lui et il se força à lâcher son verre avant de le casser.

Merrith plissa les yeux d'un air préoccupé.

— Je l'ai entendu marmonner quelque chose à propos de l'absence de ruisseaux du côté est de la vallée quand je suis retourné derrière le comptoir. Il n'a peut-être pas réalisé que je pouvais l'entendre, mais ça pourrait aussi...

Lyr s'écarta brusquement du bar, renversant le tabouret derrière lui. Il remarqua à peine le moment où le siège heurta le sol alors qu'il se dirigeait déjà vers la porte. Bon sang, ce *drec* avait osé pénétrer dans *son* village pour demander des provisions ! L'assassin pensait-il que rien ni personne ne pouvait l'arrêter ? Dans ce cas, il n'avait aucune idée de sa véritable puissance, surtout maintenant qu'il était rétabli. Il était temps de passer à l'action. Lyr agrippa le pommeau de son épée par réflexe alors qu'il se précipitait dehors.

— *Myern !*

Il s'arrêta et regarda Merrith.

— Envoyez un message à Kai et dites-lui de venir me retrouver.

— Vous ne devriez pas y aller seul. Ça pourrait être un piège, répondit le tavernier.

— Peut-être, rétorqua Lyr avec un sourire sans joie. Mais quand je l'aurai trouvé, il ne sera pas déçu de son voyage.

~

MAIN DANS LA MAIN, Kai et Arlyn marchaient sur un sentier bordant l'arrière du jardin. Sur la gauche, le chemin menant au portail s'étirait à perte de vue. Un autre sentier plus petit bifurquait vers la droite et ils empruntèrent celui-là dans un silence confortable. Arlyn sourit. Leur mission était certes importante, mais la journée s'annonçait radieuse. Aucun nuage ne s'était attardé après la tempête qui avait sévi quelques heures avant l'aube. La chaleur implacable de l'été était aussi un peu moins étouffante.

— Des fées, hein ? demanda Arlyn en pressant la main de Kai.

Il parut étonné.

— Je t'ai déjà parlé d'elles, non ? Tu as vu ma figurine en verre.

— Oui, et elle est superbe.

Le sourire d'Arlyn s'élargit à ce souvenir. Il avait déballé sous ses yeux certaines des figurines en verre qu'il avait créées, une surprise totale pour elle. Son âme sœur impétueuse, un artiste appliqué.

— Mais je ne me rappelle pas t'avoir entendu dire grand-chose sur les fées elles-mêmes. Seulement que la plupart des créatures comme elles étaient restées dans des dimensions plus proches de la Terre.

— C'est exact, dit Kai en s'arrêtant et en incitant Arlyn à faire de même en tirant doucement sur sa main. Mais la plupart de celles qui sont ici ne sont pas réellement des citoyennes de Moranaia. Elles ont leurs propres dirigeants et leurs propres lois.

— Et mon père leur permet de rester ici sans contrepartie ? demanda Arlyn d'un air perplexe.

— En échange de l'asile et de l'exploitation des terres, elles gardent cette partie de la frontière. Et elles aident le *myern* si nécessaire. (Kai caressa sa joue en souriant.) Nerveuse ?

— Un peu.

— Fais juste en sorte de t'arrêter aux portes de leur territoire et attends la permission d'entrer.

Arlyn se remit en route, accélérant le rythme cette fois. Pouffant de rire devant son enthousiasme, Kai lui emboîta le pas. Que pouvait-elle dire pour sa défense ? Ce n'était pas tous les jours que quelqu'un avait l'occasion de rencontrer des créatures légendaires. Puis elle sourit. Elle était elle-même à moitié légendaire. *Ah, tout est relatif !*

Alors qu'ils étaient presque arrivés au bout du sentier, la forêt moins dense à cet endroit leur permit d'entrevoir les eaux scintillantes au-delà. Une fine brume s'élevait de la surface en volutes paresseuses malgré la chaleur croissante de la journée. Arlyn s'arrêta juste avant la fin du sentier, mais il n'y avait pas une créature vivante en vue. Étaient-ils au bon endroit ?

Trois fées émergèrent alors subitement de l'eau et demeurèrent en suspens au-dessus de la brume, et Arlyn resta plantée là, les yeux rivés sur elles.

Toutes les trois avaient la peau claire et une taille d'environ trente centimètres. La femme au centre avait des cheveux bleu foncé qui cascadaient autour de sa robe vaporeuse, et les deux autres, de sexe masculin, étaient vêtus dans des tons verts et orangés. Les trois fées les observèrent en silence, leurs visages insondables, puis la femme au centre secoua la tête.

Les lèvres de la fée se mirent à bouger, mais la voix semblait provenir de tout autour d'eux lorsqu'elle dit :

— Pas encore. Vous aurez besoin de nous, mais pas maintenant. Revenez seulement lorsque l'heure sera venue.

Avant que l'écho de cette voix étrange ait disparu, les fées étaient parties. La brume flottait au-dessus de la surface de l'eau immobile, comme si elle n'avait jamais été troublée, et seuls les bruits habituels de la forêt étaient perceptibles. Arlyn tressaillit d'appréhension en se tournant vers Kai.

— Qu'est-ce qu'elle a voulu dire ?

L'inquiétude visible dans les yeux de Kai se répercuta à travers leur lien.

— Je ne sais pas, mais ça ne présage rien de bon. (Il soupira.) Bon, en route pour Oria, je suppose. On aura peut-être plus de chance avec Moren.

CHAPITRE 13

Le soleil s'élevait déjà au-dessus de la cime des arbres alors que Lyr était en pleine ascension du versant est de la vallée. Sa rage était brûlante, mais sa progression silencieuse. Même si les chances de surprendre l'assassin dans son sommeil étaient maigres, ce n'était pas impossible s'il avançait avec précaution. Merrith avait dit que l'homme s'était exprimé dans un moranaien décousu, signe évident qu'il ne venait pas de leur monde, donc il ne s'était peut-être pas encore habitué à leurs journées de trente heures.

Ce scélérat était forcément arrivé par le portail.

Le frère de Kai, Moren, avait affirmé que leur père avait suivi les ordres d'un autre, un individu qu'il n'avait pas pu démasquer. Mais d'une autre dimension ? Beaucoup de mondes étaient accessibles en passant à travers le Voile, mais peu d'entre eux étaient habités. La présence de cet assassin ici alors que l'empoisonnement de l'énergie affectait tant de royaumes ne pouvait pas être une coïncidence. Si Lyr pouvait trouver la source du poison, il pourrait peut-être alors résoudre tous leurs problèmes.

Il y avait peu de bons emplacements où camper sur cette colline en particulier, l'absence de cours d'eau étant seulement l'un des problèmes. La forêt était en grande partie vierge ici, les arbres anciens et les espèces végétales du sous-bois pouvant pousser librement. Même si les terres habitées pouvaient paraître non cultivées à première vue, elles étaient soigneusement entretenues pour donner cette impression. Mais pas ici. Les habitations de Telerdai s'étiraient plutôt vers le nord, à travers le fond de la vallée. Si l'assassin cherchait à se cacher, il avait choisi le bon endroit.

Après une heure passée à escalader des rochers et des racines d'arbres géantes, Lyr s'arrêta pour se reposer. La sueur coulant dans son dos laissait des traces humides sur le rocher contre lequel il était appuyé. Bien que la saison de *toren* touche presque à sa fin, il faisait aussi chaud que le jour du solstice à midi. Il mourait d'envie de retirer sa tunique, mais il ne pouvait pas laisser de traces derrière lui. Il utiliserait même un sortilège pour faire disparaître la moindre gouttelette de sueur du rocher avant de poursuivre.

Il se sentait peut-être abattu la plupart du temps ces jours-ci, mais il n'avait pas pour autant envie de mourir.

Lyr procédait de façon méthodique, mais à la mi-journée, il n'avait rien trouvé d'autre que les traces des *daeri* broutant en troupeaux sur le versant. Il regarda la vallée en contrebas et le village, presque invisible à cette hauteur s'il n'avait pas su où regarder. Il s'installa à l'abri du vent au pied de deux arbres gigantesques pour une autre pause et essaya d'ignorer le grondement de son estomac. Sa rage s'était transformée en une simple colère après ces longues heures passées à chercher une piste, laissant de la place pour d'autres sensations. Comme la faim.

Où était Kai ? Lui et Arlyn devaient être revenus d'Oria depuis un bon moment maintenant, mais jusqu'à présent, il n'avait pas détecté la présence de son ami. Même Kai ne pourrait pas le pister à travers ses bois. Lyr en connaissait chaque rocher et chaque arbre après avoir passé son enfance à les explorer. Ce retard annonçait-il d'autres mauvaises nouvelles ou le message de Merrith n'était-il simplement pas arrivé à bon port ? Dans les deux cas, il ne pouvait visiblement compter que sur lui-même.

Lyr se remit en route en soupirant. Il restait peu d'endroits où l'intrus aurait pu aisément se cacher, et l'un d'eux en particulier semblait plus probable : le « jardin secret ». Alors qu'il prenait la direction de la clairière à proximité du sommet, il prit une dague dans sa main gauche et s'assura que son épée était prête à être dégainée. Il ne pouvait peut-être pas sentir la présence de l'assassin avec ses sens habituels, mais il ferait de son mieux pour être préparé.

KAI FRANCHIT le portail et s'écarta pour laisser de la place à Arlyn qui le suivait de près. Il était content d'avoir vu son frère, avec qui il avait pu recréer des liens après la mort de leur père, mais la journée avait été une perte de temps en dehors de ça. La sorcière de terre dont il avait entendu parler dans son enfance était morte six ans auparavant – et pas de cause naturelle. Encore un coup d'Allafon.

Arlyn posa une main sur son bras.

— Est-ce que ça va ?

— Oui, je suis juste...

Kai s'interrompit et ordonna à ses muscles de se détendre, mais ils semblaient peu enclins à l'écouter.

— On a perdu une journée à chercher la trace de la sorcière de terre pour finalement apprendre qu'elle avait été assassinée. Disons simplement que je suis soulagé que le sang d'Allafon ne coule pas dans mes veines finalement.

Arlyn soupira.

— Je déteste l'idée de devoir le dire à *laial*. Il espérait vraiment que cette partie-là serait facile au moins. Je suis inquiète pour lui.

— Moi aussi.

Redoutant la discussion à venir, Kai se dirigea d'un pas lourd vers le bureau sans ajouter un mot. Le dîner serait servi dans une heure environ, et les couloirs étaient vides. Kai ne savait absolument pas où pouvait bien se trouver Ralan, mais il espérait qu'il était avec Lyr. À supposer que le prince ne soit pas déjà au courant de ce qu'il venait annoncer, Kai aimerait autant ne pas avoir à se répéter.

Mais lorsqu'ils pénétrèrent dans le bureau, il était vide. Kai regarda Arlyn d'un air inquiet.

— Est-ce qu'il a dit qu'il devait s'absenter ? Il m'a demandé de venir lui faire mon rapport ici.

— Non, répondit Arlyn en se précipitant vers le bureau comme s'il était possible qu'il soit là et qu'elle ne l'ait simplement pas vu. Il passe en revue les comptes du domaine normalement à cette heure. Est-ce qu'il serait parti s'entraîner ? Ou voir ma grand-mère ?

Kai activa la clé du domaine dans son esprit et se sentit encore plus alarmé après avoir échoué à localiser son ami. L'énergie de Lyr était complètement absente de Braelyn.

— Il n'est pas là.

— Oui, je sais.

— Non, je veux dire qu'il a complètement disparu. Essaie de le localiser avec la clé du domaine et tu verras.

Sa conversation par télépathie avec Ralan fut encore moins productive. Le prince n'avait pas vu Lyr de la journée, et s'il savait pourquoi, il refusa de le dire. Le cœur de Kai se serra. Son ami avait des habitudes bien ancrées, toute déviation de sa routine étant plutôt inhabituelle. Était-il possible que l'assassin soit revenu sans que personne s'en aperçoive ? Au moment où il s'apprêtait à aller voir dans la chambre de son ami, Koranel entra.

— Seigneur Kai, est-ce que tout va bien ?

— Avez-vous vu le *myern* ?

Koranel sembla surpris par cette question abrupte, mais il fit non de la tête.

— Je ne l'ai pas vu. Mais j'ai un message pour vous.

Kai lui arracha la missive des mains avec un empressement contraire à la bienséance, se souciant peu de ce que l'autre pouvait penser. Il la décacheta si rapidement que le papier se déchira, le forçant à ralentir ses gestes. Lorsqu'il parvint enfin à lire le message, il se mit à jurer. Longtemps et copieusement.

— Qu'est-ce qu'il y a ? demanda Arlyn en lui prenant la missive des mains.

— Ça vient de Merrith, le tavernier. Il a parlé à Lyr juste après mon départ ce matin. Une personne à l'allure louche s'est arrêtée à la taverne pour demander des provisions la nuit dernière, et Lyr est parti à sa recherche. Seul. Il voulait que je le rejoigne dès mon retour.

— Bon sang, maugréa-t-elle en anglais avant de lire le message à son tour comme s'il pouvait avoir oublié un détail. Bon sang de bonsoir !

— Ça remonte à plusieurs heures déjà. Je dois me mettre en route sur-le-champ.

— Je viens avec toi, dit Arlyn en agrippant son bras. Mais avant que tu te précipites, je me permets d'attirer ton attention sur le fait qu'on devrait prendre nos armes.

Kai ne put s'empêcher de sourire.

— Ce n'est pas pour rien que ça a tout de suite collé entre nous.

LYR N'ATTEIGNIT PAS le sommet avant le début de la soirée. La grande clairière par laquelle il était passé une demi-graduation plus tôt s'était avérée vide, ce qui ne laissait que quelques petits recoins au sommet de la colline à fouiller. Il semblait de plus en plus probable que les paroles marmonnées par l'étranger en présence de Merrith avaient été destinées à faire diversion, au mieux, ou à lui tendre un piège, au pire. Il était néanmoins satisfait de ce temps passé à la recherche de cet homme, une tâche bien plus active que les pourparlers incessants dans son bureau.

Lyr ralentit l'allure en approchant de la clairière suivante.

Celle-ci était difficile d'accès, l'entrée cachée entre deux arbres couchés de la taille d'une maison. Son périmètre était délimité par des rochers plus grands qu'un homme. Lorsqu'il était enfant, Lyr prétendait qu'il s'agissait d'un fort. Mais c'était un fort solitaire, ses envahisseurs tous invisibles. Malgré la taille relativement importante de leur peuplement, il avait grandi entouré de peu d'enfants de son âge. Le prix de la longévité était souvent la solitude.

Des lianes pendaient devant la petite ouverture entre les troncs d'arbre en décomposition, mais il n'était pas dupe au point d'entrer par là. C'était l'endroit le plus évident, celui le plus susceptible d'être surveillé. Au lieu, il longea le tronc sur sa droite. Le bois vermoulu s'était depuis longtemps effrité pour ne laisser qu'une forme évoquant un arbre, bientôt transformé en humus. Durant son enfance, le bois était encore solide, les arbres n'étant tombés que quelques années auparavant. Il escalada quand même le tronc massif et découvrit que l'entrée secondaire était toujours là, entre deux rochers.

Lyr se plaqua contre la pierre froide et jeta un œil par la brèche. Des fleurs se balançaient doucement dans la brise du soir, seul mouvement perceptible. Mais quelque chose sonnait faux. On entendait encore les stridulations des insectes et les pépiements des oiseaux, mais leurs mélodies semblaient hésitantes. Comme si eux aussi n'étaient pas certains que l'endroit était sûr. Lyr tira son épée sans faire un bruit et raffermit sa prise sur la dague dans son autre main.

Après avoir projeté son énergie pour inspecter la zone sans rien détecter, il se faufila entre les rochers pour se rapprocher à pas de loup de la clairière. Elle était vide, hormis les fleurs se balançant au centre. Mais alors qu'il approchait de la sortie de la brèche, un monticule prit forme à l'autre bout de la clairière. Les restes d'un feu de camp ? Lyr se figea entièrement – son corps, son énergie. C'était forcément là.

Sans prévenir, l'intrus apparut, la capuche de sa cape rabattue en arrière. Lyr eut le temps d'apercevoir une peau foncée et des cheveux noirs avant que l'homme s'élance vers lui, une épée à la main. La lame en acier de son arme n'était pas beaucoup mieux pour Lyr que du fer pur, mais au moins elle ne pourrait pas faire voler ses boucliers en éclats ou drainer son énergie sans un contact direct.

Et si l'homme parvenait à le toucher, eh bien, il serait préparé à la diminution de ses forces cette fois.

Lyr s'élança à son tour, ses mouvements brefs et saccadés destinés à masquer ses intentions alors qu'il rejoignait son assaillant au centre de la clairière. L'homme abattit son épée avec une force qui aurait été suffisante pour désarmer un guerrier moins expérimenté. Lyr repoussa sans difficulté la lame de l'assassin et frappa son épaule exposée avec le manche de sa dague. L'homme poussa un grognement et recula avec agilité.

— Qui t'a envoyé ? demanda Lyr en anglais.

Son adversaire rit alors qu'il se remettait d'aplomb, se préparant à une nouvelle attaque.

— Tu crois que je suis stupide ?

— D'avoir choisi cette clairière ? Non. Mais on ne sait jamais.

Lyr sourit en parant son coup. Puis il profita d'une ouverture pour lui donner un coup de pied dans le genou.

Qui que soit cet homme, il était doué pour le combat. Il tituba en arrière, le coup ayant failli le faire tomber, mais parvint tout de même à esquiver cette riposte. Un soupçon de magie de combat peut-être ? Lyr s'accorda un bref instant pour scanner son adversaire et sourit de nouveau devant le résultat. L'assassin possédait bel et bien cette faculté, mais il ne contrôlait pas suffisamment la magie. Parfait.

— Tu aurais peut-être une chance si tu avais été bien entraîné, dit Lyr en repoussant son adversaire avant de plonger en avant pour lui porter un coup au niveau de la taille.

— J'ai été *bien* entraîné, grogna l'assassin, s'écartant juste à temps pour s'épargner une blessure.

— Pas suffisamment, j'en ai bien peur, renchérit Lyr d'un air faussement compatissant. Qui t'a formé ?

L'autre homme se contenta de sourire.

— Pas stupide, tu te rappelles ?

Les cheveux de Lyr se dressèrent sur sa nuque lorsqu'il perçut la présence d'un projectile se dirigeant à toute vitesse vers son dos, et il s'écarta pour l'éviter. Un mouvement qui lui coûta cher. Son adversaire réussit à passer sa garde et lui infligea une estafilade en travers du flanc droit, le contact avec le métal drainant presque entièrement sa magie. Il poussa un juron et bondit en arrière. Se positionnant de façon à pouvoir affronter les deux menaces, il vit un autre homme apparaître sous ses yeux, la capuche de sa cape également rabattue en arrière. Ils étaient deux. C'était vraiment, vraiment, *vraiment* idiot de sa part de ne pas avoir envisagé cette possibilité.

— Prêt à abandonner ? demanda le premier assassin en riant de nouveau.

Malgré le sang qui ruisselait sur son flanc, Lyr haussa les sourcils d'un air étonné.

— À cause de cette éraflure ?

Il passa aussitôt à l'action en mode offensif malgré sa magie diminuée. Il s'était peut-être laissé surprendre par sa perte de puissance durant sa session d'entraînement avec Teyark, mais il s'était préparé à cette éventualité depuis. La magie n'était qu'un atout de plus, après tout. Et il allait se battre – il ne se laisserait jamais capturer de nouveau.

Pendant un moment, le deuxième homme se contenta d'observer la reprise du combat avec un regard impitoyable. En réalité, il ne semblait pas armé. Aucun fourreau, pas d'arc. S'il s'agissait d'un mage, il n'était pas efficace. Lyr fronça les sourcils, perplexe. Il pouvait sentir que ses assaillants n'étaient pas complètement humains. N'avaient-ils pas réalisé que l'acier avait neutralisé sa magie ? Un mage aurait déjà lancé une frappe sans craindre une riposte.

Son adversaire sourit.

— Allons, c'est tout ce que tu peux faire ? J'espère que mon propre bâtard de père a plus de force que ça.

— La force ne fait pas tout, rétorqua Lyr.

L'assassin ricana, son expression devenant méprisante. Ce moment de distraction fut suffisant pour Lyr. Il propulsa son épée en avant de manière fulgurante. La lame transperça l'homme de part en part au niveau du ventre, brisant sa colonne vertébrale. Ses yeux sombres s'écarquillèrent et tout l'air sortit de ses poumons. Lyr replia son bras d'un geste brusque, libérant son épée, alors que l'homme s'écroulait à terre.

Du coin de l'œil, Lyr vit l'autre homme rabattre rapidement sa capuche sur sa tête pour se rendre de nouveau invisible. *Miaran !* Il projeta ses sens au mieux de ses capacités avec sa magie si amoindrie, mais il ne possédait pas les compétences nécessaires pour rompre le sort utilisé pour enchanter la cape. Il demeura le plus mobile possible, à l'affût du moindre signe d'une attaque. Puis le premier homme poussa un grognement et il baissa les yeux vers lui.

La peau foncée de l'assassin était devenue grise – mi-Dökkál-fr ? – et ses mains étaient pressées de manière vaine sur sa plaie béante alors qu'il se tortillait de douleur. Lyr songea qu'il devrait l'achever sans attendre, par charité. Même un assassin ne méritait pas la lente agonie qu'une telle blessure promettait.

Lyr rengaina sa dague et s'accroupit, tenant son épée à deux mains pour porter un coup bref et précis. Il marqua un temps d'arrêt pour balayer la clairière du regard. Toujours vide. Tressaillant en songeant à ce qu'il devait faire, il prit une grande inspiration et se prépara à plonger sa lame dans le cœur de l'assassin.

Une présence se manifesta subitement derrière Lyr, alertant ses instincts de combat défectueux. Sa magie détecta le mouvement du deuxième homme alors qu'il abattait son poignard, visant la partie molle en dessous de son poumon gauche. Lyr pivota, mais il n'eut pas le temps d'esquiver entièrement le coup. La lame lui transperça le ventre puis remonta en lui tailladant la poitrine jusqu'à ce qu'elle se prenne dans son collier.

Son cri de douleur se transformant en un hurlement de rage, Lyr donna un violent coup de coude dans l'estomac de l'assassin. Avant qu'il puisse le frapper avec son épée, l'homme recula avec un ricanement étranglé. Lyr tenta de se retourner pour traquer les mouvements de l'assassin, mais le monde se mit à tourner autour de lui alors qu'il se vidait de son énergie.

La lame du poignard devait être en fer.

Lyr bascula en avant. Par tous les dieux, quelle agonie... Son corps se mit à convulser alors que le fer le rongeait de l'intérieur. Il leva sa main libre jusqu'à la plaie et grimaça lorsque ses doigts trouvèrent le poignard emmêlé dans son collier. Tremblant, il agrippa le manche et tira pour extirper la lame de ses chairs, puis fit un dernier effort pour jeter le poignard au loin.

Un bruit sourd suivi d'un cri de douleur lui procura une certaine satisfaction malgré sa propre souffrance.

— Saletés d'elfes, maugréa une voix au-dessus de lui. Je vais devoir traîner Beckett pour le ramener maintenant, avant qu'il se vide de son sang. J'aurais dû venir avec un fichu guérisseur.

Lyr roula sur le dos, cherchant à distinguer la source de la voix, mais sa vision se brouillait à mesure que le fer drainait son énergie. De la lumière. Un mouvement flou. Puis tout disparut et il sentit une étoffe soyeuse effleurer sa peau alors qu'elle l'enveloppait. Il leva la main pour écarter le tissu de son visage, mais il n'avait même plus la force de soulever cette mince barrière.

— Sois un bon elfe et reste ici pour mourir, OK ? Tu es invisible à présent. Tu ne seras plus qu'un tas d'os quand ils te trouveront. (Un rire étouffé.) Ma plus belle mise à mort à ce jour.

La cape. *Miaran !* Lyr frémit en réalisant que l'étranger avait raison. Personne n'avait été capable de détecter la présence des assassins sous ces capes. Ses proches ne le retrouveraient jamais. Ses yeux se fermèrent tout seuls, et le sol était de plus en plus visqueux avec son sang qui continuait à se répandre. À chaque respiration laborieuse, sa poitrine le brûlait à cause des fragments de fer laissés par le poignard s'enfonçant de plus en plus dans ses chairs.

Plus qu'une chose à tenter. Utilisant ses dernières forces, Lyr projeta sa magie contre le fer, essayant de le transformer comme Arlyn l'avait fait. Le moment était bien choisi pour se rendre compte à quel point il avait envie de vivre. S'il échouait, eh bien... il ne s'était peut-être pas fait capturer, mais sa mort n'allait pas être une partie de plaisir.

Et dire qu'il avait voulu se montrer charitable.

<h1 style="text-align:center">CHAPITRE 14</h1>

Meli secoua une nouvelle fois les runes et les lança sur le banc en pierre où elle était assise. Lorsque rien ne se passa, elle poussa un grognement. Les lignes continuaient à tournoyer, refusant de se figer en quelque chose d'exploitable, même quand elle songeait à des choses faciles à trouver, comme le ruisseau de l'autre côté du jardin. Et dire que les pierres étaient censées lui montrer la voie à suivre. Pendant les deux heures écoulées depuis que Pol l'avait poussée à travailler avec les runes, elle les avait remises dans leur bourse plus d'une fois, avec la ferme intention de les y laisser.

C'était peut-être parce qu'elle cherchait des choses qui n'étaient pas perdues. Elle n'était qu'une étrangère ici, avec peu d'affaires personnelles – aucun objet à elle à retrouver et personne de sa connaissance à aider. Meli ramassa les runes en soupirant et passa son pouce sur la surface lisse de l'une des pierres. Se pourrait-il que son premier lancer réussi dans les brumes n'ait été qu'une illusion ? Pol aurait pu se tromper – ou avoir tout organisé. Il aurait pu contrôler les runes sans qu'elle s'en aperçoive.

Ou elle avait peut-être trop la tête ailleurs. Une partie d'elle – la partie la plus idiote – voulait voir Lyr, en dépit de toutes les bonnes raisons de l'éviter. Lui n'avait sans doute pas envie de la voir de son côté. Son regard lorsqu'elle lui avait dit qu'il ferait mieux de chercher une autre partenaire... Meli tressaillit à ce souvenir. Avait-elle déjà vu un tel désespoir ?

— Laisse-moi me débrouiller seule !

Meli releva brusquement la tête en entendant ces paroles plaintives et elle cligna des yeux d'un air étonné en apercevant une elfe marcher en s'appuyant lourdement sur une canne en bois blanc. La femme tremblait visiblement, mais cela ne l'empêcha pas de lancer un regard noir à l'elfe qui marchait à côté d'elle. Le guérisseur, si Meli ne se trompait pas. Alors qu'elle les regardait fixement, il aida de nouveau la femme à s'équilibrer, ce qui lui valut un autre regard de travers.

— Si tu tombes, tu pourrais te refaire...

— Tu as dit que ma colonne vertébrale était entièrement remise et que mes muscles avaient juste besoin d'être renforcés, rétorqua la femme en haussant les sourcils. Alors laisse-moi les renforcer.

Meli était stupéfaite. Qu'est-ce qui avait pu infliger une blessure aussi grave à une *elfe* ? Les Ljósálfar pouvaient être blessés, bien entendu, mais elle ne se rappelait pas avoir jamais vu l'un de ses semblables avec un handicap aussi prononcé. Elle serra les runes contre son ventre et essaya de se faire toute petite. Ils passeraient peut-être devant elle sans la remarquer. La femme ne serait certainement pas contente qu'une étrangère soit témoin de sa faiblesse.

Malheureusement, Meli n'avait pas le pouvoir de se rendre invisible. Le geste qu'elle avait fait avait dû attirer l'attention de la femme, car elle s'arrêta pour la regarder avant de la rejoindre d'un pas lent et mal assuré.

— Bien le bonjour, dit la femme avec un sourire. Veuillez m'excuser de vous déranger ainsi.

Meli plissa le front de confusion.

— J'ai bien peur de ne pas comprendre. En quoi pourriez-vous me déranger ?

— Le confort d'un invité est primordial ici, répondit la femme.

Le guérisseur vint se placer entre elles, tout en continuant à lancer des regards inquiets à la femme. D'après ce que Meli avait entendu, il avait sans doute peur qu'elle tombe.

— Tant qu'ils n'ont pas été présentés à la maisonnée, la paix de nos invités doit être respectée.

— Oh, dit Meli en songeant que ce n'était pas étonnant que le jardin semble toujours désert. Je devrais probablement retourner dans la tour. Je ne veux pas empêcher quiconque de profiter du jardin simplement parce que je suis là.

La femme sourit et s'approcha davantage en clopinant.

— Ce ne sera pas nécessaire. Vous avez déjà rencontré Lial, n'est-ce pas ?

Meli tourna de nouveau les yeux vers l'homme.

— Je... je crois, oui. Si je ne me trompe pas, vous êtes le guérisseur qui nous a examinés après notre arrivée. Et vous avez soulagé mon mal de crâne.

— Je vois que je suis inoubliable, marmonna l'homme, avant de rigoler devant son air contrit. Ah, veuillez excuser ma mauvaise humeur et permettez-moi de vous présenter. Voici dame Lynia Dianore, la mère du seigneur Lyrnis.

Meli pâlit, l'estomac noué. La *mère* de Lyr ? Qu'avait-il bien pu lui raconter ? Était-elle au courant du fait qu'elle avait rejeté son fils ? *Que Freyr me vienne en aide !*

— Je... je suis Ameliar Liosevore, bredouilla-t-elle. Mais je vous prie de m'appeler Meli.

Si Lyr avait dit quoi que ce soit, dame Lynia n'en montra rien, son expression demeurant aussi avenante que quelques instants auparavant.

— C'est un réel plaisir de rencontrer une Ljósálfr. Je paierais cher pour avoir des livres détaillés sur votre histoire et votre culture.

— Vous êtes une érudite ? demanda Meli en se détendant un peu.

— Oh, oui. Je...

La femme s'interrompit et elle chancela. Le guérisseur se précipita en avant pour la stabiliser.

— Lial... quelque chose...

Pendant quelques secondes interminables, Meli fut prise de vertiges et elle porta une main à son front. La bile lui remonta dans la gorge alors qu'un terrible sentiment d'appréhension l'assaillait. *Qu'est-ce qu... ?* Elle secoua la tête pour reprendre ses esprits alors que le guérisseur faisait asseoir dame Lynia à côté d'elle sur le banc. Lial s'agenouilla, prenant la main de la femme dans la sienne.

— Qu'est-ce qu'il y a ?

— Lyr. (Le visage cendreux, Lynia fixait le guérisseur.) Je l'ai senti en grande souffrance. Et maintenant... maintenant je ne détecte plus sa présence.

Meli écarquilla les yeux. Venait-elle de ressentir la souffrance de Lyr également ? Cela expliquerait le sentiment d'appréhension.

— Vous pensez qu'il est mort ? demanda-t-elle dans un souffle.

— Non, répondit la femme, plongeant ses yeux inquiets dans ceux de Meli. Je l'aurais senti. Ce n'est peut-être pas le cas chez les Ljósálfar, mais les Moranaiens sont fortement liés à leurs enfants. Il a de gros ennuis. (Lynia se retourna vers le guérisseur.) Nous devons le retrouver.

Sans regarder Meli, Lial souleva la femme dans ses bras et commença à remonter le sentier, mais la jeune elfe entendit l'écho de sa voix dans son sillage alors qu'il s'éloignait précipitamment.

— Je vais t'emmener dans le bureau et appeler Kai. S'il y a une piste, on la trouvera.

S'il y a une piste... Le cœur de Meli se serra et elle se força à relâcher son souffle. Puis à inspirer de nouveau. En était-elle capable ? *Expire.* Pouvait-elle utiliser les runes pour trouver Lyr ? *Inspire.*

Elle venait de passer des heures à effectuer des tentatives infructueuses. Il y avait certainement des gens plus compétents qu'elle parmi les Moranaiens. Mais le souvenir de l'expression franchement apeurée et désespérée de dame Lynia s'imposa à elle et sa main se resserra autour des runes.

Dommage qu'elles ne puissent pas lui indiquer la meilleure façon d'aller de l'avant.

Meli poussa un petit cri lorsque la lumière jaillit d'entre ses doigts et que sa main se mit à fourmiller. Le corps tremblant, elle lança une nouvelle fois les pierres sur le banc. La lumière se réduisit à une douce lueur, et la jeune femme retint son souffle. La ligne vert émeraude qu'elle avait suivie à travers les brumes pointait dans une direction depuis la pierre située au centre. Il fallut quelques instants de plus pour que les autres symboles cessent de tournoyer et que leurs énergies s'assemblent autour de celle de la ligne verte pour lui révéler enfin la voie à suivre.

Et soudain, elle comprit. La lumière qui l'avait guidée à travers le Voile ne l'avait pas menée à Moranaia. Elle l'avait menée à Lyr.

Tout comme celle-ci.

Meli replaça les pierres dans leur bourse et bondit sur ses pieds. La magie la transporta au-delà du visible – au-delà du domaine et dans la vallée qu'elle avait admirée le soir de son arrivée ici. Son œil intérieur passa rapidement du fond de la vallée à une petite clairière cachée dans les hauteurs, où la ligne lumineuse terminait sa course. Elle ne pouvait pas voir Lyr, mais elle sentait qu'il était là. Et le chemin tracé par la magie pour le rejoindre demeura statique.

Je devrais aller chercher les autres. Mais elle ne le fit pas. Tout le corps de Meli tremblait de l'envie irrésistible de suivre cette ligne verte, et ses pieds se mirent à avancer de leur propre chef. Bien qu'elle ne soit pas armée, bien qu'elle sache que c'était stupide, elle laissa la magie l'emporter. Elle traversa la demeure de Lyr sans escorte, ses pieds et son instinct l'ayant fait entrer par une porte latérale pour rejoindre ensuite l'entrée principale.

Meli fut incapable d'adresser un mot au garde du corps qui la regarda d'un air effaré et lui emboîta le pas lorsqu'elle ressortit par la porte principale. Elle ne pouvait rien faire d'autre que suivre la magie, où qu'elle aille.

~

— TU NE PEUX TOUJOURS PAS SENTIR sa présence ?

Arlyn essayait de conserver un ton calme, mais la panique s'installait à la même allure que l'obscurité. Les dernières lueurs du crépuscule auraient bientôt disparu, ne laissant que l'éclat de la première lune montante pour les guider. Heureusement que Kai était familier avec le terrain. Les rochers et les arbres anciens formaient un labyrinthe dans lequel elle n'aurait jamais pu naviguer seule.

— Rien, répondit Kai d'une voix tendue. C'est comme s'il n'était jamais passé par là.

Juste quelques semaines auparavant, Arlyn ne connaissait même pas son père. À présent, l'idée de ne plus jamais le revoir la terrifiait.

— Est-ce qu'il se pourrait qu'il utilise la magie pour se cacher ?

Kai s'arrêta et s'appuya contre un rocher.

— Possible, mais il s'attend à ce que je le rejoigne. Il aurait laissé une trace. Un moyen pour moi de le contacter.

— Le tavernier s'est peut-être trompé sur la direction.

— Arlyn, je... je ne sais tout simplement pas, dit-il en pressant sa main d'un air grave.

Elle comprit ce que Kai n'avait pas voulu dire – qu'il y avait de bonnes chances pour que son père ait été capturé... ou tué. Arlyn agrippa fermement son arc. Il ne lui serait pas d'une grande utilité dans l'obscurité, surtout contre un assaillant qu'ils ne pouvaient pas voir, mais son arc était autant un moyen de réconfort que de défense, et sa capacité à manier une épée était encore tout juste passable.

Arlyn redressa les épaules d'un air déterminé.

— Nous devons continuer à chercher.

— Je n'ai jamais dit le contraire.

Kai prit un air renfrogné et Arlyn ressentit son mécontentement à travers leur lien d'âmes.

— Je n'arrive pas à croire qu'il soit parti tout seul. Qu'est-ce qui lui est passé par la tête ? C'est le genre de choses... eh bien, c'est une chose que *moi* j'aurais pu faire.

— Que tu *aurais pu* faire ? demanda Arlyn en haussant un sourcil d'un air incrédule.

— Avant toi, murmura-t-il avant de s'écarter du rocher, son expression adoucie pendant un instant.

Ils grimpèrent jusqu'à la clairière suivante, aussi vide que la précédente, à leur grand dam. Ils passèrent chaque centimètre carré de terrain au peigne fin, mais ne trouvèrent aucun signe de passage. Pas de traces de pas, ni même une feuille abîmée. Arlyn se mordit la lèvre inférieure alors qu'elle regardait Kai inspecter un petit tas de pierres couvertes de mousse. Comment allaient-ils bien pouvoir retrouver son père ?

Kai se raidit lorsqu'un bruissement vint troubler la tranquillité des lieux. Il adressa un bref signal à Arlyn, et ils se précipitèrent derrière un arbre gigantesque, ses énormes racines constituant un refuge supplémentaire. Avec précaution, ils balayèrent les environs du regard de derrière l'arbre, et Arlyn se sentit reconnaissante pour sa vision elfique. Même si la forêt était plongée dans l'obscurité, elle pouvait encore faire la différence entre les arbres, les rochers, et les sentiers.

Comme si la nature retenait son souffle avec eux, les bruits cessèrent alentour – à l'exception du bruissement des broussailles. Quelqu'un venait vers eux, et il n'était pas discret. Kai sortit sa dague et Arlyn encocha une flèche dans son arc, prête à tirer si sa ligne de tir était dégagée. Chose peu probable dans la pénombre, mais c'était toujours mieux que de ne rien faire.

Lorsque dame Ameliar arriva dans la clairière d'un pas mal assuré, Arlyn demeura bouche bée. Le fait que l'elfe débarque ici, si loin du domaine, ne pouvait pas être une coïncidence. Les Ljósálfar étaient-ils impliqués dans la mystérieuse disparition de son père ? Son cœur se serra à l'idée que l'âme sœur en devenir de son père puisse l'avoir trahi.

À moins qu'Ameliar soit attirée vers Lyr du fait de leur lien d'âmes.

Déterminée à obtenir des réponses, Arlyn se redressa.

— Dame Ameliar !

Kai la tira par le bras pour qu'elle s'accroupisse de nouveau, mais elle se libéra de sa poigne. L'elfe blonde tourna à peine la tête, regardant dans le vide.

— Meli. Par Freyr, pourquoi aucun d'entre vous ne veut-il m'appeler Meli ?

Poussant un soupir de protestation, Kai suivit tout de même Arlyn lorsqu'elle s'approcha de la femme à l'air absent. Il rouspéta à travers leur connexion mentale, mais elle l'ignora et agrippa le bras de Meli.

— Qu'est-ce que vous faites ici ?

— Vous ne voyez pas la ligne verte ? murmura Meli. Je dois la suivre.

Arlyn lança un regard inquiet à Kai.

— Je suis désolée, mais je ne la vois pas.

— Je pense qu'elle mène à Lyr. (Meli leva la bourse qu'elle tenait fermement dans sa main droite. Une douce lueur pulsait à travers les coutures.) Je la suis depuis un bon moment, mais il n'est toujours pas là. Il n'est pas loin, cependant. Vraiment pas loin.

— En vie ?

Arlyn n'avait pas pu s'empêcher de lui poser la question.

Meli secoua la tête comme si elle tentait de s'éclaircir les idées.

— Je n'en suis pas sûre, mais je crois que oui. Je crois…

Arlyn lâcha le bras de la femme, qui se remit aussitôt en route sans leur accorder un seul regard de plus. Kai et Arlyn se regardèrent en hochant la tête et s'élancèrent ensemble derrière Meli – leur seule piste pour retrouver Lyr.

Leur seul espoir.

CHAPITRE 15

Cela ne ressemblait en rien aux brumes. Le cœur de Meli tambourinait dans sa poitrine alors qu'elle s'efforçait de contrôler un minimum la magie qui avait envahi son monde. Elle avait réussi à reprendre suffisamment ses esprits pour parler à la jeune femme aux cheveux roux – sa fille ? – et à son compagnon, mais seulement pendant un bref moment.

Sa fille ? Meli secoua la tête et prit une grande inspiration. Qu'est-ce qu'elle racontait ? Cette magie lui embrouillait l'esprit. Elle était trop puissante pour elle. *Arlyn.* La jeune femme était la fille de Lyr, pas la sienne.

Meli entendait des bruissements derrière elle, mais elle ne pouvait pas se résoudre à se retourner pour voir de quoi il s'agissait. La magie l'incitait de plus en plus fortement à suivre la ligne verte. *Passe par-dessus ce rocher et contourne cet arbre. Escalade le tronc couché.* Elle entendit un bruit sourd et un juron étouffé proféré par le compagnon d'Arlyn alors qu'ils passaient sous une branche basse pour la suivre. La jeune elfe ne lui accorda qu'une grimace compatissante alors que la magie l'entraînait vers l'avant.

Le temps que Meli arrive au sommet, la lueur des lunes filtrait à travers les branches de la forêt, conférant à cette dernière un éclat argenté. Elle s'arrêta brusquement, les yeux rivés sur l'endroit où la ligne verte disparaissait à travers une ouverture sombre entre deux immenses monticules. Cela faisait-il partie de sa vision initiale ? Tout semblait différent de nuit. La bouche soudain sèche, Meli se remit en route à une allure moins soutenue, la magie la poussant inexorablement dans cette direction.

Elle poussa un petit cri quand une main agrippa son bras.

— Je suis désolé de vous avoir fait peur, Dame Meli, dit le compagnon d'Arlyn à voix basse. Il y a une clairière cachée ici. Laissez-moi passer devant pour garantir votre sécurité.

Meli dut batailler contre le pouvoir des runes, mais elle parvint à le laisser passer en premier. Elle le suivit et sa main agrippa la bourse alors qu'elle se faufilait entre les deux monticules pour déboucher dans une clairière baignée par la lueur des lunes – avec des traces de passage cette fois. Une odeur de fleurs écrasées emplissait l'air, et elle suivit la ligne verte jusqu'à un endroit apparemment vide, presque à l'autre bout de la clairière.

Elle entendit la voix désespérée d'Arlyn derrière elle.

— Il n'y a rien ici.

À l'endroit où le chemin tracé par la magie se terminait, Meli se laissa tomber à genoux et tâtonna le sol autour d'elle. Ses doigts ne sentirent pas l'herbe que ses yeux voyaient – ils s'enfoncèrent dans un corps recouvert par un morceau de tissu.

— Ici ! Ici !

Meli tira vigoureusement sur l'étoffe pour l'écarter, et elle l'aperçut enfin. Le visage de Lyr était d'une pâleur lumineuse sous les lunes, et ses yeux étaient fermés. La jeune femme poussa un cri derrière Meli, qui lui prêta à peine attention. La tunique légère de Lyr était imbibée de sang, aussi noir que la nuit, la lueur des lunes lui conférant un éclat sinistre.

C'est trop tard. Pendant un court instant, Meli crut que son propre cœur s'était arrêté de battre.

Puis elle l'entendit gémir, si faiblement qu'elle faillit le manquer, et elle put de nouveau respirer. Elle secoua la tête pour chasser les dernières bribes de magie de son esprit et leva ensuite les yeux vers les autres.

— Qu'est-ce qu'on fait ?

— Arlyn peut peut-être nous téléporter. Elle l'a fait quand on m'a attaqué il y a quelques semaines.

L'homme regarda la jeune femme.

— Tu penses que tu peux ?

— Je peux essayer.

Arlyn plaça une main sur l'épaule de son père et donna l'autre à son compagnon.

— Meli, accrochez-vous à mon bras.

Meli tendit le bras par-dessus Lyr et agrippa celui de la jeune femme. Elle était perplexe, mais prête à tenter le coup. Ses facultés magiques étaient si minimes qu'elle ne savait pas grand-chose sur ce processus. Arlyn ferma les yeux et son front se plissa sous son effort de concentration. Les secondes passèrent alors qu'ils attendaient, jusqu'à ce que la jeune femme finisse par jeter l'éponge d'un air frustré.

— Ça ne fonctionnera pas. Je visualise notre retour avec autant de conviction que possible, comme quand tu étais blessé, mais il ne se passe rien, dit Arlyn d'une voix chevrotante. J'aurais besoin de Selia.

L'homme s'agenouilla à côté de sa compagne.

— Je vais voir si je peux le stabiliser. Mon pouvoir de guérison est normalement suffisant pour ça.

Meli regarda fixement la lueur émanant des mains de l'homme alors qu'il les faisait planer au-dessus du corps de Lyr, mais elle ne vit pas vraiment de différence lorsque la lumière s'estompa. Elle plissa les yeux le temps de se réhabituer à l'obscurité, à l'affût du moindre signe d'amélioration.

— Est-ce que vous l'avez guéri ?

Le compagnon d'Arlyn fit non de la tête.

— J'avais seulement assez d'énergie pour arrêter l'hémorragie. Je pense qu'il y a du fer dans la plaie. On va devoir le ramener pour que Lial puisse s'occuper de lui.

— Est-ce qu'il est en état d'être déplacé, Kai ? demanda Arlyn.

Kai se contenta de hocher la tête pour acquiescer et souleva

Lyr dans ses bras, visiblement sans effort. Meli observa l'herbe écrasée et la grande mare de sang réfléchissant la lueur des lunes. Lyr avait été invisible sous cette cape. Sans le pouvoir qu'elle possédait à présent, il n'aurait pas survécu bien longtemps. On ne l'aurait peut-être même jamais retrouvé.

Un frisson la traversant, Meli suivit tant bien que mal les autres. Elle était forte et en bonne forme physique, mais elle ne pouvait pas égaler la rapidité de Kai, qui se trouvait de toute évidence en terrain familier. Alors qu'elle trébuchait de nouveau sur un rocher, son pas étant moins assuré sans la magie pour la guider, une autre main agrippa son bras. Même Kai et Arlyn s'arrêtèrent en entendant son cri effarouché.

— N'ayez crainte, Dame Ameliar.

Meli se détendit en reconnaissant le garde qui la suivait souvent, celui auquel elle avait essayé de parler en quittant le domaine. Kai les observa pendant un instant puis adressa un signe de tête à l'homme à la chevelure claire qui tenait le bras de Meli, avant de se tourner pour se remettre en route.

— Vous m'avez suivie jusqu'ici ? demanda Meli.

— Comme mon *myern* me l'a ordonné. Je peux vous porter jusqu'en bas si l'idée ne vous gêne pas. Je m'entraîne dans ces bois et je pourrai aller plus vite.

L'idée la gênait bel et bien – mais pas autant que celle d'être à la traîne dans la forêt ancienne. Sans la lueur de la magie pour la guider, elle se perdrait rapidement dans l'obscurité.

— Très bien.

Lorsque Kai poussa la porte du Juste Milieu, l'endroit était désert et quelques tables avaient été jointes en une sorte de table d'examen pour le guérisseur anxieux. Fort heureusement, Lial les avait rejoints à la taverne. À chaque pas de leur descente interminable, Lyr était devenu de plus en plus faible, sa respiration de plus en plus laborieuse, et sa peau de plus en plus froide. Kai s'était dit que son ami allait mourir s'il ne pouvait pas bénéficier de la magie du guérisseur.

Il allongea Lyr sur les tables aussi délicatement que possible et recula.

— J'ai pratiquement stoppé l'hémorragie, mais avec le fer présent dans la plaie, je ne sais pas trop comment j'ai réussi à faire quoi que ce soit.

— Voyons voir.

Lial plaça ses mains au-dessus de la plaie maintenant visible en travers de la poitrine et du ventre de Lyr, puis projeta sa magie. Son expression passa de concentrée à dubitative lorsque la lueur disparut.

— Tu as raison, mais... pas tout à fait. Je crois qu'il a essayé de le transformer. *Ayala*, pourrais-tu finir ce qu'il a commencé pour que je puisse le soigner de manière plus efficace ?

Arlyn acquiesça d'un hochement de tête et plaça ses mains au-dessus du corps de son père, son pouvoir faisant vibrer l'air autour d'eux pendant quelques instants. Dès qu'elle eut terminé, Lial la poussa gentiment pour qu'elle s'écarte et la lueur bleue de sa magie illumina la pièce. Son assistant arriva ensuite avec une aiguille et du fil, puis commença à suturer la plaie sur le ventre de Lyr.

— Je lui avais dit de ne pas faire ça, maugréa Merrith alors que tous s'étaient écartés des tables pour faire de la place au guérisseur.

— Quand je lui ai parlé hier soir, il n'était pas lui-même. Il a dit qu'il détestait sa faiblesse, dit Kai en serrant les poings à ce souvenir. Mais je pensais qu'il était de meilleure humeur quand on s'est quittés.

Merrith haussa les sourcils d'un air dubitatif.

— Il s'est montré bien moins prudent que d'habitude. Je lui ai dit d'attendre ses gardes, mais il n'a pas voulu.

— Il a quand même demandé à Kai de le rejoindre, dit Arlyn, ses traits se crispant lorsqu'elle regarda son père. Si on n'avait pas été retardés, les choses se seraient peut-être passées différemment.

Kai pressa sa main de façon réconfortante.

— Peut-être. Mais il n'est pas aussi impulsif d'habitude. Et il vient juste de trouver une autre âme sœur. Pourquoi serait-il... ?

Son regard tomba sur Meli et il s'interrompit devant son expression affligée. S'était-il passé quelque chose entre elle et Lyr ?

— Bref, il n'était pas dans son état normal.

$\sim$

MELI RESSENTIT un douloureux pincement au cœur. Lyr s'était-il volontairement exposé à la mort parce qu'elle l'avait rejeté ? Certainement pas. Il ne l'avait rencontrée que quelques jours auparavant, et elle n'avait rien de particulier au point de susciter ce genre de comportement. Mais que dire du chagrin pesant qui assombrissait son regard même quand il souriait ? Et ce regard vide et désabusé qu'il lui avait adressé alors qu'il parlait à l'ambassadrice ? Meli joignit ses mains. Le fait qu'elle l'ait rejeté n'avait effectivement sans doute pas contribué à améliorer son humeur.

Elle réalisa qu'elle était penchée au-dessus de la tête de Lyr. Le guérisseur et son assistant lui bloquaient la vue sur sa blessure, mais la pâleur de son visage l'ébranla. Elle ne le connaissait pas vraiment, et pourtant... si. Elle mourait d'envie de le voir ouvrir les yeux de nouveau. Trouverait-elle les réponses qu'elle cherchait dans son regard ? Lorsqu'elle s'était aventurée sur le versant de la colline pour le retrouver, elle n'avait pas été elle-même. Ses émotions étaient confuses – un mélange d'amour et de peur insensé au vu du peu de temps qu'ils avaient passé ensemble.

Cédant à l'envie qui la tourmentait, Meli passa sa main à travers ses cheveux brun foncé étalés autour de lui. Juste avant de lancer les runes, elle avait souhaité trouver la meilleure façon d'aller de l'avant. Les pierres l'avaient menée directement à Lyr.

Ça ne veut pas dire que nous sommes faits l'un pour l'autre. Elle soupira alors que cette vérité lui serrait le cœur. Lyr était un puissant seigneur. Jamais il ne voudrait s'encombrer du fardeau que représentait une union avec une Défavorable. Quelle que soit la façon dont il était supposé l'aider à aller de l'avant, l'amour ne serait pas impliqué.

~

LES DOIGTS douloureux à force de serrer sa canne, Lynia se hissa sur ses pieds et réprima un gémissement suite à ce mouvement brusque. *Une torture.* Chacune des gouttes coulant dans la clepsydre avait été une véritable torture alors que les autres étaient à la recherche de Lyr. Lynia n'avait rien pu faire d'autre que de rester assise, l'esprit aussi souffrant que le corps. L'énergie de son fils étant née et s'étant développée en elle, ils étaient liés, et elle avait senti qu'il était réellement en détresse. Sa souffrance avait résonné dans ses propres os. Avait-il ressenti une telle agonie lorsqu'elle était mourante sur le sol de la bibliothèque ? Par les dieux, elle espérait que non.

Mais le supplice de l'attente n'était rien en comparaison de la douleur cuisante qu'elle ressentit dans la poitrine lorsque la porte s'ouvrit et qu'Elan, l'assistant de Lial, entra avec Lyr installé sur un brancard qui lévitait par magie derrière lui. Lynia poussa un cri lorsqu'elle aperçut la vilaine plaie tout juste suturée en travers de la poitrine et du ventre de son fils. Qu'est-ce qui avait bien pu le pousser à se comporter de façon si intrépide ? Elle plaqua une main sur sa bouche alors que toute l'horreur de la situation l'assaillait. Pas son fils. *Je vous en prie, pas Lyr.*

Lial entra derrière le brancard, marquant une pause sur le seuil pour ordonner aux autres de rester à l'extérieur. Lynia fut presque autant alarmée par la pâleur du guérisseur que par celle de son fils. Quelle quantité d'énergie avait-il déjà déployée ? Mais il ne flancha pas alors qu'il fermait résolument la porte derrière lui et aidait Elan à installer Lyr dans le lit. Ce maudit lit. Elle ne voulait même pas savoir combien d'heures elle avait passées ici durant sa convalescence.

Le temps qu'elle clopine jusqu'au lit, Lial s'était installé sur une chaise et était entré dans une autre transe de guérison, sa magie enveloppant Lyr. Lynia s'agenouilla à côté de son fils et posa son front contre le sien. Même la vive douleur dans son dos n'aurait pu l'arrêter alors qu'elle lui donnait toute l'énergie qu'elle pouvait. Tout ce dont il avait besoin.

— Lynia, l'interpella Lial d'une voix éreintée. Lyni, arrête.

Elle ne prit même pas la peine d'ouvrir les yeux.

— Je ne le laisserai pas mourir.

— Ça n'arrivera pas.

Elle sentit la douce pression de la main de Lial autour de son poignet.

— J'ai fait la plus grosse partie au village. Ce dernier soin, c'est juste pour lui redonner des forces. Pour qu'il se remette plus vite.

Lynia inclina la tête de façon à pouvoir regarder le guérisseur dans les yeux.

— Si je peux lui donner mes forces...

— Arrête, murmura Lial. Ce n'est pas ta faute. Tu sais qu'il ne voudrait pas que tu fasses ça.

— J'aurais dû lui parler.

Elle émit un sifflement plaintif en se redressant, mais mit aussitôt de côté l'agonie engendrée par chacun de ses gestes. Après toutes ces semaines, c'était une compagne quasiment omniprésente de toute façon.

— Je savais qu'il était contrarié par ce qui s'était passé, mais je pensais qu'il avait besoin de temps. J'aurais dû insister pour en discuter avec lui.

Lial enserra la joue de Lynia et un filet de sa magie s'écoula de ses doigts pour venir apaiser ses muscles douloureux.

— Tout comme moi. Je suis son guérisseur.

— Et je suis sa mère, rétorqua Lynia en écartant la main de Lial de son visage. Garde ton énergie pour lui.

Le guérisseur se raidit. La souffrance bataillait avec la colère dans son regard et Lynia craignit qu'il ait interprété son geste comme un rejet à son égard. Mais avant qu'elle puisse le rassurer, Lial s'était de nouveau tourné vers Lyr et était entré dans une autre transe de guérison sans dire un mot. *Clechtan !* Lynia pressa son poing contre sa poitrine et réprima un soupir. La façon dont il avait semblé le prendre ne correspondait vraiment pas à ce qu'elle pensait, même si en vérité, elle n'était pas certaine de savoir ce qu'elle voulait faire à propos de Lial.

Il était peut-être amoureux d'elle, mais elle n'avait aucune idée de ce qu'elle ressentait. Le père de Lyr, Telien, avait été l'amour de sa vie. Son âme sœur. Comment pourrait-elle envisager de se tourner vers un autre, même après vingt-deux ans ? L'attirance qu'elle ressentait pour le guérisseur valait-elle la peine de s'exposer au risque de souffrir ? De subir une nouvelle perte ? Les épaules de Lynia s'affaissèrent. Un mois s'était écoulé depuis qu'elle avait deviné les sentiments de Lial et elle ne savait toujours pas quoi faire.

Elan fit le tour du lit et vint poser une main sur son épaule.

— Permettez-moi d'aller vous chercher une chaise, Dame Lynia. Lial ne se privera pas de verser une potion aux effets indésirables dans mon verre si je vous laisse vous blesser davantage.

Lynia pouffa de rire en entendant ça, sachant aussi bien qu'Elan que les menaces du guérisseur étaient généralement du bluff. « Généralement » étant le mot clé, bien entendu, puisqu'on ne savait jamais trop à quoi s'attendre avec Lial. Pour épargner l'estomac d'Elan – et son propre dos –, elle lui permit de l'aider à se remettre debout et s'installa dans la chaise qu'il avait apportée. Puis elle attendit. Et attendit.

L'aube pointait lorsque Lial termina son soin. Lynia vacillait sur sa chaise, de douleur et d'épuisement, mais elle avait refusé d'écouter Elan lorsqu'il lui avait suggéré d'aller se coucher. Elle ne partirait pas avant d'avoir entendu de la bouche du guérisseur lui-même que Lyr allait se rétablir. Elle avait vu la lacération sur la poitrine de son fils se transformer en une longue cicatrice rouge, mais ce n'était pas suffisant. Elle avait plus que tout besoin de l'entendre.

— Il va réellement vivre ? murmura-t-elle lorsque Lial leva les yeux.

Le guérisseur hocha la tête pour acquiescer.

— Il sera faible, mais il vivra.

Lynia s'affaissa de soulagement et ses yeux s'emplirent de larmes.

— Merci. Et je suis désolée pour tout à l'heure. Je...

— Ne dis rien, l'interrompit sèchement Lial. (Il se passa une main sur le visage et lui adressa un sourire las.) Pardon pour ma mauvaise humeur. Je suis épuisé au-delà des mots. (Il se leva et chancela un instant en la regardant.) Tu avais une âme sœur, Lynia. Je comprends. Je l'ai toujours compris.

Le cœur de Lynia vacilla tandis qu'elle le regardait s'éloigner en titubant puis grimper l'escalier menant à sa chambre. Que pourrait-elle dire ? Une partie d'elle voulait le rappeler, mais l'autre partie voulait s'enfuir en courant. Elle se hissa péniblement sur ses pieds avec un sourire amer. Elle n'était pas près de courir. Grimaçant, elle refusa l'aide d'Elan d'un geste de la main et attendit que la douleur agonisante dans son dos s'amenuise avant de traverser la pièce en clopinant.

Lynia se glissa à l'extérieur, dans le calme du petit matin. Puis elle poussa un petit cri étouffé lorsqu'une main agrippa son bras. Elle se retourna, manquant de tomber, pour se trouver face au regard de Lial.

— Qu'est-ce qu... ? (Elle fronça les sourcils.) Je pensais que tu dormais. Tu devrais aller te reposer avant de t'effondrer parce que tu te seras vidé de ton énergie.

Lial esquissa un sourire en coin.

— Et te laisser tituber jusqu'à la maison au risque que tu te blesses ? Je serais alors obligé d'utiliser encore plus de magie pour te soigner.

— Très bien, maugréa-t-elle tout en acceptant de prendre son bras.

Elle ne savait vraiment pas ce qu'elle allait faire de lui.

<h1 style="text-align:center">CHAPITRE 16</h1>

La lumière l'aveuglait et Lyr jeta un bras en travers de son visage pour l'occulter. Où était-il ? Dans l'au-delà ? Un endroit agréable, si c'était le cas. Il était allongé sur une surface moelleuse, une douce chaleur inondant son visage. Une odeur d'herbes aromatiques flottait autour de lui, l'aidant à se détendre. Mais cette senteur chatouilla sa mémoire et lorsque la réalité le rattrapa, il poussa un grognement.

Le cabinet du guérisseur.

Avec un soupir, il retira son bras et ouvrit les yeux, les plissant le temps qu'ils s'ajustent à la lumière éclatante. Presque aussitôt, son visage fut plongé dans l'ombre et il cligna des yeux devant ce changement soudain. Une personne était penchée sur lui. Est-ce que c'était… ?

— Aimee ?

La silhouette recula brusquement sous le coup de la surprise.

— Non.

Lyr se passa une main sur le visage et s'efforça de se redresser en position assise, une tâche qui s'avéra plus difficile qu'elle n'aurait dû. Lorsque sa vision se stabilisa enfin, il réalisa qu'il se trouvait face à Meli. Il parut contrit.

— Pardonnez-moi. C'est le fait d'avoir ressenti une connexion qui m'a sans aucun doute embrouillé l'esprit.

Elle afficha un petit sourire empreint de tristesse.

— Je devrais être honorée d'être confondue avec une personne tant aimée.

Que pouvait-il répondre à cela ? Il n'oublierait jamais Aimee – ne voudrait jamais l'oublier –, mais il ne voulait pas non plus blesser Meli. Il secoua la tête et haussa les épaules d'un air impuissant.

— Je suis désolé. Je ne sais pas quoi...

— Lyrnis Dianore !

Il sursauta, ses sens étant si engourdis qu'il n'avait même pas remarqué la présence du guérisseur. Derrière Meli, Lyr vit Lial se précipiter vers lui depuis son plan de travail, avant de poser les yeux sur la table d'examen où sa précédente blessure avait été soignée. Au moins, il n'était pas de nouveau là.

— On croirait entendre mon père, Lial.

Le guérisseur lui lança un regard noir.

— S'il était là, je pense que le ton serait encore plus sévère.

— Pourquoi je suis... ?

Avant qu'il termine sa question, les souvenirs l'assaillirent. Le combat dans la clairière. Sa blessure. La mare de sang s'élargissant en dessous dans le noir. Il frissonna en repensant à cette obscurité lugubre. Il avait tenté de transformer le fer présent dans sa plaie pour pouvoir ensuite puiser l'énergie nécessaire pour se sortir de là, mais il avait perdu connaissance avant de réussir. Comment l'avaient-ils retrouvé ?

— Pourquoi tu es en vie ? Ici ? Stupide ? demanda sèchement Lial, ses yeux lançant des éclairs.

Lyr n'avait jamais vu Lial autant en colère – fait étonnant d'ailleurs compte tenu du caractère grincheux habituel du guérisseur. Il se redressa autant que ses muscles meurtris le lui permettaient et mit de côté son embarras d'afficher ainsi sa faiblesse. À quelques pas du lit, Meli le regardait avec des yeux ronds comme des soucoupes. Avait-elle une moins bonne opinion de lui maintenant qu'elle l'avait vu dans un piètre état ? Elle l'avait déjà rejeté pour moins que ça.

— Tu as une explication pour ça ? demanda Lial.

Lyr haussa les sourcils.

— Fais attention à ne pas dépasser les bornes.

— Je le ferai quand toi tu feras attention avant de prendre une décision suicidaire, rétorqua Lial en le forçant à se rallonger sans aucune délicatesse. Tu sais ce que c'est de soigner quelqu'un si proche de la mort ? Tu étais presque rendu à ton dernier souffle, mon ami.

À ce point-là ? Lyr fut refroidi en songeant à cela et sa nervosité croissante face à la colère du guérisseur disparut. Comment pourrait-il en vouloir à quelqu'un de s'inquiéter pour lui ?

— Je suis désolé. Vraiment. J'aurais dû attendre Kai. Mais je ne voyais que la possibilité de résoudre toute cette pagaille rapidement. Je pensais que je pourrais prendre l'assassin par surprise et trouver la source de tous nos ennuis. (Il baissa les yeux.) En plus, je ne suis plus indispensable. Kai est plus que capable d'aider Arlyn avec les affaires du dom...

— Tu t'es dit qu'une fille sans expérience ayant grandi sur Terre serait capable de mener les pourparlers entre les Sidhes et les Ljósálfar ? aboya Lial.

Pire encore que de l'entendre hurler, il ajouta d'une voix basse et glaciale :

— C'est presque cruel.

Lyr eut le souffle coupé par la vérité de ses propos. S'il était mort la nuit dernière, la pauvre Arlyn se serait retrouvée dans un sacré pétrin. Aucune des autres races féeriques ne voudrait parlementer avec une héritière avec si peu d'expérience, et encore moins avec une héritière de sang-mêlé. Les Ljósálfar seraient sans doute victimes de leur propre orgueil, mais d'autres comme les Neoriens comptaient sur son aide. Arlyn était loin d'être prête à prendre le relais.

— Tu as raison, murmura Lyr. Je suis incroyablement stupide.

— Maintenant que tu as retrouvé un peu de bon sens, laisse-moi voir comment tu récupères.

Lyr ferma les yeux et laissa l'énergie le traverser. Son corps était si lourd de fatigue que le simple fait de s'asseoir l'avait usé, mais il ne parvenait pas à se détendre. Pas avec Meli qui se trouvait près de la fenêtre, son attention tournée vers lui. Il changea de position, mal à l'aise, et tenta de penser à autre chose. Il avait beaucoup de choses à planifier, à commencer par l'arrivée des mages qui se rendraient à Neor, prévue pour aujourd'hui.

Il espérait du moins que c'était aujourd'hui. Combien de temps était-il resté inconscient ?

— À part une faiblesse physique persistante causée par la perte de sang, tu te portes remarquablement bien, dit Lial alors que la lueur bleue s'estompait de ses mains. Tu aurais dû garder cette jarre en guise de décoration finalement. Elle m'aurait été bien utile la nuit dernière.

Lyr réprima un éclat de rire en se souvenant de la fameuse jarre.

— Je garderai ça en tête pour la prochaine fois.

— Il vaudrait mieux que ce ne soit pas avant plusieurs siècles, grommela Lial. (Il regarda Meli par-dessus son épaule.) Sans dame Ameliar, il n'y aurait même pas de prochaine fois.

— Meli ?

Elle était debout près de la fenêtre, baignée dans la lumière, ses cheveux blonds aussi lumineux que sa tunique blanche rendue presque diaphane par le soleil. Le bas-ventre de Lyr se durcit involontairement. Si elle avait été vêtue d'une de ses robes d'été légères que les Moranaiennes affectionnaient, la vision aurait été encore plus spectaculaire. Il devrait peut-être en toucher un mot à Telia, la couturière en chef. Cette tunique à manches longues était sûrement étouffante pour Meli, et...

— Lyr, l'interpella Lial en claquant des doigts. Tu veux entendre l'histoire ?

Le sourire malicieux du guérisseur fit rougir Lyr. Il ne s'était pas fait surprendre en train d'apprécier le physique d'une femme aussi effrontément depuis ses 30 ans.

— Oui, bien sûr.

— Kai et Arlyn étaient en train de parcourir la colline pour te retrouver, sans succès, quand dame Ameliar est apparue de nulle part. Elle a dit quelque chose à propos d'une ligne verte et du fait de savoir comment te trouver. Et effectivement, elle les a conduits directement jusqu'à toi. Tu étais complètement invisible aux yeux de tous.

La dame en question s'écarta de la fenêtre – quel dommage – et s'approcha du lit.

— Je n'ai rien fait. C'étaient les runes.

Les deux hommes regardèrent la bourse qu'elle détacha de sa ceinture. Lyr connaissait ce mot, mais sans réellement savoir ce qu'elle voulait dire par là.

— Les runes ?

Meli ouvrit la bourse et versa son contenu dans sa main. Les neuf pierres lisses étaient très belles, mais n'apportaient pas vraiment d'explication.

— Celles-ci. Vous voyez les symboles ? Quand je pose une question, ils me montrent une réponse en quelque sorte, un chemin. Les pierres m'ont également guidée à travers les brumes.

Lyr fronça les sourcils et secoua la tête d'un air perplexe.

— Je ne vois rien d'inscrit dessus.

— Vraiment ? Mais... (Meli regarda également les runes d'un air perplexe.) Je suppose que Pol les a enchantées uniquement pour moi, alors. Je croyais que les autres avaient vu les symboles dans les brumes.

— Si c'est lui qui vous a donné les runes, allez savoir ce que les autres ont bien pu voir, dit Lyr d'un ton sarcastique.

Meli s'empourpra, un contraste charmant avec sa chevelure claire.

— Je n'aurais pas dû les prendre, mais il a insisté. Les refuser me semblait encore moins judicieux sur le coup.

— Je comprends.

Un silence maladroit s'installa soudain entre eux, le guérisseur les regardant en souriant d'un air avisé. Lyr se redressa de nouveau en position assise et s'apprêtait à se tourner pour pouvoir se lever, mais en sentant la couverture glisser sur sa peau, il baissa les yeux. Il était complètement nu en dessous. Il lança un tel regard à Lial que ce dernier se mit à rire.

— La blessure descendait jusqu'à ton ventre, donc c'était bien plus simple de te soigner sans tes vêtements. Je te rassure, j'ai attendu qu'on te ramène du village pour te déshabiller. (Lial se dirigea vers l'escalier menant à ses quartiers.) Je vais voir si je peux trouver quelque chose qui pourrait t'aller, histoire que tu ne choques pas la dame. On ne sait jamais avec les Ljósálfar.

Meli rougit de nouveau, mais de colère cette fois.

— Mon peuple n'est pas si prude que ça, et je ne suis pas une jeune fille innocente, malgré mon âge. Vous me prenez pour une damoiselle humaine d'un autre temps ?

— Pardonnez-moi, Dame Ameliar, dit Lial en haussant les épaules et en se tournant vers Lyr. Si ça ne la dérange pas, suis-moi alors. Ce sera plus simple de te trouver des vêtements si tu les essayes directement.

Lyr était trop fatigué pour faire autre chose que prendre Meli au mot, et il fallait qu'il se remette au travail avant que les mages arrivent, s'ils n'étaient pas déjà là. La convalescence était un luxe qu'il ne pouvait pas se permettre. Malgré les protestations de tous ses muscles, il posa ses pieds sur le sol et marqua un temps d'arrêt, rassemblant son énergie. Avec une grande expiration, il poussa sur le lit pour se remettre debout puis chancela sur place pendant un instant, hébété. Par les dieux, comme il était faible. Mais il n'allait pas s'effondrer devant Meli.

Fermant les yeux, Lyr puisa de l'énergie dans son environnement et l'essence apaisante d'Eradisel le traversa, lui redonnant des forces. Il se redressa puis ouvrit les yeux pour trouver ceux de Meli rivés sur lui. Elle était toute rouge, mais semblait incapable d'arracher son regard enflammé de son corps. Un grognement échappa à Lyr alors que son bas-ventre commençait à se durcir de nouveau.

Il détourna les yeux et s'efforça de reprendre ses esprits avant de les embarrasser tous les deux.

Où était passé son sens de la retenue ?

Lyr serra les dents et tituba jusqu'à l'escalier. Le regard brûlant de Meli le transperçait alors qu'il avançait, et un soupçon de fierté vint nuancer son embarras. Au moins, elle ne pourrait plus nier son attirance pour lui. Quelle que soit la raison derrière son rejet, ce n'était certainement pas ça. Il esquissa un sourire en arrivant au pied de l'escalier. Elle ressentait bel et bien la même chose que lui.

Lyr se retourna vers Meli alors que quelque chose venait de lui traverser l'esprit.

— Meli ? Pourquoi avez-vous utilisé les runes pour essayer de me retrouver ?

La jeune elfe tritura la manche de sa robe.

— Je... je ne l'ai pas fait volontairement. Pas vraiment. Je m'exerçais avec les pierres dans le jardin quand votre mère a senti que vous aviez disparu. C'est juste arrivé. Et il fallait que j'y aille.

Lyr hocha la tête, même s'il soupçonnait qu'elle ne lui avait pas tout dit.

— Je vous remercie, alors.

LORSQUE LYR MONTA ENFIN l'escalier et fut hors de vue, Meli put respirer de nouveau. Elle ne pouvait s'en prendre qu'à elle-même d'être rentrée dans le jeu du guérisseur. Même si c'était vrai qu'elle n'était pas une jeune innocente et que la nudité n'était pas tabou à Alfheim, son cœur aurait pu se passer de la vision de Lyr nu. Par Freyr, il était magnifique. Chaque parcelle de son corps de guerrier. Elle essaya de chasser cette image de son esprit, mais elle y resterait probablement gravée à jamais.

Meli n'avait pas encore totalement repris le contrôle de ses pensées lorsqu'Arlyn arriva. Les yeux de la jeune femme se dirigèrent d'emblée vers le lit et ils s'écarquillèrent quand elle vit qu'il était vide.

— Lial a dit que mon père était réveillé. Où est-il ? Est-ce qu'il va bien ?

— Il va bien.

Meli désigna l'escalier d'un geste de la main, espérant avec ferveur que la rougeur de ses joues ne se remarquait pas trop.

— Il est monté avec le guérisseur pour aller chercher des vêtements.

— Ah, oui. Je n'avais pas pensé à ça. (Arlyn regarda Meli puis sourit.) Minute, il était nu ? Je suis vraiment contente d'avoir raté ça.

Meli soupira et maudit son teint pâle.

— J'imagine, oui.

Arlyn semblait si familière à Meli que c'en était troublant. Des souvenirs de la nuit précédente lui traversèrent l'esprit, en particulier le moment où elle s'était demandé si l'autre femme n'était pas sa fille. Est-ce que cette sorte de lien qu'elle semblait avoir avec Lyr pouvait causer ce genre de confusion ?

Le sourire d'Arlyn s'évanouit, remplacé par un froncement de sourcils dubitatif.

— Êtes-vous déjà allée sur Terre ?

— Non, répondit Meli en tortillant ses doigts. J'ai seulement 25 ans, tout juste l'âge pour voyager.

— Mon père avait raison. Vous êtes effectivement plus jeune que moi.

Arlyn regarda fixement Meli pendant si longtemps que l'estomac de la jeune elfe se noua d'inquiétude, puis elle ajouta :

— Et pourtant vous me semblez vraiment... familière.

Meli devrait-elle dire à la jeune fille – femme – qu'elle lui semblait également familière ? Qu'elle avait l'impression de déjà les connaître, elle et son père ? C'était la vérité, tout simplement, mais le fait de dire la vérité était rarement sans conséquence. Elle méritait néanmoins de savoir.

— Je ressens la même chose, admit Meli.

Arlyn sembla perplexe.

— Intéressant. Je me demande ce que ça peut vouloir dire.

Avant que Meli puisse répondre, Lyr et le guérisseur étaient de retour. La tunique et le pantalon que Lyr avait empruntés étaient tous les deux un peu serrés, et le corps de Meli s'échauffa au souvenir de ce qui se trouvait sous les vêtements. *Par Freyr !* Mortifiée, elle se tourna vers la porte avant qu'ils puissent la voir rougir. Elle n'avait aucune envie de se retrouver de nouveau confrontée au sourire mutin du guérisseur.

— Meli ? l'interpella Lyr.

Elle regarda par-dessus son épaule et le vit vaciller sur ses pieds.

— Les autres doivent se demander où je suis passée. (Elle sourit.) En plus, je suis certain que vous voulez parler à... à votre fille.

Elle se hâta de sortir avant qu'il puisse l'arrêter. Avait-elle failli dire « notre fille » ?

~

— Tu as besoin de t'asseoir ? demanda Arlyn d'un ton bienveillant.

Arrachant son regard de la porte par laquelle Meli venait de sortir, Lyr fit non de la tête. Il ne savait absolument pas pourquoi Meli était partie si vite, mais ce qu'elle avait dit était vrai. Il avait effectivement besoin de parler à Arlyn. Sa fille ne méritait rien de moins que toute son attention.

— Ça va aller pour l'instant.

Arlyn parut sceptique.

— Tu vacilles.

— Je m'en sortirai, dit Lyr avec un sourire. (Il se crispa néanmoins, se demandant pourquoi sa fille ne lui avait pas encore crié dessus.) Et... je suis désolé. Comme Lial me l'a si justement fait remarquer, je t'aurais laissée avec pas mal de problèmes à gérer. Tu dois être en colère. Si tu as besoin de...

Arlyn se jeta à son cou, l'interrompant dans son discours et le faisant reculer d'un pas.

— Je ne suis pas en colère. Je suis simplement contente que tu sois en vie. J'ai cru que je ne te reverrais jamais.

— Ça a bien failli être le cas, murmura Lyr dans ses cheveux en l'étreignant.

Ils demeurèrent ainsi un moment, chacun serrant fermement l'autre dans ses bras. Tous les mots que Lyr aurait voulu dire étaient coincés dans sa gorge. Ils ne semblaient pas à la hauteur des excuses qu'il lui devait pour ne pas avoir été là pour elle. Et il venait encore de lui faire défaut. Comment pouvait-elle lui pardonner si aisément ? *Clechtan !* Il était temps pour lui d'arrêter de vivre dans le passé et d'être enfin le père que sa fille méritait.

Lorsqu'Arlyn rompit leur étreinte, ils se regardèrent tous les deux en souriant et Lyr se sentit plus en paix avec lui-même. Il tira sur une mèche de ses superbes cheveux, ressemblant tant à ceux de sa mère.

— Je suppose que ça veut dire que tu as vraiment fini par m'accepter.

Arlyn rit.

— On dirait bien que oui. Mais il faut que je travaille mon côté féroce.

— Comment ça ? demanda Lyr d'un air étonné.

— Tu ne te rappelles pas la première fois où je t'ai aidé avec ta paperasse ? dit-elle avec une lueur espiègle dans les yeux. Il me semble bien t'avoir dit que si tu devenais suicidaire, je te tuerais.

Lyr éclata de rire.

— Ah, oui ! Mais je jure que je n'essayais pas de me faire tuer.

— Va dire ça à ta mère, intervint Lial, coupant court à leur bonne humeur. Elle est restée à ton chevet jusqu'à l'aube. Sa blessure la faisait tellement souffrir qu'elle a eu bien du mal à regagner sa chambre.

Cette pensée était bien plus douloureuse pour Lyr que la morsure du fer dans ses chairs. Ses épaules s'affaissèrent. Il s'en voulait, évidemment. Ne ferait-il pas de même si Arlyn avait fait quelque chose comme ça ?

— Je vais aller lui parler. La réunion avec les mages peut attendre.

Lial fit non de la tête.

— Elle dort seulement depuis une heure ou deux. Laisse-la se reposer.

Lyr prit une brève inspiration. Il allait avoir beaucoup de mal à se concentrer sur les affaires du domaine en sachant à quel point il avait blessé sa mère.

— Tu as établi un lien pour la surveiller durant sa convalescence ?

— Évidemment, répondit sèchement Lial.

— Préviens-moi quand elle se réveillera.

Lyr vacilla de nouveau puis puisa davantage d'énergie pour accroître ses forces déclinantes. Le fait de vaquer à ses occupations tout en étant blessé pendant plus d'un mois lui avait au moins appris à occulter sa faiblesse physique.

— J'irai aussitôt la voir, tout le reste attendra.

Le monde devrait simplement se débrouiller tout seul pendant un moment.

CHAPITRE 17

À peine Meli avait-elle ouvert la porte de la tour que des doigts agrippèrent son bras et tirèrent dessus. Elle poussa un petit cri effrayé. Qu'est-ce qu'ils avaient tous à l'agripper comme ça ces derniers temps ? Le regard noir, elle libéra brusquement son bras et redressa l'échine. Comme elle s'y attendait, elle se retrouva face à l'ambassadrice, la bouche pincée et le la main tendue comme si elle s'apprêtait à l'agripper de nouveau.

— Je ne vous permets pas de me toucher, dit Meli d'un ton mordant.

— Voyez-vous ça, rétorqua dame Teronver en ricanant, baissant toutefois la main. Vous êtes bien effrontée pour quelqu'un qui a disparu sans dire un mot et qui n'est pas rentré de la nuit. Puis-je vous demander où vous étiez passée ?

Meli leva le menton d'un air résolu. *Personne* n'avait besoin de savoir qu'elle avait traîné à l'extérieur de la tour du guérisseur jusqu'à l'aube, incapable de s'en aller avant d'avoir pu constater par elle-même que Lyr allait mieux.

— Non, vous ne pouvez pas.

L'ambassadrice en resta bouche bée.

— Espèce d'insolente ! Je vais prendre les dispositions nécessaires pour vous renvoyer à Alfheim au plus vite.

— Je vous souhaite bonne chance pour obtenir l'accord du *myern* pour une telle chose.

Teronver s'approcha d'elle, son expression soudain sournoise.

— C'est donc là que vous étiez. En train d'obtenir des faveurs en écartant les jambes, pas...

Au claquement de la main de Meli sur la joue de l'ambassadrice, tout le monde se figea dans la pièce. Berris, la préposée à la sécurité de Teronver, était assise à la table à manger avec Orena, toutes deux essayant de réprimer un sourire. *Des alliées potentielles finalement ?* Avant que Meli puisse approfondir la question, l'ambassadrice fit un pas en arrière, une boule d'énergie grossissant dans sa main.

Meli posa sa main parcourue de picotements contre sa poitrine et tenta d'ériger ses piètres boucliers magiques. Teronver n'était pas un mage accompli, mais à peu près n'importe quel sortilège ferait l'affaire pour blesser Meli. Peu importe. Par Freyr, elle refusait de se laisser marcher dessus plus longtemps. Elle n'avait jamais rien fait à cette femme et s'il y avait de l'animosité entre elles, elle n'en était pas responsable. Décrier la sexualité d'autrui était une grave insulte et Meli ne laisserait pas passer ça.

— Allez-y, dit Meli en plissant les yeux. Les autres se chargeront certainement de rapporter vos calomnies à mes parents.

L'aînée se contenta de hausser les épaules.

— Ma famille est suffisamment puissante pour y faire face.

Le bourdonnement de la magie emplit l'air et Meli se prépara à la frappe. Mais alors que Teronver levait la main pour lancer son sortilège, Pol – qui se trouvait derrière Meli – s'avança et agrippa le bras de l'ambassadrice. La boule d'énergie disparut aussitôt.

— Assez, vieille sorcière.

— Vous ! s'exclama Teronver en tentant de libérer son bras, en vain. Vous oubliez votre place et il faut vraiment manquer de discernement pour vouloir s'allier avec celle-là.

— Il n'y a qu'une personne qui manque de jugeote ici, et ce n'est pas moi. (Il sourit, les yeux flamboyants.) Vraisemblablement.

Lorsque Teronver tira de nouveau sur son bras, il la relâcha.

— Je vous renverrai avec la fille.

— Vous croyez ? demanda-t-il d'une voix doucereuse qui fit frissonner Meli.

Pol s'approcha de l'aînée et se pencha en avant pour lui murmurer quelque chose à l'oreille. Avait-il mentionné Hel ? Meli n'en était pas sûre, mais quoi qu'il ait dit, l'ambassadrice devint livide. La femme tremblait sur place en réalité. Lorsqu'il s'écarta, elle hocha la tête et pivota sur ses talons pour se précipiter dans l'escalier.

Le silence s'abattit dans la pièce et Meli échangea des regards stupéfaits avec les deux autres femmes. Qui que soit réellement Pol, elle n'était plus certaine de vouloir le savoir. Puis il se tourna vers elle en souriant, les yeux toujours flamboyants, et elle rectifia cette pensée. Elle était absolument certaine de *ne pas* vouloir le savoir.

— Merci, dit Meli.

Il fit une révérence exagérée devant elle.

— Je vous en prie. Je suppose que vous avez trouvé vos exercices utiles hier ?

— Vous étiez au courant, murmura-t-elle. Pourquoi ne m'avez-vous pas prévenue ? Ou lui ?

Pol ne se départit pas de son sourire.

— Ce n'était pas à moi de le faire. Ne vouliez-vous pas explorer ces bois ?

Meli frémit au souvenir de l'obscurité, de la peur, de la compulsion...

— Pas de cette façon. Jamais.

LYR S'APPUYA d'un bras tremblant au mur pour se tenir droit et regarda son reflet dans le grand miroir mural de son dressing. Par les dieux, la lacération avait été profonde. La ligne de suture de sa blessure, bien faite, mais encore rose foncé, débutait juste au-dessus de son cœur et s'étirait presque jusqu'à son nombril. Après un moment d'hésitation, il toucha la cicatrice de sa main libre et grimaça sous le coup de l'élancement qu'il ressentit dans la poitrine.

Pas étonnant que Lial se soit prononcé contre le fait qu'il retourne au travail.

Mais avec les Neoriens en si grand besoin d'aide, Lyr n'avait pas d'autre choix que de retourner à ses devoirs. Cette situation était bien plus grave que la querelle mesquine entre les maisons Anar et Nari, ou que les bagarres entre voyageurs à la taverne. Il pouvait se permettre de mettre ce genre de rapports de côté pendant un jour ou deux. Mais la vie de milliers de Sidhes ? Lyr n'allait pas rester alité alors que d'autres sombraient dans la démence ou mouraient – pas s'il pouvait faire quelque chose pour les aider.

Va simplement à la réunion avec les mages et assure-toi que tous les détails soient réglés pour la mission à Neor, se dit Lyr intérieurement en farfouillant dans ses étagères de vêtements. *Juste ça et après, repos.*

Il fallut plus de temps à Lyr qu'il ne l'admettrait jamais pour s'habiller alors qu'il était seulement vêtu d'une tunique légère et d'un pantalon assorti. Son regard tomba sur le lourd paletot brodé qu'il enfilait habituellement après et il rit jaune. Même *lui* n'allait pas essayer de prétendre qu'il possédait la force nécessaire pour porter cet habit. Si les mages de la branche des Taian s'avéraient offensés par sa tenue informelle, eh bien… un petit affront valait mieux que l'indignité de s'effondrer à leurs pieds.

Le temps que Lyr ceigne son front d'un petit diadème argenté et qu'il retourne dans sa chambre, son corps lui paraissait plus lourd que son domaine tout entier. Il regarda son lit du coin de l'œil, mais il savait d'expérience que ce n'était pas une bonne idée – il risquerait de passer la journée à dormir. Au lieu de quoi, il se laissa tomber dans le siège à côté d'Eradisel. Sa respiration était saccadée et ses mains tremblaient sur les accoudoirs. Comment allait-il pouvoir gérer cette réunion ?

— *Tu as besoin d'aide*, murmura l'arbre sacré dans son esprit.

Lyr s'affaissa dans le fauteuil en regardant Eradisel.

— *Vous m'avez déjà beaucoup donné, et je n'en méritais pas tant. J'ai occulté mes devoirs les plus importants pour courir après...* (Il dut reprendre son souffle.) *Les assassins. J'avais oublié les assassins.*

— *Détends-toi. Ils sont passés à travers le portail du Voile.*

— À travers..., répéta-t-il à voix haute en frappant son front de la paume de sa main.

Pourquoi n'avait-il pas pensé à demander à Eradisel, lien vivant avec la déesse des Portails et du Voile, si elle pouvait déceler la présence des assassins ?

— *Vous pouvez voir à travers les capes qu'ils portent ?*

— *Parfois. Comme la pluie dans le vent. Ici, mais pas là.*

Des images floues, indéchiffrables, accompagnèrent ces mots dans l'esprit de Lyr. Il fronça les sourcils. Il était devenu très doué pour communiquer avec l'arbre, mais parfois Eradisel ne parvenait pas à formuler ses pensées sous une forme compréhensible pour lui.

— *La pluie dans le vent ?*

— *Des traces d'humidité sur les feuilles, mais une source hors de portée.*

— *Ah.* (Lyr sourit, car il avait compris. Elle voulait parler de l'humidité d'une tempête imminente.) *Vous percevez des traces de leur présence, mais rien de précis ?*

Il sentit son acquiescement – la petite poussée d'énergie qu'Eradisel utilisait en guise de hochement de tête.

— *Jusqu'à ce qu'ils pénètrent dans le Voile. Ils ont révélé leur présence sur le chemin du portail de la Terre.*

Lyr fut estomaqué par cette révélation et il se hissa sur ses pieds. La source de leurs problèmes se trouvait donc bel et bien sur Terre.

— *Merci, mon amie.*

— *Porte-toi bien*, murmura Eradisel.

Sa bénédiction n'était pas vaine. Lyr sentit aussitôt ses forces revenir et il put de nouveau se redresser sans craindre de s'effondrer sous son propre poids. Il allait peut-être pouvoir gérer la situation finalement.

~

Poussant un grognement en apercevant la nouvelle pile de paperasse l'attendant sur son bureau, Lyr se laissa tomber sur sa chaise. Il n'avait ni le temps ni l'énergie de lire des rapports sur les rendements des cultures, surtout alors qu'il avait des personnes compétentes en charge de ces domaines. Un long soupir lui échappa, et il mit les rapports de côté. Ils devraient attendre.

Il ferma les yeux et puisa davantage d'énergie dans le monde qui l'entourait. La simple marche depuis sa chambre lui avait coûté presque toute l'énergie qu'Eradisel lui avait donnée, et sa cicatrice lui faisait mal au moindre petit mouvement. Il devrait peut-être faire la sieste sur un coussin de dossiers non traités. Il rit en y songeant. Quel beau spectacle ce serait !

Un coup fut frappé à la porte. Lyr était parvenu à se redresser de justesse avant qu'elle s'ouvre et Kai entra.

— Je ne peux pas croire que tu aies simplement...

— La paix, l'interrompit Lyr en levant la main. Je sais que ce que j'ai fait était stupide. Pour ce que ça vaut, tu avais raison.

Kai afficha un air perplexe.

— À propos de... ?

— Tu te souviens quand je t'ai fustigé pour avoir essayé de te lancer aux trousses de ton agresseur alors que tu étais encore convalescent ?

Lorsque son ami acquiesça d'un hochement de tête, Lyr poursuivit :

— Tu m'as dit que je n'aurais pas fait mieux à ta place. Je reconnais que c'était vrai.

Après une longue pause, Kai éclata de rire.

— Je n'avais pas l'intention de te porter la poisse.

— Je sais, répondit Lyr en souriant. (Il se pencha en avant et l'élancement concomitant dans sa poitrine le fit grimacer.) J'espère juste que je vais vite me rétablir. Je ne doute pas que d'autres assassins ne tarderont pas à débarquer.

— Tu en sais plus sur eux ?

— Juste qu'ils viennent bien de la Terre, répondit Lyr en pianotant rageusement sur son bureau.

Kai parut étonné.

— Tu en es sûr ?

Les événements dans la clairière revinrent brusquement à l'esprit de Lyr. *J'espère que mon propre bâtard de père a plus de force que ça,* avait dit l'homme dans un anglais parfait. Et dire que les sang-mêlé étaient supposés être rares. Lyr eut un pincement au cœur. Lui-même n'avait pas été au courant de l'existence d'Arlyn. Combien d'autres créatures féeriques avaient laissé leur amante sur Terre sans vérifier l'existence d'une éventuelle descendance ?

Le silence tomba lorsque Lyr arrêta de pianoter.

— Par les dieux, murmura-t-il.

— Lyr ? l'interpella Kai en faisant aussitôt un pas en avant. Si tu n'en es pas sûr, il n'y a pas...

— Ce n'est pas ça. Eradisel a elle-même confirmé qu'ils venaient de la Terre.

Lyr prit un air songeur. Pourquoi des sang-mêlé feraient le voyage jusqu'à Moranaia pour l'attaquer ? Comment connaîtraient-ils le chemin ?

— Au moins l'un des deux était à moitié Dökkálfr.

— *Dökkálfr ?* répéta Kai en écarquillant les yeux. Je pensais qu'ils se rendaient rarement sur Terre. Tu penses qu'ils seraient assez irresponsables pour laisser des enfants derrière eux ?

Lyr se raidit, la gorge soudain serrée. Irresponsable. C'était bien ce qu'il avait été envers Aimee.

— Nous savons tous les deux qu'une seule fois peut suffire.

— Merde ! grommela Kai d'un air contrit. Tu sais que je ne voulais pas parler de toi.

— Je le sais, oui.

Il n'en doutait pas. Avec un long soupir, Lyr repoussa une mèche de cheveux de son visage et s'efforça de se détendre.

— Mais il me faudra quelques siècles pour pouvoir réellement me pardonner, même en sachant que je n'ai pas agi de manière intentionnelle.

Kai ouvrit la bouche comme s'il s'apprêtait à répondre, mais ils se figèrent tous les deux en percevant le signal télépathique émis pas le système de protection du domaine pour signaler l'activation de l'un des portails. Le cœur de Lyr tressauta alors qu'il analysait le flux de magie. Ah, il s'agissait du portail qui facilitait les déplacements entre les différents domaines de Moranaia. Les mages de la branche des Taian venaient d'arriver dans la salle du portail.

Avec un grognement, Lyr se hissa sur ses pieds. Un vertige l'assaillit et il dut agripper le bord de son bureau jusqu'à ce qu'il soit certain de pouvoir rester debout.

— Les mages sont arrivés, dit-il d'une voix faible.

— Tu es sûr que tu peux gérer ça ? demanda Kai en le regardant d'un air inquiet. Tu n'as pas l'air bien.

Lyr ricana.

— C'est parce que je ne me sens effectivement pas bien. Mais la seule autre personne qui pourrait superviser cette réunion sans que les mages se sentent offensés, c'est Arlyn, puisqu'elle est mon héritière, et je ne lui infligerai pas ça. Néanmoins... je pense que j'aurais dû lui demander d'être présente.

— Elle s'entraîne avec Selia de toute façon. Elles inspectent la cape qui te recouvrait.

À ce souvenir, les mains de Lyr se resserrèrent sur le bureau jusqu'à ce que ses paumes le brûlent.

— Si jamais je retrouve l'homme qui a fait ça...

— Le tuer aussitôt serait trop charitable, dit Kai avec un bref hochement de tête, les yeux emplis de colère.

Pendant un instant, Lyr se laissa envahir par sa rage. Il vit rouge et sa respiration se fit saccadée. *Que le fer transperce la personne derrière tout ça !* Tuer Allafon n'avait été que le commencement.

— Trop charitable, en effet, dit-il avec hargne.

Trois coups brefs furent frappés à la porte et Lyr se raidit. Les mages. Il se força à respirer calmement. *Inspire. Expire. Inspire. Expire.* Il lâcha le bureau et se redressa avant de regarder Kai. Ce dernier avait une expression dubitative, mais il ne dit pas un mot alors que Lyr contournait son bureau pour venir se placer devant.

— Tu devrais assister à cette réunion puisque tu seras à la tête de la mission.

Kai hocha la tête pour acquiescer et vint se placer à son côté.

— Je suis prêt si tu l'es.

Lyr bloqua les articulations de ses genoux pour empêcher ses jambes de trembler et puisa davantage d'énergie pour augmenter ses forces. Puis il les pria d'entrer et Kera conduisit les cinq mages à l'intérieur. Bien qu'aucun d'eux n'ait la peau aussi foncée que Kera, qui descendait des Dökkálfar, ils étaient de complexion sombre comme Selia, un témoignage de leur ascendance, mais aussi de la vie dans les plaines. Leurs fins habits en lin dans des tons bleus ou verts voletaient autour d'eux de façon éthérée alors qu'ils se dirigeaient vers le centre de la pièce.

Une femme s'avança, son chignon de cheveux bruns se balançant tandis qu'elle inclinait la tête et frappait sa poitrine du poing en guise de salut.

— Soyez béni par les Neuf, *Myern*. Je suis *Taian ia'Kelore ai'Flerin ay'mornia Maean i Ilera Erasan nai Fiorn*, envoyée par le seigneur Loren à votre demande.

— Soyez bénie, Ilera. Je suis *Callian Myern i Lyrnis Dianore nai Braelyn*.

Lyr sourit et présenta également Kai par son titre.

— Soyez les bienvenus dans ma demeure.

— C'est un honneur de faire partie de cette mission, répondit Ilera.

Elle présenta les autres mages et Lyr inclina la tête pour saluer chacun d'entre eux.

— Je vous remercie pour votre aide. J'ai prévu de vous faire séjourner dans la tour du jardin, si cet arrangement vous convient.

Ilera écarquilla les yeux, jetant un œil par la fenêtre avant de regarder de nouveau Lyr.

— Dans... dans les arbres ?

Lyr faillit sourire, mais il se retint pour ne pas risquer de l'offenser. Il y avait peu d'arbres dans les plaines de Fiorn et aucun d'eux n'était assez grand pour supporter un bâtiment. Après avoir rencontré Selia, il s'était dit que les histoires à propos du vertige maladif des elfes des plaines étaient exagérées. Apparemment pas.

— Non. La tour est haute, mais elle est en pierre et solide.

Ilera rit d'un air contrit.

— Pardonnez-moi, *Myern*. Je suis certaine que vos maisons arboricoles sont aussi sûres que celles construites au sol.

Lyr voyait bien à la façon dont elle se mordait la lèvre en jetant des coups d'œil par la fenêtre qu'elle n'en était pas si certaine que ça, mais il ne fit aucun commentaire.

— *Taysonal* Kaienan sera à la tête de la mission qui partira demain matin, si vous êtes prêts.

Après un rapide échange de regards avec les autres mages, Ilera acquiesça.

— Nous serons prêts.

— Je vous retrouverai dans votre tour avant le dîner pour discuter des détails, dit Kai.

Ils parlèrent encore quelques instants de choses anodines, puis Kera escorta les mages hors de la pièce. Alors que la porte se refermait derrière eux, Lyr se percha sur le bord de son bureau. Ses bras tremblaient alors qu'il s'appuyait dessus pour rester droit.

— Bon sang, je suis fatigué.

Kai sourit, mais l'inquiétude assombrissait son regard.

— On dirait que tu es passé sous un train, comme diraient les humains.

— Je me sens encore pire que ça.

Lyr jeta un œil à la clepsydre. Il pouvait se permettre d'aller se reposer un peu – mais pas trop longtemps.

— Tu peux prendre le relais pendant que je vais dormir un peu ?

— Tu me demandes de t'aider, *toi* ? demanda Kai d'un air effaré.

Lyr leva les yeux au ciel.

— Tais-toi donc et fais-le.

Le rire de Kai suivit Lyr jusque dans le couloir.

LE TEMPS que Lyr arrive en haut de l'escalier, sa blessure le lançait à chaque respiration laborieuse. Il s'arrêta un instant pour s'appuyer contre le mur et posa une main sur sa poitrine. Bon sang, il voulait se gratter jusqu'au sang pour faire cesser cette démangeaison permanente. Résistant à cette envie, il retira brusquement sa main. Qui pouvait dire ce que Lial lui ferait s'il rouvrait sa blessure en se grattant ?

Une potion aux effets indésirables dans son verre, sans aucun doute.

Lyr s'écarta du mur et entreprit la longue marche dans le couloir. Malgré le fait qu'il chancelait sur ses pieds comme un éclaireur marchant sur une branche d'arbre branlante, il parvint presque à atteindre la porte de sa chambre avant que celle de sa mère s'ouvre. Lial apparut sur le seuil et s'arrêta pour lancer un regard noir à Lyr.

— J'espère pour toi que tu es en route pour ton lit, grommela le guérisseur.

Lyr lui retourna un regard de travers.

— Tu étais censé me prévenir quand ma mère se réveillerait.

— Je voulais d'abord examiner sa colonne pour voir s'il n'y avait pas plus de dégâts, répondit Lial en haussant les épaules avant de plisser les yeux. On dirait bien que tu as besoin d'une autre séance de soins de toute façon.

— Plus tard.

Lyr rembarra le guérisseur d'un geste de la main en passant devant lui. Puis il lui lança un regard par-dessus son épaule et ajouta :

— Va te reposer. Tu dois aussi te réapprovisionner en énergie et tu peux être sûr qu'il y aura d'autres attaques. Tu pourras me crier dessus plus tard.

Lial haussa les sourcils d'un air offensé.

— Je ne crie *jamais*. (Il se tut un instant, ses lèvres esquissant un sourire.) J'exprime simplement mon inquiétude de façon bruyante.

Le guérisseur sortit de la chambre et le rire de Lynia attira l'attention de Lyr. Son propre rire mourut dans sa gorge lorsqu'il aperçut sa mère, son visage presque aussi pâle que les oreillers contre lesquels elle était appuyée. Mais il ne put pas se précipiter vers elle comme il l'aurait voulu, pas sans lui révéler à quel point il manquait de forces.

L'effort que Lyr devait faire pour puiser de l'énergie lui donnait mal au crâne, signe évident que ses réserves étaient trop basses, mais il parvint à en rassembler suffisamment pour rejoindre le lit de sa mère sans vaciller. Non que ça ait servi à quelque chose. Le rire de sa mère s'évanouit et son visage se crispa d'inquiétude aussitôt qu'il arriva à côté d'elle. Soufflant sous l'effort, elle fit basculer ses jambes par-dessus le rebord du lit.

— *Laiala...*

— Si tu me traites comme une invalide, je vais hurler, dit-elle en l'épinglant du regard. Je suis encore ta mère, et je ne suis *pas* faible.

Lyr parut contrit.

— Je le sais bien. Mais tu es pâlotte et Lial semblait inquiet à propos de ton dos. Je préférerais...

— Lyrnis !

Elle prit sa main et il l'aida à s'équilibrer par réflexe alors qu'elle se hissait sur ses pieds.

— Arrête. Je vais de mieux en mieux. (Son autre main enserra sa joue.) Arrête tout. De culpabiliser. De te blâmer. De t'inquiéter pour moi. Ma blessure me fait moins mal que de savoir à quoi toutes ces choses t'ont mené hier.

Lyr cessa de respirer en entendant cela et dut ensuite se forcer à relâcher son souffle.

— Je ne suis pas allé là-bas à cause de toi. Pas uniquement. Je pensais... je pensais que je pourrais me rattraper pour mon échec.

— Par toutes les déités, dit sèchement sa mère en laissant retomber ses bras le long de son corps, cet échec n'était pas le tien. Telien est à l'origine de tout ça. Ton père se préoccupait davantage d'effectuer ses recherches dans le domaine de la magie que de vérifier le bon fonctionnement des domaines sous son autorité. Allafon n'aurait jamais, *jamais* dû pouvoir se comporter de façon si sournoise et cruelle sans que Telien le remarque. Il a été *myern* pendant des millénaires. Tu occupes ce poste depuis seulement vingt-deux ans.

Lyr serra les poings.

— Un temps suffisamment long pour me permettre d'effectuer mes propres vérifications.

— Qu'est-ce qui t'aurait poussé à le faire ? (Elle secoua la tête, les lèvres pincées.) Réfléchis. Kai est né et a grandi au sein de ce domaine. À l'époque, Allafon avait déjà si bien masqué ses méfaits que même *Kai* ne s'est aperçu de rien. (Son expression se radoucit.) Tu ne peux pas porter le monde sur tes épaules.

Lyr détourna les yeux.

— Je m'en rendrai peut-être compte un jour.

— Du moment que tu ne me fais plus jamais peur comme ça, murmura Lynia.

Lyr fut désarçonné par le désarroi perceptible dans sa voix. Après un bref coup d'œil à son visage inquiet, il l'attira dans ses bras. Ce contact déclencha un autre élancement douloureux, mais il l'ignora et posa son front contre les cheveux de sa mère.

— Je suis désolé, *laiala*. Je vais essayer. Mais je suis un guerrier.

Lynia s'écarta et le regarda d'un air circonspect.

— Un guerrier avec assez de bon sens pour ne pas s'aventurer seul en terrain dangereux ?

Il ne put s'empêcher de rigoler et grimaça devant la douleur concomitante.

— Habituellement.

— Utilise ce bon sens et va dormir, lui intima sa mère en allant chercher sa canne près du lit. Je vais aller faire quelques recherches à la bibliothèque.

Lyr se raidit.

— Tu es retournée à la bibliothèque ?

Elle le regarda d'un air résolu.

— Je refuse de laisser un unique moment gâcher des millénaires de bons souvenirs. C'est difficile, mais certaines choses doivent être affrontées. Les éviter ne conduit généralement qu'à davantage de souffrance.

Bouche bée, Lyr la regarda avec de grands yeux alors qu'elle se dirigeait vers la porte. *Laiala* avait raison. Il s'était tant efforcé de mettre ses émotions de côté pour éviter d'avoir à les gérer, mais elles s'étaient accumulées pour former une montagne qui s'était écroulée et l'avait enseveli. Et durant tout ce temps, sa mère avait reconstruit sa vie avec détermination. Il se frotta la nuque. *Bon sang.*

— Je t'aime, *laiala.*

Il l'avait dit à voix basse, mais elle l'avait entendu. Souriant, elle lui lança un regard par-dessus son épaule.

— Je t'aime aussi. Toujours.

Les muscles de Lyr se détendirent alors qu'il se sentait soudain soulagé. Sa mère avait raison – il était temps d'arrêter de fuir les choses. Il secoua la tête en riant alors qu'il se dirigeait vers la porte. Le fait d'aller enfin dormir pouvait-il être considéré comme une fuite ?

CHAPITRE 18

Meli changea de position sur le banc en pierre et souleva ses cheveux pour dégager sa nuque. *J'aurais dû les tresser*, grommela-t-elle intérieurement. Pourquoi les Moranaiens ne faisaient-ils rien contre cette chaleur étouffante ? Ils utilisaient la magie pour rafraîchir les intérieurs de leurs bâtiments. Ne pouvaient-ils pas entourer leurs terres d'un champ de force similaire à celui des Ljósálfar ? La vie ici serait plus plaisante.

Non que Meli serait en mesure de rester une fois qu'elle aurait annoncé qu'elle ne travaillerait plus avec l'ambassadrice. C'était bien dommage, compte tenu de l'attraction que ce monde exerçait sur elle. Meli ferma les yeux alors que la paix du jardin l'enveloppait. Le doux bruissement d'innombrables feuilles se balançant dans la brise au-dessus d'elle, le gargouillis du ruisseau à proximité, la senteur boisée de la forêt flottant dans l'air – toutes ces sensations confondues étaient comme un baume pour son âme. Elle se sentait plus chez elle ici qu'elle ne l'avait jamais été à Alfheim.

Mais Meli refusait de se taire et de se montrer complaisante plus longtemps. Dame Teronver avait été trop loin en l'insultant de la sorte. Elle offrirait son corps à qui elle voulait, comme c'était son droit, et l'ambassadrice avait fait preuve d'une extrême impolitesse en remettant ça en question. Ce n'était jamais acceptable de dénigrer les choix d'autrui en matière de sexe.

Cependant, n'avait-elle pas permis à cette femme de la rabaisser depuis le début ? Cela n'excusait en rien son comportement, mais elle aurait dû défendre ses intérêts plus tôt. Freyr lui était témoin qu'elle avait toujours eu du mal à s'affirmer. Il était peut-être temps d'apprendre à le faire.

— Quelque chose ne va pas ?

Meli sursauta et poussa un petit cri en entendant la voix de Lyr derrière elle. La main posée sur son cœur battant, elle se retourna vers lui.

— Par les dieux !

— Je suis désolé, dit Lyr d'un air contrit. Je vous ai appelée depuis un peu plus loin sur le sentier. Je ne voulais pas vous surprendre.

Elle s'efforça de ralentir sa respiration, mais son cœur maintint son rythme frénétique. Non parce qu'elle était effrayée, cependant. Elle observa la tunique et le pantalon amples qu'il portait, et le souvenir de leur dernière rencontre l'assaillit. Serait-elle de nouveau capable de le regarder sans songer à son corps nu ? Elle rougit. Probablement pas.

Lyr s'assit à côté d'elle, semblant de plus en plus perplexe.

— Est-ce que c'est la chaleur ? Vous êtes toute rouge.

Meli laissa échapper un rire étranglé et fit non de la tête.

— La température n'aide pas, mais je vais bien, vraiment. Je suis simplement surprise de ne pas vous avoir entendu. Vous ne devriez pas vous reposer ?

— J'ai dormi pendant plusieurs graduations et j'ai eu une autre séance de soins.

Il sourit et Meli dut bien admettre qu'il avait meilleure mine que ce matin. Plus de couleurs. Plus de… vitalité.

— C'est presque l'heure du dîner. J'étais en route pour la salle à manger quand j'ai senti que vous étiez contrariée.

Meli réprima un grognement. Lui avait-elle transmis son désarroi sans le vouloir ?

— Je suis désolée de vous avoir dérangé. Mais il fallait que je vous parle de toute façon.

Lyr plongea ses yeux dans les siens et elle se figea, aussi captivée qu'un dragon sous l'emprise d'émeraudes parfaites. Dommage qu'elle ne puisse pas le garder.

— Puis-je vous demander pourquoi ? finit-il par demander.

— Ce n'est pas... ce n'est pas à propos du lien, dit Meli en déglutissant pour ravaler la boule qu'elle avait dans la gorge.

Les épaules de Lyr s'affaissèrent et il eut soudain l'air fatigué. Résigné.

— De quoi s'agit-il, alors ?

Meli se redressa et releva le menton.

— Je ne travaillerai plus avec l'ambassadrice.

— Je ne peux pas vous blâmer. (Il fronça les sourcils.) Mais y a-t-il une raison particulière ? (Il se pencha vers elle, les épaules crispées.) Vous a-t-elle menacée ?

Meli se figea de nouveau. Mais cette fois, c'est *lui* qui ressemblait à un dragon, prêt à cracher du feu. D'instinct, elle posa sa main sur son avant-bras tendu pour l'apaiser.

— Oui, mais Pol est intervenu. Elle m'a gravement insultée. Suffisamment pour que je ne puisse plus la supporter.

Lyr baissa les yeux, et ses muscles se détendirent sous la main de la jeune femme. Mais seulement un peu.

— Puis-je vous demander ce qu'elle a dit ?

Meli se mordit la lèvre.

— Je suis restée aux alentours du cabinet du guérisseur la nuit dernière, espérant avoir de vos nouvelles. Après tout ce qui s'était passé, je... je ne pouvais pas partir. Mais quand je suis revenue à la tour ce matin, dame Teronver a affirmé que j'avais fait usage de mon corps pour obtenir vos faveurs.

Lyr libéra son avant-bras et bondit sur ses pieds.

— Je vais faire en sorte qu'elle soit partie avant le coucher du soleil.

— Non !

Meli se leva et agrippa de nouveau son bras alors qu'il s'apprêtait à partir. Ses doigts se refermèrent autour de son poignet pour l'arrêter.

— Ne condamnez pas Alfheim à cause de moi. Le rôle de l'ambassadrice ici est plus important.

Pendant un moment, Lyr demeura figé sur place, la tête baissée, et une pointe de colère assaillit Meli. Le cœur de la jeune femme tressauta. Comment pouvait-elle autant ressentir les émotions de cet homme alors qu'ils n'étaient même pas liés de la façon qu'il lui avait décrite ? Puis il se tourna vers elle et elle comprit qu'elle avait seulement perçu une infime partie de ses émotions. Une souffrance et une fureur ancestrales tournoyaient dans ses yeux.

— Je me soucie davantage de vous que d'une cité trop longtemps immergée dans sa propre suffisance, dit Lyr d'un ton mordant.

Meli leva les mains en l'air d'un geste interrogateur.

— Pourquoi ? Vous me connaissez à peine. Je ne représente rien pour vous en dehors de notre éventuel lien.

Lyr s'approcha d'elle.

— Mais je veux apprendre à vous connaître, dit-il en effleurant sa joue, la faisant tressaillir. Je veux savoir pourquoi vous hésitez si souvent alors que vous êtes courageuse. Et pourquoi je peux sentir le désir que vous éprouvez pour moi alors que vous tournez les talons.

— Je ne suis pas courageuse, murmura Meli.

Les mains de la jeune femme s'agitaient nerveusement le long de son corps, sans savoir où se poser. *Non, c'est faux,* admit-elle. Elles aspiraient à se poser sur lui.

— Sans quoi je ne tournerais pas les talons.

Lyr tendit les bras vers elle et marqua un temps d'arrêt.

— Puis-je ?

Meli prit une grande inspiration chevrotante. Puis elle posa ses mains indisciplinées sur ses épaules et hocha la tête. Les bras puissants de Lyr se refermèrent autour d'elle, l'attirant contre lui malgré sa blessure, et son souffle ébouriffa ses cheveux alors qu'il posait sa joue contre sa tête. Puis il sursauta quand elle se pressa davantage contre lui, et elle s'immobilisa.

— Vous êtes blessé. Je ne devrais pas...

— Le plaisir de vous étreindre vaut bien cette légère douleur.

Lyr passa une main dans les cheveux de Meli, l'incitant à renverser la tête en arrière.

— Je veux vous embrasser de nouveau. Mais *pas* sur le front cette fois.

Les mains de Meli se crispèrent sur ses épaules et son cœur se mit à battre à tout rompre. Était-ce une bonne idée de se rapprocher de lui, de s'attacher davantage ? Elle frissonna sous son regard brûlant. Quelle autre occasion aurait-elle ? Lyr serait sans doute forcé de la renvoyer chez elle une fois qu'il aurait eu vent de son opprobre. Par Freyr, ils méritaient bien au moins un moment pour eux. Meli hocha la tête en tremblant, et les lèvres de Lyr capturèrent les siennes.

Rien n'aurait pu la préparer à la sensation de sa bouche sur la sienne. *Rien.* L'embrasement de chacune de ses terminaisons nerveuses. La résonance de leurs âmes. Le sentiment d'appartenance. Elle frémit et Lyr approfondit le baiser, sa langue se mêlant à la sienne dans une danse exquise. *Ah, par les dieux !* Meli fit courir ses mains le long de son torse et les glissa derrière son dos pour l'attirer plus près. Encore plus près.

Le bref sifflement plaintif de Lyr la ramena à la réalité. Meli gémit et s'écarta brusquement.

— Il ne faut pas.

— Si vous vous inquiétez encore à propos de...

— Non !

Devant son air interloqué, elle parut contrite.

— Je veux dire, je ne veux pas vous faire mal, mais ce n'est pas... je n'étais pas...

Meli soupira. Est-ce qu'elle pourrait un jour s'exprimer sans bafouiller ? Elle redressa l'échine et se força à le regarder dans les yeux.

— Nous ne pouvons pas nous permettre une telle proximité.

Lyr eut un mouvement de recul comme si Meli l'avait giflé.

— Je n'essayais pas de vous contraindre à quoi que ce soit.

— Je sais. Ce n'est pas ce que j'ai...

Meli ferma les yeux et décida de tout lui dire.

— Je ne serai de nouveau plus rien quand je rentrerai chez moi. J'ai échoué à toutes les épreuves imposées aux enfants d'Alfheim, épuisé toutes mes chances d'avoir ma place là-bas. Ma famille m'a sauvé la mise jusque-là. Grâce à leur influence, j'ai bénéficié d'un peu plus de temps pour pouvoir découvrir un quelconque talent qui pourrait être utile à notre peuple. Ce temps est pratiquement écoulé. (Ses épaules tressautèrent de manière involontaire.) Je serai bannie de la société, impossible à marier.

Lyr enserra sa joue et elle ouvrit les yeux pour le trouver en train de la regarder avec intensité.

— Ils vous *banniraient* ?

— Je n'ai aucune magie, avoua Meli. Je ne peux pas ériger de protections comme mes semblables. Ni invoquer les éléments ou allumer une bougie. Je n'ai aucun talent pour l'artisanat, et mon aptitude au combat se résume à quelques mouvements d'auto-défense basiques. La magie est essentielle à la vie. Mon peuple n'acceptera jamais quelqu'un d'aussi imparfait que moi.

— Mais vous n'êtes pas dépourvue de tout pouvoir, dit-il en la regardant d'un air interrogateur. Que faites-vous des runes ?

Meli agrippa la bourse qui pendait à sa ceinture et ressentit un petit picotement dans les doigts, qui s'estompa aussitôt. Elle baissa les yeux, mais aucune lueur magique n'était visible.

— Je ne les ai que depuis mon passage dans les brumes, répondit-elle en lâchant la bourse. Mais ce nouveau pouvoir ne serait pas suffisant. Les Ljósálfar sont excessivement attachés aux traditions. Ceux qui ne rentrent pas dans le moule, les Défavorables, sont dans une situation précaire.

— Meli.

Elle le regarda d'un air dubitatif et il sourit en ajoutant :

— Vous n'êtes pas à Alfheim.

~

MELI EN RESTA bouche bée et devint blanche comme un linge.

— Vous ne pouvez pas... vous ne pouvez pas simplement ignorer ça.

— Je n'en avais pas l'intention.

Lyr continua à sourire, mais la peur visible dans les yeux de Meli lui serrait le cœur.

— Vous vous attendez à ce que je vous juge selon les normes d'un autre monde. Nous ne sommes pas aussi inflexibles ici, ni aussi ridicules. Tout le monde a de la valeur. *Vous* avez de la valeur.

Meli fit un pas en arrière, rompant le léger contact physique entre eux.

— Pas à Alfheim.

Elle se mordit la lèvre inférieure et Lyr ressentit en partie sa peine, qui s'ancra dans son cœur.

— Votre monde est peut-être différent, poursuivit Meli, mais le fait de vous allier avec moi rendrait impossible la poursuite des pourparlers avec Alfheim. Que j'y retourne ou non ne changerait rien à ça.

Lyr plissa les yeux, perplexe.

— Pourquoi voudriez-vous rentrer ? Qu'y a-t-il là-bas pour vous ?

— Ma famille. Ils ont toujours été aimants envers moi et je ne peux pas les abandonner alors que ce poison les menace. Mon peuple n'a pas toujours vécu dans la peur, vous savez. Nous étions même parvenus à une sorte d'accord avec les humains. Mais la magie est essentielle pour préserver Alfheim. C'est la vie. Quand elle a commencé à s'estomper chez certains, les Ljósálfar se sont retirés. Ils ont tenté de se regrouper.

— Ils nous ont reniés bien avant ce jour.

— Votre peuple s'est éloigné des neuf mondes connus, répondit Meli en haussant les épaules. C'est ce que je suppose du moins. Les traditions sont presque aussi sacrées que la magie pour le mien. C'est pour cette raison que je ne peux pas envisager une union avec vous si j'espère sauver Alfheim. Le fait d'accepter ma condition vous rabaisserait à jamais à leurs yeux.

La colère monta en lui et Lyr serra les poings dans une tentative vaine de la réprimer.

— *Ils* sont venus à *moi*.

Meli écarquilla les yeux et il prit une grande inspiration pour essayer de retrouver son calme.

— S'ils veulent que je les aide, ils devront se plier à mes exigences. Je ne travaillerai avec personne d'autre que vous.

— Vous ne pouvez pas faire ça, dit Meli, les yeux de plus en plus ronds.

— Oh, je le peux, répondit-il en haussant un sourcil d'un air satisfait. Je suis le dix-huitième en lice pour l'accession au trône de Moranaia et cousin du roi lui-même. Je suis chargé d'assurer la liaison avec tous nos semblables originaires de la Terre, même si nous sommes partis bien avant que les Sidhes soient vaincus par les humains. Votre famille pourra venir ici si la situation devient dangereuse. Les autres devront accepter mes conditions ou se débrouiller par eux-mêmes.

Meli porta une main à sa gorge.

— Vous abandonneriez Alfheim à son sort ?

— Non, répondit Lyr en faisant un pas vers elle. Votre roi le ferait. S'il refuse de faire amende honorable pour la discorde provoquée par dame Teronver, il sera le seul à blâmer. Je n'endosserai pas la responsabilité de son intransigeance malavisée.

— Mais il est guidé par l'Ancienne, dit Meli d'un air sceptique. Elle lui a conseillé tout ceci.

Un silence s'ensuivit, aussitôt interrompu par une voix posée et espiègle.

— Ma sœur a sans nul doute changé d'avis.

Lyr se raidit et sa main se posa sur la dague à sa ceinture alors qu'il faisait volte-face. Pol était appuyé contre un arbre, un sourire en coin sur le visage, les bras et ses jambes croisés de façon désinvolte comme s'il était en train de profiter d'une pièce de théâtre. Lyr plissa les yeux d'un air suspicieux.

— Votre sœur ?

Pol haussa les épaules.

— Quand elle le reconnaît.

— Qui êtes-vous *vraiment* ? demanda Meli d'une petite voix de derrière Lyr.

Il entendit ses habits bruisser alors qu'elle se rapprochait de lui et son cœur fit un bond lorsqu'elle glissa sa main dans la sienne.

— Vous ne pouvez assurément pas être aussi âgé que ça, ajouta-t-elle.

— Certains liens ne sont pas formés par le sang.

Ses yeux semblèrent flamboyer pendant un instant, puis il haussa de nouveau les épaules.

— D'un autre côté, certains le sont.

Meli serra plus fermement la main de Lyr.

— Vous n'êtes vraiment pas un Ljósálfr.

— Je n'en suis pas un. (Le sourire de Pol s'élargit.) Je suis d'autant mieux placé pour voir à quel point les Ljósálfar ont besoin de changement. Ils n'évoluent plus derrière leurs remparts.

— Alfheim n'a pas de remparts, rétorqua Meli d'une voix empreinte de confusion.

— Vraiment ? (Le ricanement tonitruant de Pol résonna dans le jardin.) Vous devriez savoir mieux que personne que ce que je dis est vrai.

Il inclina la tête comme s'il écoutait quelque chose, puis il se redressa et ajouta :

— C'est l'heure du dîner. Cessez de vous comporter comme des idiots.

Pol battit l'air de la main d'un geste nonchalant et s'éloigna, disparaissant aussi vite qu'il était apparu. Lyr regarda d'un air contrarié l'endroit où s'était trouvé Pol. Celui-là allait devoir être surveillé de plus près. De *beaucoup* plus près.

～

LE BOURDONNEMENT incessant des voix se transforma en bruit de fond alors que le regard de Lyr dérivait une fois de plus vers Meli. Elle, de son côté, fixait son assiette pleine depuis la place qu'elle occupait à côté d'Eri. Elle avait d'abord protesté contre le fait de se joindre à eux pour le dîner, mais l'idée d'éviter un autre repas avec l'ambassadrice l'avait fait changer d'avis. Lyr esquissa un sourire en l'entendant bafouiller un « merci » lorsque sa mère lui fit passer le plateau de légumes verts estivaux. Comment quelqu'un d'assez brave pour emmener quatre personnes dans le Voile en ne se fiant à rien d'autre qu'à l'avis d'une devineresse pouvait-il se montrer aussi timide à la moindre occasion en société ?

— Tu partages ?

Lyr sursauta en entendant la question murmurée de sa fille et arracha son attention de Meli. Le sourire avisé d'Arlyn lui donna un coup de chaud.

— Partager quoi ?

— Ton opinion sur ce qu'il y a d'amusant à propos de la terre natale de Selia, répondit sa fille avec des yeux rieurs. Notre sujet de conversation ? Bien qu'un peu plus de pain ne serait pas de refus aussi.

Réprimant un grognement, Lyr attrapa la corbeille de pain sur sa gauche et constata que Ralan affichait le même air rieur. *Miaran !* Est-ce que *tout le monde* avait remarqué qu'il était distrait ? Mais à côté de Ralan, Teyark et Corath étaient concentrés sur Selia, assise en face d'eux, qui parlait d'un incendie ayant récemment menacé un village dans les plaines du sud. Kai, à la droite d'Arlyn, avait également le regard tourné vers Selia. Eri et Iren échangeaient des sourires, sans doute en pleine conversation télépathique puisqu'ils n'étaient pas assis l'un à côté de l'autre. Meli n'avait pas levé les yeux de son assiette. Mais Lynia haussa un sourcil d'un air amusé, et Lyr sut qu'il avait été pris sur le fait.

Quel hôte remarquable il faisait.

Il passa la corbeille de pain à Arlyn et s'efforça de reporter son attention sur Selia, juste à temps pour l'entendre raconter la fin de l'histoire.

— Fort heureusement, les mages ont réussi à contenir les flammes avant que quoi que ce soit d'important ne brûle.

— Une bénédiction, en effet, dit Teyark en hochant la tête.

Selia sourit au prince puis tourna la tête pour croiser le regard de Lyr.

— Néanmoins, il y a des sujets de discussion plus importants qu'une crise déjà passée, n'est-ce pas ?

— Les propos d'un invité sont toujours de la plus haute importance, répondit Lyr d'un ton posé, avant de rigoler en voyant Selia hausser les sourcils. Mais toute politesse mise à part, vous avez raison. Merci, Dame Selia.

— Kai m'a dit que l'arbre sacré avait confirmé que les assassins étaient venus de la Terre, dit Arlyn en se penchant avec une expression inquiète. Est-ce qu'ils m'ont suivie ? Je veux dire, pourquoi des gens vivant sur Terre voudraient-ils te tuer ?

Lyr haussa les épaules.

— Je ne pourrais pas le dire. Mais celui qui m'a poignardé parlait couramment anglais.

— Tout comme toi, Kai et Ralan, répliqua Arlyn, et la plupart des gens au sein de ce domaine le parlent de façon compréhensible.

— C'est vrai. Selon Merrith cependant, l'homme qui est venu chercher des provisions connaissait très peu de mots dans notre langue et sa prononciation était mauvaise, comme s'il avait appris le moranaien de façon naturelle et non grâce à un sortilège.

Selia reposa le morceau de pain qu'elle s'apprêtait à manger.

— Est-ce qu'on ne peut pas en déduire qu'il n'était effectivement pas Moranaien ?

— Quelqu'un a dû lui apprendre notre langue, dit sa mère en secouant la tête d'un air perplexe. Je n'ai toujours pas trouvé la trace d'un exilé sur Terre qui serait capable de faire toutes ces choses. L'information doit pourtant bien être quelque part. L'empoisonnement de l'énergie. Les capes. Ce type de magie est spécifique.

Le silence s'abattit dans la pièce, l'ambiance jusque-là décontractée du repas envolée. Même Meli semblait contrariée et mordillait nerveusement sa lèvre en jetant des regards autour de la table. Lyr repoussa son assiette et se passa une main sur le visage.

— L'enchaînement de tous ces événements ne peut pas être fortuit, mais je ne vois toujours pas quelle en serait la raison, ni qui pourrait être derrière tout ça.

— Kien, dit Ralan d'une voix grinçante.

Le regard de Lyr se braqua sur le visage de Ralan. Le prince avait la mâchoire serrée et ses narines étaient évasées de rage. *Ce n'est pas bon signe.*

— Une suspicion ou une vision ?

— Les deux, car l'une m'a mené à l'autre.

Ralan ferma les yeux et se figea. Seules quelques grandes inspirations sifflantes vinrent rompre le silence. Lorsqu'il rouvrit les yeux, il ne restait plus qu'un soupçon de colère dans son regard.

— Nous savons tous que la folie de mon frère ne date pas d'hier.

— Et tu as attendu tout ce temps pour nous dire ça ? demanda sèchement Lyr.

Ralan grimaça d'un air contrit.

— Je viens *seulement* de trouver le fil du destin correspondant.

— Pensez-vous… ?

Les mots de Meli moururent sur ses lèvres et elle rougit alors que tous avaient tourné leur attention vers elle. Mais elle se redressa sur sa chaise et reprit la parole, la tête haute :

— Pensez-vous que ces attaques sont liées au poison menaçant Alfheim ?

Lyr frotta inconsciemment sa poitrine douloureuse et lutta contre l'envie de s'écrouler sur la table.

— C'est possible.

— C'est certain, affirma Ralan d'une voix glaciale et autoritaire. Si nous ne faisons rien pour ajuster les fils du destin, alors…

— *Laial !* s'exclama Eri d'un ton réprobateur.

Elle se tourna vers son père et Lyr frissonna en avisant une lueur étrange dans ses yeux.

Clignant des yeux, Ralan secoua la tête et se passa une main dans les cheveux.

— Désolé.

La salle devint de nouveau silencieuse et tous les yeux étaient braqués sur les deux devins. Puis Eri se détendit et retourna à son assiette comme si rien ne s'était passé. Elle haussa les épaules en souriant et dit :

— On ne sait jamais avec l'avenir. Le fait de le révéler peut parfois le compromettre.

Ralan hocha brièvement la tête, mais ses joues s'empourprèrent légèrement.

— Je suis resté trop longtemps sans utiliser mon don. Ma maîtrise n'est pas... ce qu'elle devrait être. Mais je vous suggère de vous concentrer sur la cape. Il y a beaucoup à apprendre des sorts dont elle est imprégnée.

— Dame Selia, seriez-vous prête à nous aider ? demanda Lyr.

Selia plissa le front en réfléchissant à la question.

— J'ai réalisé un examen préalable, mais je n'ose pas aller trop loin toute seule. Je ne suis pas une artisane en matière de magie. Je peux reconnaître les techniques, mais je ne suis moi-même pas capable de les utiliser.

— Puis-je offrir mon assistance ?

Lyr se tourna vers Corath qui venait subitement de poser cette question et qui souriait devant les regards surpris qu'il reçut.

— Tu es un artisan ? demanda Lyr.

— Je suis né et j'ai été formé dans la branche des Rieren, répondit le prince. Je suis un mage accompli spécialisé dans les métaux. Les sorts imprégnés dans la cape devraient être assez similaires à ceux de ma connaissance.

Selia sembla ragaillardie par cette nouvelle.

— Nous avons beaucoup de chance que vous soyez là. Votre aide serait grandement appréciée.

Alors que les mages discutaient de la meilleure façon de procéder, Lyr se radossa à sa chaise. C'était déjà un semblant de progrès au moins. Il leva ses yeux fatigués vers Meli et sourit lorsqu'il vit qu'elle le fixait. Elle détourna les yeux, mais il avait eu le temps d'entrevoir la lueur d'intérêt dans son regard. Il y avait peut-être du progrès dans d'autres domaines également.

La conversation prit fin lorsque leurs plans furent établis. Réprimant un soupir, Lyr se hissa sur ses pieds. Une immense fatigue le submergea subitement, transformant ses genoux en guimauve, et il s'appuya aussi discrètement que possible contre la table. Il ne pouvait qu'espérer que personne ne remarquerait.

— Si tout est clair, allons nous mettre au travail.

— J'espère que le tien consistera à aller dormir, marmonna Arlyn, ruinant ses espoirs. On te préviendra si on découvre quelque chose d'important.

Il s'écarta de la table d'un air résigné.

— Je compte sur vous.

CHAPITRE 19

Kien baissa les yeux sur le corps mutilé de Beckett et sourit. Ces imbéciles auraient mieux fait de ne pas revenir. Mais, hé, tant mieux pour lui. Les oiseaux s'étaient chargés de ses précédents trophées empalés autour du camp, donc ça tombait bien au final. Son sourire s'élargissant, il abattit sa hache et lui coupa la tête. Il se baissa, enroula sa main dans les cheveux emmêlés de l'homme, et frémit sous la sensation enivrante du sang chaud et visqueux glissant entre ses doigts.

Balançant la tête comme un pendule, Kien regarda Patrick, un sang-mêlé mi-Sidhe qu'il avait déniché en Irlande l'année précédente.

— Trouve une pique de libre pour ça.

Le jeune homme pâlit, mais il agrippa la mèche de cheveux en bataille que Kien lui tendait et se dirigea vers l'autre bout de la clairière. Ce faisant, il passa juste devant Nicholas, attaché en croix entre deux arbres, ses cris ayant finalement cessé lorsqu'il s'était évanoui. La satisfaction procurée par la mort de Beckett fut emportée par une déferlante de rage et Kien montra les crocs. Nicholas serait celui qui souffrirait le plus pour sa stupidité. Il ne pouvait pas lui reprocher la cruauté derrière le fait d'avoir abandonné Lyrnis Dianore à une mort solitaire, mais cet abruti aurait dû finir le travail.

Il y avait un temps et un lieu pour la torture.

Patrick revint dans son champ de vision et pâlit encore davantage en avisant le visage rageur de Kien. Ce dernier sourit de nouveau. Que disaient les grands dirigeants, déjà ? Mieux vaut être craint qu'aimé ? Il fit signe au sang-mêlé mi-Sidhe d'approcher.

— Viens nettoyer ce désordre.

Déglutissant de manière audible, le garçon se baissa pour ramasser un bras amputé. Toujours accroupi, il regarda Kien avec de grands yeux.

— Monseigneur, certains se posent des questions à cause de la mort de Beckett...

— Dois-je en conclure qu'ils n'ont pas ce qu'il faut pour régner sur Terre ? demanda Kien d'un ton glacial.

Le corps de Patrick était secoué par la force de ses tremblements.

— Ce n'est pas ça, Monseigneur. Vraiment. Je pense que nous... qu'ils sont inquiets à propos de ce nouvel échec. C'est juste que...

Kien plissa les yeux et fit un pas en avant.

— Vous pensez que j'aurais dû faire preuve de clémence, je suppose. Dis-moi, Patrick, un groupe de ratés pourra-t-il vaincre les humains une fois que toutes les créatures féeriques seront parties ? C'est la guerre, et la guerre ne peut être gagnée que par les plus forts. Tu ne régneras jamais sur Terre si tu es faible.

Le garçon se redressa, sa main tenant le bras amputé comme un club de golf. Il reprit des couleurs et ses yeux se mirent à pétiller d'un enthousiasme renouvelé.

— Vous avez raison. Je vais parler aux autres. Je pense qu'ils sont juste préoccupés par votre grand intérêt pour Mere... Moreh...

— Moranaia, le corrigea Kien en lui passant un second bras qui faisait la paire avec le premier. Une fois que je régnerai là-bas, nous aurons bien plus de pouvoir. Avec mon royaume pour allié, vous pourrez aisément vous emparer de ce monde.

Kien regarda Patrick s'éloigner d'un pas redevenu guilleret pour aller faire ce qu'il lui avait demandé. Le sang humain qui coulait dans les veines de ces idiots pouvait peut-être expliquer leur lâcheté. Ces abrutis croyaient vraiment à tout ce qu'il disait en tout cas.

～

ARLYN TRESSAILLIT lorsqu'elle pénétra dans l'atelier de magie sécurisé, mais pas à cause du sortilège utilisé pour rafraîchir l'air. Pourquoi Selia lui avait-elle demandé de l'aider à examiner la cape ? Arlyn venait tout juste de commencer à apprendre les bases, et cette tâche était de la plus haute importance. Ses yeux se rivèrent sur le vêtement étalé en travers d'une table au milieu de la pièce. Le fait que ce simple bout de tissu marron ait causé autant de problèmes était difficile à croire.

Après avoir pris une grande inspiration pour calmer ses nerfs, Arlyn s'approcha de la table, suivie de Selia et Corath. L'homme qui avait poignardé Kai avait-il porté cette cape ? L'un des assaillants de son père l'avait sans aucun doute eue sur le dos, et sans l'intervention de Meli, Lyr aurait été condamné sous la cape enchantée. Arlyn ferma les yeux pour contrer une montée de colère et essaya de se recentrer pour ne plus penser à ce qui s'était passé.

— Est-ce que tout va bien, *Ayala* ? demanda Corath, sa voix posée résonnant fortement dans la pièce sécurisée.

Surprise, Arlyn sursauta et laissa échapper un petit rire nerveux. Elle regarda le prince d'un air contrit.

— Je suis désolée. Je ne m'attendais pas à être si en colère contre un morceau de tissu.

Corath sourit, les yeux pétillants.

— Ça ne m'étonne pas. Mais je suis un mage-artisan. Je sais que les sorts imprégnés peuvent déclencher un maelstrom d'émotions. (Toute trace d'humour disparut de son regard et il détourna les yeux.) Bien trop souvent désagréables.

Arlyn s'interrogea sur son expression soudain affligée, mais elle se contenta de hocher la tête. Corath avait beau être sympathique, il n'en demeurait pas moins un étranger – et un prince. Elle n'avait aucun droit de chercher à en savoir plus.

— Bon, qu'est-ce que je suis censée faire ? demanda Arlyn. Je ne voudrais pas mettre le bazar.

— Lorsque le pouvoir de la cape s'est estompé brièvement avant l'attaque sur le terrain d'entraînement, tu es la seule à l'avoir ressenti, dit Selia en passant de l'autre côté de la table. Je sais que tout ça est nouveau pour toi, mais j'espère que tu seras capable de détecter quelque chose qui nous échappera.

Arlyn détendit ses épaules par un mouvement de rotation vers l'arrière et hocha la tête pour acquiescer.

— Je suis prête à essayer.

Corath prit place entre elles, puis Selia leva une main et la fit planer au-dessus de la cape, sans vraiment la toucher. Elle plissa le front et Arlyn eut la chair de poule alors que l'énergie s'accumulait dans la pièce. Mais rien d'autre ne se passa. Rien de détectable par Arlyn, en tout cas. Selia effleura ensuite l'étoffe du bout des doigts. Elle retira aussitôt sa main en poussant un petit cri et secoua les doigts.

— Eh bien, ça va être amusant, grommela Selia. Si je m'étais précipitée, ce piège aurait pu faire de réels dégâts.

— Un piège ? répéta Arlyn, la gorge nouée par l'inquiétude. Génial.

Selia regarda la cape de travers comme si sa colère pouvait la forcer à révéler tous ses secrets.

— J'ai ressenti la présence de plusieurs types de sortilèges. Je pourrais jurer que plus d'une personne est impliquée là-dedans.

— Voulez-vous établir la liaison entre nous trois pour examiner ça de plus près ? demanda Corath.

— Je ne suis pas sûre que je devrais être impliquée à ce stade,

Votre Altesse, répondit Arlyn. S'il y a des pièges, je pourrais les déclencher par inadvertance.

— Appelle-moi Corath, je t'en prie, dit-il avec un clin d'œil. Je ne suis pas issu d'une maison noble et je n'avais jamais miroité un titre avant de rencontrer Teyark. Devenir prince était plutôt un inconvénient pour moi quand j'ai accepté notre union. (Corath se passa une main dans les cheveux et afficha un sourire penaud.) Pour revenir à ce qui nous intéresse, tu pourrais aussi être la seule à pouvoir détecter certains pièges. Nous aviserons en fonction de ce qui se présentera.

Lorsque Selia signifia son accord en hochant la tête, Arlyn haussa les épaules d'un air résigné. Elle ferma les yeux alors qu'ils joignaient leurs mains, formant un cercle autour de la table. Après un moment, elle sentit la poussée mentale de Selia et ouvrit un canal télépathique. Puis elle retint son souffle en sentant le curieux écho de la présence de Corath. Comme un appel en conférence dans sa tête, leurs pensées résonnaient ensemble jusqu'à ce qu'il soit difficile de distinguer un interlocuteur de l'autre. Soudain en proie à des vertiges, Arlyn réduisit l'intensité de la connexion, juste assez pour atténuer les vagues de sensations.

— *Désolée*, dit Arlyn à travers leur liaison.

— *Tout va bien*, répliqua Selia. *Observe à présent et préviens-nous si tu détectes quelque chose.*

Arlyn fit de son mieux pour les suivre alors qu'ils examinaient la magie imprégnée dans la cape, mais la majeure partie de ce qui se passait était incompréhensible pour elle. À en juger par la frustration qu'elle percevait à travers leur liaison, c'était peut-être le cas pour eux aussi. Une pléthore de sortilèges étaient empilés en couches disparates de façon désordonnée, certains ayant une « saveur » différente de ce qu'elle s'attendait maintenant à trouver dans la magie moranaienne. Aucun d'eux ne présentait une énergie similaire à celle qu'elle avait perçue lorsque le pouvoir de la cape s'était brièvement estompé.

Même si elle n'avait pas participé de façon active à son examen, Arlyn avait le front en sueur lorsque Selia et Corath s'écartèrent de la cape. Elle ouvrit les yeux quand leur connexion prit fin, puis libéra ses mains pour essuyer son front. Selia était appuyée contre la table, le regard rivé sur la cape, et Corath pianotait doucement sur ses bras croisés d'un air circonspect. Est-ce que c'était si grave que ça ?

— Qu'est-ce qui se passe ? demanda Arlyn, la gorge soudain serrée.

Corath la regarda d'un air préoccupé.

— Il y a de la magie sidhe là-dedans. Avec plusieurs lanceurs de sorts impliqués.

— Le sort neutralisant les barrières de protection du domaine était le plus ancien, précisa Selia sans lever les yeux. Un assemblage inventif de brins de magie de terre. Mais le sort d'invisibilité ? D'origine moranaienne, sans aucun doute.

Arlyn redressa le dos.

— Tu penses qu'ils sont de mèche ? On est censés être en pourparlers avec les Sidhes. — Alors il y a au moins un traître parmi les Sidhes selon moi, répondit Corath d'un ton empreint de colère.

Bon sang ! Arlyn regarda la cape de travers, songeant qu'elle aimerait avoir le courage d'y mettre le feu. Encore de mauvaises nouvelles à délivrer à son père. Demain. Ils avaient tous besoin d'une bonne nuit de sommeil.

Les rayons du soleil illuminaient l'autel placé à côté de l'arbre sacré alors que Lyr s'agenouillait pour rendre ses hommages matinaux. Il commença comme toujours par allumer un cierge pour Dorenal, déesse des Portails et du Voile, mère d'Eradisel. Puis un cierge pour Ayanel, dieu de l'Été, même si cet hommage serait bientôt adressé à Leres avec le changement de saison. Mais aujourd'hui, il alluma aussi un cierge pour Meyanen, dieu de l'Amour et des Relations. Une aide divine ne serait certainement pas de trop pour y voir plus clair dans sa relation avec Meli.

Comme toujours, Lyr n'entendit rien de concret en réponse. Au lieu de ça, un sentiment de paix l'envahit et ses épaules nouées se détendirent. Il plaça ses mains sur ses genoux alors qu'il s'imprégnait de ce moment de répit. Il n'était pas un prêtre, et n'aspirait pas à le devenir un jour, mais ses prières lui permettaient toujours de mieux s'accorder avec le monde.

Dommage qu'il n'ait pas le temps de s'attarder.

Avec un petit grognement, Lyr se leva, chancelant un instant avant de trouver son équilibre. Le fait de dormir et son autre séance de soins lui avaient fait du bien, mais sa poitrine lui faisait encore mal et ses réserves d'énergie étaient trop basses. Il serra les dents pour contrer un vertige et sortit de la pièce pour se diriger vers son bureau. La journée d'aujourd'hui allait être intense, le pire étant le départ de la mission de Kai pour Neor, et il devait se remettre au travail. *Que les Neuf me donnent la force nécessaire.*

Il était encore tôt lorsque Lyr arriva à son bureau, mais Kai était déjà confortablement installé sur sa chaise favorite, le visage tourné vers le soleil se levant au-dessus de la vallée. Lyr s'arrêta net en le voyant sans Arlyn, car ils accueillaient souvent le jour ensemble.

— Quelque chose ne va pas ?

— Non. J'ai essayé de réveiller Arlyn, mais son travail de la veille l'a épuisée. (Kai ferma les yeux et soupira.) J'avais besoin de temps pour réfléchir de toute façon. Je suis inquiet à propos du voyage d'aujourd'hui.

Lyr s'installa sur la chaise à côté de la sienne pour pouvoir profiter de la vue sur la vallée de plus en plus lumineuse au-delà de la fenêtre.

— Tu as eu un mauvais pressentiment ?

— Rien de ce genre. Mais ça ne va pas être facile.

— Je n'en doute pas, dit Lyr en soupirant à son tour. Je n'arrive toujours pas à décider si ce serait mieux pour Arlyn qu'elle reste ou qu'elle vous accompagne.

— Qu'elle reste. Et pas seulement parce que je me ferais trop de souci pour elle.

Lyr haussa les sourcils.

— Pour quelle autre raison ?

— Quand on s'est rendus à l'étang des fées, elles ne nous ont pas permis d'entrer, dit Kai en ouvrant les yeux pour regarder Lyr. Elles nous ont dit de revenir plus tard, lorsque l'heure serait venue. Leur message était un mystère. Mais je me suis rappelé que les fées sont douées en matière de purification des terres. Arlyn devrait aller parlementer avec elles pendant mon absence.

Lyr afficha une moue dubitative.

— Tu penses qu'elle acceptera ça ?

— Je ne sais pas. Ce n'est pas une excuse ou une façon de la protéger. Nous avons besoin de quelqu'un pour nettoyer les terres, et au plus vite.

— Je lui en parlerai quand elle se réveillera. Elle doit me retrouver ce matin de toute façon pour me raconter ce qui s'est passé avec la cape. (Lyr jeta un œil à la clepsydre.) Les mages ne vont pas tarder à arriver pour notre réunion. Tu penses que ces cinq-là seront suffisants ?

— Il faudra bien, répondit Kai en haussant les épaules. Personne ne peut dire dans quel état se trouve cet endroit ou combien de temps s'est écoulé dans leur royaume. J'espère qu'on trouvera des personnes en vie pour nous aider.

— Je l'espère aussi. (Lyr se leva et réprima un grognement de douleur.) Il faudra aviser en fonction de la situation.

La porte s'ouvrit dans un cliquetis et Arlyn entra, son regard fatigué se tournant aussitôt vers Kai. Lyr sourit d'un air amusé alors que son ami se levait, prenait une tasse sur une table basse et l'apportait à Arlyn. Elle avait essayé de transmuter du thé en café une fois avant que Lyr lui explique qu'elle ne possédait pas ce genre de magie. Ils disposaient heureusement d'un thé bien particulier, avec des herbes sélectionnées par Lial pour en faire une boisson énergisante. Kai utilisa un sortilège très simple pour réchauffer le liquide et une douce senteur mentholée se mit à flotter dans la pièce.

Arlyn engloutit la moitié de son thé avant de tourner les yeux vers Lyr. Elle repoussa quelques mèches de cheveux rebelles de son visage et grimaça d'un air contrit.

— Désolée. Tu sais comment je suis quand je n'ai pas assez dormi.

Lyr rit.

— En effet.

— Le travail sur la cape était si difficile que ça ? demanda Kai en plissant le front. J'ai essayé de te réveiller, mais tu m'as envoyé promener et tu as remonté la couverture sur ta tête.

Les yeux hilares, Arlyn donna un coup de coude amical à Kai et Lyr ne put s'empêcher de sourire.

— Tu n'as pas dû employer la bonne méthode.

Kai afficha un sourire grivois. Lyr secoua la tête devant leur petit manège et retourna à son bureau. Même sa paperasse était préférable au fait de les regarder flirter. Puis son regard se posa sur le rapport en haut de la pile alors qu'il s'asseyait et il soupira. Le sceau de dame Alarele. Il se prit à souhaiter que les fils des maisons Nari et Anar finissent par s'unir et mettent un terme à toute cette histoire. La raison pour laquelle ils ne voulaient pas admettre la source de leur querelle le dépassait.

— C'est si grave que ça ? demanda Arlyn.

Lyr leva la tête pour la trouver debout devant son bureau. Kai était retourné s'asseoir, souriant toujours.

Lyr tapota la pile de papiers du doigt.

— Un autre conflit inutile alimentant une querelle perpétuelle.

Arlyn parut interloquée.

— Est-ce que ça peut être lié à nos autres problèmes ?

— J'en doute. (Lyr passa rapidement en revue quelques lignes du rapport et sourit.) Le fait qu'Aren Nari se soit moqué de la tunique de Rereth Anar a peu de chances de causer un incident multidimensionnel. (Un éclat de rire lui échappa.) Mais n'essaie pas de leur dire ça, ils ne le croiraient jamais.

— Dommage que tout ne puisse pas être aussi simple, dit Arlyn en levant les yeux au ciel.

Puis son humour s'envola, remplacé par un air inquiet, et elle ajouta :

— Comme la cape.

Lyr tressaillit en entendant ces mots. *La cape.* Par les dieux, comme il détestait cette chose.

— Qu'est-ce que vous avez trouvé ?

— Plus d'une personne a travaillé dessus. Dont au moins un Sidhe.

— Un Sidhe ? répéta-t-il d'une voix froide alors que la colère montait en lui. Les Sidhes ont contribué à créer une cape pour passer à travers nos défenses alors qu'ils ont sollicité notre aide ? Qui d'autre ? (Il serra les poings en songeant à une nouvelle piste.) Les Ljósálfar ?

Arlyn fit non de la tête et se pencha en avant.

— Non. Rien de ce genre. Le peuple de dame Meli n'est pas impliqué d'après ce qu'on a pu voir.

— Kien ? demanda Lyr d'une voix hargneuse.

— Selia et Corath pensent que oui, répondit Arlyn. Un Moranaien est certainement dans le coup en tout cas.

— Si nous parvenons à mettre la main sur le traître parmi les Sidhes, il nous mènera peut-être à Kien. (Lyr regarda le miroir à côté de son bureau alors qu'il effectuait un rapide calcul mental.) Il est trop tôt pour appeler le seigneur Meren pour discuter de l'implication des Sidhes. Je m'en occuperai après le départ de Kai pour Neor.

Sa fille ne cessant de gigoter, Lyr reporta son attention sur elle.

— En parlant de ça..., commença Arlyn avant de se mordre nerveusement la lèvre.

Lyr se figea.

— Tu veux y aller.

— Pardon ? (Elle rit et Lyr se détendit.) Non. Je ne suis pas suffisamment entraînée pour une mission comme celle-là. Je voulais te demander si je pouvais retourner voir les fées. Vu la façon dont elles se sont comportées la dernière fois, je me disais que j'avais peut-être fait une bourde.

— J'en doute. Elles sont généralement plutôt mystérieuses et fantaisistes.

Lyr sembla réfléchir. Les fées seraient-elles enclines à aider les Ljósálfar en leur envoyant quelqu'un pour purifier leurs terres si cette demande leur était formulée directement ?

— Tu devrais emmener Meli avec toi. Elle pourrait solliciter leur aide de manière formelle.

— Et je pourrais la questionner sur ses intentions envers mon père.

Lyr se frotta la nuque.

— Arlyn...

— Tu aurais dû voir ta tête, l'interrompit-elle en riant.

Ne manquant jamais une occasion de plaisanter, Kai rompit son silence en riant également aux éclats.

— Le rouge te va plutôt bien.

Lyr regarda son ami de travers.

— Le rouge t'ira très bien aussi la prochaine fois que nous serons sur le terrain d'entraînement. J'ai même hâte d'entendre Lial ronchonner quand il te soignera.

— Pas de problème, répondit Kai en souriant. Si tu peux éviter de te faire charcuter pendant quelques jours, on pourra s'entraîner à mon retour.

Au coup frappé à la porte, Lyr se redressa. Les mages. Ils n'allaient plus tarder à savoir quelle était la situation à Neor. Un mauvais pressentiment l'assaillit, mais Lyr le chassa de son esprit alors qu'il priait les mages d'entrer. Quoi qu'il se passe aujourd'hui, cette affaire serait bientôt réglée. Il l'espérait, du moins.

CHAPITRE 20

Trente gardes, cinq mages, trois guérisseurs, et dix *sonal*, Kai inclus. Lyr observa le groupe alors que lui et Arlyn suivaient derrière. Serait-ce suffisant ? Ils avaient reçu l'ordre de rentrer si les forces adverses étaient trop nombreuses, mais cela ne garantissait pas leur sécurité. Lyr était rongé par l'inquiétude d'un dirigeant forcé d'envoyer ses troupes au cœur du danger, et ce sentiment était accentué par le fait qu'il craignait pour la vie de son ami. Et pas seulement au nom de cette amitié, mais également pour le risque encouru par Arlyn si Kai disparaissait.

La souffrance engendrée par un lien d'âmes brisé était immense et éternelle.

Ils furent accueillis par des rires d'enfants en arrivant à la clairière où se trouvait le portail. Durant les derniers jours, quelques arbres de plus avaient été abattus en bordure de cet espace ouvert, au cas où il faudrait faire traverser le Voile à un plus grand nombre de personnes, et Eri en profitait pleinement avec Iren. Même si ce dernier avait 6 ans, il mettait sa jeune dignité de côté pour la fillette, jouant au loup ou lui enseignant quelques tours de magie. Toutefois, leur présence ici à cet instant précis était suspecte. Y avait-il quelque chose de plus grand en jeu ?

— Eri. Iren, les interpella Lyr alors qu'il pénétrait dans la clairière avec Arlyn.

Riant de plus belle, les enfants coururent jusqu'à eux, un air innocent sur le visage. Lyr les connaissait suffisamment bien pour ne pas se laisser berner. Eri lui sourit.

— Oui, *Myern* ?

— Je suis certain que vos parents vous ont parlé de notre mission d'aujourd'hui. Ce n'est pas un endroit pour les enfants.

Iren fronça les sourcils d'un air étonné.

— Mais Eri a dit...

La fillette en question agrippa sa main.

— Iren n'a rien fait. Je suis seulement là pour dame Arlyn.

— Moi ? demanda Arlyn en regardant autour d'elle comme si elle cherchait la raison de cette affirmation. Pourquoi moi ?

— Je sais que tu es tentée de franchir le portail avec lui, dit Eri avec une expression très sérieuse. Ne le fais pas.

— Mais... je...

Eri lâcha la main d'Iren pour tirer sur le bras d'Arlyn.

— Tu dois rester pour accomplir ton travail ici. D'autres guerres viendront et tu devras te battre, mais pas aujourd'hui.

Arlyn pâlit et Lyr devint également livide. Les yeux d'Eri étincelaient et elle s'était exprimée de façon retentissante. Personne ne pouvait nier le fait qu'elle n'avait pas parlé en son seul nom. D'autres guerres ? Et Arlyn devant se battre ? Lyr avait besoin de savoir et dans le même temps ne le souhaitait absolument pas.

Il ravala la boule qu'il avait dans la gorge.

— Est-ce qu'il y a autre chose ?

— Non, répondit Eri avant de glousser comme la fillette qu'elle était subitement redevenue. Ne vous inquiétez pas autant, ça vous fait paraître plus vieux.

Kai toussa dans sa main, et les autres firent mine d'observer les arbres autour d'eux. Ils espéraient peut-être que des intrus en descendraient afin de détourner l'attention de Lyr des propos d'Eri. Au lieu de se fâcher, Lyr se mit à rire cependant. Il adorait la compagnie des enfants. Ces derniers étaient encore peu au fait de la politesse qui serait ancrée de plus en plus profondément en eux à mesure qu'ils grandiraient pour les amener à maîtriser la froide attitude formelle des adultes.

— Très bien, vas-y alors et raccompagne Arlyn. Je suis sûr qu'Iren pourra veiller à votre protection.

Iren leva les yeux au ciel, tout en pouffant de rire.

— Comme si Eri avait besoin de mon aide.

— C'est assez vrai, dit Lyr en échangeant un sourire avec le garçon. Plus qu'assez vrai.

SEULE UNE TRÈS FAIBLE lueur accueillit l'équipe de Kai lorsqu'ils franchirent le portail. Kai plissa les yeux pour s'adapter au changement après la relative luminosité dans le Voile. Qu'était-il arrivé aux bandes de lumière le long des parois de la grotte ? Les Neoriens avaient-ils épuisé les réserves d'énergie de leur cité durant cette guerre démentielle ? Il demeura un moment sur place avec les autres jusqu'à ce que ses yeux s'ajustent, puis donna le signal d'avancer.

Kai ordonna une nouvelle halte à l'entrée de la caverne. La nuit était tombée et la lune artificielle se réduisait à un simple croissant. Cette fois, aucun éclair de source magique ne fendait le ciel. Pas de cris ni de hurlements. Il n'entendait rien hormis le craquement sinistre des globes lumineux cassés se balançant sur leurs poteaux métalliques à l'entrée.

Les battements de son cœur résonnant dans ses oreilles, Kai inspecta les alentours. Les Neoriens étaient-ils cachés ? Au repos ? Morts ? Le danger avait été manifeste la première fois et donc plus facile à éviter. L'obscurité et le silence signifiaient qu'une embuscade était possible à chaque tournant. D'après le changement de phase de la lune, quelques semaines s'étaient écoulées dans cette dimension, peut-être même plus. Si Kai ou les deux autres éclaireurs avaient été repérés lors de leur dernière visite, les Neoriens auraient eu amplement le temps de se préparer à leur retour.

Kai regarda par-dessus son épaule.

— *Mage Ilera, pouvez-vous nous protéger contre les attaques ?*

Ilera désigna la femme à sa droite, qui ferma les yeux et commença à tracer un symbole complexe dans les airs. Kai avait rarement été témoin de la haute magie, celle qui nécessitait plus que la pensée et l'énergie. Presque tous les Moranaiens pouvaient faire des choses basiques, comme se protéger ou allumer des feux, mais les mages passaient des décennies à concevoir des sortilèges de combat pour un usage immédiat. Les mains de la femme enchaînèrent les symboles si vite qu'il ne parvint pas à suivre, et un champ de force se forma autour d'eux avant qu'il ait eu le temps de comprendre ce qui s'était passé.

Une nécessité en temps de guerre.

— *Nous allons nous relayer pour maintenir ce champ de force en place afin que nos réserves d'énergie ne s'épuisent pas trop vite,* expliqua Ilera. *Les autres mages seront en mesure de réagir à toute menace pendant ce temps.*

Kai ordonna aux membres de son équipe de suivre la route. Il se crispa par réflexe alors qu'ils passaient en terrain découvert, une stratégie qu'il n'aurait jamais adoptée sans la présence des mages et du fait que le temps ne jouait pas en leur faveur. Les mages avaient apporté des cristaux d'énergie pour amplifier leur puissance, mais ceux-ci ne dureraient pas éternellement. L'équipe devait explorer toute la colonie de Neor et sauver ceux qui pourraient l'être avant que l'énergie contenue dans les cristaux ainsi que leurs propres réserves soient épuisées. Se déplacer de manière furtive aurait nécessité du temps qu'ils n'avaient pas.

Alors qu'ils avançaient, les guerriers se mirent en formation autour des guérisseurs et des mages, tandis que les *sonal* ouvraient la marche. Kai aurait peut-être pu se passer des éclaireurs, étant donné qu'il y avait peu de terrain à explorer sous un champ de force magique, mais quelque chose lui disait qu'il pourrait bien avoir besoin d'eux. Si l'équipe devait se séparer pour une raison ou une autre, il y serait préparé.

Ils n'entendirent rien d'autre que leurs propres pas tout le long de la grande artère menant au premier ensemble de bâtiments. On ne pouvait pas dire la même chose des odeurs. Lorsque celle de la mort les assaillit, Kai eut des haut-le-cœur. Quelque chose de terrible s'était passé. De vraiment, vraiment terrible. L'odeur était si forte qu'il commença à douter que quiconque ait survécu. Personne parmi des milliers.

Kai mena l'équipe entre les deux premiers bâtiments puis s'arrêta net, les yeux écarquillés. Des corps *partout*, révélés par la lueur bleue vacillante du champ d'énergie, et ils n'avaient pas l'air de s'être battus entre eux. Certains étaient brûlés ou pratiquement méconnaissables. D'autres avaient un poignard planté dans le cœur. Des gens étaient avachis contre les murs, leurs yeux vitreux encore plissés de terreur, leur bouche ouverte en un cri silencieux. Des entrailles jonchaient le sol.

Seule une attaque d'une puissance colossale pouvait être à l'origine d'un tel massacre parmi les Neoriens.

Kai demanda aussitôt aux mages de faire léviter des globes lumineux au-dessus d'eux. Un meilleur éclairage... ne l'aiderait pas à garder son sang-froid. Kai sentit du vomi lui brûler le fond de la gorge, mais il le ravala. L'un des mages n'arriva pas à en faire autant et vida le contenu de son estomac, et même les éclaireurs et les guerriers étaient devenus livides. Seuls les guérisseurs avaient conservé leurs couleurs, ayant appris durant leur longue formation à se détacher de telles visions. Kai espérait seulement qu'il resterait des personnes à soigner.

Il se força à détourner le regard du sang et des entrailles éparpillées dans la rue. Il devait faire abstraction de l'horreur de la scène afin de pouvoir réfléchir. L'armée qui avait déferlé sur la cité était certainement puissante, suffisamment puissante pour avoir également écrasé la résistance des déments. Beaucoup avait manifestement été tués alors qu'ils tentaient de fuir. Si certains des assaillants étaient encore là, l'équipe de Kai pourrait être en danger. Il ne pouvait pas se permettre de se sentir mal et de rester là sans rien faire.

Il divisa l'équipe en cinq groupes, chacun comportant un mage chargé de maintenir un champ de protection. Une tactique risquée, mais les bâtiments devaient être fouillés aussi rapidement que possible. En principe, il devrait retourner à Moranaia pour obtenir des renforts, mais il ne voulait pas abandonner les éventuels survivants à leur sort. Si cette armée devait revenir... Kai frémit. Il allait devoir s'assurer qu'ils soient partis avant que cela arrive. Alors que les autres se dispersaient, encerclant la cité pour commencer les recherches en différents points et revenir vers le centre, il fit signe à son propre groupe d'avancer.

Neor était agencée de façon très méthodique, chaque section correspondant à un usage ou un besoin spécifiques. La rue qu'ils avaient empruntée était bordée de commerces presque jusqu'au centre, où se dressait le palais, une voie d'accès conçue avec les visiteurs en tête. Ils fouillèrent les commerces et les auberges, la plupart ayant heureusement été abandonnés lorsque les personnes encore saines d'esprit avaient initialement quitté la cité, et ils trouvèrent des corps dans les endroits où les gens avaient essayé de se cacher. Le temps que le groupe de Kai parcoure la moitié de la rue, seuls deux survivants avaient été retrouvés, pratiquement morts.

Les guerriers portaient les blessés sur des portes arrachées provenant de bâtiments vides tandis que le guérisseur tentait de les soigner en marchant. Transporter les blessés avec eux de bâtiment en bâtiment était une tâche ardue, mais Kai ne voulait pas prendre le risque de laisser quiconque en dehors du champ de protection d'Ilera. Alors qu'il pénétrait dans une taverne après avoir entendu un faible gémissement, il ordonna aux guerriers d'attendre avec les blessés à côté d'un escalier étroit. Puis il raffermit sa prise sur sa dague et balaya la pièce du regard.

Le gémissement se fit de nouveau entendre, menant Kai à une table dans un coin. Au début, il crut qu'il s'était trompé. Les trois occupants, deux femmes et un homme, étaient affalés sur la table. La plus jeune le regardait avec des yeux vides, la tête posée sur la nourriture dans son assiette, ses longs cheveux bruns emmêlés dans le fatras, et l'homme aux cheveux blonds était à peu près dans le même état.

Mais la plus âgée, ses cheveux gris dénotant son ancienneté, bougea légèrement la tête et poussa un autre gémissement. Le guérisseur se précipita en avant pour la redresser, révélant la trace noire caractéristique d'un sort de feu sur la moitié de son corps. La frappe avait dû principalement impacter les deux plus jeunes, ses effets ayant sans doute été suffisamment atténués ensuite pour que l'aînée y survive. Kai s'approcha d'un air suspicieux. Cette brûlure sentait la magie sidhe à plein nez.

L'aînée ouvrit subitement les yeux.

— Les pleurs. Les pleurs.

Comme si ses mots avaient invoqué le bruit correspondant, des pleurs colériques retentirent dans la nuit depuis la pièce à l'étage. Un bébé ?

Malgré le risque qu'il encourait en sortant du champ de force, Kai confia la femme au guérisseur et monta l'escalier quatre à quatre, pas certain de vouloir voir ce sur quoi il pourrait tomber. Il suivit les pleurs jusqu'à une chambre au bout du couloir, hésitant seulement un moment avant de pousser la porte fendue pour l'ouvrir. Ses épaules s'affaissèrent de soulagement devant ce qu'il découvrit.

Un bébé était assis dans son berceau, les cheveux noirs de la petite trempés de sueur à cause de ses pleurs. Un petit garçon était debout près d'elle, faisant de son mieux pour l'apaiser. Au grincement de la porte, le garçon, qui ne devait pas avoir plus de sept ans, s'était placé devant le bébé alors que des larmes roulaient sur ses propres joues. Il n'y avait aucune trace de lutte ici. Même si leurs visages étaient crispés de terreur, les enfants n'avaient pas la moindre égratignure.

— Je ne vous veux aucun mal, murmura Kai en posant un genou à terre sur le seuil. Le garçon écarquilla les yeux et secoua la tête. Il ne parlait pas le moranaien, bien sûr. Kai s'adressa à lui en neorien, reconnaissant d'avoir appris cette langue durant sa formation.

— Je ne vous veux aucun mal, répéta-t-il.

— Les autres ont dit la même chose, répondit le garçon.

— Je viens de Moranaia. Votre reine a sollicité notre aide.

La petite s'était calmée, ses pleurs colériques remplacés par un sourire. Son frère la regarda d'un air effaré.

— Elle vous aime bien. Les autres... ils ne nous ont pas tués, mais on a entendu les cris.

Alors les bouchers responsables de ce carnage avaient quand même des limites. Kai prit note de ce détail.

— Qu'est-ce que vous faites ici ? J'ai du mal à croire que la reine ait pu laisser des enfants derrière elle.

— Notre père nous a cachés. (De nouvelles larmes ruisselèrent sur les joues du garçon.) Notre mère est tombée malade, mais il pensait pouvoir la sauver. Je ne sais pas où ils sont maintenant.

— Quel âge avez-vous tous les deux ?

— J'ai 6 ans. (Le garçon sembla réfléchir.) Neris a 9 lunes, je crois.

Kai se releva lentement pour ne pas alarmer les enfants.

— Tu sais depuis combien de temps vous êtes là ?

Le garçon haussa les épaules.

— Un jour, peut-être. J'ai donné ce que j'ai pu à Neris pour qu'elle mange, mais elle n'arrête pas de pleurer pour avoir du lait. Il n'y en a pas ici.

— J'ai des guerriers, des mages, et des guérisseurs en bas, tous prêts à vous emmener en sécurité. (Il prit une grande inspiration.) Veux-tu bien venir ?

Kai retint son souffle alors que le garçon réfléchissait à sa proposition. Puis il poussa un long soupir de soulagement lorsqu'il hocha la tête pour acquiescer.

～

LA PETITE FILLE prénommée Eri sautillait sur le sentier au-devant d'elles, heureuse d'avoir obtenu ce qu'elle voulait. Souriant, Meli secoua la tête. Elle avait commencé par protester lorsque Lyr était venu la trouver dans le jardin et lui avait demandé d'accompagner Arlyn à l'étang des fées. À quoi pourrait bien servir sa présence dans une réunion avec les fées ? Mais ensuite, la petite fille s'était mise à danser dans le jardin, ses yeux brillant d'une lueur surnaturelle, et elle avait insisté auprès de Meli pour qu'elle y aille. Lorsqu'elle avait ouvert la bouche pour protester de nouveau, Lyr s'était penché vers elle et lui avait murmuré à l'oreille que l'enfant était une devineresse. Toute personne sage se fiait à l'avis de ceux possédant le don de double vue.

Même quand cela menait à un voyage insensé à travers le Voile jusqu'à un autre monde.

— Elle est un peu étrange, non ? lui demanda Arlyn.

Meli acquiesça et tourna la tête vers Arlyn.

— Indéniablement. Je n'ai jamais vu quelqu'un de si jeune avec un tel don. Est-ce que c'est courant ici ?

— Je ne pense pas que ce soit courant où que ce soit, répondit Arlyn avec un sourire, malgré un visage pâle aux traits tirés sous sa bonne humeur forcée. Je compatis infiniment avec son pauvre père.

Meli sembla soudain inquiète en voyant Arlyn se tenir le ventre.

— Est-ce que vous êtes malade ?

— C'est Kai, marmonna la jeune femme en ralentissant le pas. La situation doit être grave à Neor. Il essaie de me protéger, mais parfois je perçois des bribes de ce qu'il ressent. Ça me donne la nausée.

— Est-ce qu'on ne devrait pas reporter cette entrevue avec les fées ?

Arlyn soupira.

— Non, autant le...

— Continuez à avancer, lui dit Eri qui gambadait toujours en tête. Vous vous sentirez mieux dans le cercle des fées.

Avec un petit rire, Arlyn accéléra de nouveau la cadence.

— Vous voyez ? Étrange.

Peu de temps après, elles arrivèrent à l'étang. Eri était debout en bordure de la clairière, et Arlyn et Meli s'arrêtèrent de part et d'autre de l'enfant. Meli n'avait aucune raison de se sentir nerveuse, mais la brume s'élevant en volutes paresseuses au-dessus de l'eau faisait battre son cœur plus vite. Elle n'avait jamais rencontré de fées, puisque ses ancêtres Ljósálfar les avaient considérées comme trop inférieures pour être admises à Alfheim – un statut aisé à obtenir aux yeux de son peuple, comme elle commençait à le comprendre. De ce fait, lorsqu'une petite forme ailée jaillit de l'eau et demeura en vol stationnaire au-dessus de la brume ondoyante, Meli sursauta.

— Vous êtes les bienvenues cette fois, chacune d'entre vous.

Alors que sa voix résonnait autour d'elles, la silhouette prit de l'ampleur jusqu'à ce qu'elle soit un peu plus grande qu'Eri. Des ailes bleu et or battaient sans relâche, maintenant la fée au-dessus de l'eau. Ses cheveux bleus cascadaient sur ses épaules et se fondaient dans sa robe vaporeuse. Meli la regardait fixement, bouche bée. Personne, pas même Eri, ne dit un mot.

— Venez, approchez, dit la fée.

Sa voix libéra leur groupe de l'enchantement du moment. Elles s'avancèrent ensemble jusqu'au bord de l'étang et s'arrêtèrent de nouveau. Le visage de la fée affichait une expression insondable alors qu'elle observait leurs moindres gestes, faisant frémir Meli. Sa venue ici était-elle une erreur ? Lyr n'aurait cependant sûrement pas envoyé sa fille et la jeune Eri vers un possible danger sans y réfléchir à deux fois.

Du coin de l'œil, Meli vit Arlyn incliner la tête.

— Nous vous remercions pour votre accueil.

— À cet instant peut-être, répondit la fée avec un sourire indéchiffrable. Une devineresse et une paire d'âmes de sang. Un curieux groupe qui vient me trouver en ce jour.

Meli et Arlyn échangèrent des regards interloqués.

— Des âmes de sang ?

— Vous comprendrez quand ce sera nécessaire, répondit la fée.

Même si Meli aurait voulu en savoir plus, son estomac se serra devant la froideur affichée par la fée. Elle renonça à demander des détails.

Les yeux bleus de la fée se tournèrent vers Arlyn.

— Je sais ce qui vous amène, mais le formulerez-vous ?

— Une sombre énergie empoisonnée se répand dans les royaumes les plus étroitement liés à la Terre, expliqua Arlyn. Même la cité d'Alfheim a été affectée.

— Alfheim ?

La fée se mit à rire et ce son cristallin fit vibrer les feuilles des arbres.

— Je me soucie autant des Ljósálfar qu'ils se soucient de nous. Vous ne trouverez pas une fée qui acceptera de faire quoi que ce soit pour eux.

La mâchoire d'Arlyn se crispa.

— Mais vous venez de dire que vous connaissez la raison de notre présence ici. Vous m'avez aussi dit de revenir quand le moment serait venu.

— En effet, répondit sèchement la fée.

L'eau se mit à ondoyer sous les pieds de la fée, s'étirant en cercles autour d'elle jusqu'à ce que de petites vagues déferlent sur la rive de l'étang. Un filet d'eau fraîche vint mouiller les chaussures souples de Meli. Par Freyr, la fée avait de bonnes raisons de ne pas aimer les Ljósálfar, étant donné que les anciens avaient interdit l'accès à Alfheim à ses semblables, mais elle se devait d'essayer.

Rassemblant son courage, Meli s'avança et laissa l'eau froide s'enrouler autour de ses pieds.

— Je ne peux qu'implorer votre pardon au nom de mes ancêtres pour leur grossièreté inexcusable.

— Ce que vous dites est vrai. Inexcusable. (La fée s'approcha, une lueur colérique dans les yeux.) Savez-vous ce que les humains voulaient nous faire avant notre départ ? Non, bien sûr, puisque vos ancêtres nous ont tourné le dos. Sans l'aide du *myern* de ce domaine, nous aurions connu un sort bien pire que la mort. Pour Moranaia, nous agirons, et rien d'autre.

— Je suis l'héritière de mon père, dit Arlyn. C'est lui qui nous a envoyées.

La fée battit l'air de la main d'un geste de rejet.

— Pour des raisons diplomatiques. Notre peuple n'est pas guidé par la diplomatie, mais par son cœur. Seuls les liens du sang sont importants, et pour eux seulement, nous offrirons notre aide.

Le cœur de Meli se serra. La fée souhaitait-elle un lien de sang avec Alfheim ? Si elle voulait parler d'un mariage entre une fée et un Ljósálfr, c'était une requête vaine. Le roi ne serait jamais d'accord.

— Veuillez nous excuser de vous avoir dérangée. Je regrette que nous ayons ravivé de mauvais souvenirs en ce jour.

Résignée, Meli donna le signal du départ. Arlyn prit la main d'Eri, mais l'enfant se contenta de sourire et refusa de bouger.

Puis la fée se posa sur la berge et une herbe épaisse parsemée de fleurs poussa sous ses pieds, là où se trouvait de la boue auparavant. Des yeux bleus aux reflets dorés croisèrent le regard de Meli.

— Ne désespérez pas. La réponse se trouve dans votre âme.

— La mienne ? demanda Meli d'un air surpris. Alors que je suis d'Alfheim ?

— L'êtes-vous, vraiment ? (Le sourire avisé de la fée illumina son visage.) Je suis Niesanelalli, Nia pour vos semblables. Revenez quand vous saurez.

Riant de nouveau, Nia rapetissa jusqu'à reprendre sa taille d'origine. Elle leur adressa un geste d'adieu puis s'évanouit dans la brume aussi soudainement qu'elle était apparue. Meli fixa l'endroit où elle avait disparu avec de grands yeux.

Eri agrippa la main de Meli.

— N'êtes-vous pas satisfaite d'être venue ?

Meli échangea un autre regard avec Arlyn alors que l'enfant les entraînait à sa suite. Elle ne pouvait pas dire qu'elle se sentait particulièrement satisfaite. Les propos énigmatiques de Nia avaient appuyé sur un point sensible en elle, quelque chose qu'elle ne voulait pas admettre. Sa loyauté – son cœur – appartenait-elle toujours à Alfheim ? Cela avait-il jamais été le cas ? Elle aimait sa famille, mais elle ne s'était jamais vraiment sentie à sa place parmi eux. Elle pourrait peut-être trouver ce qui lui manquait ici.

La question de la fée lui revenait sans cesse à l'esprit, à chacun de ses pas.

L'êtes-vous, vraiment ?

CHAPITRE 21

Appuyé contre l'encadrement de la fenêtre, Lyr observait attentivement le jardin, attendant de voir arriver le groupe que Kera devait escorter depuis la tour. Se débarrasser de l'ambassadrice serait l'une des rares réjouissances de la journée, à condition que Meli et Arlyn reviennent à temps pour la réunion qu'il avait programmée. Il jeta un œil à la clepsydre. Qu'est-ce qui leur prenait autant de temps ?

Un mouvement attira l'œil de Lyr et il s'écarta de la fenêtre alors que Kera apparaissait dans son champ de vision. Avec le soleil de la mi-journée se réfléchissant sur les vitres, l'ambassadrice et ses préposés ne remarqueraient pas qu'il était en train de les espionner s'il restait en retrait. Il esquissa un sourire en songeant à cet avantage lui permettant d'observer les regards anxieux que l'ambassadrice lançait en direction de la forêt environnante. Les deux femmes qui l'assistaient la suivaient en conversant entre elles, leurs têtes penchées l'une vers l'autre et les yeux braqués sur le dos de leur dirigeante.

Seul Pol semblait à l'aise, mais cela n'avait rien d'étonnant.

Alors que Kera menait le groupe hors de son champ de vision, Lyr prit place devant son bureau et contacta aussitôt Arlyn par télépathie.

— *Est-ce que tu es encore avec les fées ?*

— *Non, on sera rentrées sous peu.* (Elle se tut un instant et Lyr ressentit une pointe d'agacement de sa part.) *On ne peut pas dire que le déplacement valait le coup.*

Lyr plissa le front.

— *Elles ne sont pas venues ?*

— *Juste une. Tu ne plaisantais pas quand tu disais qu'elles étaient bizarres.*

— *Je suppose qu'elles n'enverront personne pour purifier les terres.* (Il poussa un juron.) *Bon, tu me raconteras les détails plus tard. L'ambassadrice va arriver sous peu. Peux-tu amener Meli dans mon bureau ?*

— *Ohhh, tu vas enfin passer un savon à l'ambassadrice ?* demanda Arlyn, semblant soudain intéressée.

Lyr s'appuya sur son bureau, les bras croisés.

— *Lui passer un savon ?*

— *La remettre à sa place ? Lui crier dessus ? La sermonner ?* clarifia Arlyn. *Si c'est le cas, je vais accélérer le pas. J'ai hâte d'entendre ça.*

Alors qu'il lui confirmait ce fait avec amusement, un coup fut frappé à la porte. Lyr laissa retomber ses bras le long de son corps et adopta une expression neutre avant de prier Kera d'entrer. Elle sourit en menant le groupe à l'intérieur, mais toute trace d'humour disparut lorsqu'elle se posta près de la fenêtre pour assurer son rôle de garde. Ignorant Kera, l'ambassadrice s'arrêta au milieu de la pièce avec un air renfrogné.

— Je vous remercie d'être venue si vite, dit Lyr.

La femme conserva son expression contrariée.

— Avez-vous des nouvelles, Seigneur Lyrnis ?

— Rien qui vous concerne, répondit-il calmement.

— Je... j'ai bien peur de ne pas comprendre, dit-elle, visiblement surprise.

— Vraiment ? demanda Lyr en fixant dame Teronver jusqu'à ce qu'elle baisse les yeux. J'ai le regret de vous informer que je suis dans l'obligation de refuser vos services en tant qu'ambassadrice. Vous serez renvoyée à Alfheim demain matin.

La diplomate devint livide et sembla véritablement apeurée.

— Vous ne pouvez pas faire ça. Je vous en prie.

Lyr haussa les sourcils.

— À quoi vous attendiez-vous ? Vous m'avez insulté, ainsi que notre monde, à chacune de nos réunions et toute coopération a été au mieux réticente. J'ai du mal à croire que vous êtes la meilleure dans votre domaine à Alfheim.

— Je le suis. (Elle sembla vaciller sur ses pieds avant de redresser l'échine.) Ou l'était. Mes dernières missions ne se sont pas très bien passées. Un nouvel échec causerait ma perte. Je ne peux pas jeter de nouveau la honte sur ma famille.

Lyr avait une furieuse envie de rire. Elle s'était comportée ainsi alors qu'elle se savait sur la sellette ?

— Vous avez pourtant visiblement fait de votre mieux pour ruiner vos chances.

Les yeux de dame Teronver s'embrasèrent de colère une fois de plus.

— Le roi lui-même m'a humiliée en assignant Ameliar Liosevore à mon groupe. La famille Liosevore devrait être jetée hors d'Alfheim pour avoir retardé son évaluation finale.

Lyr commença à mieux comprendre.

— J'en déduis que vos familles ne s'entendent pas ?

— Personne ne peut s'entendre avec des gens comme eux. (Elle balaya la pièce du regard en fulminant.) Où est cette incapable ? Je suis certaine qu'elle vous a monté la tête avec ces histoires.

— Je vous conseille d'arrêter de dire du mal de dame Ameliar, dit Lyr en la regardant de travers. Dans tous les cas, elle ne vous a pas forcée à agir de la sorte. Vous vous êtes comportée de façon stupide de votre propre initiative.

L'ambassadrice releva le menton d'un air hautain.

— Il vaut peut-être mieux que nous partions en effet, puisque vous ne voulez pas entendre raison. Nous allons solliciter l'aide d'un peuple supérieur, et la fille recevra le châtiment qu'elle mérite à notre retour. Le roi, si ce n'est Freyr lui-même, entendra parler de la façon dont elle a compromis ces pourparlers.

Un toussotement se fit entendre sur le seuil de la porte, attirant l'attention de toutes les personnes présentes. Alors que Meli et Arlyn faisaient leur entrée, le cœur de Lyr bondit sous le coup des émotions conflictuelles en lui – l'espoir le disputant à la raison. Il savait que Meli ne se sentait pas prête à prendre la place de l'ambassadrice et n'avait aucune idée de la façon dont elle allait réagir face au renvoi de la diplomate. Mais lorsqu'elle s'arrêta à côté de dame Teronver, Meli semblait calme.

Sa voix retentit avec clarté dans le silence.

— Je ne retournerai pas à Alfheim.

Lyr se figea en entendant ses paroles. Avait-elle décidé de rester à Moranaia ? De partir pour un tout autre monde ? Lorsque Meli se tourna vers dame Teronver, ses traits étaient empreints d'animosité. *Rien n'indique que ça a quelque chose à voir avec moi.* Lyr recroquevilla les orteils pour lutter contre l'envie irrépressible de s'avancer et d'exiger des réponses. *Fichu protocole.* Mais il devait congédier Teronver dans les règles. Cela ne faisait aucun doute.

L'ambassadrice devint rouge de colère et commença à s'en prendre à Meli.

— Ce voyage est placé sous mon commandement et vous allez rentrer avec moi pour répondre de vos actes. Le roi reconnaîtra peut-être enfin la vérité à propos de la famille Liosevore.

— Vous commandez sans doute cette mission, mais vous n'avez aucune autorité sur moi.

Meli finit par tourner les yeux vers Lyr et la pointe d'incertitude qui se répercuta à travers leur lien fragile lui coupa le souffle.

— Mes facultés, même si elles nécessitent d'être développées, ont trouvé acceptation ici, tout comme moi. Si le *myern* le permet, j'aimerais rester à Moranaia. Je ne me sens pas chez moi à Alfheim.

Toutes les réactions qu'il avait dû réprimer lui brûlèrent l'estomac, mais Lyr ne montrerait jamais à dame Teronver à quel point ce que Meli venait de dire était important pour lui.

— Moranaia accueillera avec grand plaisir quelqu'un avec un talent aussi unique que le vôtre. C'est une tradition de longue date ici d'accepter ceux parmi les peuples féeriques qui souhaitent quitter leurs foyers ancestraux.

Meli inclina la tête avec déférence.

— Je vous remercie, alors.

L'ambassadrice ricana, toute tentative de diplomatie envolée.

— Alfheim ne traitera pas avec quelqu'un donnant refuge aux déshonorés.

— Comme vous le serez bientôt vous-même, dit Pol, debout derrière elle.

Lyr s'attendait à ce que dame Teronver s'emporte contre l'homme, mais elle n'ajouta pas un mot. S'il l'avait crue livide auparavant, il s'était trompé. Curieux. Il regarda Pol, qui se contentait de sourire. *Assurément pas un simple préposé.*

— Si votre roi désire notre aide, il pourra la solliciter par l'intermédiaire de dame Ameliar. Ou peut-être directement auprès de moi. Quand mon guide vous ramènera, il pourra raccorder un miroir au mien pour que nous puissions communiquer.

L'ambassadrice se contenta de le fixer pendant un moment.

— Directement ? C'est... c'est possible ?

— Oh, oui, répondit Lyr avec un sourire de satisfaction. Votre peuple aurait pu profiter depuis longtemps d'un tel système de communication sans son arrogance.

Dame Teronver ne trouva plus grand-chose à ajouter après cela. Même si le sortilège pour connecter son miroir à celui d'Alfheim allait coûter plus d'énergie à Lyr que ce qu'il aurait voulu dépenser, c'était la meilleure option s'il voulait éviter tout malentendu. Et s'ils refusaient de le croire ? La Cité de Lumière devrait simplement se débrouiller seule.

~

LORSQU'IL FRANCHIT de nouveau le portail avec son groupe maintenant élargi, Kai était éreinté et écœuré au plus haut point. Sur les milliers qui étaient restés à Neor après le départ des autres, ils ramenaient seulement trente-deux survivants, dont dix-neuf enfants. Des enfants tremblant de la tête aux pieds, avec des regards absents et hantés. Leurs blessures se résumaient pourtant à des bleus et des égratignures qu'ils s'étaient faits en cherchant de la nourriture et un abri.

On ne pouvait pas dire la même chose des adultes. Sur les treize, seuls trois étaient en état de marcher. Les autres étaient transportés sur des brancards improvisés – des portes, des planches, seulement des draps pour certains. Les quatre guérisseurs moranaiens naviguaient entre les malades aussi vite que possible, s'efforçant d'en stabiliser un ici avant de retourner en soigner un autre là. Lial et ses apprentis allaient sans nul doute avoir les mains pleines.

Les muscles tremblants par la fatigue, Kai s'appuya contre un arbre pour reprendre son souffle. Faire traverser le Voile si rapidement à un si grand nombre de personnes n'avait pas été une mince affaire. Mais cela en valait la peine. Il observa les traits tirés des Neoriens se détendre alors qu'ils emmagasinaient l'énergie non polluée de Moranaia, et les plus jeunes parmi les enfants poussaient de petits cris ravis. Même ceux qui avaient perdu connaissance semblaient se détendre sur leurs brancards, leur respiration de plus en plus stable. Comme si la magie présente ici était un antidote au poison.

Kai se souvint du jour où Ralan et Eri étaient revenus ici après avoir vécu sur Terre. L'énergie présente là-bas avait rendu la fillette particulièrement malade, et son père s'était épuisé à essayer d'en purifier suffisamment pour la maintenir en vie. Aussitôt après avoir franchi le portail de Moranaia, ils avaient tous les deux retrouvé leur vitalité. En une journée, Eri était passée de mourante à une petite fille pleine de vie courant dans le jardin.

Le poison s'infiltrant dans les autres royaumes n'était clairement pas d'origine accidentelle. Mais alors que le Voile devenait chaque jour de plus en plus sombre et turbulent, rien n'affectait l'énergie de Moranaia. Si Kien était à blâmer, sa magie n'avait pas impacté son monde de naissance. Un curieux oubli. Neor, Alfheim, la cour des Seelie, la Terre... aucun de ces mondes n'aurait dû être pris pour cible par un exilé cherchant à se venger. Kien devait avoir d'autres projets pour Moranaia, et Kai eut la désagréable impression que le prince à l'âme noire avait l'intention de revenir ici.

Chassant cette pensée en s'écartant de l'arbre, Kai s'avança jusqu'au milieu du groupe. Après une brève discussion avec les guérisseurs, il les mena sur un sentier allant dans la direction opposée à celle du domaine. Lyr s'inquiétait des risques de contamination, alors Selia les avait aidés à sécuriser un petit campement à proximité où les survivants pourraient être examinés sans présenter de danger pour les autres. Kai marchait d'un pas pesant à cause de tout ce qu'il avait fait et vu, et bien qu'il meure d'envie de dormir, il avait encore plus besoin d'une douche.

Il était couvert de poussière, de sang, et... d'autres choses auxquelles il ne voulait pas penser.

L'un des *sonal* avec une plus grande portée télépathique avait déjà appelé Braelyn, et Lial les attendait au campement avec six apprentis guérisseurs et plusieurs volontaires parmi ceux qui travaillaient dans la demeure de Lyr. Kai se mit en retrait tandis que Lial prenait les rênes, dirigeant les plus gravement blessés vers des paillasses disposées en cercle au centre de la clairière. Deux des apprentis de Lial se précipitèrent dans la tente située sur la droite pour aller chercher le matériel nécessaire alors que le guérisseur distribuait les ordres.

Un homme et une femme que Kai ne reconnut pas rassemblèrent les enfants les plus âgés pour leur donner du pain et des fruits à manger, tandis que d'autres portaient les trois bébés trop jeunes pour avaler de la nourriture solide. D'autres volontaires se dépêchèrent d'apporter des biberons pour les nourrissons et d'installer une rangée de paillasses sur la gauche, à l'écart des blessés graves en train de se faire soigner.

Kai échangea un sourire avec le garçon qu'il avait sauvé avant de tourner de nouveau les yeux vers le guérisseur. Mais Lial fit non de la tête et désigna le domaine.

— Vas-y. Va faire ton rapport à Lyr.

Relater les atrocités qu'il avait vues était une tâche qu'il aurait préféré éviter, mais Kai se mit en route pour le domaine. Bon sang, est-ce qu'on était seulement à la mi-journée ici ? Toutes les graduations qu'il avait passées à Neor lui avaient semblé durer une éternité. Par Arneen, heureusement que la marche n'était pas longue jusqu'à Braelyn. Il allait faire son rapport. Après ça, il pourrait prendre une douche. Puis trouver Arlyn et la prendre dans ses bras jusqu'à ce qu'il puisse enfin dormir.

APRÈS LA DEMANDE d'aide envoyée par l'un de ses autres *sonal*, Lyr avait déjà deviné que le rapport de Kai ne serait pas bon. Mais la vue de son ami le renseigna bien plus que n'importe quels mots. Des deux, Kai était habituellement le plus jovial, mais aujourd'hui son visage était plus maussade que le jour où il avait décapité Allafon, l'homme qu'il avait longtemps pris pour son père. Ses vêtements étaient couverts de sang et son visage en était même moucheté. Au moins, ce n'était visiblement pas le sien.

— Tu as le livre ? demanda Kai en traversant la pièce.

Pris de court par cette question abrupte, Lyr haussa un sourcil d'un air dubitatif.

— Celui où je consigne les rapports ?

— Oui, lui confirma Kai en s'arrêtant devant son bureau. Je veux tout raconter pendant que j'en suis encore capable. S'il te plaît.

Lyr s'abstint de tout commentaire qu'il aurait habituellement fait face à la grossièreté de son ami. Les yeux de Kai étaient hantés par une horreur sans nom que Lyr n'avait jamais vue chez lui auparavant. Avec un bref hochement de tête, il ouvrit le petit livre relié en cuir et activa le sortilège permettant d'enregistrer tout ce qui se disait.

— *Taysonal*, quelles nouvelles apportez-vous aux régents de Moranaia ?

Kai prit une grande inspiration avant de répondre à la question traditionnelle.

— Neor est tombée. Entièrement, et pas aux mains de ses propres gens. La majorité de ceux qui étaient restés ont été massacrés.

— Massacrés ? répéta Lyr en se penchant en avant devant cette information inattendue. Ils se battaient entre eux la première fois que vous êtes allé là-bas. Êtes-vous en train de dire que quelqu'un d'autre est à blâmer ?

— Une armée a franchi le portail. Très rapidement. Certains Neoriens avaient construit des barricades à la hâte, mais la plupart ont été transpercés par une épée ou brûlés par un sort de feu alors qu'ils s'enfuyaient ou se cachaient. C'était un massacre organisé. (Les mains de Kai se mirent à trembler alors qu'il accompagnait ses paroles de gestes et il devint livide.) Des corps éventrés, des entrailles éparp... Pas la peine de consigner ça.

— Par toutes les divinités d'Arneen, murmura Lyr.

Kai regarda ses pieds pendant un bon moment avant de reprendre la parole.

— Mais malgré tout ce que j'ai vu, il y avait des survivants. Trente-deux, dont dix-neuf enfants.

Le cœur de Lyr se serra. Si peu de survivants sur des milliers de gens.

— Des enfants ? Qu'est-ce que des enfants faisaient encore là-bas ?

— Certains étaient malades, mais la plupart ont été cachés par leurs parents. Leurs yeux...

Lyr ressentit l'envie d'épargner son ami en remettant le reste de son récit à plus tard, mais il devait savoir.

— Pouvez-vous me dire qui est responsable ? Les survivants le savaient-ils ?

— Oh, oui. C'étaient les Sidhes. (Kai serra les poings le long de son corps en levant des yeux furieux vers Lyr.) La cour des Seelie a envoyé une armée ravager sa propre colonie.

Lyr reçut cette information comme un coup de poing dans l'estomac et il s'écarta de son bureau pour faire les cent pas dans la pièce en fulminant. Dommage qu'il n'ait pas un Sidhe sous la main pour l'étrangler de ses propres mains.

— Les Seelie ? À quel point en êtes-vous certain ?

— Les trois survivants adultes en état de parler l'ont tous confirmé, et certains des enfants les plus âgés les ont reconnus. Ils ont volontairement laissé les enfants en vie, sachant cela. Je pense qu'ils voulaient que nous soyons au courant.

— Ils ne peuvent pas sérieusement s'attendre à ce que je les aide après ça, déclara Lyr en serrant les dents.

Kai ricana.

— Je n'en serais pas si sûr. Ils pensent certainement que ce qu'ils ont fait était légitime.

— Exterminer leurs semblables, légitime ?

Lyr avait très envie de cogner sur quelque chose. N'importe quoi. Il s'arrêta près de la fenêtre, les mains fermement jointes derrière son dos pour s'empêcher de briser la vitre.

— Ces fumiers sont impitoyables, ajouta-t-il.

— Ils l'ont toujours été, même s'ils le cachent mieux que les Unseelie.

Lyr tourna les yeux vers Kai puis revint vers le livre. Quelque chose dans le regard de son ami semblait indiquer que ce qu'il avait à ajouter ne devrait pas figurer dans le rapport officiel. Pas tout de suite.

— Avez-vous autre chose à ajouter ?

— Je vous ferai parvenir mon rapport écrit sous peu.

— Je vous remercie, *Taysonal*, pour les nouvelles que vous avez apportées.

Ces mots formels désactivèrent le sortilège et Lyr referma le livre. Ses doigts pianotèrent sur la couverture en cuir alors qu'il regardait son ami dans les yeux.

— Tu voulais dire autre chose en dehors du rapport officiel ? Je suppose que ce que tu penses des Unseelie n'avait pas besoin d'y figurer.

— Tu supposes bien, dit Kai avec un bref hochement de tête. On pourra en discuter plus longuement après, mais... quelque chose me préoccupe. Ça ne ressemble pas aux Unseelie d'être si discrets alors qu'il y a un tel chambardement. Ils sont sûrement autant affectés, mais on n'a pas entendu parler d'eux. D'après les survivants, une armée de Seelie les a attaqués, mais certains des meurtres m'ont fait penser aux méthodes des Unseelie.

Lyr cessa de pianoter.

— Tu ne crois pas que ça aurait dû figurer dans ton rapport ?

— Je n'ai aucune preuve, répondit Kai en haussant les épaules. Seulement une impression. Rien d'assez conséquent pour le mentionner officiellement.

— Je ne vais pas te demander de m'exposer tes raisons de penser ça maintenant. Tu as besoin de te reposer. (Lyr se passa une main sur le visage.) Je vais devoir parler au seigneur Meren pour voir à quel point il est impliqué, même si c'est quasiment certain si c'est une armée de Seelie qui a fait le coup. Je vais prendre un peu de temps pour me calmer avant.

— Bonne chance.

Lyr n'était pas certain de savoir si son ami lui avait souhaité bonne chance pour la discussion ou pour le fait de se calmer, mais peu importe. Il en avait désespérément besoin pour les deux.

MELI FAISAIT les cent pas dans le jardin, le soulagement et la peur la poussant à marcher sans s'arrêter. Elle l'avait fait. Elle avait réellement coupé les ponts avec Alfheim. Les fées lui avaient peut-être insufflé un peu de leur excentricité, car il n'y avait pas de retour en arrière possible, pas avec les Ljósálfar. *Mais je suis libre*, songea-t-elle, ses muscles se relâchant sous le coup de la joie qu'elle ressentait à cette idée.

Puis Meli se crispa de nouveau alors que l'inquiétude revenait au galop. Lyr l'avait peut-être accueillie à bras ouverts, mais il avait ses propres intérêts à cœur. Si elle décidait de ne pas s'unir à lui, devrait-elle aussi quitter ce monde ? Non. C'était un homme honorable. Mais cela ne voulait pas dire qu'elle trouverait sa place ici. Le reste de ses gens ne seraient peut-être pas aussi enthousiasmés par sa présence.

Et qu'allait-il se passer pour sa famille ? Ils faisaient partie d'une lignée ancienne, l'une des premières familles nobles après l'établissement d'Alfheim. Ce statut les protégeait de nombreuses choses, mais leur position sociale serait considérablement ébranlée par le refus de Meli de revenir. Et son frère serait sans doute exposé au mépris de ses confrères guerriers. Pourrait-elle les convaincre de quitter Alfheim si la situation devenait invivable ? Avec un soupir, elle se laissa tomber sur un banc en rondins en bordure du sentier. Il faudrait simplement qu'elle essaie.

— Excellente décision, dit Pol derrière elle.

Meli poussa un petit cri et se retourna pour lancer un regard noir à Pol.

— C'est malpoli de prendre les gens par surprise.

— Mais c'est ma spécialité, dit-il avec son sourire radieux habituel. Je vous aime bien, Ameliar Liosevore. Peu de gens osent me regarder comme ça.

Pressentant un danger, elle s'immobilisa.

— Je n'oserais peut-être pas non plus si je connaissais votre véritable identité.

Il hocha la tête pour acquiescer.

— Probablement.

Elle doutait qu'il soit prêt à se confesser là-dessus aujourd'hui, ni même un autre jour d'ailleurs.

— Vous essayez d'éviter l'ambassadrice ? demanda-t-elle pour changer de sujet.

— Elle ne me fait pas peur. (Une lueur flamboyante passa dans ses yeux.) Ne vous inquiétez pas de ce qu'elle fera à son retour. Son cas sera vite réglé. Les choses auraient pu se passer différemment, mais elle s'est comportée comme prévu.

Oserait-elle lui demander ce qu'il entendait par là ? Meli redressa l'échine.

— Vous n'avez jamais été un préposé, n'est-ce pas ?

Le sourire de Pol s'élargit.

— Prévoyant, oui. Préposé, non. Je vous en dirai peut-être plus un jour.

— Bien. (Meli hésita, craignant de le mettre en colère.) Si ce n'est pas pour me dire ce que vous faites ici, pourquoi êtes-vous venu me trouver ?

— Vous flippez.

Meli se radossa au banc, visiblement interloquée.

— Pardon ?

Pol secoua la tête d'un air amusé.

— Désolé. Trop de temps passé sur Terre. Vous paniquez.

Sur Terre ? Elle refusa de réfléchir à cette information pour l'instant.

— Je me suis exilée, alors que je n'avais pas prévu de le faire. C'était la bonne décision, mais... je ne reverrai peut-être jamais ma famille. Mes parents auront le cœur brisé.

— S'ils ont de la chance, ils se retrouveront ici.

Meli eut le souffle coupé en l'entendant dire cela.

— Vous pensez qu'Alfheim ne peut pas être sauvé ?

— Pas si le royaume reste isolé. Le pauvre Freyr ne se rend pas compte, dit Pol en se levant avant de lui faire une révérence exagérée. Soyez rassurée, Dame Meli. Je ne vous ai pas guidée dans la mauvaise direction.

Meli le regarda fixement alors qu'il s'éloignait. Pol parlait avec tant de désinvolture de Freyr, Dieu et Haut-Roi d'Alfheim, qu'il devait lui-même être très influent. Peut-être même un dieu. Mais qui oserait s'immiscer sur le territoire de Freyr ? Alors qu'elle passait en revue la liste des déités susceptibles de le faire, elle pâlit. Non, elle ne venait quand même pas de discuter avec *Lui* ?

CHAPITRE 22

Des heures s'étaient écoulées, mais l'estomac de Lyr était toujours révulsé de colère et de dégoût. Il était à la tête d'un tiers de l'armée moranaienne, mais jamais il n'aurait demandé à ses troupes d'attaquer une partie de son propre peuple pour autre chose qu'une trahison sans précédent. Et leur ordonner de massacrer les malades ? La bile lui remonta dans la gorge. C'était contre toute morale.

En une journée, il allait pouvoir se décharger de la majorité des problèmes mis sur son dos par les autres royaumes. Que Meren soit responsable ou non, les Sidhes avaient brisé sa confiance, et les Ljósálfar l'avaient insulté à la moindre occasion. Lyr était parfaitement en droit de les abandonner à leur propre sort.

Hormis pour une chose : Kien.

Kien, qui n'avait même pas été exilé sur Terre. S'il avait été envoyé là-bas, les éclaireurs de Lyr auraient gardé un œil sur le moindre de ses mouvements. Le prince n'aurait pas dû pouvoir s'échapper du monde où le roi l'avait confiné.

À présent, il était devenu le problème de Lyr, de même que tous ses actes.

Abandonnant tout espoir de se calmer, il alla se placer devant son miroir et activa le sortilège qui le mettrait en communication avec le seigneur Seelie. Il pensait qu'il allait devoir patienter ou laisser un message, mais Meren apparut presque aussitôt. Comme s'il attendait son appel.

— Bien le bonjour à vous, *Myern* Lyrnis.

Le Sidhe sourit et Lyr serra les poings derrière son dos, là où Meren ne pouvait pas les voir.

— Ce jour n'est assurément pas bon pour les Neoriens.

— Dois-je comprendre que vous n'êtes pas resté en dehors de cette affaire comme je vous l'avais demandé ? demanda Meren avec l'ombre d'un sourire en coin.

— Je vous avais dit que je suivrais les ordres de mon prince, répondit Lyr avec la gorge en feu sous l'effort qu'il faisait pour conserver un ton posé. Vous deviez me faire part de la décision prise par votre reine.

Le seigneur Meren redressa le menton.

— La reine Lera a déclaré que les affaires de notre royaume ne vous concernaient en rien, alors nous avons réglé le problème par nous-mêmes. Vous êtes bien entendu libre de nous envoyer un diplomate si vous voulez régler la question directement avec la reine.

Lyr serra les dents devant la confession de Meren. Il n'allait pas traiter avec des bouchers.

— Hors de question.

Le seigneur Meren cessa de sourire.

— Pourquoi m'avez-vous appelé alors ?

— Un artefact a été trouvé sur un assassin ici. (Lyr se tut le temps de tempérer ses émotions.) Lorsqu'il a été examiné, de la magie sidhe a été décelée.

Cette fois, l'air surpris du seigneur Seelie ne semblait pas feint.

— Je ne connais personne qui se soit aventuré sur vos terres pour une quelconque raison, et encore moins pour une raison répréhensible. Vous devez vous tromper.

— Je vous assure que non. (Les mains de Lyr le démangeaient de l'envie d'étrangler Meren.) Étant donné vos actes de cruauté envers votre propre colonie, j'ai du mal à vous croire quand vous prétendez être innocent.

Meren secoua la tête.

— Je vous dis la vérité à ce propos.

À ce propos. Un choix de mots intéressants.

— Vos dénégations sont inutiles. Nous ne traiterons plus avec la cour des Seelie jusqu'à ce que les Neoriens et la maison Dianore obtiennent réparation.

À la grande surprise de Lyr, le Sidhe se contenta de hausser les épaules.

— La reine en a assez de se cacher dans l'obscurité. Nous allons envoyer nos propres éclaireurs à la surface. Je suis certain que nous n'aurons plus besoin de vous à l'avenir.

— Qu'il en soit ainsi, rétorqua Lyr en s'autorisant à lancer un regard empreint d'animosité à Meren. Et s'il s'avère qu'un assassin a été envoyé ici par l'un d'entre vous, je considérerai cela comme une déclaration de guerre à l'encontre de Moranaia. Gardez vos gens sous contrôle.

Lyr le gratifia d'une ultime insulte en coupant la communication sans ajouter un mot. Au moins, il n'aurait plus besoin de ménager les sensibilités des Sidhes à présent. Une fois que les Neoriens seraient rétablis, il pourrait envoyer plus d'éclaireurs sur Terre pour chercher la source du problème. Les Seelie pouvaient bien aller au diable.

Cette entrevue ayant davantage attisé sa colère, Lyr quitta son bureau et descendit le couloir pour se rendre dans le jardin. Le roi serait mécontent qu'il ait menacé de leur faire la guerre, mais ce n'était pas *entièrement* en dehors de ses attributions en tant que général. Surtout si l'on considérait le fait que Ralan lui avait ordonné de venir en aide aux Neoriens. *Clechtan*, la rédaction de ce rapport allait quand même s'avérer délicate !

Lyr ralentit en voyant Kera entrer par la porte menant à l'extérieur. Elle haussa les sourcils d'un air dubitatif, sans doute devant la colère qu'il affichait ouvertement, mais ne semblait pas préoccupée par ailleurs.

— *Myern*, j'allais venir vous trouver dans votre bureau.

Lyr croisa les bras, les traits crispés. En tant que second de son capitaine, Kera pourrait bien lui apporter de mauvaises nouvelles.

— Est-ce qu'il s'est passé quelque chose ?

— Non. Rien de grave en tout cas. Vous m'avez demandé de garder un œil sur nos visiteurs, sur dame Ameliar en particulier. Je me suis dit que je devrais vous parler du fait que...

Kera hésita et Lyr se sentit mal à l'aise devant sa nervosité inhabituelle.

— Plus tôt, durant la réunion, poursuivit-elle. Vous n'avez pas pris de dispositions pour attribuer des quartiers privés à dame Ameliar. Elle fait les cent pas dans le jardin depuis, probablement pour éviter cette horrible ambassadrice.

— Merci de me le signaler, Kera, répondit-il aussitôt, même s'il avait de nouveau un juron sur le bout de la langue en songeant à son propre manque de considération. Voulez-vous bien faire préparer la chambre située en dessous de celle du prince Teyark ? Je vais aller trouver dame Meli pour voir si tout va bien.

— Je peux faire ça, répondit Kera en souriant. Elle était sur le sentier menant à la tour des invités il y a quelques instants.

Après l'avoir de nouveau remerciée, Lyr sortit du bâtiment et tourna à droite. Il ne perçut aucune contrariété dans l'air cette fois – un signe prometteur –, mais il parvint à déceler un soupçon de l'énergie de Meli au pied de la tour des invités toute proche. S'il se dépêchait, il pourrait la rattraper avant qu'elle pénètre à l'intérieur. Elle avait besoin de savoir qu'elle allait pouvoir séjourner à l'écart de la mauvaise humeur de l'ambassadrice.

Et Lyr avait besoin d'être avec elle.

CAOLTE FIT IRRUPTION dans la chambre de son frère, faisant claquer la porte contre le mur.

— À quoi est-ce que tu joues, Meren ?

— Content de te voir aussi, mon frère. (Meren tourna la tête pour le regarder par-dessus son épaule, faisant voleter ses longs cheveux clairs.) J'espère que tu te portes bien.

Caolte s'arrêta au milieu de la pièce. Il n'osa pas s'approcher davantage par crainte de s'enflammer de colère. Si son espion ne s'était pas trompé, les plans de Naomh allaient être ruinés.

— Dis-moi, la reine est-elle au courant de tes actes meurtriers ?

Meren se mit à rire.

— La reine Lera n'a pas la carrure nécessaire pour diriger la cour. Elle n'était pas préparée à prendre la relève lorsque sa mère est tombée malade.

— Tu as fait le serment...

— J'ai prêté serment envers la reine Tatianella. Lera n'a pas eu la sagesse de me demander de faire de même envers elle.

L'expression satisfaite de Meren alimenta davantage la fureur de Caolte.

— Je parlais de ton serment envers Naomh. Tu as donné ta parole que tu travaillerais avec les Moranaiens pour trouver une solution.

Meren se retourna vers la fenêtre en haussant les épaules.

— J'ai décidé qu'il avait tort. Regarde là-dehors, Caolte. Pourquoi devrions-nous nous contenter d'observer un ciel artificiel, sans pouvoir sentir la lumière du soleil ? Les humains ont depuis longtemps oublié notre serment. Et même si ce n'était pas le cas, ils ne sont rien comparés à nous.

— Les Sidhes honorent toujours leur parole, même à travers les âges, rétorqua Caolte en serrant fermement les poings. Si notre père...

— Crois-tu que je me soucie de ce qu'il aurait fait ? l'interrompit Meren d'un ton posé. Il a trahi ma propre mère avec une femme à moitié Unseelie.

Bien que des siècles se soient écoulés, cet acte honteux le rongeait encore. Ce n'était pas parce que la mère de Caolte avait été une sang-mêlé de la cour des Unseelie. Non, c'était parce qu'en commettant cette erreur, son père avait brisé le serment qu'il avait fait à sa femme, sa mère et celle de Naomh, pour quelques nuits de plaisir.

— C'est une affaire classée depuis longtemps et dont il est inutile de débattre, rétorqua Caolte d'un ton mordant. Tu n'avais pas besoin d'envoyer une armée ravager Neor pour échapper à ta vie sous les collines.

Meren battit l'air de la main d'un geste dédaigneux.

— Ces gens n'étaient plus des Sidhes. Tous ceux qui succombent au poison devraient être éliminés puisqu'ils ne font plus partie des nôtres.

— Même la reine Tatianella ? (Caolte sourit en voyant son frère pâlir.) Je devrais peut-être alerter ses gardes.

— La famille royale est toujours au-dessus de tout reproche.

Le sourire de Caolte s'élargit.

— Curieux mode de fonctionnement.

— Va-t'en, dit Meren, qui était en train de perdre son calme. N'essaie pas de m'incriminer simplement parce que je n'ai pas suivi les directives de Naomh. J'en avais assez de travailler avec les Moranaiens sur un problème qu'il nous appartient de résoudre.

Si Caolte avait pu littéralement envoyer son frère en enfer à cet instant, il l'aurait fait. Mais Meren avait l'oreille de la reine Lera. L'agresser serait plus néfaste que bénéfique. Naomh allait être furieux, ses plans pour l'avenir étant maintenant tombés à l'eau. Lui et Caolte avaient espéré que les Moranaiens trouveraient un remède au poison qui devait forcer les Seelie à rester sous terre pendant encore de nombreux siècles – d'après ce que Kien leur avait assuré. Un poison qui n'aurait jamais dû ruisseler sous la surface. Naomh et Caolte allaient devoir trouver leur propre solution à ce problème à présent.

Caolte tourna les talons, lançant des mots par-dessus son épaule au lieu des flammes qu'il retenait malgré lui.

— Si tu manques encore une fois à ta parole envers nous, tu le regretteras.

～

MELI S'ARRÊTA au pied de l'escalier spiralant autour de la tour des invités jusqu'à la passerelle au-dessus. Ce qui l'attendait n'allait pas être plaisant, mais elle avait suffisamment traîné dans le jardin. Dame Teronver était presque aussi vindicative que les dieux ancestraux, et Meli ne doutait pas que la femme avait déjà prévu de se venger. Il ne s'agirait peut-être que de mots rageurs – pour le moment. Mais si Pol n'était pas là, elle pourrait bien tenter de nouveau de lui jeter un sort.

Il n'y avait qu'un moyen de le savoir.

Redressant les épaules d'un air résolu, Meli fit un pas en avant. Puis elle s'arrêta aussitôt en sentant l'énergie de Lyr lui picoter le dos. Même sans un lien formel, la connexion entre eux s'intensifiait. Elle avait failli retourner dans son bureau plusieurs fois cet après-midi-là après avoir ressenti des flux de colère et de désarroi qui émanaient de lui.

Mais Meli avait aperçu Kai, la mine sinistre et couvert de sang, alors qu'il traversait le jardin. Quelque chose de grave était arrivé, mais elle ne savait absolument pas quoi. Elle n'aurait été d'aucun réconfort si elle avait aggravé les choses en les interrompant. Alors elle avait continué à faire les cent pas à la place. Inutilement.

— Meli ?

Elle se retourna devant la note d'incertitude dans la voix de Lyr et son cœur tressauta devant son regard morne.

— Est-ce qu'il y a un problème ?

— Non. Enfin, rien d'urgent, répondit-il en s'approchant. Je n'ai pas pu vous parler après la réunion tout à l'heure. Avec tout ce qui se passe en ce moment, Kera a été obligée de me rappeler de faire préparer une chambre pour vous.

Meli parut surprise.

— Est-ce que je n'en ai pas déjà une ?

— Quelque chose de plus permanent, puisque vous avez maintenant le statut de citoyenne ici.

Lyr repoussa une mèche des cheveux de Meli derrière son oreille, et la peau de la jeune femme rougit à l'endroit où il l'avait touchée.

— Une suite pour les invités également, mais réservée aux Moranaiens. Ce sera en attendant que je puisse trouver une maison qui vous plaira.

Une nouvelle inquiétude assaillit la jeune femme.

— Comment vais-je pouvoir payer pour ça ? Je ne sais pas encore ce que je vais faire ici. J'avais l'habitude d'aider mon père à trouver ce dont il avait besoin pour ses recherches sur les sortilèges, mais je ne pense pas que ce genre de travail rapporte beaucoup. Je ne pouvais pas être formée pour quoi que ce soit d'important à Alfheim sans magie.

Lyr sourit.

— Beaucoup de gens seraient prêts à payer quelqu'un capable de dénicher des choses pour eux. Ma mère est une érudite et je suis certain qu'il y a des jours où ce talent lui serait bien utile.

— Mais est-ce que ce serait suffisant pour pouvoir me loger ? demanda Meli d'un ton dubitatif.

— Ces besoins essentiels sont fournis pour tous ceux qui contribuent à la vie de la communauté. Le reste dépendra entièrement de vous. Vous disposerez du temps nécessaire pour vous établir après votre installation officielle.

— C'est tout ? (Elle ressentait un curieux mélange d'espoir et de doute.) C'est si simple de devenir un citoyen à part entière ici ?

— Le royaume de Moranaia a été fondé par ceux qui ont quitté la Terre alors que le nombre d'humains ne cessait de croître. Au cours des millénaires, nous avons accueilli beaucoup de nos semblables souhaitant faire de même. L'attribution de la citoyenneté est à la discrétion du seigneur ou de la dame à la tête du domaine concerné.

Sa morosité de tout à l'heure semblait s'être en partie envolée lorsqu'il se pencha vers elle, un sourire aux lèvres, pour ajouter :

— J'avais des doutes à propos de vous, mais j'ai décidé de vous donner une chance.

— Merci, dit-elle avec un petit rire.

— Une fois que je vous aurai présentée de façon formelle, ce sera officiel.

— De façon formelle ? répéta-t-elle d'un air accablé. Formelle à quel point ?

Lyr parut perplexe.

— Il s'agit d'un moment de fête, et non de quelque chose de déplaisant. Tous les résidents du domaine sont appelés à se rassembler pour être présentés aux nouveaux arrivants. Mais entre les questions non résolues avec Alfheim et les affaires pressantes en cours, je serai sans doute obligé de faire quelque chose de simple.

— Que Freyr soit loué ! répondit Meli en relâchant son souffle à mesure que son estomac se dénouait. (Elle sourit devant le regard dubitatif de Lyr.) Je suis désolée si ça vous a semblé impoli. Je déteste les réunions formelles. Elles ont rarement été plaisantes pour moi à Alfheim.

Lyr tendit le bras et entrelaça ses doigts de façon lâche avec les siens.

— J'espère que vous trouverez votre place ici. (Il baissa les yeux vers leurs mains jointes.) Unie à moi ou non.

Les paumes de Meli devinrent moites et sa bouche sèche. Elle avait déjà osé beaucoup de choses aujourd'hui. Oserait-elle aller encore plus loin ? Meli prit son courage à deux mains et lui dit en se penchant vers lui :

— Je ne sais pas encore ce que je vais faire à propos du lien d'âmes. (Lyr la regarda d'un air inquiet.) Mais je n'ai plus à me soucier d'Alfheim à présent. Je dois seulement songer à mon propre plaisir, et faire plus ample connaissance avec vous me ferait plaisir.

— J'en serais heureux aussi, répondit Lyr, son expression s'adoucissant alors qu'il se détendait. Il faudra que je prévoie du temps juste pour nous. Même si le reste du monde doit attendre.

Un sentiment de joie aussi chaleureux qu'un rayon de soleil chassa les ombres dans le cœur de Meli, et elle lui sourit.

— Allons chercher mes affaires alors. Plus vite je pourrai m'éloigner de l'ambassadrice, mieux ce sera.

Enhardie, Meli monta l'escalier à la hâte, suivie de près par Lyr. Mais elle ralentit le pas en traversant la passerelle. Saurait-elle se défendre s'il devait y avoir une confrontation ? Sa main tremblait lorsqu'elle ouvrit la porte de la tour, mais si Lyr le remarqua, il ne fit aucun commentaire en la suivant à l'intérieur. Elle ne lui avait pas dit que l'ambassadrice l'avait menacée avec sa magie en plus de ses mots, ou il aurait sans aucun doute insisté pour entrer en premier. Meli ne voulait pas ajouter à ses soucis. Ce conflit inutile était vraiment ridicule en comparaison avec les assassins qui rôdaient et les mondes empoisonnés.

Heureusement, personne ne se trouvait dans l'entrée, et seules Berris et Orena étaient assises autour de la table à manger. Les épaules de Meli s'affaissèrent de soulagement. Elle allait peut-être pouvoir éviter une confrontation avec dame Teronver finalement, ce qui serait mieux pour tout le monde.

Berris et Orena échangèrent un regard, puis se levèrent. Orena leur adressa un bref hochement de tête, et Berris s'approcha.

— Elle est dans sa chambre.

Meli écarquilla les yeux devant le ton bienveillant de l'autre femme.

— J'espère qu'elle n'a pas passé sa colère sur vous deux.

— Pas plus que d'habitude, répondit Berris en haussant les épaules, jetant tout de même des regards incessants en direction de l'escalier. Je resterais volontiers ici pour veiller à votre sécurité, Dame Ameliar, si je n'avais pas fait le serment de servir l'ambassadrice. Elle est allée trop loin dans cette querelle avec votre famille.

Pendant un instant, Meli fut incapable de respirer. De penser. Elle leva une main vers son visage empourpré, cherchant ses mots.

— Vous resteriez ici avec moi ? Je suis pratiquement une Défavorable.

Orena fit le tour de la table et vint se placer à côté de Berris.

— Nous avons vu bien des vérités au-delà des murs protégés d'Alfheim. Le monde extérieur, l'Univers peut-être même, ne ressemble pas du tout à ce qu'on nous a appris. Je suis d'accord avec Berris, mais je suis aussi assermentée.

— Mais vous... vous avez bien failli vous perdre dans les

brumes à cause de moi, dit Meli en les regardant avec de grands yeux.

Berris sourit.

— Et vous nous avez sauvées ensuite. Vous avez découvert un pouvoir que vous n'auriez jamais soupçonné à Alfheim. J'ai beaucoup pensé à ça depuis mon rétablissement. C'est à se demander combien de gens *défavorables* n'ont simplement jamais eu l'opportunité de découvrir leurs vrais talents.

Une marche de l'escalier grinça et les Ljósálfar se turent, soudain tendues. Dame Teronver descendit peu après, mais l'aînée leur adressa à peine un regard avant de se diriger vers la table. Meli fronça les sourcils d'un air circonspect jusqu'à ce qu'elle remarque la présence de Pol, qui suivait l'ambassadrice de près. Il croisa le regard de Meli et lui adressa un clin d'œil. Elle ne put s'empêcher de lui retourner son sourire facétieux.

Alors que l'ambassadrice regardait les plateaux de nourriture d'un air revêche, Lyr rompit le silence.

— Je vous remercie pour vos services, mesdames, dit-il en regardant tour à tour Berris et Orena avec appréciation. Je ne manquerai pas d'exprimer ma satisfaction envers vous, au moins, dans ma lettre officielle.

Dame Teronver se tourna vers eux, visiblement surprise.

— Une lettre ?

— Je ne vais pas compter sur *vous* pour relater mes paroles avec sincérité, répondit Lyr avec un sourire satisfait.

La diplomate pâlit.

— Vous...

Pol agrippa le poignet de l'ambassadrice avec une lueur d'amusement dans les yeux.

— Je m'assurerai que votre lettre arrive à destination.

Dame Teronver resta muette et prit une petite miche de pain sur la table d'un geste brusque avant de se diriger vers l'escalier. Elle monta quelques marches et s'arrêta, jetant un regard par-dessus son épaule.

— Berris. Orena. Rassemblez plus de nourriture et montez-la-moi aussitôt. Vous allez assurer ma sécurité durant cette dernière nuit dans cette misérable contrée.

Meli ne put s'empêcher de sourire alors que les préposées se dépêchaient d'obéir. Quel que soit le moyen de pression que Pol avait sur l'ambassadrice, c'était vraiment appréciable. Une fois que Berris et Orena eurent disparu avec assez de nourriture pour un banquet royal, Meli adressa un signe de tête à Pol pour le remercier. Il lui répondit par sa révérence exagérée favorite et désigna l'escalier.

— Vous feriez mieux d'y aller avant que son impulsivité vienne à bout de son bon sens.

Alors que Meli montait les marches avec Lyr, elle fit un inventaire mental de ses affaires personnelles. En dehors des runes qu'elle portait à sa ceinture, elle avait un petit sac de vêtements et quelques affaires de toilette. Elle poussa la porte et se dirigea vers une petite commode, attrapant son sac sur le dessus tout en ouvrant le tiroir du haut.

Un pâle éclat métallique attira l'œil de Meli alors qu'elle mettait sa brosse à cheveux et quelques épingles de coiffage dans le sac. Ses doigts planèrent quelques instants au-dessus du fin collier en argent avant de le soulever, le poids du cristal dans le filet à pierre tendant la chaîne. Fixant le cristal qui se balançait doucement, elle se mordilla la lèvre.

— Est-ce que quelque chose ne va pas avec votre collier ? demanda Lyr.

Meli fit non de la tête et se tourna vers lui.

— Il est enchanté avec le sort qui a maintenu notre groupe et nos provisions ensemble quand nous avons traversé les brumes. C'est un artefact coûteux et je ne sais pas si je devrais le garder.

— Je peux le voir de plus près ?

La jeune femme donna le collier à Lyr sans dire un mot. Il plissa le front de concentration pendant un long moment et Meli perçut un soupçon de sa magie avant qu'il tourne de nouveau les yeux vers elle.

— Vous êtes certaine qu'il est enchanté ?

— Que voulez-vous dire ?

Elle lui reprit le collier d'un air circonspect, puis elle ferma les yeux et se concentra pour tenter de percevoir la vibration caractéristique du sortilège qui les avait unis dans les brumes. Rien.

— Il n'est plus là. Le sort a entièrement disparu. Je l'ai pourtant senti dès que dame Vionafer a placé le collier autour de mon cou.

— Même après avoir franchi le portail en arrivant ici ?

— Je...

Meli se tut pour réfléchir. Le haut-mage avait-il créé un sort temporaire conçu pour disparaître à la fin de la mission ? La magie était-elle défaillante ?

— Je ne sais pas, en vérité. Il s'est passé tellement de choses après notre arrivée que je n'ai pas vraiment fait attention. Je l'ai enlevé avant d'aller me coucher et je n'y ai plus pensé.

Lyr toucha le pendentif.

— Je dirais qu'il est à vous. Il semble en harmonie avec vous, comme les colliers que nous portons. Un magnifique symbole de votre héritage.

Meli hésita. Puis elle mit le collier autour de son cou en haussant les épaules.

— Je ne sais pas ce qui va se passer si je le garde et que le haut-mage voulait le récupérer, mais dame Vionafer ne m'a pas donné d'instructions précises à ce sujet.

— Demandez à Pol. Il semble savoir beaucoup plus de choses qu'il ne devrait, dit Lyr avec un sourire amusé.

Meli rit.

— Certainement plus de choses que *moi* je ne veux savoir.

CHAPITRE 23

Lyr se baladait sur le sentier dans le jardin avec Meli, leurs mains jointes de façon décontractée. En dépit de tous les problèmes encore à régler, il s'autorisa à profiter de ce moment parfait. Lial viendrait le voir bien assez tôt pour lui parler des Neoriens et il devrait alors réfléchir à ce qu'il ferait ensuite. Pour l'heure, il préférait largement se concentrer sur le soleil de fin d'après-midi qui projetait ses rayons à travers les arbres et venait se refléter sur les cheveux clairs de Meli en un superbe halo doré, qui lui fit penser à une lueur d'espoir. Lyr lâcha un petit rire à cette idée, ce qui lui valut un regard interrogateur de la part de son âme sœur potentielle.

Lyr préférait néanmoins garder cette idée fantaisiste pour lui.

— Que pensez-vous de mon domaine ? demanda-t-il à Meli pour esquiver. Alfheim comporte principalement des constructions en pierre, d'après ce que j'ai pu lire. Nos tours et nos hébergements agencés autour des arbres doivent vous sembler bien différents.

— Oui, acquiesça Meli en hochant la tête. La Cité de Lumière. Pleine de bâtiments immenses en pierre blanche. La plupart sont surmontés de pinacles et les cristaux enchâssés au sommet canalisent la lumière pour la distribuer dans chacune des

pièces. Nous avons des jardins, mais ils sont soigneusement entre-
tenus pour éviter quoi que ce soit de sauvage ou de désordonné.
(Elle renversa sa tête en arrière et son expression s'adoucit alors
qu'elle regardait la canopée.) Je trouve votre domaine splendide.
Tout semble plus harmonieux malgré la proximité de la nature
sauvage.

— Les choses ne sont malheureusement pas si harmonieuses
que ça dernièrement. Je vais néanmoins m'assurer que ce soit de
nouveau le cas, ajouta-t-il, souhaitant conserver sa bonne humeur
face au sourire de Meli.

Elle pressa sa main.

— La vie est un éternel recommencement. Une maxime à
laquelle je n'ai jamais adhéré avant d'arriver ici.

La vie est un éternel recommencement. Tellement vrai, mais si
facile à oublier. Lyr avait traversé suffisamment de siècles pour
ressentir cette réalité sans fin. Les hauts et les bas s'enchaînaient
perpétuellement dans l'existence. Le bien et le mal s'opposaient
constamment, aucun des deux ne l'emportant jamais longtemps
face à l'autre. Tout se terminait, puis recommençait. Et à travers
tout cela, une lueur d'espoir inébranlable demeurait.

Même les choses brisées pouvaient être réparées.

— Je ne voulais pas vous contrarier, dit Meli.

Lyr cligna des yeux et regarda de nouveau la jeune femme.

— Je ne le suis pas. C'était un rappel dont j'avais bien besoin.

Elle parut confuse.

— Vous aviez une mine renfrognée.

— Je suis désolé, dit-il en esquissant un sourire. Je n'avais pas
réalisé. Vos paroles étaient constructives, vraiment. Tout est relatif, n'est-ce pas ? Si je ne parviens pas à arrêter Kien, quelqu'un
d'autre le fera. Le mal ne l'emporte jamais longtemps.

Meli haussa les épaules, mais avec un sourire aux lèvres.

— Nous pouvons l'espérer.

Ils poursuivirent leur balade dans un silence complice, accompagnés par le bruissement des feuilles et les pépiements des oiseaux.
Puis ils prirent un tournant sur le sentier et aperçurent Selia. Alors

que le mage souriait et les saluait en se hâtant de les rejoindre, Meli ralentit le pas. Sa main devint moite dans celle de Lyr et lorsque ce dernier la regarda, il vit que son sourire s'était envolé.

— Meli ?

La jeune femme secoua la tête, ses yeux l'implorant de ne pas chercher à savoir.

— Ce n'est rien.

S'était-il passé quelque chose entre les deux femmes ? Lyr semblait perplexe.

— Est-ce que vous m'en parlerez plus tard ?

Meli se mordit nerveusement la lèvre inférieure, lançant des regards incessants à Selia. Puis elle finit par acquiescer d'un hochement de tête, avec seulement l'ombre d'un sourire.

Lyr n'eut pas le temps de la rassurer avant que Selia s'arrête devant eux. S'il y avait eu un désaccord entre elles, le mage ne semblait pas s'en soucier, car elle leur adressa à tous les deux un grand sourire jovial.

— Seigneur Lyr, j'étais sur le point de venir vous voir.

— Est-ce qu'il s'est encore passé quelque chose ? demanda Lyr d'un air préoccupé.

— Pas à ma connaissance, répondit Selia en levant devant elle un vêtement enroulé qu'elle avait coincé sous son bras. Corath et moi avons fabriqué une nouvelle cape en nous basant sur les sorts imprégnés dans l'autre, et je voulais savoir si vous seriez prêt à l'essayer. Elle a été conçue pour masquer la signature énergétique de quiconque l'ayant sur le dos.

Lyr observa la cape. Verte et non marron, et faite d'une étoffe légère. Pas la même que celle sous laquelle il avait été emprisonné.

— Dans quel but ?

— Je me suis demandé comment l'assassin vous avait trouvé parmi tous les gens présents au sein du domaine. (Elle déroula la cape et la secoua.) Il doit avoir un moyen de cibler votre énergie.

Lyr observa du coin de l'œil les feuilles brodées le long de l'ourlet alors qu'il réfléchissait aux propos du mage.

— J'étais au côté de mon père quand Kien a été emmené à travers le portail, mais nous n'avons jamais vraiment été en contact autrement. J'ai du mal à croire qu'il aurait eu le temps ou fait l'effort de mémoriser ma signature énergétique et qu'il s'en serait servi des siècles plus tard.

— Je pourrais me tromper, dit Selia en lui tendant la cape, mais j'ai fabriqué ceci, juste au cas où.

Lyr accepta la cape et l'enroula autour de ses épaules.

— Comment voulez-vous que je la teste ?

Selia le regarda fixement pendant un moment avant de hocher la tête.

— Votre signature énergétique est déjà estompée par la cape, mais quand vous rabattrez la capuche, elle devrait être entièrement invisible. Je voudrais voir si elle va fonctionner sur une plus longue distance.

— Je devrais avoir le temps après avoir installé Meli dans sa nouvelle chambre.

— Est-ce que j'ai bien entendu ? demanda Selia en tournant les yeux vers Meli. Vous avez décidé de rester ?

La main de Meli se resserra autour de celle de Lyr.

— Oui, Dame Mage.

Dame Mage ? se demanda Lyr. Puis il comprit subitement. La magie était très valorisée à Alfheim et Meli avait été sur le point d'être bannie pour son manque de facultés dans ce domaine. Elle ne pouvait pas savoir que Selia était une personne bienveillante. Il avait dit à Meli que la magie n'était pas requise ici, mais cela ne voulait pas dire qu'elle l'avait cru. Les habitudes ancrées ne s'envolaient pas en une nuit.

Selia fronça les sourcils et son sourire s'évanouit.

— Quelque chose ne va pas, Dame Meli ? J'espère que je ne vous ai pas offensée en étant si directe.

— Pas du tout, répondit Meli.

La jeune femme serra encore davantage la main de Lyr, mais son expression était résolue lorsqu'il la regarda. Elle releva le menton, lui rappelant de façon moins critique la fierté de l'ambassadrice, puis ajouta :

— Mais j'aimerais prendre un nouveau départ dans de bonnes conditions ici. Avec honnêteté. J'ai très peu de magie et la plupart des mages détestent cette tare. Si c'est votre cas, j'aimerais mieux le savoir maintenant.

Selia la regarda fixement pendant un moment. Puis elle plissa les yeux en affichant une moue dubitative.

— Qu'entendez-vous par « très peu de magie » ? Qui vous a dit ça ?

— Mes professeurs à Alfheim. (Lyr eut un pincement au cœur en ressentant la peine de Meli devant ce fait.) Les épreuves des mages ont bien failli me tuer. Quand ils ont voulu voir quelle quantité d'énergie je pouvais emmagasiner...

— Quelle quantité ? répéta Selia, rouge de colère. Vous n'êtes pas un cristal d'énergie. Vous ne pouvez peut-être pas en stocker beaucoup, mais ça ne veut pas dire... (Elle ferma les yeux et prit quelques grandes inspirations avant de regarder de nouveau Meli.) Pardonnez-moi. Je ne sais pas grand-chose de la magie chez les Ljósálfar. Je sais néanmoins que l'utilisation des runes requiert de la puissance. Dommage pour vos mages qu'ils n'aient pas reconnu ce fait.

Meli demeura figée sur place en premier lieu. Puis elle esquissa lentement un sourire.

— Merci.

— C'est simplement la vérité.

Selia recula d'un pas, la colère quittant ses traits, et se tourna vers Lyr.

— Êtes-vous certain de vouloir tester la cape ?

— Ça ne me dérange pas. Je n'ai pas été explorer les bois depuis longtemps, ça me manque. Je vous préviendrai quand je me mettrai en route pour que vous puissiez évaluer l'efficacité du sort d'ici.

Selia sourit.

— C'est parfait. Je serai dans ma chambre.

~

MELI DÉPOSA son sac dans l'entrée et observa la chambre circulaire, également située dans une tour. En face de la porte par laquelle ils étaient entrés, un lit était installé sous l'une des fenêtres, et un bureau se trouvait sous une autre fenêtre à sa droite. À sa gauche, un mur droit coupait le cercle, une porte étant la seule chose occupant l'espace. La pièce était sobre mais magnifique, avec des murs sculptés pour ressembler à l'écorce d'un arbre.

Lyr désigna la porte sur la gauche.

— Il y a de la place pour vos vêtements ainsi qu'une salle de bains derrière. Si vous souhaitez ajouter des meubles, il vous suffit de demander.

C'était si différent des murs carrés en pierre de sa chambre à Alfheim. Au lieu de la lumière éclatante des cristaux d'énergie ornant les pinacles, une douce lueur dorée émanait de globes montés sur des appliques murales ressemblant à des branches d'arbre.

— C'est très joli.

— J'espérais que ça vous plairait.

Ils demeurèrent là dans un silence maladroit, aucun d'eux ne souhaitant bouger. Meli avait toujours l'estomac noué par les propos du mage, et à présent son cœur était serré du désir de rester avec Lyr. Sans même s'en rendre compte, elle s'était rapprochée de lui, prenant parfois sa main de façon inconsciente. Elle allait devoir réfléchir à bien des choses, mais elle voulait le garder près d'elle durant ce temps.

— Vous allez faire une balade ?

Lorsqu'il hocha la tête pour acquiescer, le cœur de Meli se mit à battre plus vite et elle retint son souffle. Sa dernière expérience nocturne dans la forêt avait été loin d'être plaisante et elle pouvait voir la lumière du jour décliner par les fenêtres. Mais en compagnie de Lyr ? Ce moment de bravoure en vaudrait la peine.

— Est-ce que ça vous dérangerait si je venais avec vous ? J'aimerais beaucoup voir une vraie forêt. Enfin, à condition que je ne doive pas de nouveau vous secourir.

Lyr se mit à rire et son regard sombre s'éclaircit.

— Je ne peux rien garantir ces jours-ci. Mais je ferai de mon mieux. J'aimerais beaucoup que vous veniez avec moi.

Ils marchèrent main dans la main alors qu'ils revenaient sur leurs pas dans l'obscurité croissante. Mais cette fois, ils dépassèrent la tour des invités et poursuivirent leur route vers le nord. Meli regarda vers l'est, en direction du village niché dans la vallée en contrebas. Elle remercia intérieurement Freyr que Lyr n'ait pas prévu d'aller par là, car le souvenir de sa progression difficile dans la pénombre était encore bien présent.

Au bout du jardin, Lyr s'arrêta.

— Pouvez-vous communiquer par télépathie ?

— Bien sûr, répondit-elle d'un air étonné. Est-ce que ce n'est pas courant ici ?

— Si, mais je sais peu de choses sur les Ljósálfar.

Meli sourit.

— La plupart de mes semblables possèdent cette faculté. L'une des nombreuses caractéristiques que nous avons sans doute en commun.

— En effet. (Il sourit et désigna la forêt au loin.) Cette zone est moins sauvage que celle où vous m'avez trouvé. Ce côté de la vallée est plus entretenu et habité par endroits. J'aimerais mieux ne pas parler à voix haute afin que personne ne remarque notre présence.

Meli acquiesça d'un hochement de tête et effectua une légère poussée mentale dans l'esprit de Lyr pour s'assurer qu'ils pouvaient communiquer de cette façon. L'intimité de ce bref contact la fit tressaillir.

— *Très bien.*

— *Excusez-moi un instant, je vais contacter Selia.*

Elle acquiesça de nouveau et Lyr regarda dans le vide pendant quelques secondes. Puis il rabattit la capuche sur sa tête et la conduisit dans la forêt.

Le sol était recouvert de mousse ici et le sentier n'était pas accidenté. Si des rochers de la taille de ceux de l'autre côté de la vallée se trouvaient là autrefois, ils avaient été déplacés depuis longtemps. Les arbres étaient toutefois aussi grands et leur canopée réduisait l'éclat des lunes à une lueur tamisée. Au vu du pas assuré de Lyr, Meli supposa que leurs deux peuples avaient un autre trait féerique en commun : une excellente vision. Il se déplaçait aussi aisément qu'en pleine journée, et son assurance l'aida à se détendre et à profiter du paysage.

Ils suivirent la ligne de crête, la vallée s'étirant sur leur droite. Des lumières étaient visibles par intermittence à travers la canopée, révélant la présence de maisons qui n'auraient pas été visibles de jour. Elle ne voyait aucune habitation dans la zone où ils marchaient, mais elle avait un sentiment de paix plutôt que d'isolement. Les stridulations constantes des insectes résonnaient dans l'air humide, créant un fond sonore apaisant.

Lyr s'arrêta à l'endroit où la vallée s'ouvrait sur une vaste plaine en contrebas. Les arbres étaient plus fins à cet endroit et le clair de lune brillait sur des parcelles de terres déboisées. Des fermes ?

— *Vous voulez bien grimper ?* demanda Lyr.

Meli détacha ses yeux de la vue pour les tourner vers lui, puis vers les habits qu'elle portait.

— *Grimper ?*

— *Il y a une tour d'observation dans cet arbre,* répondit-il en désignant un large tronc à côté d'eux. *Il ne va pas tarder à pleuvoir et c'est un bon endroit pour se reposer.*

Meli leva les yeux vers le ciel, mais ne vit pas grand-chose d'autre que quelques nuages isolés passant devant les lunes. Le vent s'était toutefois levé et la terre sentait en quelque sorte... l'humidité. Elle s'y connaissait peu en matière de climat naturel après une vie passée dans l'environnement contrôlé d'Alfheim.

— *Je vais voir si j'y arrive.*

La jeune femme défit sa ceinture et retira sa tunique à manches longues, rigolant en constatant qu'elle avait entièrement accaparé l'attention de Lyr. Elle poussa un soupir en sentant la caresse de la brise sur ses jambes et ses bras. Ses vêtements étaient plus adaptés au climat frais de sa terre natale qu'à la chaleur de Moranaia, mais la fine chemise courte qu'elle portait sous sa tunique était parfaite. Il faudrait qu'elle se procure quelques-unes de ces robes légères que les femmes portaient ici.

— Ce n'était peut-être pas une bonne idée, murmura Lyr. (Il sourit.) Ou une très bonne au contraire.

Meli lui répondit par un éclat de rire et le suivit jusqu'au pied de l'arbre, avant d'entamer son ascension à l'aide des échelons qui se trouvaient là.

— Est-ce que vous avez dû entailler l'écorce pour les fabriquer ?

Lyr baissa les yeux vers elle.

— Les mages ont façonné l'accès de façon à ce que l'arbre ne soit pas abîmé.

Évidemment. Meli commençait à comprendre que les Moranaiens ne plaisantaient pas avec leurs arbres.

Ils arrivèrent à un abri aménagé entre trois énormes branches. Lyr alla s'asseoir sur le côté, ses jambes étendues devant lui, et Meli s'installa près de lui. Même si elle était essoufflée, la vue qui s'offrait à elle en valait bien la peine. Elle pouvait voir d'autres collines au loin, par-delà les champs. À la base de l'une d'elles, la lueur des lunes se reflétait sur une surface argentée, révélant la présence d'un lac.

Lyr soupira de contentement et se pencha en arrière, appuyé sur ses mains. L'abri était juste assez grand pour eux et peut-être même une autre personne, et ils étaient perchés si haut qu'on aurait dit qu'ils étaient seuls au monde. Meli aurait peut-être dû s'en inquiéter, étant donné qu'elle le connaissait à peine, mais il n'avait aucune raison de lui faire du mal. Il aurait pu la renvoyer à Alfheim s'il avait voulu faire cela.

— La grimpette valait le coup ? demanda Lyr d'une voix résonnant agréablement dans l'espace réduit.

Meli lui sourit.

— Totalement.

Les premières gouttes de pluie commencèrent à crépiter sur le toit et à humidifier les feuilles à l'extérieur de l'abri. Mais l'attention de Meli était entièrement accaparée par Lyr.

— Est-ce que vous vous plaisez ici ? Est-ce que votre position en tant que seigneur vous convient ?

— Oui. En grande partie. (Lyr se pencha en avant, son expression devenant plus sérieuse.) Pourtant, j'aurais préféré ne pas être *myern*, étant donné que j'occupe cette fonction à cause de la mort prématurée de mon père.

— C'est terrible. Je suis désolée de vous avoir posé cette question.

Lyr lui prit la main.

— Ne le soyez pas. Je voulais que nous apprenions à nous connaître. Il a été assassiné il y a plus de vingt ans et c'est la raison pour laquelle j'ai quitté précipitamment la Terre sans la mère d'Arlyn. Je n'ai jamais su que j'avais laissé une fille derrière moi.

— Arlyn m'en a un peu parlé. (Meli lui donna un petit coup de coude amical pour tenter de détendre l'atmosphère.) Ce demi-siècle n'a pas été très plaisant pour vous.

— Non, répondit-il en souriant néanmoins. Mais il valait la peine d'être vécu dans l'ensemble.

Ils se blottirent l'un contre l'autre dans un silence complice alors que la pluie martelait une symphonie.

— Est-ce que vous voulez bien m'en dire plus sur le lien d'âmes ? finit par demander Meli. De quoi s'agit-il ? Comment se forme-t-il ?

— Vous m'avez dit que vous aviez des compagnons d'âmes chez vous, répondit Lyr d'un air songeur. Je suppose que c'est une façon formelle de concrétiser ça. Il y a tout d'abord un échange de pendentifs. Avant de les donner, il y a des mots pour les activer, même si le simple fait de le vouloir peut être suffisant. Pour finir, il y a une union physique.

Horrifiée, Meli s'écarta pour pouvoir le regarder dans les yeux.

— Vous devez attendre de former un lien d'âmes pour partager une intimité physique dans ce monde ?

— Par les dieux, non ! s'exclama Lyr d'une voix étranglée entre deux éclats de rire. Nous deviendrions tous fous, vu que les liens d'âmes ne sont pas très courants. Mais l'union physique sert bel et bien à solidifier le lien une fois que le processus a été déclenché.

— Freyr soit loué, dit-elle dans un souffle.

Lyr afficha un sourire espiègle.

— Je pensais que les Ljósálfar étaient bien plus stricts à propos de ces choses-là.

— Oui et non, dit Meli en grimaçant, cherchant les bons mots pour lui expliquer. Nous pouvons nous unir physiquement avec qui bon nous semble, mais cet acte n'est pas du tout anodin. Notre corps nous appartient et le fait de le partager est donc considéré comme un honneur. C'est pour ça que les propos de dame Teronver étaient une grave insulte.

— Je serai bien content de la voir partir.

Elle lui donna de nouveau un petit coup de coude.

— Moi aussi.

La sensation de la peau de Lyr contre la sienne, malgré l'innocence de ce contact, fit battre le cœur de Meli plus vite. Elle n'avait jamais compris ce qu'étaient réellement des compagnons d'âmes avant de le toucher.

— Les hommes sont-ils chargés d'amorcer le lien d'âmes ?

— Pas vraiment. L'un ou l'autre des partenaires peut déclencher le processus.

Meli put entendre le sourire dans sa voix lorsqu'il ajouta :

— Bien que cet acte soit généralement accompli par celui des deux qui se précipite en premier. Les âmes sœurs sont rares et précieuses, et elles ont la réputation d'en avoir mis plus d'un dans l'embarras. Quand Kai a rencontré Arlyn pour la première fois, il a eu tellement peur de la perdre qu'il a amorcé leur union à son insu. Il a eu de la chance qu'elle lui ait pardonné.

— Comment avez-vous pu résister à la tentation d'en faire autant ? demanda-t-elle.

Meli avait pris soin de conserver un ton posé pour ne pas qu'il entende dans sa voix à quel point la réponse à cette question était importante pour elle.

Lyr releva une jambe et posa son coude sur son genou, son regard se tournant vers la lointaine vallée en contrebas.

— Je suppose que ma retenue est une malédiction.

Meli se figea.

— Une malédiction ?

— Je ne me suis pas uni à Aimee, dit-il en la regardant dans les yeux. Elle était humaine, ou c'est ce que je croyais du moins. J'ai appris par la suite qu'elle avait plus qu'un peu de sang elfe. Je voulais attendre d'en discuter avec Kai avant de lui faire traverser le Voile. Je ne voulais pas qu'elle soit blessée et je savais que les humains avaient du mal à traverser les brumes à cause de la fluc-tuation incessante du temps à l'intérieur.

Pendant un instant, Meli se sentit de nouveau enveloppée par les brumes glaciales du Voile et elle grimaça d'effroi.

— Une sage décision.

— Vraiment ? (Son visage se crispa de chagrin.) J'ai dû partir précipitamment, sans savoir que je n'allais pas pouvoir revenir. Aimee et Arlyn en ont toutes les deux souffert.

Que pouvait-elle dire ? S'il avait uni son âme à celle de son premier amour, Meli se serait retrouvée dans une position maladroite. Son cœur se serra en songeant à ce qui aurait pu se passer si elle était arrivée ici pour trouver Lyr déjà uni à quelqu'un. Mais dire cela reviendrait à se réjouir de sa souffrance.

— Je suis désolée.

— Les choses sont comme elles doivent être.

Lyr repoussa une mèche des cheveux de Meli derrière son oreille et son expression s'adoucit.

— Il n'y a que durant des jours comme celui-ci que je repense au passé. J'ai l'impression que votre présence ici est irréelle. Je n'au-rais jamais cru avoir une autre chance d'unir mon âme à une autre. Je ne savais pas que c'était possible.

Elle eut un pincement au cœur en entendant cela.

— Et voilà que je suis là, même pas certaine de le vouloir.

Lyr hocha la tête en évitant son regard. Le fait qu'il se replie subitement sur lui-même fit autant de mal à la jeune femme que son douloureux récit. Qu'est-ce qui l'attirait chez lui ? Elle avait l'impression de le connaître depuis toujours, comme s'il lui avait déjà murmuré des mots d'amour dans ses rêves. Il y avait toute une histoire entre eux qu'elle ne comprenait pas. Une attraction qui dépassait tout ce qu'elle avait jamais connu.

Le vent commença à souffler plus fort entre les arbres, les bourrasques projetant des gouttelettes d'eau par la petite ouverture par laquelle ils étaient entrés. L'air était plus froid à une telle hauteur et la fine chemise de Meli étant de plus en plus humide, elle se mit à claquer des dents. La jeune femme eut envie de rire. Elle avait souffert de la chaleur écrasante toute la journée, et à présent, elle aurait volontiers remis sa maudite tunique à manches longues.

Elle se frotta les bras pour les réchauffer et Lyr tourna la tête d'un air dubitatif en percevant son geste.

— Vous avez froid ?

— Aussi incroyable que ça puisse paraître, oui.

Il souleva sa cape pour l'inviter à se faufiler dessous.

— Venez, blottissez-vous. Nous pouvons admirer la vue le temps qu'il cesse de pleuvoir. Ça ne devrait plus être très long.

Comment pourrait-elle résister à une telle invitation ?

Meli abolit la courte distance entre eux et se glissa sous son bras. Presque aussitôt, elle se sentit réchauffée, en grande partie grâce à l'homme à son côté. Il rayonnait de chaleur, de vie, et de quelque chose d'autre... une sorte d'énergie en harmonie parfaite avec la sienne. Elle soupira et se blottit davantage contre lui, se sentant à sa place pour la première fois de sa vie.

Lyr tourna la tête vers elle et ils se retrouvèrent si proches que leurs souffles se mêlaient.

— Meli ? J'aimerais t'embrasser encore.

CHAPITRE 24

*L*yr s'attendait à ce que Meli hésite comme elle l'avait fait auparavant, mais ce ne fut pas le cas. À la place, elle se rapprocha davantage et effleura ses lèvres des siennes. Un contact des plus légers, mais le bas-ventre de Lyr se durcit. S'embrasa. Il fit glisser sa main de son épaule à sa hanche, et elle tressaillit. Puis elle se pressa contre son torse et l'embrassa de nouveau.

Le goût sucré de Meli l'envahit, pulsant en lui comme son propre sang dans ses veines. Lyr raffermit sa prise sur sa hanche alors que le désir explosait en lui, la retenue dont il avait parlé auparavant envolée. Sa main libre plongea dans les cheveux de Meli alors que sa bouche s'offrait entièrement à lui. Et la sensation de ses seins contre son torse... *Par les dieux !* Il laissa échapper un gémissement alors que ses mains partaient à l'assaut de son corps.

Meli se contorsionna pour se mettre à califourchon sur lui et enrouler ses bras autour de son cou. Les mains de Lyr remontèrent le long de son dos puis redescendirent vers sa taille jusqu'à ce qu'il agrippe ses hanches. Si elle continuait à se mouvoir contre lui, il allait perdre le peu de maîtrise qu'il lui restait. Il inclina la tête pour déposer une traînée de baisers le long de sa gorge, et les halètements de Meli résonnèrent dans le petit abri.

Toute crainte de l'offenser disparut de l'esprit de Lyr, mais il hésita avant de faire remonter ses mains pour s'emparer de ses seins. Meli croisa son regard et elle esquissa un sourire.

— Arrête de t'inquiéter. Je t'ai donné la permission.

Lyr n'eut pas besoin d'en entendre davantage. Leurs lèvres s'accrochèrent de nouveau avec ardeur alors qu'il l'allongeait sur le sol de l'abri. Elle agrippa les bords de sa cape un instant avant que ses propres mains partent à la découverte du corps de Lyr. Alors que les doigts de ce dernier effleuraient sa peau de manière aguichante juste en dessous de l'ourlet de sa chemise courte, elle commença à tirer sur sa tunique. *Clechtan !* Il allait devenir fou de désir.

Lyr se redressa, cherchant à dégrafer sa cape. Il voulait se débarrasser de ses vêtements pour être encore plus proche d'elle. Aussi proche qu'elle le lui permettrait. Il se débattit un petit moment avec l'attache métallique, puis soupira de soulagement lorsqu'elle céda. Il ôta la cape, aussitôt suivie de sa tunique, avant de retourner vers Meli. Sa bouche était plus savoureuse que n'importe quel vin.

— *LYR !*

Cette voix avait explosé dans son esprit, lui causant une douleur immédiate et cuisante. Il se redressa brusquement en poussant un cri étranglé, puis roula sur le dos. Aveuglément, il pressa ses doigts contre ses tempes. Il remarqua à peine la main de Meli sur son épaule alors qu'il luttait pour contrôler cette atroce sensation.

— Qu'est-ce qui ne va pas ?

— Lial. Déflagration mentale, répondit Lyr dans un souffle.

Il ne savait absolument pas ce qu'elle avait pensé de son explication, car les mots que le guérisseur prononça ensuite déclenchèrent une nouvelle vague de douleur.

— *OÙ ES-TU ?*

— Pour l'amour de toutes les déités, MOINS FORT, lui répondit Lyr de façon tout aussi puissante, s'assurant de lui communiquer toute l'étendue de son agonie.

Il y eut un moment de silence avant que de la stupeur et des regrets se répercutent à travers leur liaison.

— *Pardonne-moi, Lyr. Je ne voulais pas te faire mal. Je te cherche depuis plus d'une heure.*

Les mots du guérisseur furent accompagnés d'un flux d'énergie apaisante. Peu important, mais suffisant pour que Lyr puisse de nouveau réfléchir.

— *Je me balade dans les bois. Dame Selia m'a demandé de tester une nouvelle cape.*

— *Est-ce que ce fichu vêtement t'a rayé de la carte ?*

— *Comment ça ?*

Lyr ouvrit doucement les yeux, tout en continuant à se masser les tempes, et se détendit quand il ne ressentit pas de douleur supplémentaire. Le visage de Meli était pâle sous la lueur tamisée des lunes alors qu'elle était penchée au-dessus de lui, et il s'efforça de lui fournir une explication.

— Lial m'a contacté par télépathie. Et de manière plutôt brusque.

Elle soupira de soulagement et le regard de Lyr se posa sur sa bouche. Il voulut recommencer à l'embrasser, mais la voix du guérisseur fit de nouveau irruption dans son esprit.

— *Tu avais disparu. De la carte mentale du domaine. De nos radars sensoriels. Si Kai pouvait communiquer sur une plus longue portée, il aurait bien d'autres choses à te dire.*

Même s'il avait envie d'étrangler Lial à cet instant, Lyr ne put s'empêcher de sourire face à cette vérité.

— *Je n'en doute pas. Tu peux lui assurer que je vais bien. J'aurais même pu aller plus que bien sans ton interruption intempestive.*

— *Ah... toutes mes excuses.* (Le guérisseur hésita un instant.) *Mais il y a encore beaucoup de choses non résolues avec les Neoriens. Tu voulais que je te fasse mon rapport dès que j'aurais un moment de libre.*

Lyr réprima la bordée de jurons qui lui traversèrent l'esprit. Le travail. Toujours le travail.

— Je vais revenir aussi vite que possible. Au moins, Selia peut être certaine que sa cape est parfaite pour masquer mon énergie.

— Aucun doute là-dessus.

Lyr se passa une main sur le visage en soupirant. Ses tempes étaient encore un peu douloureuses et sa bonne humeur s'était envolée.

— Pardonne-moi, Meli. Lial a des nouvelles à rapporter, et je crains que le domaine, ou du moins Kai, soit en proie à une grande agitation. La cape a fonctionné mieux que prévu. Ils pensaient que j'avais disparu jusqu'à ce que je l'enlève.

Meli écarquilla les yeux, puis elle le surprit en éclatant de rire.

— Dommage que nous ne les ayons pas fait attendre plus longtemps.

— Tu es certaine de ne pas te sentir offensée ? Je n'avais pas l'intention d'aller si vite.

Meli leva les yeux au ciel.

— Je t'ai autorisé à le faire.

— C'est vrai. Je suppose que je ne suis pas certain de ces choses-là parce que je ne connais pas les coutumes de ton peuple.

Dérouté, il remit sa tunique et se glissa sous la cape, gardant toutefois la capuche rabattue dans son dos.

— Tu pourrais peut-être m'en dire plus sur Alfheim.

Meli alla jusqu'à la sortie de l'abri puis se tourna pour entamer prudemment la descente des échelons, un par un.

— Avec plaisir.

Il leur fallut plus de temps pour redescendre de l'arbre qu'ils n'en avaient mis pour monter, car le tronc était glissant après la pluie. Lyr s'inquiéta de ne pas être passé devant, comme Meli ne semblait pas familière avec le fait de grimper aux arbres – quel que soit le temps qu'il faisait –, mais elle descendait d'un pas assuré. Lorsqu'il se laissa tomber à côté d'elle, elle s'apprêtait déjà à saisir la lourde tunique qu'elle portait habituellement.

— Ah, par Freyr ! maugréa-t-elle en tenant le vêtement à bout de bras. Elle est complètement trempée. J'aurais dû penser à l'emporter là-haut.

Lyr jeta un œil à la fine étoffe de sa chemise et ne put trouver une seule bonne raison d'être d'accord avec elle. Mais il serait tout de même impoli de sa part de ne pas lui venir en aide.

— Je peux la sécher. Donne-la-moi.

Il utilisa un sortilège à effet immédiat qu'il avait appris lorsqu'il avait campé pour la première fois dans son enfance. En un rien de temps, il lui tendit une chemise parfaitement sèche. Meli la prit de façon presque hésitante, la regarda fixement, puis la posa en travers d'une de ses épaules.

— Merci. Je pense que je vais attendre que nous soyons plus proches du domaine avant de la mettre. Il fait tellement plus chaud là en bas.

Lyr sourit. Il n'allait pas la contredire. Prenant de nouveau sa main, il la ramena au domaine par le même chemin qu'à l'aller. L'air était empreint d'humidité suite à la pluie et la senteur de la terre détrempée était forte, mais il prêta à peine attention à tout cela. Il écouta la voix de Meli alors qu'elle lui décrivait le monde où elle était née, les mots se transformant en images dans son esprit. Comment pouvaient-ils préférer la froideur de la pierre à la forêt pleine de vie ?

Le fait qu'elle ait eu une vie difficile là-bas lui faisait de la peine, même si elle lui avait dit que sa famille était aimante. Il avait toujours su que les Ljósálfar étaient plutôt inflexibles et qu'ils se croyaient supérieurs aux autres espèces féeriques. Il n'avait cependant pas réalisé qu'ils pouvaient aussi traiter leurs propres gens de la sorte. À Moranaia, tous les talents étaient les bienvenus si la communauté pouvait en bénéficier. Mais à Alfheim, il fallait rentrer dans un moule plus petit.

— Est-ce que tout le monde doit avoir le statut de mage ? demanda Lyr.

— Non, répondit Meli en grimaçant. Ceux qui sont doués pour le combat peuvent devenir des guerriers ou des gardes. Certains prospèrent dans le commerce, comme la fabrication de meubles ou la production de nourriture – le tout à l'aide de la magie. D'autres comme l'ambassadrice ont des talents d'orateur.

Les moins aptes sont souvent employés comme assistants et utilisent leurs faibles capacités au mieux. Et ceux qui ne sont bons à rien, comme moi...

Lyr s'arrêta, incapable de résister à l'envie de lui caresser la joue.

— Tu n'es pas bonne à rien.

Son regard était doux, mais elle fit non de la tête.

— Aux yeux des Ljósálfar, si. Je serais reléguée au rang le plus bas des serviteurs si je retournais là-bas.

— Rappelle-moi que je n'ai pas besoin d'une guerre, dit Lyr d'un ton mordant. Pas au milieu de tout ça.

Meli se contenta de rire. Puis elle agrippa son poignet et l'attira vers elle.

— Je croyais que la retenue était une malédiction chez toi. C'est peut-être plutôt ton sens de l'honneur qui te perdra.

— Les pleines lunes mettraient à rude épreuve la meilleure des disciplines, grommela-t-il.

Elle sourit de façon taquine.

— Je n'en doute pas.

Après avoir raccompagné Meli jusqu'au pied de sa tour, Lyr se dirigea à grandes enjambées vers son bureau, percevant la présence de tous ceux qui l'attendaient là-bas. Il trouvait cela intrigant que Kai, Arlyn et Lial n'aient pas réussi à détecter la sienne en utilisant la clé du domaine, car lui-même y avait toujours aisément accès. Le sortilège élaboré par Selia devait être vraiment puissant, étant donné qu'elle n'avait elle-même pas la clé. Enfin, pas officiellement en tout cas. Elle avait effectivement travaillé avec lui et Arlyn pour renforcer les moyens de défense ancestraux de Braelyn.

Dès que la porte s'ouvrit, Kai bondit sur ses pieds.

— Ce tour de passe-passe était cruel.

Lyr s'arrêta net, surpris.

— De quoi parles-tu ?

— Après une journée remplie de cadavres, ce n'était pas rien de penser que tu étais mort.

Lyr comprit subitement. Même s'il était plus âgé que Kai, ce dernier avait adopté une attitude protectrice envers lui depuis qu'Aimee était sortie de sa vie. D'un côté, il était toujours sage de surveiller une personne de pouvoir ayant perdu une âme sœur.

— Ce n'était pas un tour de passe-passe, mais je m'excuse néanmoins. Je ne savais absolument pas que la cape serait aussi efficace. J'ai tout de même prévenu Selia de mon départ.

— Je ne l'ai pas vue, dit Kai en se laissant tomber sur sa chaise et en se passant une main dans les cheveux. Arlyn a dit qu'elle ne pensait pas que tu étais mort, mais...

Lyr afficha un air contrit. Après le rapport que son ami lui avait fait précédemment, il pouvait imaginer ce que Kai avait dû visualiser.

— J'aurais dû te mettre au courant. J'avais décidé de montrer la forêt à Meli et je ne me suis pas posé de questions à propos de mon départ. Ça fait des siècles que je vais où bon me semble, après tout.

— Sans doute, dit Lial en s'écartant du bureau où il s'était appuyé. Mais tu ne t'es pas non plus posé de questions à propos de la crise actuelle.

Même si Lyr aurait dû se sentir embarrassé par ce reproche, il ne l'était pas. Il refusait de regretter le temps qu'il avait passé avec Meli.

— Si j'avais su que la télépathie ne fonctionnait pas avec la cape sur le dos, je vous aurais prévenus. Meli pouvait communiquer avec moi de cette façon, alors j'ai supposé que les autres aussi.

— Il me semble que je pouvais te percevoir aussi d'une certaine façon, dit Arlyn depuis sa chaise à côté de Kai. Pas clairement, mais assez pour ne pas paniquer. Même là, alors que tu es debout devant moi, je perçois juste un soupçon de ton énergie.

Lyr portait toujours la cape. Il la dégrafa – une tâche bien plus aisée sous un bon éclairage – et la posa sur une chaise avant de s'en éloigner.

— Et maintenant ?

— C'est bien mieux, répondit Arlyn en se détendant.

Lial et Kai confirmèrent cet avis d'un hochement de tête.

Lyr se laissa tomber sur le siège de son bureau.

— En admettant que ce sortilège puisse s'avérer utile, je vais devoir demander à Selia si elle peut faire des ajustements. Ceux qui possèdent la clé du domaine devraient être capables de communiquer avec moi au moins. Mais pourquoi tu ne m'as pas contacté, Arlyn ?

Sa fille leva les mains d'un geste impuissant.

— J'ai essayé, mais chaque fois que j'y étais presque, ton énergie semblait vaciller et tu étais de nouveau hors de portée. Je suis encore novice dans la façon de se connecter.

— Nous allons travailler là-dessus, dit Lyr en se massant les tempes, encore un peu douloureuses à cause de la déflagration mentale provoquée par le guérisseur. J'aimerais autant que Lial ne me contacte plus pendant un moment.

— J'ai fait au plus vite et j'ai ratissé large, dit Lial en contournant le bureau.

Malgré son humour souvent mordant, Lial était un guérisseur avant tout. Ses yeux exprimaient un véritable regret devant la douleur qu'il avait causée.

— Je n'ai pas vraiment réfléchi à la puissance que je pouvais dégager, ajouta-t-il.

Le guérisseur tendit la main, son énergie jaillissant de sa paume avant que Lyr puisse protester. Quelques instants plus tard, la douleur avait disparu.

— Tu devrais garder tes forces pour les Neoriens.

Lial recula en haussant les épaules.

— Je vais aller me reposer dans ma chambre après tout ça puisque je ne peux plus faire grand-chose pour eux ce soir. Il n'y avait plus aucune trace de l'énergie empoisonnée parmi les survivants, et leurs dommages corporels ont été stabilisés.

— Attends, dit Lyr d'un air étonné. Le poison a simplement... disparu ?

— Comme si le Voile les avait purifiés, répondit Lial. Mais leurs esprits sont dans un sale état. Leurs canaux magiques ont été ouverts de manière brutale et sont à vif. D'autres parties moins importantes de leur cerveau sont en miettes. Pas étonnant que la plupart d'entre eux souffrent de démence.

— Est-ce que tu peux les soigner ?

Lial fit oui de la tête.

— Ça prendra du temps, mais je pense que c'est faisable. Les canaux de Ralan étaient dans le même état après avoir été en contact avec le poison sur Terre, et j'ai pu réparer les dégâts.

La porte s'ouvrit dans un cliquetis et Selia entra, suivie de Lynia. Lyr se figea, se souvenant de la panique des autres à cause de la cape, mais le visage de sa mère affichait seulement un air concentré. Il se radossa à son siège lorsqu'elle lui sourit.

— J'étais en train de discuter avec Selia lorsque tu as disparu. Elle m'a expliqué ce qui s'était passé, clarifia sa mère avant qu'il ait le temps de lui demander.

Lyr lança un bref regard au guérisseur.

— Je suis surpris que Lial ne soit pas venu te voir s'il pensait que j'étais blessé. Il me semble que ça aurait évité à tout le monde de se faire du souci.

— Je...

Une rougeur monta aux joues de Lial et il passa une main sur cette couleur révélatrice avant d'ajouter :

— Je m'efforce de ne pas déranger dame Lynia ces temps-ci.

Dans le silence qui s'ensuivit, Selia s'avança vers eux.

— J'ai bien peur que ce soit ma faute. Ou celle d'Iren, plutôt. Malgré ses 11 ans, il est difficile de le mettre au lit. J'avais l'intention de prévenir les autres après Lynia, mais j'ai été distraite par ses caprices.

— J'étais comme lui à cet âge-là, dit Lyr en souriant. De mon côté, j'ai aussi été trop distrait pour informer qui que ce soit de la situation.

Lial lança un regard indéchiffrable à Lynia puis redressa le dos.

— Si nous avons terminé, je vais aller me reposer. Vous devriez tous en faire autant.

Lyr hocha la tête pour acquiescer et se renfonça dans son siège.

— Excellent conseil.

Dommage qu'il ait lui-même trop de travail pour le suivre.

CHAPITRE 25

La lumière de l'aube filtrait à travers les arbres et faisait scintiller les tuniques blanches des Ljósálfar alors qu'elles se tenaient debout devant le portail dans la clairière. Mais cette fois, Meli attendait avec Lyr, Arlyn, et Kai. Alors qu'une Moranaienne aux cheveux foncés donnait des instructions aux Ljósálfar pour la traversée, Meli balaya les environs du regard d'un air circonspect. Cette clairière n'était-elle pas plus petite lorsqu'ils étaient arrivés ?

D'une poussée mentale hésitante, elle parvint à obtenir l'attention de Lyr.

— *Est-ce que j'ai perdu la raison ou y a-t-il vraiment moins d'arbres ?*

— *Kai pensait ramener plus de survivants lors de sa dernière mission, alors nous avons élargi la zone.* (Il entrelaça ses doigts avec les siens.) *Est-ce que tu veux t'adresser au groupe avant leur départ ?*

— *J'aimerais parler à Pol.*

Meli observa le groupe. Seules les femmes en tunique blanche étaient présentes.

— *Mais où est-il ?* demanda-t-elle.

Un mouvement attira son regard juste avant que Pol fasse son apparition dans la clairière, son sourire en coin habituel aux lèvres.

— Vous me cherchiez ?

— Je voulais vous remercier, dit Meli. Je ne sais pas vraiment pourquoi vous m'avez aidée, mais je vous en suis reconnaissante.

— Alfheim demeure figé dans ses principes contre toute sagesse, et vous et votre compagnon apporterez sûrement des changements plus que nécessaires. Prendre l'avantage sur Freyr en résolvant le problème ? C'est une récompense largement suffisante.

Pol se pencha vers elle et sa voix se réduisit à un murmure lorsqu'il ajouta :

— Par ailleurs, je vous considère comme des amis, vous et Lyr. Et mes amis m'appellent Loki.

Dans un éclat de rire, il dépassa les Ljósálfar en courant et franchit précipitamment le portail. Meli garda les yeux rivés sur le portail, une boule se formant dans sa gorge. Par tous les dieux, elle avait envoyé promener *Loki* dans les brumes. Et elle était encore en vie. Il la considérait comme une amie. Sa bouche s'ouvrit, mais aucun son n'en sortit.

À son côté, Lyr secoua la tête d'un air effaré.

— Je savais que ce n'était pas un Ljósálfr, mais je n'avais pas deviné que nous avions affaire à un dieu.

Les autres étaient toujours debout près du portail, exprimant divers degrés d'étonnement après le départ précipité de Pol. Puis une curieuse lueur passa dans les yeux de l'ambassadrice et elle esquissa un sourire. Elle adressa un signe de la main à Berris et Orena, et elles s'avancèrent toutes vers l'arche derrière la guide moranaienne. Au dernier moment, dame Teronver se retourna et son sourire s'élargit.

— Meli. J'ai failli oublier.

Tout le corps de Meli se mit à fourmiller d'appréhension.

— Oublier quoi ?

Le sortilège heurta la jeune elfe de plein fouet, rapide et meurtrier. Ses frêles boucliers se désagrégèrent en un instant. Alors que Meli commençait à s'effondrer, tout devint noir autour d'elle.

~

LYR EUT le souffle coupé et faillit se courber en deux sous le coup de l'étrange douleur glaciale qui l'assaillit à travers sa connexion avec Meli. Il se mit à haleter pour reprendre son souffle alors que cette sensation s'estompait, remplacée par un vide encore plus terrifiant que la douleur. Le cœur battant, il pivota sur ses talons et vit Arlyn allonger le corps inerte de Meli sur l'herbe. La fureur monta en lui, menaçant de l'étouffer, et il tira sa dague de son fourreau.

Lorsqu'il se tourna vers le portail, il écarquilla les yeux en voyant Berris maintenir dame Teronver immobile, la guerrière pressant sa propre dague contre la gorge de l'ambassadrice. Lyr s'avança d'un pas, raffermissant sa prise sur le manche de sa lame. Mais ni lui ni Berris n'eurent l'occasion d'agir. Son visage perdant toute couleur, Teronver se figea.

— Pol, dit-elle dans un râle.

Puis ses yeux se révulsèrent et elle murmura un dernier mot :

— Hel.

Le corps de l'ambassadrice devint flasque. Berris l'allongea sur le sol et Orena s'agenouilla à côté d'elle, cherchant le moindre signe de vie. Le visage pâle, Berris leva les yeux.

— Morte. Juste... partie.

Le cœur de Lyr se serra de façon presque aussi douloureuse que s'il avait été blessé. Il tomba à genoux à côté de Meli, ses doigts volant vers son cou. Même s'il se sentit moins oppressé en constatant que son pouls était régulier, il voyait bien que quelque chose n'allait vraiment pas. La peau de Meli était froide, sa respiration à peine audible. Il agrippa ses mains, l'enjoignant silencieusement à se réveiller. Même la connexion entre eux semblait plus faible. Assourdie.

— Papa ?

Lyr tourna aussitôt les yeux vers Arlyn, agenouillée de l'autre côté de Meli.

— Elle est en vie, mais dans un état critique.

— Où est Lial ?

Lyr balaya la clairière du regard avant que son esprit confus se rappelle où se trouvait le guérisseur – avec les Neoriens, dans leur campement. Il souleva le corps inerte de Meli dans ses bras puis regarda Kai et les *sonal* encerclant les Ljósálfar.

— Retenez-les pendant que je vais chercher de l'aide pour dame Meli. Traitez-les avec respect, elles ne sont pas prisonnières pour l'instant.

Sans ajouter un mot, il partit en courant vers le camp des Neoriens, suivi de quelques gardes. La distance à parcourir était courte, ce qui était une bénédiction, car sa peur semblait de plus en plus pesante à chacun de ses pas. Il contacta le guérisseur par télépathie pour lui dire de se tenir prêt quelques instants à peine avant de franchir le champ de force magique entourant le campement.

La lueur de son pouvoir était en train de s'estomper de ses mains alors que Lial s'écartait d'une femme endormie sur une petite paillasse.

— Je suis en train de faire un soin. Qu'est-ce qu... ?

Le guérisseur écarquilla les yeux en apercevant Meli et il se précipita vers une paillasse vide.

— Ici. Qu'est-ce qui s'est passé ?

— Je ne sais pas, répondit Lyr en allongeant délicatement la jeune femme avant de se laisser tomber à genoux à côté d'elle. L'ambassadrice s'est retournée avant de franchir le portail et elle a lancé un sort. Meli s'est effondrée.

Lial ne perdit pas de temps, la lueur bleue émanant aussitôt de ses mains lorsqu'il les plaça au-dessus de la tête de Meli. Son pouvoir se déversa hors de lui et enveloppa tout le corps de la jeune femme. Mais lorsque la lueur s'estompa, elle n'était toujours pas réveillée.

— Son corps est intact. Il n'y a pas de dégâts physiques, affirma Lial.

— Alors pourquoi est-elle inconsciente ?

— Je... je ne sais pas trop, répondit le guérisseur d'un air renfrogné. Je crois que quelque chose maintient son esprit séparé de son corps. Mais je ne connais rien qui puisse faire ça.

Le cœur de Lyr se mit à cogner dans sa poitrine. Sa connexion avec Meli s'affaiblissait de manière graduelle mais alarmante.

— Tu peux faire quelque chose ?

Lial secoua la tête, l'air de plus en plus renfrogné.

— Non. Je ne sais même pas à quoi nous avons affaire. Ralan pourrait peut-être établir une liaison avec son esprit. Ou dame Selia pourrait essayer d'identifier le sortilège utilisé.

Après avoir rapidement remercié le guérisseur, Lyr souleva de nouveau Meli dans ses bras et repartit en courant en direction du domaine. Il n'avait jamais fait attention à la distance à parcourir avant, mais chaque instant qui passait lui semblait durer une éternité. Il envoya un message télépathique à Ralan et Selia d'un ton affolé pour leur demander de le rejoindre dans sa chambre, sans se soucier du fait qu'ils pourraient trouver sa requête étrange. D'un autre côté, le devin devait savoir ce qui était en train de se passer. Il semblait être au courant de tout le reste.

Si personne d'autre ne pouvait arranger les choses, l'énergie d'Eradisel pourrait peut-être aider. Lyr fusa aveuglément à travers les couloirs et jusqu'en haut de l'escalier. Puis il pria n'importe quel dieu qui voudrait bien l'écouter de sauver Meli alors qu'il l'allongeait sur son lit. Ses cheveux blond clair s'étalèrent sur son oreiller comme il en avait rêvé, mais il n'y avait aucune autre similitude. Au lieu d'être fou de désir, il était glacé d'effroi jusqu'à l'âme.

Ralan arriva en premier, la stupeur qu'il affichait en aucun cas rassurante.

— Qu'est-ce qui s'est passé ?

— Tu veux dire que tu ne le sais pas ? rétorqua Lyr en s'asseyant sur le lit à côté de Meli. Où tu as juste une vague idée, comme d'habitude ?

Le prince s'arrêta au milieu de la pièce et le fusilla du regard.

— Je ne mérite pas ça. La dernière fois que j'ai regardé les fils du destin, je n'ai rien vu indiquant qu'elle serait blessée. Je ne suis vraiment pas au courant.

— Désolé. (Lyr prit quelques grandes inspirations forcées à travers ses dents serrées.) Je ne suis pas en colère contre toi. L'ambassadrice a jeté un sort à Meli, et Lial ne peut rien faire.

Avant que Ralan puisse demander plus de détails, Selia frappa à la porte et Lyr la pria d'entrer. Elle se précipita à l'intérieur, l'air visiblement confuse.

— Selia. Je vais vous expliquer à tous les deux.

Lyr leur relata ce qui s'était passé au portail, tentant d'examiner chaque détail au passage. Mais rien de nouveau ne lui vint à l'esprit. Lorsqu'il eut fini, Selia et Ralan semblaient perplexes. Selia alla se placer à côté de Meli et son regard croisa celui de Lyr. L'inquiétude qu'il y vit ne fit qu'accentuer sa peur.

— Je vais voir si je peux trouver le sort à blâmer.

Contrairement à ce qui s'était passé avec le guérisseur, Lyr ne vit aucun signe du pouvoir de Selia. Mais il le sentit, un doux vrombissement qui lui hérissa les poils des bras. Il se figea par instinct, ne voulant en aucune façon la déranger dans son travail. Il ne réalisa qu'il avait retenu son souffle que lorsque son pouvoir s'estompa et qu'elle ouvrit les yeux.

Le regard de Selia étincelait de rage.

— Je l'ai trouvé. Une chose ignoble, élaborée à partir d'une magie d'une époque très lointaine, même pour notre espèce. C'est une malédiction mortelle, conçue pour séparer définitivement l'âme du corps. Mais elle n'a pas été entièrement lancée.

Lyr repensa à la scène dans la clairière.

— Berris a dû interrompre l'ambassadrice. Ou Pol. Pouvez-vous inverser le processus ?

— Je ne suis pas certaine d'y arriver. Je suis en territoire inconnu ici. (Selia regarda Meli d'un air dubitatif.) Vous pourriez tenter d'amorcer votre union afin que son âme ne parte pas à la dérive.

Amorcer notre union ? Lyr eut un mouvement de recul et se sentit nauséeux devant cette suggestion.

— Je ne peux pas faire une telle chose sans sa permission. Surtout alors qu'elle m'a dit qu'elle ne savait pas encore quoi faire à ce propos.

— Kai l'a bien fait, dit Ralan depuis sa place au pied du lit. Arlyn lui a pardonné.

— Arlyn était consciente et elle avait la possibilité de refuser le pendentif. (Il faillit s'étouffer avec une remontée de bile dans la gorge.) Ce n'est pas la même chose.

Les épaules de Selia s'affaissèrent et elle hocha la tête pour acquiescer.

— Vous avez raison. Je vais voir ce que je peux faire avant d'envisager cette solution. Il devrait effectivement y avoir un consentement, surtout pour un lien d'âmes. Je vais avoir besoin d'un siège parce que ça va certainement prendre un bon moment.

Sans dire un mot, Ralan lui apporta une chaise. Selia se laissa tomber dessus et ferma les yeux. Alors qu'elle rassemblait de plus en plus d'énergie, Lyr ne pouvait rien faire d'autre qu'attendre.

— *Est-ce que tu peux voir ce qui va découler de ça ?* demanda-t-il à Ralan.

— *Plus ou moins*, répondit-il en s'asseyant avec précaution au bout du lit, le regard tourné vers Meli. *Il y a tant de futurs possibles que c'est difficile à démêler. Je ne comprends pas ce qui s'est passé ici. Rien de tout ça n'était possible hier. J'ai vu l'ambassadrice partir. Qu'est-ce qui a bien pu la pousser à faire ça ?*

— *Il ne s'est rien passé qui puisse justifier ça quand Meli et moi sommes allés récupérer ses affaires. Et dame Teronver n'a pas eu l'occasion de la revoir après puisque nous sommes partis en excursion...* (Lyr prit une brusque inspiration.) *Est-ce qu'elle nous aurait vus partir ? Elle blâmait déjà Meli pour l'échec de sa mission. Le fait de nous voir ensemble l'a peut-être fait basculer.*

Ralan haussa les épaules.

— *Ce n'est pas elle qui va nous le dire. Il est peu probable que les choses se passent bien avec Alfheim après ça. Même si les dieux impliqués peuvent changer la donne à loisir.*

Ils observèrent le mage à l'œuvre en silence pendant un moment avant que Ralan s'adresse de nouveau à lui.

— *Pourquoi m'as-tu fait venir ?*

— *Je ne connais personne de plus puissant que toi en magie mentale. Lial a dit que tu pourrais peut-être atteindre l'esprit de Meli.*

Ralan se tut, ses yeux dorés regardant dans le vide. Devrait-il essayer d'entrevoir les futurs possibles ? Non, il valait mieux que Lyr ne sache rien. Puis le prince cligna des yeux et hocha la tête.

— *Si je travaille avec Selia, ça pourra aider.*

Le devin ferma les yeux et son esprit mit fin à leur conversation télépathique. Le temps commença à s'égrener et la tension à monter. Lyr voulait prendre Meli dans ses bras ou au moins lui tenir la main, mais il avait peur de la toucher. Ou même de bouger. Ne sachant pas ce que Selia et Ralan étaient en train de faire, il craignait d'interférer. Il joignit fermement ses mains pour s'empêcher de la toucher.

Lorsque les yeux de Meli s'ouvrirent brusquement, Lyr faillit bondir sur place. Selia et Ralan n'avaient pas bougé et leurs énergies continuaient à tournoyer dans l'air comme auparavant. Les yeux clairs de Meli, empreints de confusion, croisèrent les siens.

— Lyr ? Quel est cet endroit ?

— Ma chambre.

— À Moranaia ? demanda-t-elle en regardant autour d'elle d'un air surpris. Ce n'est pas le monde que j'ai quitté.

Lyr se figea et cessa même de respirer. Qu'entendait-elle par là ?

— Tu te rappelles de moi, mais pas du voyage jusqu'ici ?

— Non, je... (Elle écarquilla les yeux.) Est-ce qu'Arlyn t'a retrouvé ?

Il ressentit une douleur cuisante dans la poitrine et inspira une grande bouffée d'air.

— Tu étais avec elle dans la clairière. Je ne comprends pas.

Les mains de la jeune femme agrippèrent la couverture située sous elle.

— Je ne suis plus simplement moi à présent, comme je m'y attendais. Je suis attirée vers elle. Vers toi. Nous le sommes.

Aussi brusquement qu'elle s'était exprimée, ses yeux se fermèrent et son corps redevint inerte. Lyr, en revanche, était si tendu qu'il menaçait d'exploser. Sa façon de le regarder et de lui parler… Pendant un instant, Aimee l'avait fixé à travers les yeux de Meli. Comment était-ce possible ? Le temps s'écoulait-il si différemment à Alfheim qu'elle se serait réincarnée et serait devenue adulte en seulement quelques années terrestres ?

Tout devenait plus clair sous ce nouveau jour. Comme leurs âmes n'avaient pas fusionné durant la vie précédente d'Aimee, celle de sa bien-aimée aurait pu revenir entière. Cela expliquerait sa seconde chance. Et ses rêves à propos d'Aimee errant dans le Voile. Il jeta un œil à Eradisel, se rappelant que l'arbre avait affirmé qu'elle ne s'y trouvait pas. Est-ce qu'elle était au courant ?

Le regard de Lyr revint se poser sur le corps inerte de Meli alors que ses émotions déferlaient en lui. Aimee réincarnée. Mais ce n'était pas Aimee. C'était Meli, et il l'appréciait comme elle était. Comment pourrait-il les voir comme deux personnes distinctes à présent ? Curieusement, il les voulait toutes les deux. Non, ce n'était pas entièrement vrai. Il en était venu à aimer la sérénité de Meli. Toutefois, il espérait qu'elle parviendrait un jour à ne plus douter d'elle. Mais ce simple fait lui donnait l'impression de trahir son premier amour.

Avant toute chose, toute considération, ils devaient la sauver. Sans plus se soucier de ce qui pourrait arriver, il tendit le bras et lui prit la main. Si elle pouvait se réveiller sans perturber Selia et Ralan, alors ce serait sûrement sans conséquence.

Lorsque la jeune femme ouvrit de nouveau les yeux, Lyr se figea entièrement. Mais le regard qui croisa le sien n'était pas tout à fait le même que la première fois où elle s'était réveillée.

— Je suis en vie ? Elle ne m'a pas tuée ?

— Qui ça ? demanda Lyr d'une voix hésitante, pas certain de savoir à qui il parlait.

— Teronver. Ce sortilège… (Meli s'interrompit, ses paupières semblant de plus en plus lourdes avant qu'elle se force à ouvrir les yeux.) Qui est l'homme qui n'arrêtait pas de m'appeler ?

Lyr se détendit, en proie à un sentiment s'apparentant à du soulagement, même si cela n'avait aucun sens.

— Ralan. Tu te rappelles t'être réveillée tout à l'heure ?

Meli parut perplexe.

— Tout à l'heure ? Je... Il s'est passé quelque chose, mais...

— Ne t'inquiète pas de ça, dit Lyr en pressant sa main. Comment te sens-tu ?

— Je crois que je suis de nouveau en train de sombrer.

Avant qu'il puisse répondre, elle libéra sa main et saisit le pendentif autour de son cou. Elle fit passer la chaîne par-dessus sa tête et tâtonna pour dégager le filet à pierre, enchevêtré dans ses cheveux, mais en un instant, il fut dans sa main.

— Prends-le.

— N'abandonne pas. (Son cœur se serra.) Nous allons tout tenter pour te ramener.

Meli agrippa plus fermement le collier.

— Non, prends-le. Et sauve-moi.

Lorsqu'une lumière jaillit du pendentif, il comprit ce qu'elle avait voulu dire. Un lien d'âmes pouvait être amorcé par la simple force de la volonté.

— Je ne te piègerai pas comme ça. Ce n'est pas correct.

Elle rit doucement alors même que sa main tremblait.

— Je te l'offre. Librement. Comme je le souhaite. S'il y a un piège, c'est moi qui l'ai conçu.

Lyr chancela, la retenue qu'il avait cultivée durant des décennies s'envolant sous ses yeux. Elle n'était même pas au courant à propos d'Aimee, de sa réincarnation. Comment pouvait-elle avoir les idées claires à cet instant ? Et pourtant, il tendit la main, effleurant la sienne en s'emparant du collier. Lorsqu'elle reviendrait à elle, elle pourrait bien le haïr. Ils pourraient avoir besoin de se présenter devant un prêtre d'Arneen pour qu'il rompe le lien. Mais alors que la magie s'écoulait entre eux, il ne pouvait pas trouver la force de s'en soucier.

CHAPITRE 26

Lorsque Meli ouvrit de nouveau les yeux, le monde n'était plus flou et ne tournoyait plus autour d'elle. Elle cligna des yeux sous la lumière baignant son visage, jusqu'à ce que sa vision s'ajuste. Puis elle cligna de nouveau des yeux. Au-dessus d'elle, le plafond était sculpté pour ressembler à des branches s'étirant à partir d'un arbre gigantesque, et c'était si bien fait que Meli crut qu'elle se trouvait dans la forêt. *Où... ?*

Puis des souvenirs lui revinrent brusquement. Une voix avait murmuré des paroles dans sa tête, lui ordonnant de rester. La vision du visage paniqué de Lyr, assis à côté d'elle sur le lit, lui était également parvenue. Était-elle dans la chambre de Lyr, alors ? C'était plus que probable.

Meli percevait la présence de Lyr sur la chaise à côté d'elle sans avoir besoin de tourner la tête. Leur connexion était plus forte, un véritable lien à présent. Elle ne le regrettait pas, même s'il pensait probablement que ce serait le cas. Ou il penserait qu'elle n'avait pas compris ce qu'elle faisait. Mais même malade, elle l'avait su. Ses craintes vis-à-vis du lien d'âmes l'avaient désertée la nuit dernière.

Meli n'aurait jamais donné sa permission à Lyr, pour le baiser ou tout ce qui avait suivi, si elle n'avait pas senti son âme résonner avec la sienne. Elle aurait attendu bien plus longtemps, afin de mieux le connaître. Elle avait passé beaucoup de temps à fixer son propre plafond la nuit dernière, essayant de prendre une décision. Et elle était parvenue à la conclusion qu'elle le voulait dans sa vie.

Elle poussa un petit soupir et changea de position, heureuse de constater que son corps était juste un peu endolori. Lyr s'assit aussitôt à côté d'elle.

— Meli ?

Alarmée par la curieuse intonation de sa voix, elle se mit de côté et fit reposer son poids sur son bras tremblant.

— Qu'est-ce qui ne va pas ? demanda-t-elle.

— Tu devrais te rallonger.

La chaise de Lyr crissa sur le plancher alors qu'il bondissait sur ses pieds, les traits tirés d'inquiétude. Mais Meli perçut également une pointe de peur à travers leur lien étroit.

— Une fois l'union amorcée, Selia a pu rompre le sortilège, mais tu es encore faible. Nous avons dû empêcher ton âme de quitter ton corps.

Voyant Meli frissonner, Lyr se hâta d'attraper une couverture au bout du lit. Elle se réinstalla contre les oreillers et le laissa l'envelopper dedans, même si elle n'avait pas frissonné de froid.

— J'ai seulement entendu des rumeurs à propos de ce sortilège. Beaucoup pensent qu'il s'agit d'un mythe. Je suppose que mon cas pourra aider à clarifier les choses.

— À condition que les dirigeants d'Alfheim acceptent de nous parler une fois que nous leur aurons rendu le corps de l'ambassadrice.

Lyr s'installa sur le lit à côté d'elle, mais ne la regarda pas vraiment dans les yeux quand il ajouta :

— Meli... je suis désolé.

Elle savait pourquoi il s'excusait et ce n'était pas à cause de sa blessure.

— J'avais déjà pris ma décision avant ça.

Son regard fusa vers le sien.

— Mais je croyais...

— Je voulais attendre que dame Teronver s'en aille avant de te le dire. Ce qui vient d'arriver n'a fait que précipiter les choses. (Meli vint poser sa main sur son avant-bras.) Est-ce que c'est ça qui te préoccupait ?

Lyr afficha un air contrit.

— Te souviens-tu de la première fois où tu t'es réveillée ?

— La première fois ? Non, je...

Mais la mémoire lui revint brusquement. Elle ferma les yeux pour lutter contre une vague de vertiges alors que les souvenirs affluaient. Elle était en train de dériver, cette faible voix tentant de la maintenir à proximité, lorsque sa conscience s'était scindée en deux au niveau d'une fissure longtemps passée inaperçue. Les images abstraites qui l'avaient toujours hantée – de Lyr, d'Arlyn, d'individus et de lieux étranges – s'étaient transformées en souvenirs concrets d'une vie qu'elle n'avait jamais vécue.

Elle avait tenté de remettre de l'ordre dans ses idées de manière presque hystérique tandis que cette autre partie d'elle s'éloignait. Alors qu'une partie de son être avait paniqué dans les ténèbres, l'autre s'était adressée à Lyr. Et lorsque ce fragment de son esprit était revenu, elle s'était sentie entière pour la première fois de sa vie. Il devait provenir d'une vie antérieure, d'une version d'elle-même qui n'était jusque-là pas prête à s'installer dans une nouvelle existence et dont les souvenirs avaient hanté la vie actuelle de Meli. Des légendes couraient sur ce genre de choses, mais elle ne connaissait personne à qui cela était arrivé.

Qu'avait dit la fée à propos d'Arlyn et elle ? Des âmes de sang. Les muscles de Meli se crispèrent alors que la signification de ce terme devenait claire. Même si les vagues images qu'elle avait toujours vues s'étaient de nouveau estompées, cette fusion finale des deux parties de son être lui avait révélé la vérité. Elle avait été la mère d'Arlyn dans sa vie antérieure. Elles avaient été liées par leurs âmes et leur sang à l'époque, et aujourd'hui elles l'étaient encore par leurs âmes. La mère d'Arlyn... et le premier amour de Lyr.

— Par Freyr, murmura Meli, abasourdie.

Comment Lyr allait-il accuser le coup ? Elle partageait une âme avec Aimee, certes, mais elle n'était *pas* la même personne. Le fait de s'être réincarnée parmi les Ljósálfar et d'avoir grandi à Alfheim avait laissé ses propres traces. Son esprit avait changé et s'était développé, son moi antérieur n'étant plus qu'un rêve flou. S'attendrait-il à ce qu'elle soit comme sa précédente âme sœur une fois qu'il aurait compris ?

Elle déglutit et croisa son regard.

— Qu'est-ce que j'ai dit quand je me suis réveillée ?

Il s'approcha d'elle et prit sa main dans la sienne.

— Tu avais l'esprit embrouillé. Tu as demandé si Arlyn m'avait retrouvé. Tu n'étais pas vraiment... toi-même.

— C'est le moins qu'on puisse dire, marmonna-t-elle.

— Alors tu t'en souviens ? demanda Lyr en prenant soin de peser ses mots.

Meli pressa sa main pour éviter qu'il la retire une fois qu'elle lui aurait dit.

— Je ne me rappelle pas ce qui a été dit. J'ai seulement des impressions. Pendant un moment, j'étais divisée. Lyr, je... je pense qu'il s'agissait de mon moi antérieur. Je pense que j'étais ta première âme sœur dans une autre vie. Mais je ne comprends pas comment c'est possible.

Au lieu d'avoir l'air choqué, Lyr se contenta de hocher la tête.

— C'est ce que j'avais cru comprendre d'après ce que tu as dit. À quel point le temps s'écoule-t-il différemment à Alfheim ?

— Il passe bien plus vite.

Meli le regarda fixement, troublée par son calme apparent. Alors il était déjà au courant ? Même si elle avait décelé un soupçon d'inquiétude à travers leur lien, il était moins contrarié que ce à quoi elle s'attendait.

— Autrefois, il pouvait arriver qu'un Ljósálfr revienne avec un humain à Alfheim. Lorsqu'il le ramenait sur Terre quelques années après, il ne s'était presque pas écoulé de temps là-bas.

Lyr parut surpris.

— Des humains à Alfheim ?

— Des amants, en général.

Meli rougit, même si son peuple ne se livrait plus à une telle pratique.

— Ah. Les Sidhes font la même chose.

Meli pencha la tête d'un air interrogateur.

— Vous ne faites pas ça ici ?

— Aucun humain n'a été admis à Moranaia de mémoire récente, mais personne n'a demandé à en faire entrer un non plus. La traversée du Voile est bien plus périlleuse entre la Terre et Moranaia, même pour un guide entraîné parfois. (Lyr regarda leurs mains jointes en soupirant.) C'est pour ça que je n'ai pas voulu tenter de faire traverser Aimee dans l'urgence quand...

Meli ne put retenir un petit rire sans joie.

— Je suppose que je ne serais pas là sinon.

— C'est vrai.

La jeune femme finit alors par percevoir à travers leur lien le chagrin auquel elle s'était attendue de sa part, et lorsqu'il leva les yeux, elle vit que cette souffrance avait assombri son regard.

— Elle – toi, je suppose – devait le savoir. Elle a demandé à Arlyn de me ramener mon pendentif et a dit que j'en aurais de nouveau besoin. Par deux fois, il a arrêté une lame, et j'ai donc cru que c'était pour ça qu'elle avait dit ça. Mais peut-être pas. Quand tu... quand elle a parlé tout à l'heure, elle a dit : « Je ne suis plus simplement moi à présent, comme je m'y attendais. »

Quel imbroglio ! Meli changeait sans cesse de position sous sa couverture.

— Je ne sais pas quoi faire de tout ça.

— Moi non plus, dit Lyr en lâchant sa main pour se frotter le visage. Meli, je ne veux pas que tu te sentes piégée dans cette union. Ton lien avec Aimee aurait-il pu influencer ta décision ? Si tu penses que c'est le cas, nos prêtres peuvent rompre un lien d'âmes, mais...

— Arrête. (Malgré son corps douloureux, elle se redressa en position assise.) Je t'ai dit que j'avais pris ma décision avant l'attaque de l'ambassadrice. J'avais songé à nous laisser plus de temps, mais je savais ce que je voulais. Je peux sembler faible, mais quand je prends une décision, je m'y tiens.

Lyr sembla confus.

— Je n'ai jamais dit que tu étais faible.

— Je sais.

Les épaules de Meli s'affaissèrent d'épuisement. Son énergie était trop basse pour s'engager dans une conversation aussi importante.

— Je sais aussi que cette histoire de vie antérieure rend les choses plus compliquées. Et pourtant, je ne ferai pas quelque chose d'irrévocable à cause de ta noblesse mal placée. Je te suis reconnaissante de m'avoir dit que j'avais le choix, mais je suis résolue.

— Je suis désolé. (Il soupira, mais en souriant.) Une fois de plus.

— Je suppose que je ne peux pas t'en vouloir. Je n'ai pas fait preuve de beaucoup d'enthousiasme quand tu m'as parlé du lien d'âmes pour la première fois. (Elle se radossa aux oreillers.) La nuit où tu as été blessé et où je t'ai trouvé dans la clairière, j'avais espéré que les runes me montreraient la meilleure façon d'aller de l'avant. Elles m'ont menée à toi.

Les yeux de Lyr reflétèrent un maelstrom d'émotions, si diverses qu'elle ne pouvait pas les distinguer les unes des autres malgré leur lien.

— Je suis resté assis là à réfléchir à tout ça. À essayer de décider si je devrais aussi te donner mon pendentif ou attendre.

Meli déglutit péniblement.

— Je ne veux pas plus te forcer la main que toi avec moi.

Lyr la regarda droit dans les yeux en agrippant son pendentif. Après un long moment, il l'ôta de son cou et le leva entre eux.

— *i'Tayah ay nac-mor kehy ler ehy anan taen.*

Lorsqu'un éclat de lumière jaillit du pendentif, elle tendit la main et s'émerveilla de sentir leur connexion se renforcer encore davantage quand ses doigts agrippèrent la chaîne. L'énergie dégagée par le pendentif faisait vibrer l'air autour d'eux alors qu'elle passait le collier autour de son cou.

Pour la première fois de sa vie, elle ne se sentait plus perdue. Elle avait été retrouvée.

~

Pendant un moment, Lyr ne parvint pas à se rappeler comment respirer. Il avait toujours pensé qu'il ne prononcerait jamais les mots qui uniraient son âme à une autre. Même après avoir rencontré Meli, il n'y croyait pas vraiment. Mais alors qu'elle plaçait le pendentif autour de son cou, il ne pouvait pas nier à quel point le lien entre eux s'était resserré.

Était-ce stupide de sa part d'avoir agi de manière impulsive ? Même s'il avait du mal à accepter l'idée qu'Aimee s'était réincarnée, il avait plus que tout désiré cette union avec Meli. Peut-être même davantage que lorsqu'il avait rencontré Aimee – une pensée qui suscitait un sentiment de culpabilité brûlant en lui. Il aurait dû attendre d'avoir réconcilié le passé avec le présent avant de lui donner son pendentif. Mais pour une fois, il s'était libéré de ses doutes et avait suivi l'exemple de son ami. Comme Kai, il avait agi par instinct. *Faites que ce ne soit pas une erreur, je vous en prie.*

La lueur du sortilège s'estompa, même si le pendentif continua à briller pendant encore quelques instants. Meli traça le contour des gravures du doigt.

— Il est cabossé, dit-elle à voix basse.

— Tout comme moi. J'ai mes propres cicatrices.

Lyr avait répondu cela sans y penser, mais c'était vrai.

Meli esquissa un sourire.

— Elles ont fait de toi celui que tu es, tout comme mon passé a fait de moi celle que je suis.

— Quelque chose auquel nous devrons tous les deux apprendre à faire face. (Il rit.) C'est sorti de façon plus dramatique que ce que j'avais prévu. Je voulais dire que nous avons encore beaucoup à apprendre l'un sur l'autre.

Les yeux de Meli se mirent à pétiller d'humour.

— Quand je serai rétablie, tu pourras peut-être me montrer quelques-unes de ces bosses.

❦

LA SALLE à manger était vide lorsque Lyr conduisit Meli à l'intérieur, hormis la présence d'un assistant qui plaçait un plateau de nourriture sur la table, devant la place où Lyr s'asseyait habituellement. Après avoir hoché la tête pour le remercier, il aida Meli à s'installer sur une chaise et leur servit à tous les deux du pain, de la viande, et du fromage. Il aurait voulu qu'elle se repose plus longtemps, mais elle avait refusé. Lyr observa son visage, à l'affût de signes de fatigue, même s'il pouvait sentir qu'elle allait bien à travers leur lien. S'il disait à son entourage à quel point son âme sœur était têtue, personne ne le croirait.

Ils en étaient à la moitié du repas lorsque Kai et Arlyn entrèrent. Sa fille marqua un temps d'arrêt pour les regarder attentivement et lorsque son regard tomba sur les colliers qu'ils avaient échangés, elle afficha un sourire radieux.

— Dieu merci !

Les doigts de Lyr se resserrèrent autour de la tasse qu'il venait de lever. Si lui-même ne savait pas trop quoi penser de ce qu'il avait appris à propos de Meli, il se demandait comment Arlyn allait bien pouvoir le prendre. Mais elle devait être mise au courant.

— Vous êtes venus pour manger ? Ou vous me cherchiez ?

— La seconde, répondit Arlyn en s'asseyant à côté de lui.

Kai regarda Lyr d'un air dubitatif avant de prendre place à côté d'Arlyn, qui ajouta :

— Il me semblait bien avoir senti votre présence ici. Ralan nous a dit ce qui s'était passé, mais je voulais voir de mes propres yeux comment vous alliez tous les deux.

— Je vais mieux que je ne devrais. Bien mieux, dit Meli. (Elle rougit.) Mais nous avons appris...

298

Arlyn les regarda tour à tour d'un air circonspect.

— Qu'est-ce qui ne va pas ?

— Autant aller droit au but, dit Lyr en reposant sa tasse avec un bruit sec. Quand nous étions en train d'essayer de la ramener, nous avons appris que... l'âme de Meli... appartenait à ta mère autrefois. Dans sa vie antérieure, Meli était Aimee.

Un silence pesant s'abattit sur la pièce. Arlyn demeura un instant bouche bée de stupéfaction, mais reprit rapidement ses esprits. Elle secoua la tête et laissa échapper un rire sans joie.

— C'est impossible. Maman est morte il y a seulement quelques années.

— Le temps s'écoule plus vite à Alfheim, lui expliqua Lyr, son cœur se serrant d'appréhension.

— Elle a 25 ans. C'est une adulte. Je ressens une connexion, c'est vrai, mais... (Arlyn se leva brusquement.) Elle n'est *pas* ma mère.

— Tu as raison. Je ne le suis pas, dit Meli d'une petite voix en regardant Arlyn d'un air peiné. Et pourtant, j'ai toujours eu de curieux souvenirs. Des impressions. Une fille aux cheveux roux coiffés bizarrement. Des bâtiments en métal, en pierre, et en verre. Et cette fille en robe bleue dansant devant une étrange maison en bois dans la forêt. Je rêvais aussi souvent de yeux verts.

Arlyn pâlit.

— Ce n'est pas possible.

— Je le croyais aussi, dit Lyr. Mais c'est vrai.

— Je ne peux pas juste... (Arlyn leva une main tremblante, puis la laissa retomber le long de son corps.) J'ai besoin de réfléchir à tout ça.

Arlyn les dévisagea pendant un moment. Puis elle tourna les talons et sortit de la pièce, un grognement étranglé résonnant dans son sillage. Lyr se leva de table pour la suivre, mais Kai fit non de la tête.

— Je vais aller la voir. Elle a besoin d'un peu de temps.

Kai se leva pour aller la rejoindre, mais il se retourna avant de passer la porte.

— On a beaucoup de choses à régler. Va voir Ralan, il t'expliquera.

Même si rien de tout cela n'était sa faute, Lyr avait quand même le cœur lourd. Ses yeux croisèrent le regard chagriné de Meli, et ils poussèrent tous les deux un soupir. Ils n'étaient pas les seuls qui allaient avoir du mal à s'adapter à la situation. Mais il comprenait. Oh, il comprenait très bien.

~

MELI S'ÉTAIT SENTIE FATIGUÉE après le déjeuner, alors Lyr l'avait raccompagnée jusqu'à sa chambre. Il avait voulu en profiter pour aller voir comment allait Arlyn, mais elle lui avait dit qu'elle avait besoin d'être seule. Même si elle n'avait pas eu l'air fâchée durant leur brève discussion, il ne pouvait pas s'empêcher de se faire du souci, leur relation étant encore suffisamment fragile pour qu'il craigne de la mettre à mal. Il ne voulait pas lui imposer sa présence si cela risquait d'aggraver la situation. Il ne lui restait donc plus qu'à aller travailler, même si c'était la dernière chose qu'il avait envie de faire.

Il était rare que Lyr n'apprécie pas son poste de *myern*, mais aujourd'hui, c'était le cas. Au lieu d'explorer son nouveau lien avec Meli, il était coincé devant son miroir, se préparant pour les deux conversations déplaisantes à venir. Lyr avait envoyé une lettre officielle et un cristal enchanté à Alfheim à travers le Voile avant le déjeuner, et à en juger par la douce lueur dorée autour du cadre de son miroir, le cristal avait bien été utilisé pour raccorder un miroir au sien. Il allait d'abord contacter Alfheim. Puis la reine de Neor.

Lyr prit une grande inspiration. Il était temps de découvrir comment les dirigeants d'Alfheim allaient réagir à la mort de dame Teronver.

Après avoir emmagasiné un peu d'énergie supplémentaire, il activa le sortilège qui ouvrirait la nouvelle voie de communication. Il perdit aussitôt une grande quantité d'énergie, la distance à couvrir étant plus grande que pour toutes les liaisons qu'il avait établies auparavant. Mais lorsqu'une image apparut sur le miroir, l'énergie s'écoula plus lentement hors de lui et le flux finit par se stabiliser. La Ljósálfr qui le jaugeait depuis l'autre côté devait être puissante au vu de toute l'énergie qu'elle apportait également pour maintenir la liaison.

— Je vous souhaite le bonjour. Je suis *Callian Myern i Lyrnis Dianore nai Braelyn of Moranaia*. Suis-je bien en communication avec Alfheim ?

La femme haussa l'un de ses sourcils brun doré.

— Vous êtes bien en liaison avec Alfheim, oui. Je dois dire que vous parlez très bien notre langue pour quelqu'un venant d'un monde si éloigné.

— Tout le mérite en revient à un sort et non à ma mémoire.

— Un sort que je ne connais pas, dit la femme avec une lueur d'admiration dans ses yeux gris. Je suis dame Vionafer, Haut-Mage d'Alfheim. Je ne suis pas une diplomate, mais bon, vous semblez être toujours en possession de celle que nous vous avons envoyée.

Lyr réprima un soupir.

— Je suppose que vous avez reçu ma lettre ? Dame Teronver a été tuée lors d'une attaque contre dame Ameliar.

— Je l'ai reçue. (Le mage fronça les sourcils d'un air perplexe.) Pourquoi quelqu'un les a-t-il attaquées ?

— Vous avez mal compris. (Lyr serra les dents de colère en se remémorant l'agression.) Juste avant de franchir le portail, l'ambassadrice a tenté de tuer dame Ameliar. Mon propre mage a affirmé qu'il s'agissait d'un sort létal provoquant une déchirure de l'âme. Si dame Teronver n'avait pas été interrompue avant de compléter le sort, Ameliar n'aurait pas pu être sauvée.

Dame Vionafer pâlit.

— Une déchirure de l'âme ? Ce sort est un secret bien gardé nécessitant des facultés allant bien au-delà de sa formation. Je pensais que seuls quelques...

Elle s'interrompit. Les lèvres pincées, elle retrouva sa contenance avant de poursuivre :

— Je vous présente mes plus sincères excuses. Je dois

rapporter ces nouvelles au roi. Même si je comprends qu'elle était sur le point d'être renvoyée ici en disgrâce, dame Teronver était la cousine du roi. Je ne sais pas comment il va réagir.

— Sachez que Moranaia n'a pas de mauvaises intentions envers Alfheim. Même si mes entrevues avec l'ambassadrice ont été... déplaisantes, les autres membres de la délégation ont parfaitement représenté Alfheim. Je renverrai Berris et Orena avec un guide cet après-midi avec tous les honneurs qui leur sont dus.

— J'ai aussi cru comprendre qu'Ameliar avait décidé de rester ?

— En effet. Ses facultés sont plus que bienvenues ici.

Le mage afficha une expression indéchiffrable. Lyr espérait que ce n'était pas mauvais signe. Puis dame Vionafer esquissa un sourire.

— Comme je m'en doutais. Est-ce qu'elle va bien ?

Lyr entendit le cliquetis de la porte qui s'ouvrait, mais il ne se retourna pas. Il détecta la présence de Ralan sans avoir besoin de regarder.

— Elle est en voie de rétablissement, heureusement.

— Je dois m'excuser au nom d'Alfheim pour les actions de dame Teronver, dit le mage d'un air contrit. Je vous informerai de la réaction du roi une fois que je lui aurai fait part des dernières nouvelles. Il ne sera sans doute pas enclin à entamer de nouveaux pourparlers avant un bon moment.

— C'est compréhensible. Je me permets cependant de souligner le fait que c'est lui qui est venu solliciter notre aide.

— Bien entendu, dit le mage en inclinant la tête. Que le destin vous soit favorable jusqu'à notre prochaine entrevue.

Lorsque l'image disparut pour laisser place à son propre reflet dans le miroir, Lyr se tourna enfin vers Ralan. Son ami haussait les sourcils d'un air surpris. Lyr lui fit signe d'approcher.

— Est-ce que tu vas simplement rester planté là ?

Ralan demeura perplexe encore un moment avant de secouer la tête.

— Désolé. Qui était cette femme ?

— Le Haut-Mage d'Alfheim. Plus sympathique que ce à quoi je m'attendais, honnêtement.

— Je ne peux pas la voir, murmura le prince.

— Alors comment savais-tu... ?

— Ses futurs, l'interrompit Ralan, visiblement intrigué. Quand je l'ai vue dans le miroir, les fils du destin concernant Alfheim se sont estompés. Sa présence m'empêche de voir l'avenir.

Même si Lyr n'était pas enclin à écouter les devins et leurs prédictions, son cœur se mit à battre plus vite suite à cette révélation.

— Ça n'augure rien de bon.

— Je n'en suis pas sûr. Ce n'est jamais arrivé avant, mais après avoir bloqué mon don pendant des siècles sur Terre, je manque de pratique.

Lyr aurait voulu croire à ces propos rassurants, mais l'inquiétude dans les yeux de Ralan les démentait. Cependant, il savait très bien que le prince ne dirait rien de plus à ce sujet avant d'être prêt à le faire.

— Est-ce que tu voulais me dire quelque chose ?

— Avant que tu contactes la reine de Neor... (Ralan soupira et regarda par la fenêtre avant de tourner de nouveau la tête vers Lyr.) Quelqu'un va devoir se rendre sur Terre, et au plus vite. Je ne peux pas voir ce qui se passe là-bas aussi bien qu'ici, mais je peux dire que Kien a changé de campement pour la dernière fois. S'il achève cette partie de son plan, nous échouerons.

— Tu veux que nous attaquions Kien ?

— Pas directement. Je pense qu'on devrait envoyer Kai et Arlyn à son campement précédent. S'ils parviennent à entraver le sort là-bas, tout l'ensemble va commencer à s'effondrer. (Ralan serra la mâchoire, les yeux soudain animés de rage.) Je m'occuperai personnellement de Kien quand le moment sera venu.

Lyr prit une grande inspiration et s'approcha du prince.

— Tu veux que j'envoie ma fille et mon meilleur ami en terrain dangereux en me basant simplement sur tes visions ? Tu viens juste de me dire que tu manquais de pratique. *Miaran*, Ralan, tu n'as pas de pouvoirs divins !

Le devin s'approcha à son tour et sa voix se réduisit à un murmure :

— Moi non. Mais Megelien, si.

CHAPITRE 27

— C'est comme la perdre de nouveau.

Arlyn était blottie contre Kai, qui passait sa main de façon apaisante dans ses cheveux. Les larmes l'avaient prise par surprise, presque autant que la révélation qui les avait suscitées. Elle n'était pas du genre à pleurer, mais il y avait quand même des limites. L'idée que sa mère était si proche et pourtant pas là les avait dépassées.

— Je suis désolé, *mialn*, murmura Kai contre son front. Je peux difficilement imaginer ce que tu ressens après avoir appris une telle chose.

Arlyn s'écarta pour pouvoir le regarder dans les yeux.

— Vraiment ? Tu as beaucoup souffert aussi après avoir découvert qu'Allafon n'était pas ton père. Je l'ai senti chez toi. Je le sens encore parfois.

Il s'immobilisa et esquissa un sourire.

— J'aurais dû me douter que je ne pourrais pas le cacher. Mais ce n'est pas tout à fait la même chose. Je n'ai aucune envie de le revoir, dans cette vie ou dans une autre. À moins que ça ne me donne l'occasion de le tuer de nouveau pour avoir assassiné ma mère.

— On fait la paire, dit-elle en reposant sa tête sur son épaule.

Un seul parent présent à nous deux, et il a endossé son rôle avec un train de retard.

— Tu n'es pas fâchée contre Lyr ?

Elle sembla réfléchir à la question.

— Non, plus maintenant. Et certainement pas à propos de Meli.

Kai recommença à passer sa main dans les cheveux d'Arlyn.

— Alors pourquoi tu as refusé de le voir ?

— J'avais besoin de temps. (Elle soupira.) Pour digérer. Pour ressentir les choses. Je n'ai jamais vraiment songé à la réincarnation avant. Meli a beau avoir des souvenirs de sa vie antérieure, elle n'est plus la même. Je ne sais pas quoi penser de ça ou d'elle.

— Lyr se sent sûrement partagé aussi.

Elle acquiesça d'un hochement de tête contre son torse.

— J'en suis certaine.

Ils demeurèrent allongés là pendant un moment, dans une ambiance paisible et réconfortante. Puis Kai grogna, le son vibrant contre l'oreille d'Arlyn.

— Est-ce que par hasard tu serais prête à voir Lyr maintenant ?

— Je suppose que oui. Pourquoi ? demanda-t-elle en se redressant, croisant le regard agacé de Kai. Qu'est-ce qui ne va pas ?

— Il vient juste de me contacter pour me dire qu'il a besoin de nous parler, dit Kai en repoussant ses longs cheveux derrière son dos pour les attacher avec un cordon de cuir. À propos d'une mission.

Arlyn parut étonnée.

— Il veut que je participe à une vraie mission ?

— Je suppose qu'on ne va pas tarder à le savoir.

Arlyn se hissa sur ses pieds. Que s'était-il encore passé ?

— On doit aller dans son bureau ?

— Non. Il va arriver sous peu.

Le cœur battant, Arlyn alla jusqu'à la fenêtre, même si elle ne se souciait pas de la vue. Lorsqu'on frappa à la porte, elle carra les épaules pour s'armer de courage. Elle avait dit la vérité à Kai à propos du fait qu'elle n'était pas en colère, mais ses émotions étaient confuses. Lyr se comporterait-il de façon maladroite en sa présence ? Serait-il contrarié ? Lorsque Kai ouvrit la porte, elle se retourna et croisa le regard de son père.

Lyr entra d'un pas hésitant et s'arrêta au milieu de la pièce.

— Est-ce que tu vas bien ?

Le maelstrom d'émotions auquel Arlyn était en proie laissa place à une seule chose – l'amour – et elle abolit la distance entre eux. Un sentiment de paix l'envahit alors qu'elle passait ses bras autour de la taille de son père et que les siens se refermaient autour d'elle. Malgré toutes les épreuves qu'elle avait traversées depuis qu'elle avait quitté la Terre pour le retrouver, elle ne regrettait rien. Le fait d'avoir rencontré son père valait bien toutes les peines du monde.

Arlyn s'écarta et lui sourit.

— Je suis désolée si tu as cru que j'étais en colère contre toi.

— J'ai amorcé l'union avec Meli alors même que je ne savais pas trop quoi penser de tout ça. Alors même que je savais que ce serait pareil pour toi.

— Tu n'avais pas besoin de ma permission, dit Arlyn en rigolant. (Elle tourna les yeux vers Kai.) Je comprends l'aspect démentiel du lien d'âmes.

Lyr se frotta la nuque.

— Et si je te disais que le lien d'âmes est l'aspect le moins démentiel de nos vies ?

Le sourire d'Arlyn s'envola.

— Kai a dit que tu avais besoin de nous parler à propos d'une mission. J'ai l'impression que ça ne va pas me plaire.

— Ça ne va plaire à personne, et surtout pas à moi.

Arlyn lui désigna une chaise.

— Tu veux t'asseoir ?

— Je ne pense pas que j'en serai capable.

Les épaules de Lyr s'affaissèrent, un signe d'épuisement qu'elle avait vu bien trop souvent chez lui ces derniers temps.

— Ralan affirme que le sort de Kien doit être rompu au plus vite.

Kai s'empourpra, serrant et desserrant les poings comme s'il cherchait le pommeau de son épée.

— Est-ce que ça implique des représailles pour les Neoriens ?

— Pas directement, répondit Lyr. J'ai parlé à leur reine il y a quelques instants. Je n'avais jamais vu un dirigeant pleurer ouvertement jusqu'à ce jour. Je vais pouvoir lui renvoyer les enfants au moins, puisqu'ils sont tous guéris, et les autres suivront dans quelques jours.

Kai hocha la tête pour acquiescer, mais Arlyn pouvait sentir sa souffrance.

— C'est si peu. À peine suffisant, dit-elle.

— Malheureusement, oui, répondit son père. Mais si nous pouvons rompre le sort de Kien, il est possible que les effets puissent être inversés. À défaut d'autre chose, nous pourrons peut-être débarrasser leurs terres du poison.

Arlyn prit la main de son âme sœur.

— Qu'est-ce que nous devons faire ?

ALORS QUE LYR montait l'escalier menant à la chambre de Meli, il avait envie de balancer son poing dans un mur. Ou dans la figure de Ralan. Le fait qu'il n'était pas à blâmer pour les actions de son frère importait peu. Il était à blâmer pour la façon dont il les manipulait tous, ne leur révélant jamais plus que d'infimes détails, mais s'attendant à ce qu'ils suivent ses ordres. C'était déjà suffisamment horripilant quand il le faisait avec lui, mais maintenant Arlyn était impliquée.

Même si ce n'était pas raisonnable de sa part, Lyr aurait voulu qu'elle ne franchisse plus jamais le portail pour retourner sur Terre. Et à présent, c'était exactement ce qu'elle s'apprêtait à faire. Sans parler du danger que représentait le fait de trouver le campement, d'être exposée au poison, et peut-être même de tomber sur Kien en personne, il était possible qu'elle veuille rester là-bas. Il se rappelait parfaitement le côté exaltant de la Terre, les humains vivant entourés de technologies plus créatives que n'importe quelle magie. Une visite lui donnerait-elle envie de se réinstaller là-bas ? Elle vivait à Moranaia depuis seulement un mois, après tout.

Alors que Kai et Arlyn rassemblaient du matériel pour le voyage, Lyr ne pouvait rien faire d'autre que s'inquiéter. Il aurait voulu y aller lui-même, ne souhaitant pas manquer une nouvelle mission, mais Ralan lui avait ordonné de rester. De rester et d'attendre des nouvelles, comme un civil espérant le retour de son guerrier bien-aimé. La mission était décidée. En ce moment même, le prince s'entretenait avec Selia à propos du type de magie qu'Arlyn aurait à sa disposition.

Lyr hésita devant la porte de Meli, pas certain de vouloir la déranger. Il se sentait agité, entre sa fureur envers Ralan, sa peur pour sa fille, et son incertitude à propos du lien d'âmes. Meli avait besoin de se reposer, et dans l'état où il était, il ne pourrait que la contrarier. Il reviendrait voir comment elle allait lorsqu'il parviendrait à se calmer. Si elle était vraiment malade, il le sentirait à travers leur lien de plus en plus fort.

Avant qu'il puisse forcer ses pieds à bouger, la porte s'ouvrit. Meli le regarda avec des yeux ensommeillés. Puis elle esquissa un sourire.

— Si tu dois me réveiller avec ton inquiétude, entre au moins et dis-moi ce qui ne va pas.

Un sentiment de culpabilité se mêla au reste. Il aurait dû essayer de masquer ses émotions avant qu'elle puisse se répercuter à travers le lien.

— Je suis désolé. Je me disais que ce n'était pas une bonne idée de te déranger et j'étais sur le point de partir. Je reviendrai.

— Non, dit-elle dans un souffle. J'étais seulement en train de somnoler pour me réveiller doucement de ma sieste. Je veux savoir ce qui s'est passé.

Le bas-ventre de Lyr durcit devant la vision qu'elle offrait. Ses cheveux blonds cascadaient jusqu'à sa taille et elle portait seulement la chemise dans laquelle il l'avait vue à la tour d'observation. Sous la lumière de fin d'après-midi filtrant à travers les fenêtres, sa tenue laissait peu de place à l'imagination. Lyr déglutit, luttant un moment contre lui-même avant de parvenir à relever les yeux pour croiser son regard. Un regard amusé.

— Je ne suis pas sûr...

Meli l'interrompit en prenant sa main et en l'attirant vers elle.

— J'ai vu des Moranaiennes avec des tenues plus légères que ça. Tu ne vas pas me dire que tu es scandalisé.

Il rit malgré lui.

— Non. Mais les autres ne me font pas le même effet que toi.

Le visage de Meli rayonnait de joie lorsqu'elle referma la porte derrière eux.

— Un joli compliment, étant donné leur beauté. Bon, vas-tu enfin me dire ce qui ne va pas ? Est-ce qu'Arlyn est toujours contrariée ?

— Confuse et triste, mais pas en colère, lui assura-t-il. Même si je déteste la voir souffrir, ce n'est pas ça le problème. Ralan m'a ordonné de l'envoyer avec Kai sur Terre. Pas suggéré. Ensuite, j'ai dû regarder une reine pleurer comme si le monde s'était écroulé. Et pour elle, je suppose que c'est le cas.

Meli prit de nouveau sa main, pour le réconforter cette fois.

— Ça fait beaucoup de choses à gérer après ce matin.

— Exactement. (Sa colère commença à s'estomper devant son ton doux et compatissant.) Je fustigerais Ralan s'il n'avait pas disparu. Il était avec nous ce matin. Il a vu ce que nous avons traversé... et maintenant ça. C'est trop.

Elle enroula ses bras autour de sa taille, comme Arlyn l'avait fait plus tôt, mais la sensation était complètement différente cette fois. Alors qu'elle posait sa joue sur son torse, il referma ses bras autour d'elle et se laissa aller. Meli était un refuge, sa sérénité comme un baume pour son âme à vif. À cet instant, il oublia Aimee et les fantômes du passé. Il tenait Meli dans ses bras et personne d'autre.

～

MELI LEVA la tête pour observer Lyr. Ses yeux étaient fermés et le désarroi qui émanait de lui était en train de s'estomper. Son cœur se serra pour lui. Et peut-être un peu *à cause* de lui. Elle pouvait sentir à quel point la révélation de sa vie antérieure l'avait troublé. Cette vie aurait dû la déranger *elle*, mais elle était en paix avec ces souvenirs-là depuis la première fois de sa vie. Son âme lui semblait... ancrée. Elle n'avait jamais réalisé à quel point elle était divisée jusqu'à ce que le fragment de l'esprit d'Aimee fusionne avec le sien sous l'influence du sortilège.

Ce qui la dérangeait, en revanche, c'était la réaction des autres face à cette révélation. Meli n'avait aucune envie d'être liée à un homme qui verrait toujours une autre femme en elle, une femme qu'il avait aimée, et elle craignait qu'Arlyn continue indéfiniment à l'éviter. Même si elle ne pouvait pas lui en vouloir, cela leur gâcherait la vie à tous. Pourraient-ils accepter Meli comme elle était et voir au-delà de ce qu'ils savaient sur le passé de son âme ? Elle cessa de respirer, soudain angoissée.

Lyr ouvrit les yeux et croisa son regard.

— Qu'est-ce qu'il y a ?

Elle relâcha son souffle dans un long soupir.

— Je ne suis pas elle.

— Qu'est-ce qu... ?

Sa voix mourut sur ses lèvres et il se figea. Son agitation précédente revint au galop, se déversant à travers leur lien.

— Je ne l'ai jamais cru.

— En es-tu certain ? Je sais que c'est difficile.

Il resserra ses bras autour d'elle.

— En effet. Mais ce n'est pas elle que je vois quand je suis avec toi. Je ne sais pas comment c'est possible, mais c'est le cas.

— Mais nos âmes...

— ... sont similaires, oui. (Il esquissa un sourire.) Mais il n'y a plus vraiment de « nos ». Ton esprit est plus riche, plus vibrant. Ta vie actuelle a eu son propre impact. Toujours aussi belle, mais différente. Alors, non, je ne te confonds pas avec elle.

Le cœur de Meli se réchauffa à ses mots, devant son expression, et elle se détendit dans ses bras. Ses inquiétudes n'avaient pas entièrement disparu, car elle savait que la transition ne serait pas toujours aussi facile. Mais à cet instant, elle le croyait. Sa décision de s'unir à lui s'avérerait peut-être stupide un jour. Elle ne parvenait pas à s'en soucier néanmoins.

Meli lâcha la taille de Lyr pour faire remonter ses mains le long de son torse. Elle passa ses bras autour de son cou et se hissa sur ses pieds pour l'embrasser. Leurs lèvres s'effleurèrent, de façon légère et hésitante d'abord, avant qu'il capture sa bouche. Il l'attira plus près, soutenant son poids. Puis il la dévora. Un feu sembla s'embraser en chacun d'eux, et elle cessa de réfléchir.

Leurs mains devenant frénétiques, ils tirèrent sur leurs vêtements, leurs bouches se séparant seulement lorsque nécessaire. Elle voulait toucher chaque centimètre carré de son corps. Rien ne lui avait jamais semblé aussi merveilleux que la sensation de sa peau contre la sienne. Lorsqu'ils pressèrent enfin leurs corps nus l'un contre l'autre, elle gémit. Entière et pourtant si vide. Elle frémit sous la tension qui la consumait.

Meli remarqua à peine l'instant où il la souleva et la porta jusqu'au lit. Lyr l'allongea sur le matelas, sa bouche quittant à peine la sienne lorsqu'elle se laissa aller. Elle avait rêvé de ce moment, mais son imagination n'avait pas réellement appréhendé la façon dont il l'affecterait dans la vraie vie. Le lien entre eux vibrait, la connexion si intense que la sensation de chaque contact était intensifiée.

Aucun d'eux n'avait la patience pour de douces caresses. Le lien se renforçant entre eux était trop fort, trop brûlant. Meli s'ouvrit à lui, son corps plus que prêt, et elle haleta lorsqu'il la pénétra. L'énergie s'accumulait à mesure que le désir montait, jusqu'à la consumer. Ils ondulèrent ensemble pendant ce qui leur sembla durer une éternité, avant que la tension se relâche et qu'ils jouissent de concert.

Alors que leurs énergies s'apaisaient et que leur respiration se faisait plus régulière, Lyr s'allongea de côté et l'attira vers lui. Meli posa la tête sur son épaule, ne pensant plus à rien hormis au lien désormais puissant entre eux. La sensation du corps et de l'âme de Lyr lui était si familière, comme si cela lui avait toujours manqué. Leur union lui avait apporté la paix.

Pour la première fois, Meli percevait clairement les émotions de Lyr. Comment pouvait-il être si calme au fond de lui ? Pas seulement le soulagement temporaire de leur union, mais un apaisement qu'elle n'avait jamais ressenti chez lui auparavant. Du regard, elle caressa son visage, plus détendu que jamais. Les rides d'inquiétude omniprésentes chez lui avaient disparu.

Elle cligna des yeux et croisa les siens. Son sourire partait de là.

— Merci.

Meli s'écarta un peu.

— Je ne me suis pas offerte à toi pour t'apaiser.

— Ce n'est pas ce que je voulais dire. (Il la serra plus fort contre lui.) Merci d'être... toi. D'accepter les choses. (Son souffle ébouriffa ses cheveux.) Je ne trouve pas les mots justes pour l'exprimer.

Elle comprit ce qu'il voulait dire. Il faisait référence à la même joie qu'elle éprouvait suite à l'union de leurs âmes. Tous deux auraient aisément pu tenter d'y échapper, au vu du passé. Et pourtant, ils étaient allongés là.

— Je pense que je sais ce que tu veux dire.

Meli emmêla ses doigts dans ses longs cheveux bruns. La première fois qu'elle avait fait ça, il était aux portes de la mort. À présent, il était plein de vie. Mais il poussa un autre soupir, et elle sentit qu'il commençait à s'inquiéter de nouveau.

— Essaie de te détendre.

Son rire la fit sursauter.

— À ce stade, je ne suis pas certain d'en être capable. Au moins, je n'ai plus envie de fustiger Ralan.

— Est-ce que ce n'est pas le travail d'un prince de commander ?

— Si. Et logiquement, je le sais. (Il caressa doucement son flanc.) Mais c'est difficile de le voir sous cet angle. Il a vécu sur Terre pendant trois siècles et n'était rien d'autre que mon ami. Par moments, durant mes voyages sur Terre, nous partions simplement à la découverte du monde. La façon la plus simple de l'agacer était de le traiter comme un prince.

Meli rit.

— Quelle contradiction.

— Il en est l'incarnation. (Il sourit, mais sa main s'immobilisa et il prit un air songeur.) Je ne lui ai peut-être pas pardonné. Il n'a pas été capable de voir l'attaque de ma mère à temps pour lui épargner de graves blessures. Je ne l'ai pas blâmé sur le coup, et pourtant...

— Tu te poses des questions. Chaque fois qu'il agit en tant que devin.

Lyr se redressa pour s'asseoir et entraîna Meli avec lui. Il passa un bras autour de sa taille de façon si naturelle qu'il ne sembla même pas le remarquer.

— C'est ça. Il n'a pas vu venir l'attaque de dame Teronver non plus. Est-ce que j'ai raison d'envoyer Kai et Arlyn accomplir une mission dangereuse en me basant sur ce qu'il dit ? Et si... ? Je ne veux même pas y penser.

Meli se pressa contre lui pour le réconforter. Elle ne savait que trop bien à quel point les devins pouvaient causer des problèmes, ayant elle-même été envoyée dans les brumes sur l'avis d'une devineresse. D'un autre côté, les choses n'avaient pas si mal tourné pour elle.

— Va lui parler.

Lyr grimaça.

— J'obtiendrai juste des propos vagues dépourvus de sens.

— Si c'est ton ami, va lui parler, dit-elle en le regardant droit dans les yeux.

UNE FOIS DE PLUS, Lyr se retrouva devant une porte, pas certain de vouloir entrer. Son corps était détendu, mais son esprit était encore dans la tourmente. Il était repassé par sa chambre pour prendre une douche, un luxe dont les chambres des invités n'étaient pas encore dotées, et s'imprégner de la chaleur réconfortante d'Eradisel. Lorsque Meli était arrivée un moment après, son sac avec ses maigres possessions à la main, elle avait simplement souri et s'était dirigée vers le dressing, le laissant à ses pensées.

Au moins, elle avait accepté d'emménager avec lui sans hésitation.

Lyr avait sauté le dîner, toujours en pleine réflexion quant à ses émotions conflictuelles. Pour la première fois depuis plus d'un mois – peut-être même plus longtemps –, il se sentait lui-même. La colère qui couvait en lui depuis la chute de sa mère s'était estompée, apaisée par la vérité qu'il n'avait jamais voulu reconnaître avant les paroles de Meli. Même si Allafon était en définitive le seul responsable, Lyr s'en voulait de ne pas avoir été là. Et il en voulait à Ralan de ne pas l'avoir prédit.

Le fait d'avoir été capturé, enchaîné, avait été son premier véritable échec. Il aurait dû s'apercevoir de l'aliénation mentale et de la cruauté d'Allafon bien avant. Son manquement avait mis toute sa famille en danger. Si Arlyn n'avait pas appris à transformer le fer, ils seraient tous morts. Au final, seule sa mère avait payé le prix fort.

Lyr se tenait à présent devant la porte de Ralan, prêt à s'excuser. Il savait à quel point le prince s'en voulait de ne pas avoir pu prévenir l'attaque contre Lynia. Il le savait, mais n'avait pas été capable de l'accepter jusqu'à maintenant. Avec un soupir, il leva la main pour frapper à la porte, mais elle s'ouvrit avant qu'il ait eu le temps de s'exécuter. Au lieu de son ami, il se retrouva face à Eri, qui levait des yeux sérieux vers lui.

— Bonjour, dit-elle.

— Est-ce que je peux parler à ton père, Eri ?

Elle fit non de la tête.

— Il n'est pas là.

— Pas...

Pour la première fois, Lyr pensa à utiliser la clé du domaine pour localiser le prince. Son estomac se serra quand il ne trouva aucune trace de lui.

— Il est parti ?

— Oui, répondit la fillette avec un regard plutôt mécontent. Il a décidé de retourner à la cour plus tôt que prévu. Pour vous donner le temps de vous calmer. Il aurait dû *regarder* avant de s'inquiéter de ça.

Il est retourné à la cour ? Lyr fixa Eri du regard alors qu'il enregistrait cette information. Ralan avait ordonné à Lyr d'envoyer sa famille accomplir une mission dangereuse, puis il était parti. Il avait dit que son don était peut-être un peu rouillé, et il était *parti* ?

— Je ne peux pas croire qu'il ait fait ça.

Eri leva les yeux au ciel.

— Je lui ai dit de *regarder*, mais il n'a pas voulu. Mais ne vous en faites pas. Je suis là pour vous aider.

Cette affirmation ne rassura pas du tout Lyr.

CHAPITRE 28

Même après plusieurs siècles, Ralan se sentait chez lui au sein du palais en pierre érigé au cœur de Moranaia. Et en même temps, pas vraiment. Lorsque Ralan passa de la salle du portail au vaste hall d'entrée officiel, des souvenirs l'assaillirent malgré ses tentatives de les repousser. Il se revit en train d'écouter son père lui racontant les histoires derrière les sculptures anciennes sur chacun des murs. En train de glisser sur la rampe du grand escalier après un défi lancé par Kien. En train de descendre précipitamment les petites marches à l'autre bout de la salle, consumé par sa rage et sa souffrance.

Il s'arrêta, Teyark et Corath faisant de même à son côté. Les quelques personnes en train de s'affairer dans le hall se figèrent à la vue des princes.

— Merci d'être venus avec moi, murmura Ralan.

Teyark rit.

— Tu ne l'as pas formulé comme une demande. Le *myern* Lyrnis ne me pardonnera peut-être jamais d'avoir eu l'impolitesse de partir sans dire un mot.

— C'est moi qu'il blâmera, dit Ralan en levant les yeux au ciel devant son frère, heureux de pouvoir le faire et de constater que leur camaraderie revenait peu à peu. En plus, tu n'as jamais hésité à me dire non par le passé. En vérité, tu n'aurais pas voulu manquer cette entrevue.

Son frère sourit.

— Je te l'accorde.

Derrière les fenêtres, le ciel était sombre, les montagnes au loin à peine éclairées par les lunes. Le palais avait été construit sur un plateau au pied du Grand Massif, composé de montagnes si hautes que la taille de certaines d'entre elles n'était pas connue, avec les contreforts ondoyant vers le nord. Le domaine de Lyr était à une journée de cheval, là où les collines laissaient progressivement place aux plaines. Des millénaires auparavant, les ancêtres de Ralan avaient franchi le portail à l'endroit où se trouvait maintenant Braelyn, mais leur reine ne s'était pas contentée de s'établir là. Elle avait laissé ce territoire aux mains de l'un de ses fils et s'était dirigée vers le sud jusqu'à ce qu'elle atteigne les montagnes.

Ici, la forêt était plus clairsemée, laissant de la place pour de plus grands bâtiments. Ralan avait visité des palais sur Terre qui faisaient trois fois la taille du palais moranaien, mais à ses yeux, aucun ne l'égalait. Alors qu'il se dirigeait vers la grande double porte à l'autre bout du hall d'entrée, son regard survola les sculptures représentant une scène de leur arrivée dans ce monde, immortalisée dans la pierre. Il avait dit à Lyr qu'il prévoyait de trouver son propre foyer, mais à présent qu'il était dans le palais, il n'était plus certain d'avoir besoin de chercher.

Le diadème que portait Ralan lui serrait le front, un rappel d'une position qu'il n'avait pas souhaité occuper – qu'il n'accepterait jamais, avait-il dit à son père. Contrairement au long manteau qu'il portait, créé par la couturière de Braelyn à partir d'une image qu'il avait projetée dans son esprit, le cercle en cuivre était ancien. Durant une bonne partie de sa vie, il avait vu son frère le porter pour des réunions importantes. Un symbole de l'héritier. Mais Teyark le lui avait remis.

Ralan s'arrêta pour prendre une grande inspiration. Il avait juré de ne jamais revenir, mais il était bien placé pour savoir que l'avenir n'était jamais si certain. *Inutile de retarder ce moment plus longtemps.* Endurcissant son cœur, il poussa les battants de la porte. Par les dieux, rien n'avait changé. La grande salle devant lui avait été aménagée pour le banquet de la soirée avec la famille du roi et les courtisans, alors que durant la journée, les tables étaient ôtées. Ceux qui désiraient obtenir une audience officielle avec le roi devaient rester debout. Ralan avança de quelques pas avant que les bruits afférents au dîner en cours cessent brusquement. Il n'avait pas fallu longtemps pour que leur entrée soit remarquée.

Les yeux dorés d'Alianar, un bel attribut dont tous ses enfants avaient hérité, s'écarquillèrent et son verre lui échappa des doigts pour venir se briser sur la table. Un autre bruit de verre brisé et le cri d'une femme attirèrent l'attention de Ralan vers le bout de la table. Enielle, sa mère, bondit sur ses pieds, ses larmes coulant déjà, et se précipita vers eux.

— Nous aurions peut-être dû attendre la fin du dîner, murmura Teyark.

Puis Ralan, sonné, se retrouva prisonnier de l'étreinte de sa mère.

— *Laiala.*

— Je pensais que je ne te reverrais jamais ! dit-elle en pleurant.

— Je...

— Chut. Laisse-moi te regarder.

Elle plaça ses deux mains sur ses joues, à la recherche de la moindre cicatrice sur son visage, avant d'ajouter :

— Les dieux ont répondu à mes prières. Ah, Ralan, tu ne dois plus t'en aller comme ça, surtout sans dire un mot.

Ralan garda les yeux rivés sur elle, incapable de faire autre chose. Elle ne lui avait pas témoigné une telle affection depuis son enfance. Il avait toujours pensé qu'elle se souciait peu de lui, mais les larmes dans ses yeux étaient sincères. Elles touchèrent une corde sensible en lui dont il ignorait l'existence. À côté de quoi d'autre était-il passé en ce qui la concernait ?

— Je ne peux pas promettre de rester, dans le palais du moins, mais je ne te quitterai plus de façon si abrupte.

Elle ouvrit la bouche, probablement pour en débattre, mais la voix du roi résonna dans le silence de la salle.

— *Moranai Elaiteriorn i Ralantayan Moreln nai Moranaia*, bienvenue à la maison. Notre fils et maintenant héritier nous a longtemps manqué.

Ralan esquissa un sourire. Son père n'avait pas raté l'occasion de confirmer sa place en tant qu'héritier avant qu'ils puissent en discuter, même si le diadème qu'il portait l'annonçait de manière implicite. Le roi ne voulait rien laisser au hasard.

— On pourrait peut-être discuter en privé ?

RALAN SUIVIT ses parents jusqu'à l'antichambre privée du roi, avec Teyark et Corath à sa suite. Lorsqu'ils entrèrent, Teyark alla se placer au côté de son âme sœur, près de la fenêtre, son expression disant « je te laisse le soin de tout expliquer » aussi clairement que n'importe quel message mental. Ralan gratifia son frère d'un salut feint de la main et prit place en face du roi. Il n'avait pas non plus envie d'être là, alors il ne pouvait pas vraiment blâmer Teyark.

Maudits futurs changeants.

— Vous devez vous poser des questions à propos de mon arrivée soudaine, commença Ralan, réprimant un ricanement devant cet euphémisme. Malheureusement, il y a de sérieux problèmes. Et Kien est à l'origine de tout ça.

— *Kien ?* Comment pourrait-il être à blâmer ? demanda le roi.

Le cœur de Ralan se mit à cogner dans sa poitrine. Cette question fit remonter les pires souvenirs chez lui, ceux de leur dernier échange avant qu'il parte. Les visions de Ralan impliquant Kien avaient déjà fait voler leur relation en éclats autrefois.

— Crois-moi ou non. Je m'en moque.

Le roi se renfrogna.

— C'est impossible.

Comme s'il avait reçu un coup de poing dans l'estomac, Ralan eut le souffle coupé par ses mots. Lorsqu'il avait contacté son père peu de temps après son retour à Moranaia, le roi avait exprimé des regrets. *Tu parles.* Ralan se leva, prêt à quitter la petite salle comme il était sorti de la grande des siècles auparavant.

— J'aurais dû me douter que ce n'était pas la peine de venir ici.

— Ralan, attends, dit Alianar en bondissant sur ses pieds et en faisant un pas vers son fils. Je ne remets pas ce que tu dis en cause. Pas... pas comme la dernière fois. Tu avais raison à propos de Kien. Mais il n'a pas été exilé sur Terre. Il a été banni dans une petite colonie de proscrits.

— Alors il s'est échappé, répondit sèchement Ralan.

Sa mère poussa un petit cri.

— C'est ma faute. J'ai dû faire quelque chose de travers.

Les traits d'Alianar s'adoucirent de manière surprenante. Ses parents étaient-ils sur le point de conclure une nouvelle alliance maritale ? Il avait pourtant cru comprendre que son père ne voulait pas d'un autre enfant.

— Enielle, tu n'es pas responsable de ça.

Les yeux baissés, elle ne répondit pas. Ralan soupira.

— Il a raison, *laiala*. Mais peu importe qui est à blâmer. Kien est sur Terre et il fait des ravages. Son énergie empoisonnée se répand à travers une multitude de royaumes magiques, et elle rend les gens fous et alimente les trahisons.

Ralan retourna s'asseoir et attendit que son père fasse de même avant de rentrer davantage dans les détails. Le temps qu'il finisse de relater les événements récents, il était déjà très tard. Les bruits des dîneurs dans la grande salle adjacente avaient laissé place au silence alors que les courtisans étaient partis se coucher, dépités. Ralan se demanda combien d'entre eux s'attardaient dans le hall comme des statues, espérant que leur patience serait récompensée par la vue de leur prince sortant d'un pas furieux de la salle ou par des nouvelles à propos de l'accession au trône. Cette fois, ils allaient sans aucun doute être déçus.

— Alors c'est pour ça que tu es revenu, finit par dire le roi avec des yeux chagrinés. Je suppose que c'est déjà bien.

— Oublier le passé, pardonner... ça prendra du temps, dit Ralan en détournant les yeux.

Le silence était lourd, mais pas aussi tendu que ce à quoi on aurait pu s'attendre. Puis le roi se pencha en avant et au vu de son changement d'attitude, Ralan sut que ce qui allait suivre n'allait pas lui plaire.

— Tu ne l'as pas amenée.

Il aurait dû s'en douter. Le prince poussa un soupir de contrariété.

— Je n'amènerai pas Eri avant d'être certain qu'elle sera en sécurité ici. Elle est trop importante pour que je prenne le moindre risque.

— Tu me fais de la peine en insinuant que je pourrais faire du mal à une enfant.

Alianar abattit un poing sur l'accoudoir de son siège, mais curieusement, l'emportement aveugle dont il faisait généralement preuve ne se manifesta pas. Il semblait seulement affligé.

— Malgré ton amertume, tu dois bien savoir que je ne ferai pas ça, poursuivit-il. Je ne lui demanderai pas d'utiliser son don. En fait, je ne te le demanderai plus non plus. Libre à toi de me donner des informations, mais je ne te forcerai pas à le faire.

Ralan le regarda avec de grands yeux. Avant son départ, il avait travaillé en étroite collaboration avec son père. Le monarque avait toujours suivi les conseils d'un devin lorsque c'était possible.

— Mais la coutume veut que...

— Je ne me préoccupe plus de la coutume, l'interrompit Alianar en battant l'air d'une main d'un geste agacé. J'ai passé trois siècles sans devin à mon côté et Moranaia est toujours debout. J'ai refusé de voir ce que tu subissais à cause de mes demandes à l'époque, et je ne referai pas la même erreur. Et encore moins avec une enfant.

Ralan se crispa de nouveau à la mention de sa fille.

— Je ne te crains pas. Plus maintenant. Autrefois, mais... (Un rire sans joie lui échappa.) Eri est un être à part. Les futurs sont trop incertains pour l'amener au siège du pouvoir. Ce serait le chaos et ce genre de distraction ne nous aiderait pas. Si on n'agit pas rapidement et efficacement, même Moranaia pourrait tomber.

~

Eri sautillait dans l'herbe, la rosée matinale donnant une teinte plus sombre à ses chaussures, alors que Lyr se tenait devant le portail pour le départ de Kai et Arlyn. À son côté, Meli pressa sa main de façon réconfortante tandis qu'il cherchait au fond de lui ce qu'il voulait dire. Sa fille était devenue si importante à ses yeux en seulement un mois que les mots restaient coincés dans sa gorge tant il avait peur qu'il lui arrive quelque chose.

Kai et Arlyn mirent chacun sur leur dos un sac rempli de matériel puis échangèrent un regard inquiet. La fille de Lyr se tourna vers lui.

— Tout va bien se passer. J'ai de l'expérience en forêt et le campement abandonné devrait se trouver dans une zone relativement sûre. On sera dans un parc national.

Lyr lâcha la main de Meli et étreignit Arlyn, sans se soucier de la gêne provoquée par ses armes ou son sac à dos volumineux.

— Reviens-moi.

— D'après la vision de Ralan, Kien ne remettra pas les pieds dans ce camp. (Elle étreignit son père un peu plus fort puis s'écarta.) La mission ne devrait pas prendre beaucoup de temps puisque Ralan nous a dit ce qu'on cherchait. Le cristal contenant le contre-sort est en sécurité dans mon sac, prêt à faire feu.

— Je sais. Mais c'est la première fois que tu vas retourner sur Terre et je... (Il agrippa ses épaules.) Reviens-moi, c'est tout. Je t'aime.

— Je t'aime aussi, répondit Arlyn avec une expression attendrie. On sera vite de retour. Essaie de ne pas trop t'inquiéter, OK ? Je suis chez moi à Moranaia désormais. Et je ne pense pas que Ralan nous aurait envoyés là-bas si c'était dangereux.

Lyr réprima un juron en songeant au prince.

— Je suppose que nous n'allons pas tarder à le savoir.

Puis il regarda une partie de son cœur disparaître à travers le portail.

~

ARLYN RESPIRA de façon un peu laborieuse pendant un moment lorsqu'elle se retrouva de nouveau enveloppée dans la froideur des brumes grisâtres tournoyant dans le Voile. Lors de sa dernière traversée, elle avait marché pendant... des jours ? Des années ? Elle frissonna en songeant à quel point elle aurait aisément pu se retrouver piégée ici. Puis Kai lui prit la main et la réconforta à travers leur lien. Elle expira lentement avant de lui exprimer sa gratitude de la même façon.

— *Merci.*

— *Tu ne vas pas errer ici cette fois. Laisse-moi te montrer.*

Les filaments colorés qu'elle avait à peine entrevus auparavant se mirent à briller au contact de l'énergie de Kai. Celle-ci s'étira, semblant s'enrouler autour d'un filament d'un bleu très clair. Kai s'y agrippa et le monde bascula alors qu'ils se retrouvaient projetés à travers un espace insondable. Malgré la résistance des brumes, ils franchirent tant bien que mal le portail et débouchèrent dans des bois qui étaient aussi familiers à Arlyn que le bruit de sa respiration.

Kai lui tenait toujours fermement la main.

— Le Voile est de plus en plus turbulent ces derniers temps, mais on s'en est bien sortis. Tu pourras essayer la prochaine fois.

— Moi ?

Il haussa les épaules.

— Tu as des capacités de *sonal* à développer, au cas où tu l'aurais oublié.

Arlyn rougit, refusant d'admettre qu'elle avait effectivement omis d'y penser. Son attention avait été entièrement accaparée par ses leçons avec Selia.

— Pourquoi est-ce qu'on a atterri ici ? Est-ce qu'il s'agit du seul portail ?

— C'est le portail principal, dit-il en balayant la clairière du regard. Tous les autres sont connectés à celui-là. Normalement, j'aurais pu trouver les filaments spécifiques à chacun un peu avant d'arriver ici, mais j'ai pensé que tu aimerais peut-être revoir ta maison. Ta première maison.

Le voulait-elle ? Arlyn avait fait la paix avec l'idée de quitter la Terre. Elle avait dit à ses quelques amis et voisins qu'elle déménageait à l'autre bout du pays. Des versements étaient effectués automatiquement à partir de son compte en banque pour payer l'entreprise chargée d'entretenir le terrain autour de sa maison. N'étant pas certaine de la tournure que prendrait son voyage vers Moranaia, elle avait hésité à vendre ou à louer sa maison de famille, achetée par son grand-père lorsqu'il était arrivé d'Irlande.

— Après trois années terrestres, je suppose que je devrais au moins aller jeter un œil, dit-elle en s'engageant sur le sentier. Mais vite fait.

La vieille maison de ferme, qui détonnait un peu dans ces collines boisées, se trouvait au milieu d'une grande clairière, exactement comme dans ses souvenirs. La peinture blanche de la façade en bois était écaillée, mais la pelouse était bien entretenue. Tout s'était bien passé avec les paiements au moins. À l'autre bout de la clairière, les pommiers que sa grand-mère avait tenté de cultiver poussaient dans tous les sens. Elle avait toujours plaisanté à leur propos, disant qu'il lui fallait bien justifier le fait de vivre dans une maison de ferme.

Arlyn avait eu peur d'éprouver des regrets ou l'envie de revenir, mais ce ne fut pas le cas. Seuls des souvenirs agréables lui traversèrent l'esprit. Ceux d'une autre époque, lointaine mais ancrée dans sa mémoire. La maison de son père était celle de son cœur. Elle pressa la main de Kai, réalisant ce que cela avait dû lui coûter de l'amener ici. Malgré leur lien, il s'était demandé si elle n'aurait pas envie de rester là.

— Elle semble encore en bon état. Je me demande si je devrais la vendre.

Kai se détendit.

— Est-ce que c'est vraiment nécessaire ? Ce serait bien de rester propriétaire du terrain où se trouve le portail. Est-ce qu'il y a une loi disant que tu es obligée de vivre ici ?

— Non, répondit-elle d'un air perplexe en retournant vers le portail, tirant Kai à sa suite. Mais quand trop d'années terrestres se seront écoulées pour que mon apparence juvénile ne soulève pas de questions, il faudra que je trouve une solution.

— Ce ne sera pas compliqué. Il y a quelques Moranaiens qui vivent par ici, et je suis sûr que Ralan sait comment gérer ce genre de choses.

Leur passage dans le Voile fut plus rapide cette fois, à tel point qu'elle eut à peine le temps de voir quels filaments Kai avait attrapés. Ils émergèrent dans une région plus montagneuse, avec une forêt plus sauvage. Préservée. Elle n'aurait pas su expliquer comment, mais elle percevait l'absence d'habitants humains ici.

Au moins, le portail débouchait sur une zone plutôt plate, dans une grande vallée qui s'étirait au-devant d'eux jusqu'au pied d'une autre montagne. Si le campement de Kien se trouvait par ici, ils n'auraient pas besoin de grimper beaucoup.

Arlyn regarda Kai.

— Ralan a dit à quelle distance se trouve le camp ?

— Pas à moi. J'espérais qu'il te l'avait dit. (Il regarda le soleil, à mi-course dans le ciel.) Ce serait bien qu'on arrive avant la nuit.

Ils se mirent en route et progressèrent furtivement à travers la forêt, à l'affût du moindre signe de vie. Kai avait tiré son épée et Arlyn avait son arc en main. Les randonneurs s'aventuraient rarement si loin dans les Smoky Mountains, mais ils ne voulaient prendre aucun risque. En plus, les animaux sauvages présents dans le parc se fichaient pas mal de leur mission. Une extrême vigilance était de mise.

Lorsqu'ils trouvèrent le campement, le soleil était pratiquement toujours au même endroit. L'odeur les frappa en premier, celle de corps en décomposition à n'en pas douter. Arlyn regarda Kai d'un air préoccupé. Il était livide et sa main serrait le pommeau de son épée au point que ses articulations avaient blanchi. Cela lui rappelait-il ce qu'il avait vu à Neor ? Arlyn agrippa aussi son arc plus fermement, un sentiment d'effroi montant en elle. Cet effroi aboutit à des vomissements lorsqu'ils avisèrent les piques entourant le camp, avec toutes sortes de parties corporelles empalées dessus.

Le sac d'Arlyn pesait lourdement sur son dos alors qu'elle était penchée pour vider le contenu de son estomac. Kai la maintint afin qu'elle ne bascule pas en avant, sa fureur se répercutant à travers leur lien. Après un moment, Arlyn s'essuya la bouche et s'efforça de tenir debout malgré le poids de tout ce qu'elle portait. Kai l'aida à retrouver son équilibre puis la prit dans ses bras. Ils restèrent ainsi pendant plusieurs minutes pour reprendre des forces.

Arlyn n'avait jamais vu une chose pareille de toute sa vie. Bien que la mort d'Allafon ait été un spectacle effroyable, elle avait aussi été rapide et nécessaire. Des corps déchiquetés... Elle chassa ces pensées avant d'être de nouveau malade. Puis elle tenta de rassembler son courage. Arrêter Kien était tout aussi nécessaire que stopper Allafon ne l'avait été. Sans doute plus, même. Personne ne pouvait dire combien de camps il avait établis, ni combien de personnes il avait assassinées, pour mettre en œuvre son sortilège funeste.

Arlyn s'écarta de Kai et fit face au cercle de piques, essayant de ne pas regarder ce qui était exposé dessus. Sentant la détermination de son compagnon, elle commença à avancer. Pour plonger au cœur de la folie. Il était impossible de ne pas voir les preuves de torture et de perversité, peu importe à quel point elle souhaitait en faire abstraction. Au centre du camp, des tentes de style terrestre avaient été abandonnées, leurs toiles en nylon vert clair mouchetées de sang. À l'autre bout, un corps sans tête était attaché en croix entre deux arbres.

Arlyn détourna rapidement les yeux, mais cette vision était déjà gravée dans sa mémoire. Elle se sentait de plus en plus nauséeuse à chaque pas, mais se força à rechercher la source du sortilège de Kien. *Une tige de fer avec un cristal au bout,* avait dit

Ralan. Elle et Kai se séparèrent, à contrecœur, pour aller plus vite. Arlyn attrapa un bâton sur une pile de bois près du feu de camp à l'abandon et l'utilisa pour écarter toute chose douteuse. Elle ne voulait même pas savoir ce qu'étaient certaines de ces choses.

Après un moment heureusement bref, Kai l'appela depuis l'autre bout du camp. Arlyn se hâta de le rejoindre, prête à en finir au plus vite, et faillit pleurer de soulagement en apercevant un cristal de la taille de son poing au bout d'une tige en fer plantée dans l'herbe rase. Cette zone était dépourvue de sang, même si elle pouvait apercevoir d'autres piques macabres à proximité.

Arlyn examina néanmoins le terrain avant d'enlever son sac à dos et de s'agenouiller dans l'herbe. L'énergie qui pulsait autour du cristal lui noua encore davantage l'estomac, mais elle fit de son mieux pour l'ignorer. Comment une si belle chose pouvait-elle être une source de poison ? La tige en fer était courte, mais enroulée délicatement autour de la base du cristal, ayant manifestement été forgée pour maintenir la pierre.

Elle se mordit la lèvre tandis que le fer drainait son énergie. Arriverait-elle à transformer le métal alors qu'il était enroulé autour du cristal ? Elle ne pourrait pas exécuter le contre-sort à moins d'y parvenir. Kai plaça une main sur son épaule, lui apportant silencieusement son soutien. Arlyn ferma les yeux et prit une grande inspiration avant de commencer à rassembler son énergie. Elle n'avait pas le choix. Pour pouvoir mettre un terme à l'empoisonnement, elle devait réussir.

Elle tendit les mains et les fit planer au-dessus du fer. L'énergie sombre du sort imprégné dans le cristal l'ébranla, mais la présence de Kai l'aida à encaisser cette sensation. Elle projeta alors résolument son énergie vers le métal. Son front se mit à perler de sueur sous le coup de l'effort, de la chaleur implacable du soleil, et de la nausée qui ne l'avait pas quittée. Mais elle continua à pousser.

Lorsqu'elle parvint enfin à transformer le fer, le craquement fut audible, comme une branche sèche qu'on aurait cassée en marchant dessus. La tige de fer noire avait toujours le même aspect, mais son énergie pouvait maintenant circuler librement autour d'elle.

Arlyn s'affaissa contre les jambes de Kai, le souffle court. Elle n'avait jamais transformé une telle quantité de fer en une seule fois et ses muscles tremblaient suite à l'effort qu'elle venait de fournir. Elle devait cependant encore activer le sortilège qui neutraliserait le cristal. La jeune femme poussa un grognement guttural à cette idée, mais alors qu'elle se redressait, elle sentit une énergie régénérative s'instiller en elle.

Elle regarda Kai d'un air réprobateur.

— Ne m'en donne pas trop. Tu dois encore nous guider pour retourner jusqu'à Moranaia.

— Ce n'est pas la priorité, rétorqua-t-il.

— Si ça ne te dérange pas, j'aimerais autant ne pas rester coincée dans cet endroit cauchemardesque. (Elle se pencha en avant, posant une main sur l'herbe pendant un instant pour s'équilibrer.) Ça va aller. Je me sens déjà un peu mieux.

Arlyn attrapa une bourse à sa ceinture et en versa le contenu dans sa paume. Un cristal de la taille d'une pomme, rond et d'une pureté presque irréelle, chatoyait dans sa main. C'était un artefact puissant, imprégné d'un contre-sort conçu par Selia et Corath, mais elle n'avait pas le temps de l'admirer. Elle se rapprocha de la tige en fer et s'assit devant en tailleur sans la toucher. Puis elle commença de nouveau à rassembler son énergie.

Cette dernière s'accumulait dans ses mains comme si elle puisait de l'eau dans un ruisseau et elle la visualisa en train de s'infiltrer dans la pierre. Après un court instant, le cristal se mit à briller. Le sortilège emprisonné à l'intérieur vibrait, cherchant à s'échapper, et Arlyn sentit ses mains s'engourdir sous la puissance qu'il dégageait. Mais elle tint bon, injectant autant de sa propre énergie qu'elle osait le faire. Lorsque l'intensité de la magie accumulée fut telle qu'elle parvenait à peine à la contenir, elle abaissa la pierre au-dessus du cristal empoisonné. Elle se figea et retint son souffle. C'était son unique chance.

Elle reçut un autre apport d'énergie de la part de Kai, mais elle n'eut pas le temps de le lui reprocher cette fois. Son attention était entièrement accaparée par la puissance qui cherchait à se libérer et par le choix du bon moment pour cela. Maintenant.

Au moment où Arlyn relâcha le sort, elle plaqua les deux cristaux ensemble et fit de son mieux pour les maintenir ainsi. L'énergie de Moranaia jaillit du cristal rond et baigna les alentours d'une lueur dorée. Les cheveux de la jeune femme voletèrent sous la force du souffle d'air engendré. Elle entendit les piques s'écraser à terre avec fracas autour d'elle. Ainsi que d'autres choses auxquelles elle préférait ne pas penser.

L'énergie moranaienne lutta pendant un moment avec la pierre empoisonnée, un affrontement qui mit la force et l'estomac d'Arlyn à rude épreuve. Ses mains tremblaient et elle sentait la présence de Kai derrière elle, l'aidant à tenir le coup. La bataille continua à faire rage jusqu'à ce que seule une lumière dorée subsiste. Arlyn ne savait absolument pas combien de temps s'était écoulé, mais le cristal empoisonné finit par céder face à sa pierre. Une ultime poussée d'énergie émana du cristal moranaien, puis la lumière disparut.

Arlyn laissa retomber ses bras engourdis dans son giron et la pierre ronde roula dans l'herbe alors que Kai se laissait tomber à côté d'elle. Lorsque les Neoriens étaient arrivés à Moranaia, le poison avait été éliminé de leur organisme sans aucune difficulté. Utiliser le même processus pour rompre le sortilège aurait donc dû s'avérer aussi simple. *On repassera pour la simplicité.* Elle rit, ce son étranglé détonnant dans le silence.

Kai la regarda d'un air incrédule.

— Qu'est-ce qu'il y a ?

— Je pense que même Selia ne s'attendait pas à... ça.

Arlyn continua à rire en fixant la pierre terne à présent inutile sur la tige en fer.

— Il te reste assez d'énergie pour nous faire traverser le Voile ? demanda-t-elle à Kai.

Il sembla réfléchir à la question.

— Si je puise de l'énergie, oui. Mais même avec le sort rompu, j'aimerais autant ne pas le faire ici.

Le regard d'Arlyn se posa sur un bras qui avait atterri à quelques mètres d'eux et elle eut un haut-le-cœur.

— Pareil pour moi.

— Je pense que je peux nous ramener jusqu'à ta maison. Un petit moment là-bas pour puiser de l'énergie et je serai d'attaque pour la traversée jusqu'à Moranaia.

— Laisse-moi juste reprendre mon souffle.

Arlyn se frotta les yeux avec des doigts engourdis, occultant la vision des trophées à présent éparpillés dans l'herbe. Ses bras affaiblis tremblaient et ses jambes également, malgré le fait qu'elle avait toujours été assise. Heureusement. Elle se serait effondrée si elle ne s'était pas ancrée si solidement, d'un point de vue physique et magique, avant de commencer.

Au moment où elle abaissait ses mains, ses oreilles entendirent un grésillement. Les sourcils froncés, elle balaya la clairière du regard, mais ne vit que des arbres, de l'herbe, et des corps déchiquetés un peu partout. La main de Kai se referma sur le pommeau de son épée alors qu'il passait les alentours au peigne fin avec un sort de détection. Il finit par secouer la tête.

— Je ne...

Le grésillement se transforma en grondement, et une lueur obscure se mit à pulser à l'intérieur du cristal de Kien. Le cœur d'Arlyn trébucha devant cette étrange vision. Elle eut un mouvement de recul, levant ses mains devant son visage alors que le cristal se brisait. Une magie noire se déversa hors de la pierre, lui coupant le souffle. Puis les ténèbres l'engloutirent.

CHAPITRE 29

— **D**e toute mon existence séculaire, je n'ai jamais failli à ma parole.

Naomh faisait les cent pas dans sa chambre, ayant passé tant de fois ses mains dans ses longs cheveux qu'ils commençaient à être emmêlés. Caolte n'avait pas vu son frère en proie à une telle agitation depuis la disparition de sa compagne, cinq-cents ans auparavant. Sous leurs pieds, le sol en pierre tremblait légèrement. Si Naomh ne se ressaisissait pas, tout le bâtiment allait en faire les frais.

— Moi non plus, dit Caolte, mais on dirait bien que tu vas devoir décider quel serment est le plus important à tes yeux.

— Peut-être pas, rétorqua son frère, ses yeux bruns résolus. Je vais tuer Kien. Je n'ai jamais juré de ne pas faire ça. Je pourrai peut-être démanteler son travail comme ça. Je ne suis peut-être pas un sorcier, mais j'ai une grande affinité avec la terre.

Un sourire s'étira lentement sur le visage de Caolte. Enfin un plan qui lui convenait.

— Je me réjouis à l'idée de pouvoir brûler celui-là. Tu n'aurais jamais dû traiter avec lui.

— C'est vrai, dit Naomh en allant chercher une cape dans son armoire. Quoi qu'il en soit, le poison n'aurait jamais dû ruisseler sous terre. Il n'a pas tenu parole, et ce faisant, il a signé son arrêt de mort. Viens. Il ne fait pas encore nuit, mais aujourd'hui, nous allons chevaucher.

Caolte suivit son frère, plus que prêt. Les erreurs de Meren avaient fait enrager Naomh pendant toute une journée. C'était bon de voir qu'il avait enfin un plan, même s'il était fragile. Et une fois que le problème du poison aurait été réglé, ils pourraient s'occuper de leur frère. L'infamie de Meren ne pouvait pas être tolérée.

La lumière filtra à travers la conscience d'Arlyn en même temps que la douleur. Tous les muscles de son corps étaient meurtris. Peut-être même ses os. Elle entrouvrit un œil et gémit. Le corps de Kai était pressé contre le sien, son poids augmentant l'intensité de la douleur aux endroits où ils se touchaient. Un gémissement en retour à son côté lui indiqua qu'elle n'était pas la seule à souffrir.

Kai se redressa.

— Bon sang, qu'est-ce qui s'est passé ?

Arlyn s'assit à côté de lui, chacun de ses gestes la faisant grimacer.

— Je suppose qu'on aurait pu se douter qu'il pourrait y avoir un contre-sort dans le cristal empoisonné.

— Ralan aurait pu nous le dire, maugréa Kai.

— Ça ne doit pas être trop grave puisqu'il n'en a pas parlé.

Arlyn passa ses mains dans ses cheveux pour se débarrasser de la poussière causée par l'éclatement de la pierre. Elle et Kai avaient de petites écorchures, mais les fragments s'étaient avérés trop petits pour causer de réels dommages.

— Je survivrai, ajouta-t-elle.

Ils s'appuyèrent l'un sur l'autre, tentant une fois de plus de reprendre leur souffle. Alors qu'Arlyn s'efforçait de se détendre, elle commença à remettre en question le sens de la simplicité de

Ralan. Un plan simple ne les aurait pas amenés à se retrouver dans un trou perdu au beau milieu des Great Smoky Mountains, vidés de leur énergie et entourés de membres déchiquetés.

— Tu penses toujours que tu peux nous ramener ? demanda-t-elle.

Kai passa un bras autour de sa taille.

— Il faudra bien. Va savoir ce que ce contre-sort a fait d'autre. Il a certainement alerté Kien pour commencer.

— S'il y avait une chance pour qu'il revienne, tu ne crois pas que Ralan... ?

— Il ne faut jamais se fier entièrement à un devin, dit Kai en la lâchant pour se remettre debout. Non pas qu'ils soient cruels ou malhonnêtes, mais leurs visions des futurs possibles sont aléatoires, constamment susceptibles de changer à cause de choix pratiquement impossibles à anticiper. Les fils du destin évoluent avant même qu'ils le sachent. Pour la plupart des choses, les devins sont fiables. Surtout Ralan, vu sa puissance. Mais il faut toujours avoir un plan de secours.

RALAN REDRESSA BRUSQUEMENT la tête et la pièce autour de lui disparut. Il entendit la voix de sa mère au loin avant qu'elle disparaisse à son tour. La vision s'imposa à lui de manière implacable. Le pain qu'il avait à la main n'était plus là, le goût du miel remplacé par la saveur âpre de la peur. Qui était-il ? Quelque chose agrippa fermement son corps. Suspendu. Il ne voyait rien. Puis une autre voix retentit.

En un instant, Ralan était de retour dans la petite salle à manger où il était en train de prendre le petit déjeuner avec sa famille. Tous le regardaient avec de grands yeux, leur nourriture oubliée. Mais il n'avait pas le temps de s'expliquer. Sa chaise crissa lorsqu'il se leva de table. Sa mère sursauta et pâlit. Il ne pouvait pas la rassurer. Au lieu, il se tourna vers Teyark.

— J'ai besoin que tu m'accompagnes.

Son frère se leva, suivi de Corath.

— Nous venons tous les deux.

Ralan dévisagea l'âme sœur de son frère.

— Tu sais te battre ?

— Suffisamment bien, répondit-il en échangeant un regard avec Teyark. Nous nous entraînons tous les jours, et mes épées sont enchantées.

Malgré la panique qui l'habitait, Ralan prit un moment pour consulter les fils du destin. Puis il signifia son accord d'un hochement de tête.

— Venez. Le temps presse.

Alors que son frère et Corath le suivaient en direction de la porte, le roi se leva.

— Où allez-vous ? Qu'est-ce qui ne va pas ?

N'osant pas s'arrêter, Ralan lui lança un regard par-dessus son épaule.

— Si je prends le temps de te le dire, je doute que tu apprécies l'avenir qui s'offrira à toi.

KAI AIDA Arlyn à remettre son sac pesant sur son dos, l'ajustant aussi délicatement que possible sur ses épaules. Il avait utilisé un peu plus de sa précieuse énergie pour soigner la majeure partie de leurs contusions, mais tous deux étaient au ralenti et endoloris. Le sortilège qui avait jailli de ce cristal devait être vraiment puissant. Kai avait encore du mal à ériger ses boucliers magiques. Ils avaient été pratiquement réduits en miettes. Kien avait dû se préparer à une éventuelle interférence des Moranaiens, car le contre-sort était parfait pour s'attaquer à leur type de magie.

Mais c'était Arlyn qui le préoccupait le plus. L'énergie qu'elle avait rassemblée pour activer le sortilège s'était envolée avec la lumière dorée du cristal, la laissant pratiquement à sec. Si Kien revenait, elle serait la plus vulnérable. La peur lui serra le cœur. Le sortilège que Selia avait placé dans ce cristal n'aurait pas dû drainer les considérables réserves naturelles d'Arlyn, même après la trans-formation du fer qu'elle avait dû effectuer.

Qu'est-ce qui n'avait pas fonctionné ?

Kai attacha l'arc de son âme sœur au sac qu'elle portait, car elle était trop faible pour le manier de toute façon. Elle avait les mains encore un peu engourdies malgré l'énergie de guérison qu'il lui avait insufflée, mais cela ne voulait pas dire grand-chose étant donné que ses capacités étaient minimes dans ce domaine. Il passa son bras sous celui d'Arlyn, lui procurant un appui, et ils revinrent sur leurs pas pour retraverser le campement. Dommage qu'il n'ait pas assez d'énergie pour tout faire brûler.

Kai se figea en sentant quelque chose tirailler ses sens.

— Tu as senti ça ?

Arlyn regarda à peine autour d'elle. Il détestait la voir avec un regard si confus et épuisé.

— Quoi ? murmura-t-elle.

— J'ai cru détecter une poussée d'énergie au niveau du portail. On va devoir se bouger.

Kai pivota en direction de la partie du camp avec le corps sans tête. Pas sa route favorite, mais ils ne pouvaient pas emprunter le sentier menant directement au portail si quelqu'un venait de le franchir. Alors qu'ils contournaient une tente effondrée, Arlyn chancela et ses pas devinrent hésitants. Lorsque Kai baissa les yeux vers elle, il vit qu'elle était livide.

— Je ne me sens pas... (Elle secoua la tête.) Quelque chose ne va pas.

Il ne parviendrait jamais à lui faire traverser le Voile dans cet état.

— Il te faut de l'énergie.

Avant qu'elle puisse protester, il puisa de nouveau dans ses réserves pour lui en donner. Arlyn se redressa, suffisamment réta-blie pour lui lancer un regard noir.

— C'est trop.

— Il faut y aller. Maintenant.

Ils traversèrent le campement aussi rapidement et discrètement que possible, pour finalement se faire arrêter par un homme aux cheveux flamboyants monté sur un destrier noir. Pendant un instant, Kai crut qu'il s'agissait de Pol, mais en l'observant de plus près, il vit qu'il s'agissait d'un Sidhe. Une boule de feu dansait dans sa main alors qu'il souriait.

— Qu'avons-nous là ?

Miaran ! S'agissait-il du traître qui avait aidé Kien ?

— Rien qui vous concerne.

L'homme ignora la réponse de Kai, son regard balayant la clairière.

— Où est votre maître, les enfants ?

Kai se hérissa.

— Je ne suis pas un serviteur. Nous ne sommes pas...

— J'aurais tendance à ne pas croire un mot de quiconque fréquentant cet endroit.

— *Qu'est-ce qu'il dit ?* demanda Arlyn en serrant plus fort le bras de Kai. *J'ai l'impression que ce n'est pas très encourageant.*

Kai grimaça intérieurement. Le moranaien avait été inculqué à Arlyn, mais pas la langue des Sidhes.

— *Je pense qu'il croit qu'on fait partie de la clique de Kien.*

Il prit soin de ne pas regarder Arlyn afin de ne pas révéler leur discussion mentale au Sidhe, à qui il répondit :

— Je pourrais dire la même chose. Vous interférez dans les affaires de Moranaia. Cependant, étant donné vos récentes atrocités à Neor, je ne devrais pas être surpris.

— *À sleinte !*

La voix était venue de derrière lui, de même que le sortilège qui l'avait frappé, transperçant ses frêles boucliers. Kai tourna la tête pour voir qui l'avait attaqué tout en s'efforçant de rassembler davantage d'énergie. Lial pourrait le soigner plus tard – à condition qu'il parvienne à rester en vie. Il devait tout faire pour s'en sortir et mettre Arlyn en sécurité.

Un autre Sidhe arriva à cheval derrière eux, ses yeux bruns contrastant avec la robe blanche de sa monture. Il arborait un sourire satisfait.

— *Grem au.*

Alors que Kai emmagasinait de l'énergie, des racines jaillirent du sol sous leurs pieds pour venir s'enrouler autour de leurs chevilles et de leurs jambes. Kai poussa un juron et se pressa davantage contre Arlyn en se préparant à lancer un contre-sort. Les branches des conifères sous lesquels ils se trouvaient ployèrent et leurs aiguilles le piquèrent lorsqu'elles s'enroulèrent autour du bras où il rassemblait son énergie.

L'homme aux cheveux flamboyants fit avancer son cheval vers eux.

— Tenez-vous tranquilles et je ne vous ferai pas brûler vifs.

De petites étincelles crépitèrent dans l'air autour d'eux et le bois se resserra autour de leurs membres. Une mauvaise combinaison. Kai laissa retomber sa main. Ils avaient affaire à des seigneurs Sidhes, anciens et puissants. Il aurait du mal à leur échapper, même avec ses réserves d'énergie pleines. Tenter de parlementer avec eux était son seul espoir, surtout dans l'état où se trouvait Arlyn.

— Vous n'avez aucune raison de nous retenir.

— Au contraire, dit l'homme blond en éperonnant son cheval pour venir se placer à la hauteur de l'autre. Vous êtes couverts de la magie de Kien au milieu d'un campement rempli de restes sanglants. Si nous ne pouvons pas l'atteindre, eh bien... vous allez venir avec nous.

Lyr passait sa paperasse en revue et essayait de se concentrer sur les chiffres. Malgré ses muscles tendus à l'extrême, il attaqua le rapport suivant avec tout le calme dont il était capable. Les affaires du village se portaient bien au moins, même si la folie régnait dans le reste des mondes. Il survola les comptes de transactions des différents commerces. Son peuple pratiquait essentiellement le troc avec ce que les gens avaient à disposition, n'utilisant des métaux précieux ou des gemmes que lorsqu'un juste échange n'était pas possible. Lyr était rarement obligé d'intervenir pour arbitrer un différend entre les parties.

Poussant un soupir, il regarda par la fenêtre et vit Meli en train de discuter avec une Moranaienne dans le jardin. Telia, la couturière. Même si Meli était à l'aise avec lui maintenant, se montrant beaucoup moins hésitante, il pouvait voir à la posture de ses épaules qu'elle était gênée avec Telia. Au moins, il avait épargné à sa compagne une introduction officielle auprès de la maisonnée, la présentant seulement à quelques personnes à qui il avait demandé de faire passer le mot.

La porte claqua subitement contre le mur du bureau et Lyr froissa le rapport qu'il avait dans les mains. Par réflexe, il bondit sur ses pieds, aussitôt sur ses gardes. Ralan entra en trombe, Teyark et Corath à sa suite. Lyr abattit le papier qu'il avait à la main sur son bureau et se pencha en avant.

— Jolie façon de revenir après être parti sans dire en mot.

— Garde tes sarcasmes, Lyr.

Ralan s'arrêta devant son bureau et pour la première fois, Lyr décela un soupçon de peur dans les traits du devin lorsqu'il ajouta :

— Va chercher tes armes et mettons-nous en route.

Le cœur de Lyr trébucha alors qu'il se précipitait vers la porte. Son ami ne plaisantait jamais avec de telles choses.

— Qu'est-ce qui ne va pas ?

— Il s'est passé quelque chose. Les futurs étaient limpides, je le jure, dit Ralan dans son dos. J'aurais dû voir cette possibilité, mais elle n'était pas là. Fichus Sidhes. À l'heure qu'il est, ils détiennent probablement Kai et Arlyn.

Lyr s'arrêta si brutalement que tous faillirent le percuter.

— Quoi ?

— Il faut les retrouver. Maintenant.

Lyr pivota sur ses talons en jurant et épingla violemment Ralan contre le mur. Sa main se referma autour de la gorge du prince.

— Tu as dit qu'il n'y avait aucun danger. Je t'ai fait confiance.

— Il n'y en avait pas.

Ralan n'essaya même pas de se dégager, ses yeux écarquillés reflétant plus de panique et de désespoir que Lyr n'en avait jamais vu chez lui.

— Je te donne ma parole, ajouta-t-il. Mais il y a de nombreux futurs à partir d'ici dans lesquels ils peuvent être sauvés. Arrête de discuter avec moi et allons-y.

— Ton père m'écorchera peut-être vif au-dessus d'une fosse de fer pour trahison à cause de ça, mais s'ils meurent, tu mourras aussi, dit Lyr avec hargne.

Ralan serra la mâchoire, mais il hocha la tête pour acquiescer.

— On a beaucoup de choses à mettre à plat. Plus tard.

Lyr le relâcha sans faire de commentaire, se concentrant sur la mission à venir. Il fusa à travers les couloirs et monta les marches quatre à quatre jusqu'à sa chambre. Il lui fallut seulement quelques instants pour s'armer de son épée, de son arc, et de ses dagues. Il attrapa aussi un petit sac avec du matériel de camping qu'il gardait dans son placard pour des voyages improvisés qu'il avait rarement l'occasion de faire. Lorsqu'il se retourna, la cape que Selia avait enchantée pour lui attira son œil. Elle l'avait modifiée de façon à ce qu'il puisse permettre aux autres de communiquer avec lui, même s'ils auraient encore du mal à le localiser. Il la passa sur ses épaules et l'attacha.

Lorsqu'un coup fut frappé à la porte et qu'il entendit Ralan l'appeler, Lyr réprima un moment de satisfaction. Bien fait pour le devin s'il s'inquiétait. Mais il ne prolongea pas cet instant et ouvrit la porte pour adresser un sourire narquois au prince.

— Tu te demandais où j'étais passé ? Voyez-vous ça.

Ralan regarda la cape d'un œil mauvais.

— On pourra discuter de mon absence plus tard. Est-ce que cette chose est vraiment nécessaire ?

— Elle pourrait nous être utile.

Il ferma les yeux et activa la partie du sortilège qui permettrait à Ralan, Teyark et Corath de percevoir sa présence et de communiquer avec lui.

— Voilà. Où allons-nous ?

— Tout ce que je peux voir, c'est une colline de Sidhes tenue par l'un de leurs seigneurs. Une famille ancienne.

Lyr se dirigea vers l'escalier d'un air renfrogné.

— C'est tout ?

— Je ne suis pas un fichu GPS ! cracha Ralan.

Devant le regard ahuri de Lyr, il soupira et se passa une main dans les cheveux.

— Désolé. Vocabulaire terrien. Je ne suis pas une carte. Je ne connais pas l'emplacement de chaque chose dans l'Univers.

Lyr le regarda par-dessus son épaule.

— Alors ton plan consiste à… ?

Le prince se hâta de le rattraper, l'air penaud.

— Je… je pensais que le chemin allait m'être révélé, mais je ne sais pas comment me rendre là-bas. Ça pourrait se trouver n'importe où.

— Une fois de plus, tu ne sers à rien.

Les poings serrés pour empêcher ses mains de trembler, Lyr le fusilla du regard. Il savait que Ralan n'était pas plus à blâmer que pour les événements précédents, mais sa rage viscérale n'avait pas d'autre exutoire.

— Je ne peux pas les perdre. Ils sont ma seule famille, hormis Meli et… Meli !

— Quoi, Meli ? demanda Ralan avec des yeux si peinés que Lyr eut envie de s'excuser pour sa brutale affirmation. Est-ce qu'elle est guide ?

— Elle m'a retrouvé quand j'étais blessé, tu te rappelles ? Elle pourra peut-être les localiser en se servant de ses runes.

Ralan hocha la tête pour acquiescer.

— Trouve-la.

Sentant toujours sa présence dans le jardin, Lyr se précipita vers la sortie la plus proche. Il se retourna pour regarder son ami, qui hésitait au pied de l'escalier.

— Ralan, je…

— Je sais.

— Non, tu ne sais pas. Je n'aurais pas dû dire ça.

Lyr se passa une main sur le visage, sans trop savoir comment formuler ce qu'il ressentait.

— Je t'ai déçu à la moindre occasion ces derniers temps. (L'expression du prince se durcit.) Ça ne se reproduira plus.

— Viens, alors. Nous allons les sauver, dit Lyr avec un sourire triste aux lèvres. Ensemble.

CHAPITRE 30

Meli poussa un long soupir lorsque la couturière fut partie. Sa première véritable rencontre avec une Moranaienne qui ne faisait pas partie de la famille ou des amis proches de Lyr. Cela s'était mieux passé que ce qu'elle avait espéré. D'après elle, en tout cas. Telia s'était montrée polie et enjouée, et si le fait de l'aider à renouveler sa garde-robe ne l'enchantait pas, elle n'avait rien laissé paraître.

Un élan de rage assaillit Meli, si soudain qu'elle faillit se courber en deux. Prenant une brusque inspiration, elle enroula ses bras autour de sa taille. Lyr.

— *Que s'est-il passé ?* demanda-t-elle, le contactant aussitôt de manière instinctive.

— *Arlyn et Kai sont en danger. Dirige-toi vers le portail et je te rejoindrai là-bas. Je dois m'entretenir brièvement avec ma mère.*

La communication prit fin, mais l'urgence qu'elle ressentait à travers leur lien était suffisamment parlante. Meli pivota sur ses talons, le cœur battant alors qu'elle se hâtait de traverser le jardin. Elle ne savait pas trop quel était le chemin le plus court jusqu'au portail, mais elle pouvait sentir Lyr approcher. Elle n'était pas allée bien loin lorsqu'elle le vit arriver par un autre sentier sur sa gauche. Elle haussa les sourcils d'un air perplexe en avisant les trois princes à sa suite.

— Lyr ? dit Meli d'une petite voix.

Il s'arrêta à sa hauteur et prit ses mains dans les siennes.

— Il y a eu un problème durant la mission.

Les mots la percutèrent comme un coup de poing dans l'estomac.

— Quoi ? Tu as dit qu'ils étaient en danger. Est-ce qu'ils sont... ?

— Ralan pense qu'ils sont en vie, mais on ne sait pas comment les retrouver. (Lyr lança un regard furieux à Ralan avant de reporter son attention sur Meli.) Est-ce que tu peux nous guider ?

Elle fronça les sourcils d'un air effaré.

— Moi ?

— Tes runes peuvent retrouver ce qui est perdu, dit-il en agrippant ses avant-bras. Nous avons besoin de ton aide.

Meli se mordit la lèvre. Il voulait qu'elle les guide ? Elle qui avait bien failli être responsable de la disparition d'un groupe entier dans les brumes.

— Je... Tu en es certain ? Je suis toujours en train d'apprendre comment utiliser les runes.

Lyr posa son front contre le sien et baissa la voix afin que les autres ne l'entendent pas.

— Ne laisse pas ton passé te faire douter. Tu m'as sauvé. À présent, aide-moi à sauver mon ami et ma fille... la fille de ton âme.

Meli ressentit un douloureux pincement au cœur à ces mots. *Des âmes de sang*, avait dit la fée. Comment pourrait-elle ne pas tenter de sauver Arlyn ? Elle agrippa les bras de Lyr, s'appuyant sur lui un instant, puis elle s'écarta. Redressant l'échine d'un air résolu, elle hocha la tête pour signifier son accord.

— Du moment que tu es conscient du risque. Les autres ont failli se perdre avec moi.

Ralan s'avança vers eux.

— On ne se perdra pas. J'en suis certain.

Lyr afficha une expression neutre et se contenta de pivoter sur ses talons pour se remettre en route. Meli le suivit, regardant le prince par-dessus son épaule. Ralan les regarda s'éloigner, l'expression fermée et crispée, puis il donna un petit coup de coude à son frère pour qu'il se remette en route. Meli ne savait pas ce qui était à l'origine de la discorde entre Lyr et le prince, mais ce n'était pas le moment de poser des questions. Ils devaient se concentrer sur leur mission pour sauver Arlyn et Kai.

Lorsqu'ils arrivèrent à l'arche en pierre du portail, Meli s'arrêta net en voyant Eri calmement assise sur un rondin, manifestement en train d'attendre. *Ça ne peut pas être une coïncidence.*

Le regard posé de l'enfant se tourna vers Ralan.

— Je t'avais dit que tu aurais dû rester.

— Pas maintenant, Eri, répondit sèchement le prince en se précipitant vers sa fille. On doit y aller.

— Je sais. (Sa lèvre inférieure tremblait.) Fais attention à ta droite.

Ralan pâlit.

— Comment peux-tu voir si clairement ? Tout est embrouillé.

— Megelien.

Meli leva les bras et Ralan la souleva pour la porter. Se comportant de nouveau comme une enfant, elle pinça ses joues des deux mains.

— Et pour d'autres raisons, ajouta-t-elle en souriant. Mais surtout elle.

Après une longue étreinte, Ralan finit par la reposer. Il déglutit péniblement, les yeux brillants de larmes non versées.

— Je m'assurerai de faire attention à ma droite, murmura-t-il.

Eri enserra brièvement les jambes de Ralan puis s'en alla, lançant un au revoir larmoyant par-dessus son épaule.

Une boule se forma dans la gorge de Meli devant ce spectacle. Dommage qu'elle ne puisse pas réconforter la fillette. Alors qu'ils marchaient jusqu'au portail, Meli adressa un regard compatissant à Ralan. Il esquissa un demi-sourire, mais cela n'atténua pas la tristesse visible dans ses traits. L'inquiétude d'un père.

Ils franchirent le portail et l'esprit de Meli se retrouva paralysé alors que les brumes tournoyaient autour d'eux. Lyr pressa sa main, mais elle remarqua à peine cette sensation à côté de la terreur qui l'assaillit. Le froid glacial. Le brouillard mouvant. Les couleurs qu'elle ne comprenait pas. Pendant un long moment, elle oublia de respirer.

Reprends-toi, s'exhorta-t-elle. *Tu peux le faire.*

Les mains tremblantes, Meli détacha la bourse en cuir pendant à sa ceinture. Elle faillit la faire tomber alors que ses doigts tâtonnaient pour délier le cordon. Puis les runes brillantes se retrouvèrent enfin dans sa main. Elle regarda aux alentours, sans savoir où les lancer. Elle ne voyait pas de sol, même si elle marchait sur une surface dure.

Son estomac se serra à l'idée de lancer ses précieuses pierres dans le brouillard en mouvement. Au lieu de quoi, elle s'assit, frissonnant alors que les brumes épaisses circulaient autour d'elle, et tira sur sa tunique pour former une surface plane entre ses jambes croisées. Elle secoua les runes, en pensant uniquement au besoin de trouver Arlyn, et les lança sur le tissu.

Les lignes qui tournoyaient sur les pierres lisses formèrent immédiatement des symboles, qui ne ressemblaient à rien de ce que Meli avait vu jusque-là. Mais elle n'avait pas besoin de les comprendre. La lumière jaillit et fit briller un filament coloré partant au loin. Elle rassembla les runes dans ses mains au lieu de les remettre dans leur bourse.

— Par ici.

Alors que les autres échangeaient des regards confus, elle se demanda un instant ce qu'ils pouvaient voir. Puis la magie s'empara d'elle, la guidant comme elle l'avait fait la dernière fois qu'elle l'avait utilisée. Ses pieds trouvèrent leur chemin dans les brumes, même si ces dernières commençaient à s'agiter. Meli prit le contrôle et suivit le filament brillant.

~

UN BRUIT de frottement la réveilla. Du cuir sur de la pierre ? Encore étourdie, Arlyn bougea les bras. Ou essaya. Elle se figea, assaillie par la peur. Quelque chose de dur et d'implacable entourait ses membres, la maintenant suspendue à la verticale. Elle tordit ses mains dans tous les sens pour essayer de découvrir ce qui la retenait. Ses doigts raclèrent une roche froide, qu'elle sentit également dans son dos.

Elle finit par rassembler assez de courage pour ouvrir les yeux. À quelques mètres devant son visage, une petite flamme dansait, mais elle ne projetait qu'une faible lueur. Juste assez pour éclairer son corps s'aperçut-elle en baissant les yeux. Puis elle s'étrangla sur un cri étouffé. Ses bras et ses jambes étaient encastrés dans la pierre comme si le mur avait essayé de l'avaler. Arlyn agita les pieds, mais ne sentit pas le sol en dessous.

Où était Kai ? Elle tourna la tête et regarda le mur sur sa droite en plissant les yeux. Une autre petite flamme éclairait son profil et elle s'affaissa de soulagement en sachant qu'il était là. Un rapide examen de leur lien lui indiqua qu'il était en vie et pas trop amoché. Seulement inconscient.

Arlyn essaya de se rappeler ce qui s'était passé, mais elle revit seulement l'image de l'homme aux cheveux flamboyants dans la clairière. Son énergie était alors si basse que le monde lui avait seulement paru flou. Même maintenant, elle était encore faible, mais elle emmagasinait l'énergie présente dans son environnement, reconstituant une fois de plus ses réserves. Lentement, comme des gouttes d'eau tombant des branches d'un arbre gigantesque à Moranaia.

Les Sidhes qui étaient arrivés au campement les avaient-ils capturés ? C'était l'explication la plus probable. La question était de savoir où ils les avaient emmenés. Il fallait espérer qu'ils ne les avaient pas livrés à Kien. Elle frissonna malgré elle dans sa cage de pierre.

Comme s'il avait senti qu'elle était réveillée, l'homme aux cheveux roux qu'elle se rappelait avoir vu dans la clairière sortit de l'obscurité, entouré de petites flammes dansantes. Il prit la parole, mais c'était du charabia pour elle.

— Je ne comprends pas ce que vous dites, dit-elle sèchement.

L'homme parut étonné.

— Moranaienne, exact ?

— Oui.

— Intrigant. La plupart des Moranaiens apprennent la langue des Sidhes durant leur scolarité.

Il la regarda d'un air égal, son expression n'indiquant aucune intention – bonne ou mauvaise – à son égard.

— Qui es-tu pour ne pas être dans ce cas ?

Arlyn releva fièrement le menton.

— Je n'ai aucune raison de vous dire quoi que ce soit.

— Vraiment ? (Il ricana.) J'ai plutôt l'impression que tu as de solides raisons autour de tes membres.

Arlyn grimaça. Il l'avait bien eue. Littéralement.

— Je ne suis pas née à Moranaia, et je n'ai pas grandi là-bas non plus. Pourquoi nous avez-vous emmenés ?

— Oh, non. (Il sourit et les flammes tressautèrent.) C'est moi qui vais poser les questions, pas toi. Où se trouve Kien ? Nous avons... besoin de lui.

— Je ne sais pas.

Le souffle court, Arlyn se demanda s'ils étaient de mèche avec le prince.

— Mort, j'espère, ajouta-t-elle.

L'homme s'approcha d'un pas en plissant les yeux.

— Je suppose que ce n'est pas surprenant que ses sbires ne se montrent pas loyaux envers lui.

— Je ne fais *pas* partie de ses sbires, rétorqua Arlyn en lui lançant un regard noir.

Une autre silhouette sortit de l'obscurité et la roche se resserra un peu autour de ses membres. Le cœur d'Arlyn s'emballa devant la froideur de son regard.

— Ne te laisse pas influencer, mon frère, dit le nouvel arrivant. Peu importe pour qui elle travaille. Si ce n'est pas pour lui, les

Moranaiens seront peut-être prêts à nous aider en échange de sa vie.

— Naomh...

— Les jolies femmes ont toujours attiré ton œil, dit Naomh en posant une main sur l'épaule de l'autre homme, mais contrairement à notre père, tu es capable de résister.

Qui étaient ces Sidhes et pourquoi cherchaient-ils Kien ? Arlyn ne savait absolument pas de quel côté ils étaient – peut-être simplement du leur, d'ailleurs. Celui qui s'appelait Naomh avait dit « mon frère », mais avec sa peau et ses cheveux pâles, il ne ressemblait pas à leur autre ravisseur. Se pourrait-il qu'il ait employé ce terme pour les induire en erreur ? Elle observa attentivement Naomh, mais ne parvint pas à discerner la vérité.

Arlyn plissa les yeux. Il lui semblait familier pourtant. Où aurait-elle pu le rencontrer avant ?

Le visage de l'homme arrivé en premier se crispa et les flammes autour de lui vacillèrent puis gagnèrent en intensité.

— Pourquoi l'homme est-il toujours inconscient ? demanda-t-il d'une voix tendue.

Naomh regarda Kai d'un air blasé et battit l'air de la main d'un geste nonchalant.

— Le sort devait être un peu trop puissant. Viens, Caolte. La fille se décidera peut-être à dire la vérité pendant qu'elle attend. Pas besoin de les surveiller ici.

Kien franchit le portail, sa fureur à peine apaisée par le sang qu'il venait de verser. Sacrifier des animaux ne le satisfaisait pas autant, mais il ne pouvait pas se permettre de contrarier ses partisans. Pas maintenant. Il ne leur avait pas dit que leur sort avait été rompu, car ils avaient vraiment hâte de commencer à prendre le contrôle sur Terre. Même si aucun d'eux n'était plus fort que lui, ils le dépassaient en nombre. Il allait devoir les mettre au courant avec... prudence.

La vue de ses trophées, la plupart se balançant toujours fièrement sur leurs piques à l'entrée, l'apaisa. Le bras de Beckett s'agita dans le vent lorsqu'il passa devant, une vision plaisante. Presque un salut, en réalité. Kien se détendit. Les signes de sa victoire finale étaient tout autour de lui. Ils étaient si nombreux à être déjà tombés parmi les faibles afin que Kien puisse l'emporter et arrêter son frère. Lorsqu'il accéderait au trône de Moranaia, il songerait peut-être à les honorer. Leur faiblesse avait été innée, après tout, une tare due à leur sang humain. On ne pouvait pas vraiment les blâmer.

Kien fit le tour du camp par l'extérieur jusqu'à la tige en fer au bout de laquelle se trouvait son chef-d'œuvre. Mais seule la tige demeurait, le métal semblant... anormal. Perplexe, il s'accroupit à côté. Son assistant avait enchâssé le cristal dans le fer, lui-même ayant des difficultés à manier la magie en présence du métal. Il tendit un doigt et découvrit avec surprise qu'il pouvait le toucher. Comment cette précaution avait-elle pu échouer ? Le fer était un poison pour les Sidhes et pour bon nombre des Moranaiens.

Il balaya les alentours du regard à la recherche du cristal, mais il ne vit que quelques fragments. Il avait explosé ? Ce n'était pas prévu dans le contre-sort. Quelque chose avait dû le fragiliser. Son regard fut attiré par un éclat de lumière et il le suivit jusqu'à une pierre ronde et lisse. Kien fit planer sa main au-dessus, mais ne décela aucune trace d'un sortilège. Avec précaution, il la ramassa et la testa avec un petit flux d'énergie.

Au cœur même de la pierre, il sentit l'empreinte de Moranaia.

Enragé, Kien jeta le cristal contre l'arbre le plus proche, où il rebondit avant de rouler jusqu'à ses pieds. Bon sang, ils avaient compris ! Quoi qu'ils aient utilisé pour briser ce nœud, cela s'était répercuté à travers tout son maillage, rompant tellement de liaisons que tout était en train de s'effondrer comme une toile d'araignée en pleine tempête. Comment avaient-ils deviné qu'ils pourraient venir à bout de son sort avec la seule énergie capable de contrecarrer ses effets ? Son monde natal devait rester en parfait état pour son règne, et ils avaient retourné cela contre lui.

Ralan. Il ne pouvait s'agir que de Ralan. Seul un devin aurait pu déjouer ses plans aussi facilement. Il avait dû voir ce qu'il prévoyait de faire.

Kien se dirigea vers le centre du camp d'un pas énervé, cherchant la trace de quiconque était passé par là. Qui avait bien pu neutraliser le fer ? Certainement pas Lyrnis Dianore, son plus grand obstacle. Une forte odeur d'herbe piétinée emplit son nez. Pas très subtil d'avoir laissé un tel indice.

À l'autre bout du camp, Kien aperçut l'endroit où l'herbe avait été foulée. De fraîches empreintes de sabots encerclaient un enchevêtrement de racines jaillissant du sol. Il leva les yeux et remarqua les branches d'arbres ployées au-dessus. Certaines avaient été cassées et gisaient parmi les racines. Il passa un doigt sur une racine tordue et se renfrogna en percevant le résidu d'énergie qui s'y trouvait. *De la magie sidhe. Naomh.* Était-il revenu pour parler affaires avec lui et s'était-il retrouvé confronté à ses ennemis ? Où l'avait-il trahi lui-même ?

Il n'y avait qu'un moyen de le savoir.

~

Naomh faisait les cent pas dans la forêt de source magique entourant son domaine de petite taille. Meren avait peut-être obtenu le titre et le palais de leur père à proximité de la reine, mais Naomh préférait vivre dans la dimension de poche située sous Knocknarea avec Caolte, qui n'avait hérité de rien. Le soleil artificiel éclairant les pierres du domaine était sous son contrôle, et les quelques individus qui les avaient rejoints ici étaient satisfaits de la façon dont il dirigeait. Pourquoi Meren voulait-il mettre tout cela en danger ?

Même si Naomh chevauchait à chaque lune noire à la recherche d'Elerie, il aimait à penser qu'il le sentirait si elle foulait de nouveau le sol au-dessus de lui. Après cinq-cents ans, il ne se rappelait plus s'il était capable de percevoir sa présence autrefois. Mais à présent, il était à l'affût du moindre signe la concernant. Observant et attendant. Mais si son imbécile de frère venait à révéler leur présence aux humains, tout serait perdu. Ces créatures vicieuses ne les laisseraient jamais en paix.

— Les Moranaiens sont peut-être réellement innocents, suggéra Caolte dans son dos.

Malgré son côté protecteur et impétueux, son frère avait souvent raison. Mais pas cette fois.

— Ils étaient couverts de la magie noire de Kien.

— La zone autour de l'ancien camp de Kien semblait différente, rétorqua Caolte. Tu n'as pas senti la différence ? L'air semblait moins lourd. Ils sont peut-être à l'origine de ça.

Prêt à prouver à son frère qu'il avait tort, Naomh projeta son énergie autour de lui. Le poison n'avait pas encore atteint ces terres-là, mais il avait commencé à détecter des signes d'agitation, comme si son environnement murmurait son mécontentement face à la détérioration des terres voisines. Il fronça les sourcils d'un air circonspect. Les murmures étaient plus faibles – presque inaudibles. Se pourrait-il que Caolte ait raison ?

Le sortilège associé au portail envoya un signal d'alarme dans l'esprit de Naomh, l'arrachant à ses réflexions. Un intrus ? Ils étaient peu nombreux à venir chez lui, et avec la présence des prisonniers, le timing était plus que suspicieux.

Naomh et Caolte se dirigèrent vers le portail d'un pas désinvolte, ne laissant paraître aucune tension. Ils étaient chez eux ici, en harmonie avec l'énergie ambiante. S'il y avait du grabuge, ils pourraient y faire face. Aucun intrus ne les verrait hésiter un seul instant. Malgré tout, Naomh perdit son calme en avisant Kien qui attendait de manière impérieuse devant le portail.

— Vous ! s'exclama Naomh avec hargne.

Le prince leva une main devant lui.

— Du calme. J'ai vu des signes de votre présence à mon ancien camp. Aviez-vous besoin de quelque chose ? Je suis moi-même à la recherche des fugueurs qui semblent malheureusement vous avoir donné du fil à retordre.

Les flammes de Caolte rendaient l'air brûlant autour d'eux,

prêt à exploser. Naomh lança un regard d'avertissement à son frère.

— Nous sommes effectivement venus vous trouver, dit-il à Kien. Le sort doit être rompu avant que Meren envoie un groupe à la surface. Je vous ai prévenu que c'était allé trop loin.

Kien sourit, décontracté, même si ses yeux ne reflétaient aucune joie.

— N'avez-vous pas remarqué que j'avais démantelé le sort pour vous ? Nous avions un accord, après tout.

Naomh ricana.

— Vous l'avez rompu vous-même ?

— À l'instant. J'ai pensé que ce serait un bon moyen de vous prouver mes bonnes intentions. J'apprécierais vraiment que vous récompensiez ma bonne volonté en me remettant les serviteurs qui se sont échappés.

Les propos que Caolte avait tenus plus tôt lui traversèrent l'esprit. Ses prisonniers étaient-ils responsables de la neutralisation du sortilège ou Kien disait-il la vérité ? Naomh n'avait aucune confiance en ce dernier et ne savait pas grand-chose des premiers. Ils auraient peut-être dû prêter une oreille plus attentive aux affirmations de leurs prisonniers. Naomh allait devoir se montrer prudent.

— Si je retrouve vos serviteurs, je vous les renverrai, à condition de savoir où vous vous trouvez.

Le sourire de Kien s'envola.

— J'insiste pour que vous me les remettiez.

— Comme je viens de le dire, je le ferai si je les retrouve.

Naomh congédia le prince d'un geste méprisant et rebroussa chemin. Il n'avait pas de temps à perdre avec ce misérable traître. Il sentit l'hésitation de Caolte, qui finit par lui emboîter le pas. Des pas réguliers se firent entendre derrière eux. Furieux, Naomh fit volte-face.

— Partez. Je vous trouverai quand j'aurai autre chose à dire.

Le prince devint rouge de colère.

— Je suis un prince. Je ne vous permettrai pas de me traiter si grossièrement.

Naomh afficha un sourire suffisant.

— Vous n'êtes pas mon prince. J'en ai terminé avec vos mensonges et vos fausses promesses. À partir d'aujourd'hui, nos affaires sont terminées. Estimez-vous heureux que je ne vous tue pas sur-le-champ. À présent, quittez mon domaine.

— Ce n'est pas terminé, dit Kien en fulminant. Je compte sur vous pour tenir votre parole. Si vous trouvez mes serviteurs, ramenez-les-moi. Cherchez près du portail dans les collines à proximité d'une ville appelée Chattanooga. Nous sommes installés dans une grotte cette fois.

Le prince pivota sur ses talons, ses pas furieux faisant craquer le sol sous ses pieds. Naomh échangea un regard amusé avec Caolte. Il tenait toujours parole. Restait à voir si ses prisonniers étaient bel et bien des serviteurs de Kien. Il leva les yeux vers le soleil artificiel et évalua le temps écoulé d'après sa position. L'homme devait certainement être réveillé à présent. Alors qu'il repartait vers sa demeure, il sentit le portail s'activer une fois de plus alors que le prince s'en allait.

Bon débarras.

CHAPITRE 31

À un moment donné, Lyr tenait la main de Meli alors qu'ils traversaient le Voile. L'instant d'après, une lumière éclatante faillit l'aveugler. Son âme sœur fit un autre pas en avant, guidée par les runes, mais il la tira en arrière et se mit de côté pour permettre aux autres de franchir le portail. Il cligna plusieurs fois des yeux le temps que sa vision s'ajuste, puis observa le jardin bien entretenu autour d'eux. L'air frais était printanier, les fleurs tout juste écloses sous la canopée des arbres. Bien plus haut au-dessus de leurs têtes, il pouvait distinguer le plafond en pierre, pourtant aussi bleu que le ciel grâce à un sortilège.

Meli tenta de se remettre en route, toujours sous l'emprise de la magie. Jetant un regard agacé par-dessus son épaule, elle essaya de libérer sa main.

— *Tu dois t'arrêter*, murmura Lyr dans son esprit. *Range les runes si nécessaire. Nous devons élaborer un plan.*

Alors que le visage de Meli était de plus en plus crispé sous l'effort qu'elle faisait pour se dégager, Lyr l'entraîna sous les arbres, à l'écart du portail. Il les mena jusqu'au mur le plus proche, car les Sidhes avaient tendance à ne pas s'approcher des frontières de leurs domaines souterrains. Cela leur rappelait trop à quel point ils étaient bridés. Il espérait seulement que cette aversion serait suffisante si le seigneur de cet endroit avait détecté leur arrivée à travers le portail.

Cet endroit était bien plus petit que les grandes cités sidhes que Lyr avait déjà eu l'occasion de visiter. Une résidence privée ? Ce serait d'une certaine manière plus dangereux qu'une cité, car un seigneur Sidhe pourrait bien se livrer à de nombreuses malversations à l'abri des regards au sein de son propre domaine. Une possibilité à laquelle ils feraient mieux de se préparer.

Lyr s'accroupit derrière un monticule de pierres éboulées, les princes se hâtant de l'imiter. Meli essaya de se dégager de nouveau, alors Lyr s'assit et l'attira sur ses genoux. Elle s'immobilisa lorsque ses bras enserrèrent sa taille.

— *Qu'est-ce que tu fais ?*

— *Range les runes, mon amour. Tu dois désactiver le sort.*

Il se raidit, la sentant en difficulté à travers leur lien alors qu'elle luttait pour prendre le dessus sur la magie. Comme un animal sauvage, cette dernière ne voulait pas être emprisonnée. La main de Lyr était aussi douloureuse alors que celle de Meli serrait fermement les runes, la lumière jaillissant entre ses doigts crispés. Puis la tension diminua et la jeune femme replaça les runes soudain apaisées dans leur bourse en cuir. Mais Lyr pouvait toujours les voir briller à travers les coutures, et Meli arborait encore une expression hagarde. Son corps se mit à trembler contre le sien.

Il se pencha en avant et lui mordilla gentiment le lobe de l'oreille. Il sourit lorsqu'elle sursauta et lui murmura :

— Meli, reviens.

Elle frémit de nouveau, pas entièrement à cause de la magie cette fois, puis s'immobilisa. L'énergie qui tournoyait jusque-là autour d'elle s'estompa en même temps que la lumière dans la bourse. Après un moment, Meli se tourna dans ses bras pour le regarder dans les yeux.

— *J'espère que ce n'est pas le seul moyen de désactiver ce sort. Même si c'était très plaisant.*

Son amusement se répercuta à travers leur lien et malgré la gravité de la situation, Lyr dut réprimer un éclat de rire.

— *On verra bien.*

~

ARLYN N'AVAIT PAS d'autre choix que de rester suspendue là à s'inquiéter et à essayer de ne pas paniquer en attendant que Kai se réveille. Si ces deux Sidhes pensaient qu'elle et Kai travaillaient pour Kien, eh bien... cela n'augurait rien de bon. Parviendraient-ils à les convaincre du contraire ? Dans ce cas, la colère manifeste des Sidhes à l'encontre de Kien pourrait être à leur avantage. *L'ennemi de mon ennemi est mon ami, pas vrai ?*

Sa tête bascula en avant et elle se força à la redresser. L'énergie qu'elle avait pu emmagasiner à son réveil était de nouveau en train de s'écouler hors d'elle de façon régulière, comme l'eau qu'elle pouvait entendre mais pas voir. Pourquoi son corps était-il incapable de stocker la magie ? Ses paupières se fermaient toutes seules d'épuisement, mais il n'y avait rien à voir de toute façon. Même les petites flammes n'étaient plus là pour la distraire avec leurs lueurs dansantes.

Un bruissement d'étoffe et un faible gémissement retentirent enfin dans l'obscurité.

— *Kai ?*

Une douleur atroce se répercuta à travers leur lien jusqu'à ce qu'il la bloque.

— *C'est quoi ce... ?*

— *Est-ce que tu te rappelles ce qui s'est passé ?*

Il mit tellement de temps à lui répondre qu'un frisson d'appréhension dévala le long de sa colonne vertébrale, comme si des doigts la chatouillaient. À moins qu'il ne s'agisse d'insectes. Oh, dieux ! Y avait-il assez de place entre son dos et la pierre pour que des insectes puissent passer ? Arlyn se tortilla, aplatissant son dos contre la roche. Elle n'eut pas l'impression d'avoir écrabouillé quoi que ce soit. Peut-être...

— *Arlyn ?* l'interpella Kai d'un ton hésitant. *Qu'est-ce qui ne va pas ?*

Elle rougit d'embarras. Pour une fois, elle était contente d'être dans l'obscurité.

— *Rien. Pas de quoi s'affoler. Tu te souviens de quelque chose ?*

Une autre pause.

— *Ces Sidhes. Ils m'ont balancé quelque chose. De puissant.*

— *Je vois bien.*

Ils avaient dû y aller plus fort avec lui, car la douleur qui l'avait réveillée n'était rien en comparaison de l'agonie qu'elle percevait chez Kai.

— *Ils sont passés tout à l'heure. Le rouquin avait des petites flammes autour de lui. Juste assez de lumière pour voir qu'on est mal barrés.*

— *Je connais des sorts pour défaire pratiquement toutes les entraves, hormis celles en fer.*

— *Je doute que celui-ci soit dans ton répertoire,* répondit-elle avec un sourire en coin. *Nos bras et nos jambes sont retenus par de la pierre. On est encastrés dans le mur.*

Kai jura d'une manière qui mit le vocabulaire moranaien d'Arlyn à l'épreuve. Son père n'avait assurément pas combiné les mots de cette façon-là.

— *Est-ce qu'ils ont dit ce qu'ils voulaient ?*

— *Ils pensent qu'on est des sbires de Kien.*

— *C'est aussi ce qu'ils ont sous-entendu au campement.*

Arlyn entendit les doigts de Kai racler la pierre.

— *Une idée ?* demanda-t-il.

— *Rien hormis le fait de les convaincre de notre innocence. Je m'affaiblis de nouveau.*

L'inquiétude et les craintes de Kai se répercutèrent à travers leur lien.

— *L'énergie est propre ici. Quelles que soient leurs intentions, les Sidhes ne nous ont pas coupés de ça, même s'il faut du temps pour la puiser. Tu devrais bientôt aller mieux.*

— J'allais déjà mieux tout à l'heure. Mais je ne parviens pas à stocker l'énergie que j'absorbe.

Est-ce qu'il pourrait y avoir un rapport avec le contre-sort ? Arlyn ferma les yeux et tenta de chercher en elle, mais elle était toujours en cours d'apprentissage dans ce domaine. Une pointe de noirceur, peut-être ? Elle essaya de l'atteindre, mais avant qu'elle y parvienne, un éclat de lumière la déconcentra. Ses yeux s'ouvrirent pour voir deux silhouettes en contre-jour dans l'encadrement d'une porte. Cette vision disparut rapidement à son tour, remplacée par les petites flammes tournoyant autour de... Caolte ? Était-ce son nom ?

Celui qui s'appelait Naomh d'après elle se dirigea à grandes enjambées vers Kai, précédé d'une lumière plus intense. Arlyn put alors voir son âme sœur et fut choquée de constater à quel point il avait l'air hagard et meurtri. Le côté de son visage le plus proche d'elle était violacé. Il croisa son regard inquiet à travers l'espace qui les séparait.

— Il se peut que j'aie un peu tenté de résister.

Plus qu'un peu, à en juger par son apparence.

Kai tourna la tête vers les Sidhes.

— Faites-nous descendre.

Le petit rire de Naomh résonna autour d'eux.

— Je ne pense pas. Il semblerait que ta femme nous ait menti.

— Quoi ? s'exclama Arlyn en se débattant dans sa prison de pierre. C'est faux. J'ai été honnête avec vous.

Caolte s'approcha, éclairant davantage les lieux.

— Kien est venu réclamer ses serviteurs.

Le cœur d'Arlyn trébucha. Kien était ici ? S'il les trouvait maintenant, ils étaient morts. Il avait dû découvrir qu'ils avaient brisé le sortilège.

— Vous devez nous laisser partir. Il va nous tuer.

— Alors tu l'admets maintenant ? (Naomh ricana en tirant un long poignard d'un fourreau à sa ceinture.) Je vais peut-être vous rendre un peu plus... endommagés.

— Non ! cria Arlyn alors que le Sidhe s'approchait de Kai.

Elle vit son compagnon commencer à rassembler de l'énergie dans ses mains, même si elle ne voyait pas bien ce qu'il allait en faire.

— Il va nous tuer parce que nous avons rompu son sort, tenta d'expliquer son âme sœur. Nous sommes envoyés par *Callian Myern i Lyrnis Dianore nai Braelyn*. S'il nous arrive quoi que ce soit, la guerre sera déclarée.

Le Sidhe se renfrogna, mais s'arrêta.

— Lyrnis Dianore, celui qui a interrompu les pourparlers avec mon frère au lieu de nous apporter son aide ?

— Il refuse de travailler avec des bouchers, rétorqua Kai d'une voix tremblante de fureur. J'ai vu l'œuvre de vos semblables bien trop récemment. Vous avez envoyé une armée de Seelie et d'Unseelie contre votre propre colonie. Vous avez tué les malades sans y réfléchir à deux fois et sans aucune pitié.

La main de Naomh se resserra sur le manche de son poignard.

— Je vais...

— Retiens ta main, dit Caolte en agrippant l'épaule de son frère. Il dit la vérité.

— Quoi ? hurla Naomh en se tournant pour en découdre avec son frère.

Les flammes autour de la tête de Caolte vacillèrent.

— Tu étais déjà suffisamment enragé par le fait que Meren avait perdu le soutien des Moranaiens. Je ne savais pas comment t'annoncer la pleine étendue de sa trahison. Il a décimé les Neoriens. Tous ceux qui restaient.

Pendant un moment, on n'entendit rien d'autre que l'eau qui gouttait.

— Écoutez, maugréa Kai, je comprends vos doutes. Pourriez-vous au moins nous entraver avec des chaînes et nous donner à manger pendant que vous débattez de tout ça ? Ma compagne ne se sent pas bien.

Les deux Sidhes se tournèrent vers elle pour l'observer. Naomh parut étonné.

— Nous n'avons rien fait pour vous empêcher de puiser de l'énergie.

Arlyn déglutit péniblement en avisant leurs regards préoccupés. Elle devait avoir l'air encore plus mal que ce qu'elle se sentait.

— Je n'arrive pas à la stocker.

Les frères échangèrent un regard – et sans doute quelques mots par télépathie. Naomh finit par rengainer sa lame dans son fourreau.

— Très bien. Mais vous resterez enchaînés jusqu'à ce que nous décidions de ce qui doit être fait. Je dois m'entretenir avec Caolte. Seul à seul.

— Il vaut peut-être mieux que j'y aille seul, dit Lyr d'une voix assez basse pour ne pas être entendu au-delà du monticule de pierres.

— Non, répondit Ralan. J'ai vu que nous devons tous y aller. Il va y avoir du grabuge. Cette cape ne te permettra pas d'aller bien loin.

Lyr leva les yeux au ciel.

— Si tu sais quoi faire, pourquoi est-ce qu'on s'embête à discuter d'un plan ?

— Il y a de nombreux futurs possibles à partir de ce point. Parfois, la voie à emprunter est limpide. Elle correspond à quelque chose d'évident qui doit être fait. (Ralan soupira.) On n'est pas dans ce cas de figure. Les choses vont changer – et rapidement – en fonction des décisions prises à tout moment. Je ne peux pas vous dire quel futur est le plus probable.

— *Clechtan !* marmonna Lyr.

Il n'avait pas envisagé cette possibilité, son ami étant généralement si sûr de lui. Lyr avait toujours su que les devins avaient leurs limites, mais il n'avait jamais eu à s'en soucier.

— Très bien. Et si j'allais faire du repérage dans la zone menant au bâtiment principal ? Je trouverai le meilleur chemin d'accès.

— Hmm…

Ralan se tut, les yeux voilés pendant un instant. Puis il hocha la tête.

— Résiste simplement à l'envie d'entrer seul.

— D'accord. (Lyr se tourna vers Meli.) Tu es sûre que tu n'es plus sous l'emprise des runes ?

— Certaine. Sois prudent.

Ses yeux clairs croisèrent les siens, et Lyr perçut sa sincérité à travers leur lien aussi nettement que son inquiétude.

Il se pencha pour un baiser furtif, puis rabattit la capuche de sa cape sur sa tête. Comme Selia n'était jamais venue ici, elle n'avait pas pu faire en sorte que la cape lui permette de se faufiler à travers n'importe quelles défenses magiques. Mais curieusement, Lyr ne détecta aucune barrière manifeste. Les Sidhes étaient-ils si confiants ici ou faisaient-ils simplement les choses différemment ? Il pouvait simplement espérer que le sortilège masquant son énergie serait suffisant pour lui permettre de s'approcher sans se faire repérer.

Lyr se faufila d'arbre en arbre, projetant ses sens à la recherche du moindre signe de vie. Il évita le sentier principal et opta pour une approche en biais. Au début, il ne détecta que des oiseaux et de rares cerfs, piégés ici sous terre. Puis il finit par être forcé de passer à proximité de quelques cottages disséminés ou de Sidhes vaquant à leurs occupations, jusqu'à ce qu'il atteigne un sentier reculé semblant peu fréquenté.

Il passa un bon moment à observer la grande demeure au centre de la caverne. Un garde qui avait l'air de s'ennuyer traînait les pieds devant la porte. Des serviteurs allaient et venaient, la plupart se dirigeant vers le grand jardin situé dans un coin au fond. Dommage qu'ils n'aient pas le temps d'attendre qu'il fasse nuit. Entrer de façon discrète allait s'avérer compliqué.

Après avoir observé les alentours un peu plus longtemps, Lyr retraça ses pas jusqu'au mur en pierre qui marquait la frontière de ce domaine souterrain. Longeant ce dernier aussi furtivement que possible, il retourna au monticule de pierres où se cachaient les autres. Après un petit sifflement pour avertir de sa présence, il les rejoignit.

— J'ai trouvé la meilleure voie d'accès, annonça Lyr. Mais ça reste risqué. J'ai vu beaucoup de mouvement autour de la maison principale.

— Un combat sera inévitable une fois qu'on sera entrés, je suis sûr de ça, dit Ralan en posant la main sur le pommeau de son épée. Kai et Arlyn sont détenus à l'étage inférieur. Ces Sidhes doivent être vraiment charmants pour avoir un cachot.

Lyr réprima un grognement et s'approcha de Meli.

— Est-ce que tu sais te battre ?

— Peut-être ? répondit-elle en se mordant la lèvre inférieure. Pas assez bien pour entamer une formation de guerrière, mais je peux me défendre si tu me donnes une dague.

L'estomac de Lyr se serra, mais il prit le fourreau de l'une de ses lames et l'attacha à la ceinture de Meli.

— J'aurais aimé pouvoir te mettre en sécurité.

Elle releva le menton.

— Je pourrais dire la même chose.

Lyr sourit à son âme sœur, timide excepté lorsqu'elle ne l'était pas.

— Allons-y, alors.

Ils passèrent par le même chemin que Lyr avait emprunté plus tôt, Meli derrière lui et les trois princes autour d'elle. Le groupe ne croisa qu'un seul Sidhe en vadrouille avant d'arriver en vue de la demeure principale. Tous s'accroupirent pour l'observer. Elle était plus petite que les palais que la plupart des seigneurs Sidhes préféraient, mais c'était peut-être en partie dû à la façon dont elle avait été construite. La structure entière semblait être faite d'un seul bloc taillé dans la même roche que celle sous leurs pieds. Tout était en pierre, de la terrasse ouverte qui faisait le tour du rez-de-chaussée au balcon à l'étage.

Lyr plissa les yeux et scruta la rambarde entourant le niveau supérieur. Ne devraient-ils pas grimper ? Ils auraient peut-être moins de chance de se faire repérer en pénétrant dans le bâtiment par une pièce à l'étage, moins susceptible d'être occupée à cette heure de la journée. Puis il jeta un œil à la longue tunique de Meli et décida qu'ils tenteraient plutôt leur chance en entrant par le rez-de-chaussée. Elle aurait du mal à grimper et plus ils mettraient de temps, plus ils risqueraient d'être découverts.

Il y avait peu de portes par lesquelles il n'avait vu personne passer lors de son repérage précédent ou présentement. C'était sans doute peu important, étant donné que Ralan avait dit qu'un combat était inévitable. Lyr regarda le prince d'un air interrogateur et ce dernier afficha une moue dubitative pendant un instant avant de désigner la porte en face d'eux. Le soleil était positionné de telle manière que la terrasse était ombragée à cet endroit. Ils ne pouvaient pas espérer grand-chose de mieux.

Même en sachant qu'ils allaient devoir se battre, Lyr fit en sorte qu'ils ne se fassent pas remarquer. Il ne voulait pas déclencher les hostilités lui-même. Tous s'avancèrent rapidement mais silencieusement jusqu'à la terrasse, puis se plaquèrent contre le mur à côté de la porte. Lyr testa la poignée. Sans surprise, elle tourna aisément et la porte s'ouvrit sans un bruit.

D'un bref signe de tête, il fit signe aux autres de le suivre à l'intérieur.

CHAPITRE 32

Kai s'était déjà retrouvé dans des situations pires que celle-là – pas plus tard qu'un mois auparavant d'ailleurs –, mais pas souvent. Tout son corps était endolori parce qu'il avait voulu résister aux deux Sidhes en premier lieu, et il était à peu près certain d'avoir une côte cassée. Mais au moins, il n'était plus encastré dans un mur. D'un simple geste de la main, l'homme blond les avait libérés de leurs entraves, affichant un sourire satisfait lorsque Kai et Arlyn avaient atterri lourdement sur le sol. Celui nommé Caolte les avait traînés jusqu'à des chaînes et de nouveau entravés, sans résistance de leur part.

Cet endroit était vraiment des plus agréables.

Kai avait pris soin de ne pas leur causer trop de problèmes, espérant qu'ils le croiraient affaibli. Non pas que la vérité soit loin de cette supposition. Après le départ des Sidhes, il s'affaissa contre le mur et puisa autant d'énergie que possible. Puis attendit. Caolte ne mit pas longtemps avant de revenir avec deux petits plateaux de nourriture et de repartir aussitôt. Curieux qu'il n'ait pas envoyé un serviteur.

Le regard préoccupé de Kai passait tour à tour de sa nourriture à Arlyn. Elle était de plus en plus faible, sa main tremblant alors qu'elle tentait de porter un morceau de pain à sa bouche. Il reposa son assiette et se tourna pour l'aider. Elle s'affaissa contre le mur, les paupières lourdes, et s'efforça de mâcher chaque bouchée qu'il lui donnait.

Lorsqu'Arlyn eut fini, Kai engloutit le reste de son propre repas. Puis il se radossa au mur et plongea en lui. Avec son maigre talent de guérisseur, il parvint à rafistoler sa côte fêlée et à soulager un peu ses muscles endoloris. Il ne s'inquiéta pas des bleus sur son visage, car il ne voulait pas gaspiller d'énergie pour ça. Il pouvait gérer la douleur provoquée par le fait de parler.

Kai tourna ensuite son attention vers leurs menottes, et un rire lui échappa. Elles étaient en *peresten*, un métal extrait et forgé à Moranaia. Piégés par leurs propres biens commerciaux. Contrairement au fer, ce métal ne faisait pas obstacle à la magie, et il n'était donc pas surprenant que les menottes aient été enchantées pour prévenir toute tentative d'ouverture intempestive. Fort heureusement, Kai avait passé plusieurs années à apprendre comment briser de tels sortilèges.

Un *sonal* n'était jamais assez prudent.

Il parvint aisément à rompre les premiers sorts. Ils étaient employés de manière relativement fréquente à des fins d'emprisonnement et les contre-sorts n'étaient pas difficiles à se procurer quand on connaissait les bons mages. Puis il tomba sur un enchantement qui relevait uniquement de la magie sidhe. Kai poussa un juron, un autre parmi ses favoris qui suscita un haussement de sourcils chez Arlyn, et sonda le sort avec précaution avec sa propre énergie. Il lui semblait... familier en quelque sorte. S'il pouvait simplement accorder...

Le cliquetis des menottes qui s'ouvraient le prit par surprise. Il fixa les entraves en métal ouvertes sur ses genoux. Pourquoi le sortilège avait-il résonné avec sa propre énergie ? Avaient-ils tenté d'utiliser ses propres pouvoirs contre lui ? Kai n'avait pas le temps d'y réfléchir et il se tourna vers Arlyn pour répéter le même processus avec ses menottes. Il s'attendait à rencontrer des difficultés en atteignant la portion de magie sidhe, pensant que le sort serait en phase avec l'énergie d'Arlyn, mais non. Comme pour les siennes, les menottes s'ouvrirent lorsqu'il mêla sa propre énergie à la magie sidhe. Curieux.

Ils se frottèrent tous les deux les poignets, même si les menottes n'avaient pas eu le temps de faire des dégâts. Kai regarda son âme sœur dans les yeux.

— Tu penses que tu peux marcher ?

— Pas trop, mais je n'ai pas vraiment le choix.

Arlyn se hissa sur ses pieds. Elle chancela et s'appuya contre le mur.

Kai la soutint autant que possible alors qu'ils traversaient la pièce sur le sol en pierre. Un sentiment d'effroi l'assaillit devant sa difficulté à marcher, car il savait qu'ils allaient avoir du mal à s'échapper à cette allure-là. Il lui transféra plus d'énergie, et elle se redressa un peu à son côté. Cette fois, elle ne protesta pas contre la quantité qu'il lui avait donnée.

— Tu aurais dû me le dire, aboya Naomh en fixant son frère d'un air rageur.

— Naomh...

Ce dernier abattit son poing contre le mur à côté de la tête de son frère.

— Je ne suis pas un enfant qu'on doit protéger.

Caolte plissa les yeux.

— J'ai donné ma parole à notre père que je te protégerais, et c'est ce que j'ai toujours fait. Pendant des siècles, j'ai suivi ton commandement. Je ne t'ai jamais traité comme un enfant.

— Alors pourquoi m'avoir caché ces informations ? Ce n'était pas rien.

Tout le corps de Naomh tremblait de rage. Son frère lui avait seulement dit que Meren n'avait pas tenu la promesse qu'il leur avait faite de négocier avec les Moranaiens. Mais un massacre ?

— Tu as déjà encaissé suffisamment de choses, répondit Caolte d'une voix soudain posée.

Naomh se détourna et se mit à arpenter la pièce.

— Et si nous avions fait une erreur en capturant ces deux-là ? Des représentants de Moranaia. Même si je parle au seigneur Lyrnis pour dénoncer les actions de Meren, il ne voudra plus travailler avec nous maintenant. J'ai entendu dire que la reine elle-même parle de retourner à la surface. Tout est perdu.

— Pas encore. (Caolte inclina la tête.) Négocie leur aide en échange des deux prisonniers.

Naomh le regarda d'un air effaré.

— Je n'ai pas complètement perdu la tête. Ce domaine ne résistera pas à l'armée moranaienne si nous leur causons du tort. En plus, cet homme est particulier. Il me semble familier. Tout ça ne me dit rien qui vaille.

— Nous allons trouver une...

Son frère s'interrompit brusquement lorsqu'une secousse fit vibrer la pièce. Les barrières de protection du domaine. Naomh tira son poignard de son fourreau et rassembla de l'énergie en lui alors qu'ils se précipitaient vers la porte. Il détecta un petit groupe, seulement cinq personnes. Pas l'armée qu'il craignait visiblement. Kien et ses sbires ? Naomh n'avait pas senti le portail s'activer une troisième fois. Kien leur avait-il tendu un piège ?

Il espérait presque que c'était le cas. La mort du prince pourrait peut-être apaiser sa propre frustration.

PENDANT QUELQUES INSTANTS après leur entrée par la porte non fermée, le bâtiment gronda, mais Lyr ne vit aucun mouvement dans le long couloir qui s'étirait devant eux. Les défenses des seigneurs Sidhes ? Les épées glissèrent hors de leurs fourreaux alors que Lyr et les autres se préparaient à une riposte imminente face à leur intrusion.

Lyr projeta rapidement son esprit à la recherche d'Arlyn et Kai. Il s'affaissa de soulagement lorsqu'il parvint à se connecter à sa fille.

— Arlyn, est-ce que tu vas bien ?

— Je suis... en vie. On essaie de trouver la sortie. On doit être quelque part en bas. Cet endroit est un vrai labyrinthe à plusieurs étages. Comment as-tu... ?

— Plus tard. Nous allons vous trouver.

Lyr ne perdit pas un instant et fit appel à sa magie de combat qu'il laissa circuler librement dans son corps. Ses sens s'aiguisèrent, à l'affût des assaillants, jusqu'à ce que... là. Quatre gardes tournèrent à l'angle à l'autre bout du grand couloir.

Teyark se glissa à la droite de Lyr et Ralan à sa gauche. Alors que les gardes se précipitaient vers eux, Lyr leva son épée, entièrement résolu à faire payer quelqu'un. Il lança un bref regard aux fenêtres bordant un côté du couloir. La terrasse. Si d'autres Sidhes cherchaient à s'approcher par là, sa magie les détecterait.

Lyr lança un regard noir au garde en tête.

— Nous sommes simplement là pour réclamer les nôtres. Relâchez-les et aucun combat ne sera nécessaire.

Ils ralentirent, les trois à l'arrière regardant leur chef, qui s'arrêta à quelques mètres d'eux. Le Sidhe fronça les sourcils de confusion.

— Réclamer ? Personne n'est prisonnier ici. Pour votre intrusion, il n'y aura pas de quartier. Les lois de notre seigneur sont claires à ce propos.

— Vous appelez la guerre avec Moranaia.

Le garde fit un pas en avant.

— Vous appelez la guerre par votre présence.

— Très bien, vous l'aurez voulu, dit Lyr en levant son épée. Avancez vers votre mort.

Les quatre s'élancèrent vers eux et Lyr dévoila ses dents en un sourire diabolique. Il pouvait enfin agir. Il croisa la lame de leur chef sans hésitation, entrant dans la danse du combat. Le Sidhe était bon, mais Lyr était meilleur. Il retint ses gestes, testant les capacités de l'autre, avant de passer à l'offensive. Le Sidhe se décomposa sous le choc lorsqu'un tourbillon d'attaques s'abattit sur lui. Un claquement métallique retentit lorsque la lame du garde tomba à terre, et il se retrouva avec celle de Lyr sous la gorge.

Les yeux plissés, le garde leva les mains. Lyr sentit l'énergie s'accumuler et prépara ses boucliers pour parer l'attaque. Il ajusta la dague dans sa main gauche, prêt à frapper. En dépit de ses mots précédents, il n'avait aucune envie de tuer le Sidhe, qui ne faisait que son travail, surtout alors qu'il ne semblait pas au courant de l'enlèvement de Kai et Arlyn. Mais le sortilège qu'il se préparait à lancer ne lui laisserait peut-être pas le choix.

— Arrête.

La voix de Ralan l'arracha à la transe du combat et Lyr réalisa que l'atmosphère était devenue très calme dans le couloir. Il regarda par-dessus son épaule pour voir les trois autres gardes debout dans un silence religieux, leurs armes rengainées.

— Qu'est-ce qui se passe ?

Le garde remua sous l'épée de Lyr, attirant son attention, et sa lame mordit le cou du Sidhe. Une traînée de sang apparut, mais le cri plaintif de l'homme mourut brusquement dans sa gorge et le sortilège qu'il avait tenté d'élaborer s'évanouit. Lyr haussa les sourcils, perplexe. Le visage du Sidhe se crispa comme s'il livrait une bataille interne, puis tout son corps se relâcha.

— Il nous emmènera où nous avons besoin d'aller, finit par répondre Ralan d'une voix presque décontractée. Rengaine ton épée. Ils vont nous faciliter les choses à partir de maintenant.

Lyr s'exécuta.

— Je croyais que tu avais dit qu'un combat était inévitable.

— C'était le cas, dit le prince en souriant. J'avais besoin d'une diversion pour passer à travers leurs défenses. Les êtres féeriques ne sont jamais aussi faciles à contrôler que les humains, et je manque d'entraînement.

Lyr avait été si concentré sur le rôle de Ralan en tant que devin qu'il avait oublié que le prince était un maître dans l'art de la magie mentale. Moranaia avait de la chance qu'il soit un homme d'honneur. S'il devait un jour passer du côté obscur, comme Kien...

— Allons-y, alors, grommela Lyr.

Lyr avisa le visage pâle de Meli alors que les princes se plaçaient de nouveau autour d'elle. N'avait-elle jamais vu un combat ? Si seulement il pouvait prendre le temps de la réconforter. Mais en dépit de l'assurance tranquille de Ralan, Lyr savait que l'emprise du prince sur quatre Sidhes adultes ne durerait pas éternellement. Il se tourna pour suivre leurs guides non consentants à la démarche raide, mais son esprit revint à son âme sœur.

— *Je suis désolé.*

— *Pourquoi ? Le sang n'a même pas coulé.* (Une pointe d'amusement se fit sentir.) *C'était... Je n'avais jamais vu une chose pareille. Il les contrôle vraiment ?*

Lyr comprit alors ce qui la préoccupait.

— *Pendant un temps. Suffisamment long, j'espère. Je pensais t'avoir fait peur.*

Le rire de Meli fut si discret qu'il n'était pas certain que les autres l'aient entendu.

— *J'ai déjà vu de faux combats. Les Ljósálfar s'entraînent quotidiennement pour des guerres que nous ne livrons jamais. Mais je n'ai jamais vu quelqu'un contrôler les esprits de tant de Sidhes à la fois. Est-ce qu'il va tenir longtemps ?*

— *Espérons-le.*

Lyr tourna sa dague pour que la lame soit alignée avec son poignet et ainsi dissimulée. Il plaça son bras le long de son corps alors qu'ils arrivaient en vue de l'entrée principale. Sur la droite, des portes vitrées révélaient le jardin au-delà. Tout à gauche, une immense double porte en pierre était entrouverte, comme si quelqu'un était passé précipitamment par là. Les gardes étaient-il postés à cet endroit avant leur intrusion ? Le couloir débouchait sous l'une des deux volées de marches de l'escalier double, chacune suivant la courbe d'un mur pour rejoindre l'autre au-dessus de leurs têtes. Un autre couloir s'ouvrait devant eux, longeant également la terrasse.

Le garde qui les guidait ne tourna pas en direction de l'entrée, mais continua à avancer pour emprunter le couloir jumeau de celui qu'ils venaient de quitter. Le Sidhe n'alla pas loin. Il ouvrit la première porte sur leur chemin et commença à descendre l'escalier en pierre en colimaçon qui se trouvait là. Lyr fit signe à Ralan de passer en premier. Si les gardes s'éloignaient trop de lui, ils seraient plus difficiles à contrôler.

Le front perlant de sueur, Ralan passa devant lui. Lyr n'avait pas vu son ami si éreinté depuis le jour où il était revenu à Moranaia avec sa fille malade. Il sentit sa colère s'amenuiser en voyant que le prince faisait manifestement de gros efforts pour sauver Kai et Arlyn. Il était temps de se rappeler à quel point il avait toujours eu confiance en son ami.

— Quoi qu'il arrive, je suis désolé, murmura-t-il.

Ralan lui adressa un bref regard surpris par-dessus son épaule, son expression se détendant un peu.

— Comme je le suis. Merci.

Après des centaines d'années d'amitié, ils n'avaient pas besoin d'en dire plus. Ce qui était heureux, car Lyr ne voulait pas distraire le prince de sa tâche. L'endroit serait mal choisi pour un combat si les gardes se libéraient de son emprise. Il se concentra plutôt pour ne pas glisser sur la pierre lisse. Combien de millénaires ces marches avaient-elles vus ? Une question à laquelle il n'obtiendrait probablement pas de réponse.

Ils arrivèrent enfin dans une pièce faisant la taille d'une maison entière. Des colonnes en pierre spiralées étaient disposées à intervalles réguliers, supportant la structure au-dessus. Des formes recouvertes de draps blancs, des meubles sans doute, étaient réparties ici et là, et des caisses étaient alignées d'un côté de la salle obscure. Mais aucun signe de Kai et Arlyn.

Les gardes s'arrêtèrent au centre de la pièce. Le chef agrippa sa tête des deux mains comme s'il tentait de s'arracher à l'emprise de Ralan, mais ses yeux demeurèrent voilés.

— Je ne peux pas aller plus loin. Je vous avais dit qu'il n'y avait pas de prisonniers ici.

— Je croyais que tu avais dit qu'il allait nous guider jusqu'à eux, dit Lyr à Ralan.

— Il ne ment pas. Ils ne savent pas qu'ils ont été amenés ici. (Le prince ruisselait de sueur à présent et ses mains tremblaient.) Ma vision incluait une pièce souterraine, alors j'ai fait en sorte qu'il nous amène ici. Ce sous-sol est l'endroit le plus bas que j'ai pu trouver dans son esprit. Il doit y avoir une entrée menant à une pièce secrète quelque part dans le coin.

— *Miaran !* jura Lyr. J'ai parlé brièvement à Arlyn. Elle a dit quelque chose à propos d'un labyrinthe.

Les quatre gardes s'effondrèrent subitement et Ralan chancela, manquant tomber avant de parvenir à s'appuyer contre une colonne.

— Ils vont dormir, mais pas longtemps.

— Ralan...

— On doit continuer à avancer. Je la vois maintenant. Derrière le meuble sur le mur gauche. (Le prince se redressa, pâle mais résolu.) Il faut y aller. Les deux seigneurs ont de l'avance sur nous, et je vois plein de choses qui pourraient mal tourner. Tant de fichues décisions qui pourraient être prises.

Ils se précipitèrent vers l'endroit que Ralan avait *vu*. Lyr prit une brève inspiration lorsque le prince désigna la petite brèche dans le mur en pierre, à peine assez large pour se faufiler à travers en s'aplatissant contre le mur. Il ne l'aurait jamais trouvée par lui-même. La faible lumière dans la grande pièce donnait l'impression de se trouver face à une strie naturelle dans la roche.

— *Comment se fait-il que les seigneurs soient au-devant de nous ? Ils auraient forcément vu ce qui se passait s'ils étaient descendus par l'escalier principal*, demanda-t-il à Ralan mentalement, même s'il détestait l'idée de le fatiguer davantage.

— *Je les ai vus prendre un autre chemin. Un accès privé.*

Il semblait logique que le cachot ait plus d'une entrée. Mais pourquoi les gardes ne connaissaient-ils pas cet endroit ? Cette réponse-là n'était sans doute pas réjouissante.

CHAPITRE 33

Kai trébucha, encombré par le poids des deux sacs qu'il portait. Ils avaient trouvé leurs affaires à quelques pièces de celle où ils avaient été détenus, mais Arlyn était trop faible pour porter les siennes. Il avait donc hissé les deux sacs sur son dos avant de poursuivre leur route pour trouver une sortie. Mais après avoir monté un nombre incalculable de marches et avoir regardé dans une multitude de pièces vides, il commençait à remettre sa décision en question.

— *Est-ce que tu as des objets de valeur là-dedans ?*

— *Non. Mais on aura peut-être besoin du matériel de camping plus tard.*

— *Je peux survivre sans dans les bois. Sortir d'ici vivants, c'est tout ce qui compte.*

Kai s'arrêta dans la pièce où ils se trouvaient, vide elle aussi, et posa les sacs par terre. En un rien de temps, il avait regroupé l'essentiel dans un seul sac, plus léger désormais. En plus de leurs armes, il avait seulement conservé un peu de nourriture, une bobine de fil de pêche avec des hameçons, et une longueur de corde. Arlyn portait son arc et son carquois, son épée étant trop pesante. Toutes les deux ou trois pièces, Kai lui transférait de l'énergie. Ce n'était pas aussi contraignant qu'il l'aurait cru, quelque chose dans cet endroit lui insufflant un dynamisme inattendu.

Kai monta un énième escalier. Celui qui avait construit cet endroit avait-il perdu la tête ? Ils avaient vu quelques cellules d'incarcération supplémentaires avec des chaînes, mais aussi beaucoup de pièces vides. Quasiment pas de meubles et aucun signe de vie. Mais d'autres étages comportaient des pièces ordinaires. Des quartiers privés, des espaces publics, et même une cuisine et une salle à manger, le tout agencé de façon curieuse toutefois. Pour arriver à la cuisine, il avait monté une volée de marches depuis une chambre avec un immense cadre de lit en pierre.

Est-ce qu'ils progressaient vers les étages supérieurs ? Est-ce qu'ils tournaient en rond ? Ils étaient revenus sur leurs pas si souvent que c'était impossible à dire. Cette fois, ils entrèrent dans une grande pièce éclairée par des globes suspendus au-dessus de leurs têtes. Les murs étaient ornés de sculptures représentant une époque lointaine où les Sidhes régnaient à la surface de la terre. Le sol, bien que plat, avait été peint pour ressembler à un cours d'eau torrentiel sur un lit de rochers. Une salle de bal ? Qui construirait une salle de bal plusieurs étages sous terre plutôt qu'à proximité du rez-de-chaussée où elle serait aisément accessible aux invités ?

Arlyn chancela et heurta Kai, qui agrippa son bras.

— Plus d'énergie ?

— Tu ne devrais pas, murmura-t-elle d'une voix qui manquait cependant de conviction.

— Si je te perds, j'en mourrai. Je ne tiens pas à prendre ce risque.

Il lui envoya davantage d'énergie à travers leur lien et soupira de soulagement en la voyant se redresser.

— Je peux facilement puiser de l'énergie dans cet endroit.

— Voyez-vous ça...

La voix provenait de l'autre côté de la pièce. Le regard surpris de Kai tomba sur Caolte, qui affichait un sourire en coin.

— On dirait bien que nous aurions dû les empêcher de se réapprovisionner en énergie finalement, mon frère.

Naomh ne répondit pas, son regard incrédule rivé sur Kai et Arlyn.

— Comment vous êtes-vous libérés ?

Kai afficha un sourire narquois.

— Vous devriez savoir qu'il ne faut pas trop compter sur les sortilèges. Trop faciles à rompre.

— Ceux-là étaient liés à mon sang et à ma magie. Sans moi, ils n'auraient jamais dû...

— Il faut croire que vous vous êtes trompé, l'interrompit Kai en tirant son épée malgré un sentiment de malaise latent. Laissez-nous partir. Ma compagne est malade, et nous n'avons pas de querelle avec votre maison. Puisque vous nous avez pris pour des serviteurs de Kien, nous sommes enclins à excuser vos actions précédentes.

La main de Naomh se referma lentement autour du pommeau de son épée et il hésita avant de la tirer.

— Il y a eu une intrusion au sein de notre demeure, et quatre de mes gardes manquent à l'appel. Possiblement morts. J'ai du mal à croire que vous soyez innocents.

Résigné, Kai s'élança en avant pour aller à la rencontre du Sidhe qui s'approchait. Il sentit Arlyn prendre appui sur le mur derrière elle et encocher une flèche dans son arc. Serait-elle capable de la tirer ? Il accéléra le pas pour s'assurer que le combat se déroule loin d'elle dans la vaste salle. Caolte se plaça devant l'autre porte, les bras croisés et l'expression indéchiffrable.

— C'est ridicule, dit Kai alors que Naomh s'approchait. Vos *intrus* sont uniquement là pour nous sauver.

— Assez.

Naomh ne donna pas d'autre avertissement avant d'attaquer, abattant son épée avec une intention létale. Kai para le coup sans problème, mais il se demanda quelles étaient ses chances face à un seigneur Sidhe aux pouvoirs ancestraux. Une magie dont il ne se servait pas pour l'instant.

— Pas de branches ou de rochers pour m'entraver cette fois ?

Le Sidhe ricana alors qu'il frappait de nouveau.

— Pas cette fois, non. Un duel à l'ancienne fera l'affaire.

Kai écarquilla les yeux en attaquant à son tour. Les Sidhes honoraient rarement leurs adversaires en leur accordant un combat à l'épée uniquement, car ils étaient généralement ravis d'utiliser une touche de magie pour se débarrasser de ceux qu'ils considéraient comme inférieurs. Les duels à l'ancienne étaient réservés à la résolution de disputes entre égaux. Mais Kai avait du mal à se sentir honoré alors que Naomh parait chacun de ses coups avec une facilité déconcertante. Ce n'était pas mieux que lorsqu'il s'entraînait avec Lyr.

Kai effectua une feinte basse, puis son épée fendit l'air en hauteur, éraflant le bras du Sidhe. Le sang ruissela de l'avant-bras de Naomh, qui jura et remit son épée en position. Les yeux rageurs, le Sidhe attaqua avec plus de détermination, renvoyant Kai en position défensive. Son front perlait de sueur alors qu'ils se déplaçaient en cercle au centre de la pièce.

— Rends-toi, maugréa Naomh.

— Seulement si vous nous relâchez.

Le Sidhe grogna pour toute réponse et poursuivit ses frappes. Message reçu. Kai ne savait pas depuis combien de temps ils se battaient, mais il était reconnaissant de ses heures d'entraînement avec Lyr. Il n'aurait jamais pu survivre contre un seigneur Sidhe autrement. Y avait-il une chance pour qu'il puisse l'emporter ? Naomh baissait rarement la garde, mais... là. La prochaine fois, il lui suffirait de...

Kai fut distrait par le claquement de l'arc d'Arlyn sur la pierre. Il para le coup suivant de façon instinctive, tournant la tête pour voir qui avait attaqué son âme sœur. Mais il n'y avait personne près d'elle. Elle s'affaissa contre le mur, les yeux fermés comme si elle souffrait. Il fallait qu'il remporte ce combat *maintenant*. Le désespoir l'emportant sur son bon sens, Kai tourna de nouveau la tête vers le Sidhe et vit l'épée de ce dernier fendre l'air en direction de son cou.

Il évita de justesse une frappe mortelle. La pointe de l'épée lacéra quand même sa tunique et ses chairs, puis accrocha les deux chaînes qu'il avait autour du cou, l'une avec le pendentif d'Arlyn, et sectionna le métal. Grimaçant de douleur, il les sentit tomber à terre, mais il avait d'autres préoccupations. Il bondit en arrière, portant une main à sa poitrine pour évaluer les dégâts, et sentit Arlyn remuer derrière lui.

— Ne tire pas, lui cria-t-il, sachant qu'elle ne pouvait pas comprendre les implications de ce duel.

La main de Kai tremblait, mais il leva son épée, prêt pour une autre attaque. Qui ne vint pas. Naomh demeurait figé, les yeux sur les chaînes qui étaient tombées sur le sol. Pourquoi hésitait-il ? Bouche bée, Kai regarda le Sidhe jeter brusquement son épée à terre et se laisser tomber à genoux. Puis il ramassa la chaîne que Kai avait reçue pour son vingtième anniversaire.

Naomh leva des yeux effarés vers Kai.

— Où as-tu trouvé ça ?

— Qu'est-ce qui se passe ? demanda Caolte en rejoignant son frère.

— Je l'ai donné à Elerie, dit Naomh en se relevant, l'expression soudain sévère. Qui t'a donné ce collier ?

Le sentiment de malaise que Kai avait occulté revint l'étrangler.

— Ma mère.

Naomh s'avança vers Kai, sans se soucier de l'épée que ce dernier avait encore en main.

— Où est-elle ?

— Elle est morte, parvint à dire Kai malgré sa gorge serrée.

Une secousse fit vibrer la pièce alors que les yeux du seigneur Sidhe s'emplissaient de rage. Caolte tendit la main pour agripper le bras de son frère, mais il le repoussa.

— Est-ce que tu l'as tuée ?

— Quoi ? (La colère éclipsa la stupeur qui avait rendu Kai muet.) Vous pensez que j'ai tué ma propre mère ?

— Tu ne serais pas le premier.

L'un des globes suspendus au plafond en pierre se détacha

dans une pluie de petits éclats et alla s'écraser au sol à quelques mètres d'eux.

— Depuis combien de temps est-elle morte ?

— Je ne l'ai pas tuée. Je n'étais qu'un bébé. (Kai serra les dents malgré sa mâchoire douloureuse.) Ça fera cinq-cent-quarante-trois ans le mois prochain.

Le silence s'abattit dans la pièce, seulement interrompu par le crépitement des brisures de roche tombant du plafond. Kai n'avait jamais vu un Sidhe si... abattu. Le visage de Naomh était tordu de chagrin et ses yeux embués.

— Moins d'un an après son départ. Tout ce temps...

Par toutes les divinités d'Arneen ! Le sang de Kai se glaça dans ses veines alors que son sentiment de malaise se transformait en suspicion. Puis en certitude. Il avait cherché des informations sur son père depuis qu'il avait découvert qu'il n'était pas le fils d'Allafon. Il n'avait pas fait le rapprochement avec ce Sidhe en particulier. Mais vu la façon dont il avait réussi à briser l'enchantement des menottes et la facilité avec laquelle il pouvait puiser de l'énergie ici... Il déglutit péniblement.

Naomh était son père.

— Elle avait l'intention de revenir, se força-t-il à dire. Mon père... Allafon, je veux dire, l'a obligée à rester auprès de lui jusqu'à ma naissance. Puis il l'a tuée par pure rancune, mais il m'a quand même reconnu comme sien.

Caolte fut visiblement le premier à comprendre et il tendit de nouveau la main pour agripper le bras de son frère. Cette fois, Naomh ne le repoussa pas. Ses épaules s'affaissèrent et il écarquilla les yeux.

— Tu veux dire...

— Kai !

La voix de Lyr retentit dans l'atmosphère tendue alors qu'il tirait son épée. Il avait l'air enragé alors qu'il traversait précipitamment la salle, Ralan et Teyark derrière lui. Corath et Meli s'arrêtèrent près de la porte.

— Écartez-vous de lui, Sidhes.

— Occupe-toi d'Arlyn, lui cria Kai.

Il avait continué à lui fournir de l'énergie en dépit de sa blessure, mais elle chancelait quand même sur ses pieds.

— La bataille est terminée, ajouta-t-il.

UN SEUL REGARD en direction d'Arlyn et Lyr se rangea à l'avis de Kai. Il contourna rapidement les trois au centre et se dirigea vers sa fille. Elle cligna des yeux, le regard dans le vague. Il l'inspecta pour voir si elle était blessée, mais ne trouva rien.

— Qu'est-ce qui ne va pas ?

Elle tremblait tant qu'il eut du mal à voir qu'elle secouait la tête.

— Je ne sais pas. Je n'arrive pas à stocker l'énergie.

Lyr plaça une main sur son front. Sa peau était moite, son niveau d'énergie plus bas que jamais. Sans son sang humain, elle aurait déjà été inconsciente. Sa colère resurgit et il regarda les seigneurs Sidhes par-dessus son épaule.

— Que lui avez-vous fait ?

L'homme aux cheveux roux haussa un sourcil.

— J'ai bien peur qu'elle nous soit arrivée comme ça.

— Quelque chose dans ce cristal, murmura-t-elle.

Lyr la rattrapa alors qu'elle s'effondrait, lui insufflant de l'énergie en la tenant contre lui. En quelques instants, elle put tenir debout par elle-même, mais il sentit que l'énergie qu'il venait de lui donner s'écoulait déjà hors d'elle. Il se tourna vers Ralan.

— Tu avais vu ça ?

— Dans les futurs où le contre-sort la frappait, elle était supposée être rentrée à Moranaia avant que les effets se manifestent. Les fées pourront la guérir.

— Nous devons rentrer.

Lyr la souleva dans ses bras, son cœur se serrant d'appréhension lorsqu'elle ne protesta pas. Il rejoignit rapidement Kai, toujours debout à côté des Sidhes.

— Si vous vouliez la guerre, vous avez pris un bon départ.

— Non, murmura le Sidhe aux cheveux blonds. C'est Elerie que je voulais.

La mère de Kai ? Lyr avisa la pâleur de Kai et l'expression affligée du Sidhe. Se pourrait-il que... ? Il remarqua alors la ressemblance entre les deux, même si Kai avait hérité de la complexion de sa mère.

— Quel était votre lien avec elle ?

Des yeux bruns empreints de chagrin croisèrent les siens.

— Elle était mienne.

Avaient-ils uni leurs âmes ?

— Je suis Lyrnis Dianore, seigneur de Braelyn. À ma connaissance, dame Elerie n'a jamais affirmé une telle chose. Je n'étais cependant qu'un enfant quand elle est revenue de sa dernière mission de repérage sur Terre. Si elle a parlé de vous à mon père, il n'a jamais rien dit à ce propos.

Une nouvelle secousse fit vibrer la pièce et d'autres éclats tombèrent du plafond pour aller rejoindre les bris de verre à quelques mètres d'eux. Lyr leva les yeux d'un air préoccupé, mais tout redevint immobile. Le seigneur Sidhe le regardait fixement, les poings serrés.

— Je suis le seigneur Naomh a Nuall. Frère du seigneur Meren, à mon grand dam. Voici mon autre frère, Caolte.

— Il y a beaucoup de choses dont nous devons discuter, Seigneur Naomh, mais ça devra attendre. Permettez-nous de nous retirer en paix. Ma fille est clairement malade.

— La paix sera toujours assurée entre nos maisons si j'ai mon mot à dire. (Naomh croisa le regard de Kai.) Puisque nous sommes manifestement liés à travers mon fils.

Lyr remarqua le visage tourmenté de son ami, tout en ayant de l'empathie pour le seigneur Sidhe. Il était parfaitement au fait du choc que l'on pouvait ressentir en découvrant l'existence d'un enfant déjà devenu adulte.

— Et sa compagne a besoin d'être soignée. Je vous invite, vous et votre frère, à nous rejoindre à Moranaia en tant qu'invités à votre convenance. (Lyr désigna l'homme aux cheveux roux.) Ce frère-là, *pas* le seigneur Meren.

Kai regarda Lyr puis essuya son épée sur sa tunique avant de la rengainer.

— Je vais la porter.

— Pas à moins que tu veuilles lui mettre du sang partout, répondit Lyr en grimaçant. Tu vas arriver à refermer la plaie ?

Kai tâtonna pour évaluer la profondeur de l'entaille, poussa un petit grognement de douleur, puis hocha la tête. Mais alors qu'il fermait les yeux, Naomh s'avança.

— C'est ma faute, laisse-moi te soigner.

— Je ne suis pas sûr que...

— Ma mère était une guérisseuse. Je ne l'utilise pas souvent, mais je possède ce talent. (Une lueur émana de la main de Naomh.) Permets-moi de faire ce petit quelque chose pour toi.

Kai hocha la tête pour signifier son accord, même si Lyr pouvait voir à la raideur de sa posture qu'il était mal à l'aise. Alors que le seigneur Sidhe refermait la plaie, Lyr observa Arlyn. Ses yeux étaient cernés et son visage de plus en plus hagard. Il lui donna plus d'énergie. Et continua à s'inquiéter. Lorsque Naomh eut fini de soigner Kai, Lyr croisa de nouveau le regard du Sidhe et hocha la tête. Il avait bien failli tuer son propre fils... Naomh allait avoir beaucoup d'émotions à gérer.

— Caolte et moi voyagerons bientôt jusqu'à vos terres. Je ne sais pas... (Naomh s'interrompit et prit une grande inspiration.) J'ai besoin de temps pour me reprendre. Il y a en effet beaucoup de choses dont nous devons discuter.

Alors que Kai se baissait pour ramasser son pendentif, Lyr regarda attentivement le seigneur Sidhe. Il avait l'intuition que Naomh en savait bien plus que ce qu'il était prêt à dire pour l'instant à propos de tous leurs problèmes. Pourquoi aurait-il emmené Kai et Arlyn s'il n'était pas impliqué ? Lorsque ces deux-là arriveraient à Moranaia, Lyr s'assurerait que les membres de sa maisonnée restent sur leurs gardes.

~

Avec Lyr portant Arlyn derrière lui, Kai suivit Naomh qui s'engageait dans un escalier en colimaçon. Son corps était de nouveau endolori, mais pas seulement à cause de sa capture. Cette étrange journée avait été un triste écho de sa confrontation avec Allafon. La première fois, Kai avait été capturé par l'elfe qui avait affirmé être son père, et il avait dû le tuer pour pouvoir s'échapper. Cette fois-ci, il avait été détenu par un supposé étranger et relâché suite à la révélation de leur lien de parenté. S'il n'était pas si malade de confusion, il rirait.

Mais bon sang, son vrai père avait bien failli le tuer aussi sûrement que le faux l'aurait fait. Y avait-il quelque chose chez lui qui inspirait de la haine ? Question irrationnelle. Naomh ne le connaissait même pas, mais Kai eut quand même un pincement au cœur. Pour leurs semblables, l'énergie ne mentait pas et la sienne avait clairement résonné avec celle de Naomh.

Seul un proche parent aurait pu ouvrir ces menottes.

— *Je t'aime*, murmura Arlyn dans son esprit.

Une partie de sa tension s'envola à ces mots. Elle ferait disparaître sa peine si elle le pouvait et c'était plus important que tout pour lui. Quoi qu'il arrive avec ce père retrouvé, elle serait à ses côtés.

— *Je t'aime aussi.*

La spirale interminable de l'escalier déboucha enfin dans une petite salle circulaire avec rien d'autre qu'une porte d'un côté et quelques fenêtres. Kai soupira de contentement devant la lumière inondant la pièce, même s'il savait que le soleil à l'extérieur était artificiel. En entendant Caolte ricaner gentiment, il regarda les deux Sidhes d'un air dubitatif.

— Sacrée demeure que vous avez là.

Le sourire de Caolte s'élargit.

— La partie souterraine a été construite par mon grand-père. Notre père a essayé de l'en dissuader, mais il avait déjà perdu la tête depuis longtemps après avoir été forcé à vivre sous la surface de la terre. Naomh a fait bâtir la partie supérieure lorsqu'il a hérité de ce domaine.

Naomh s'agita comme si cette révélation le mettait mal à l'aise, un fait compréhensible puisque de telles informations n'étaient habituellement pas dévoilées à des étrangers. Il s'agissait d'histoires de famille. L'estomac de Kai se serra, mais il se contenta de hocher la tête devant l'explication de Caolte. Naomh ouvrit la bouche comme s'il s'apprêtait à parler, mais il la referma brusquement et se détourna, prenant de nouveau la tête pour les conduire vers la porte.

CHAPITRE 34

Sans le poids du corps inerte d'Arlyn dans ses bras, Lyr aurait été soulagé. La mission pour libérer Kai et Arlyn aurait pu tous les conduire à la mort, mais à la place, ils avaient gagné un nouvel allié. Le père de Kai, en plus. Lorsque Lyr avait envisagé les différentes issues possibles, celle-ci n'en faisait pas partie.

Il suivit le seigneur Sidhe au bas de l'une des volées de marches dans l'entrée principale. Kai marchait à côté de lui, son regard anxieux rivé sur Arlyn, et Meli était derrière lui, à côté de Corath. Ralan et Teyark fermaient la marche. Pourquoi le devin s'était-il autant inquiété ? Au vu des diverses possibilités, la mission s'était miraculeusement bien passée.

À la porte d'entrée, le Sidhe s'arrêta. L'expression neutre, Naomh ouvrit la porte et leur désigna le sentier au-delà.

— Ce sentier mène directement au portail. Je suis certain que vous trouverez votre chemin sans encombre.

Lyr inclina la tête.

— Certainement. Nous attendrons votre arrivée à Moranaia avec impatience.

Il ne voulait pas vraiment en rester là, car l'enlèvement de Kai et Arlyn lui restait en travers de la gorge, mais c'était le moyen le

385

plus sûr pour aller chercher de l'aide pour Arlyn. Si ces deux-là étaient impliqués dans la trahison de Kien, Lyr s'occuperait d'eux plus tard. Famille de Kai ou non. Alors que le seigneur sidhe croisait son regard, il vit que ce point était clair entre eux. Naomh inclina la tête pour le lui confirmer.

Lorsqu'ils sortirent sur la terrasse, les quatre gardes postés deux par deux de chaque côté de la porte s'agitèrent, l'un deux prêt à tirer son épée. Ils lancèrent des regards furieux à Ralan, qui esquissa un sourire.

— Ce fut un plaisir de collaborer avec vous, dit le prince.

Le son d'une lame qu'on tirait retentit dans l'air, mais Naomh agrippa le poignet du garde. Il le serra jusqu'à ce que l'épée tombe à terre avec un tintement métallique.

— Mes invités sont sur le point de partir. Vous allez leur témoigner la plus grande courtoisie.

— Invités ? Monseigneur...

— Silence, lui ordonna Naomh en tournant les yeux vers Kai. L'un d'entre eux est un fils de cette maison. Je vous renverrai à la cour principale si vous ne savez pas rester à votre place.

Le garde se tut immédiatement et pinça fermement les lèvres. Il hocha la tête pour acquiescer, mais continua à regarder Ralan de travers. Lyr ne pouvait pas le blâmer. Ce n'était pas rien de se faire pirater le corps et l'esprit.

— Il a correctement exécuté son devoir envers vous, Seigneur Naomh, j'espère que vous ne serez pas trop dur avec lui à cause de nous.

Même si les traits du Sidhe demeurèrent sévères, il relâcha le poignet du garde. Après un dernier regard à Kai, Naomh disparut à l'intérieur, laissant à son frère le soin de les regarder partir. Caolte avait aussi les yeux rivés sur Kai, mais son expression était plus réfléchie. Qu'allait-il se passer maintenant que les Moranaiens avaient un lien avec une puissante maison Sidhe ? Cela ne changeait rien, et pourtant tout.

Lyr s'éloigna à grandes enjambées, ignorant le regard du Sidhe. Il remarqua à peine le jardin luxuriant ou les arbres se balançant dans une brise de source magique. Le soleil était bas, près du sol de la caverne. Allait-il s'estomper en un clin d'œil, la magie épuisée, à la fin de la journée artificielle ? Il n'avait pas le temps de s'en inquiéter, car à présent, lui et Kai devaient tous les deux donner de l'énergie à Arlyn. Elle dormait dans ses bras, son corps agité de soubresauts par moments à cause d'un mauvais rêve.

Ils étaient presque arrivés au portail lorsqu'il perçut un soupçon de danger. Ses instincts de combat se mirent en alerte. Là, près de...

— Ralan ! cria-t-il par-dessus son épaule. Sur ta droite !

Le prince pivota, esquivant de peu la flèche qui se serait logée dans sa gorge. En un éclair, il tira son épée. Il évita une autre flèche puis courut en direction des arbres, Teyark à sa suite. Lyr jura, incapable d'agir avec Arlyn dans ses bras. Devrait-il la confier à Kai ? Avant qu'il puisse se décider, Kien débarqua dans la clairière, son épée en main.

Ralan gonfla la poitrine et s'arrêta en face de lui, juste hors de portée d'attaque.

— Ça suffit maintenant, Kien.

— Ça ne suffira jamais tant que tu ne seras pas mort, rétorqua-t-il avec un sourire mauvais, levant son épée dans un salut feint. Fort heureusement, tu es venu jusqu'ici pour que je puisse y remédier.

— Pourquoi ?

Les traits de Kien se durcirent.

— Un devin ne devrait jamais être roi.

Ralan s'avança vers son frère, mais Meli poussa un cri effarouché qui attira l'attention immédiate de Lyr. Son cœur s'arrêta de battre lorsqu'il vit Kien derrière elle, son bras droit enroulé autour de la gorge de la jeune femme. Dans sa main gauche, il tenait un poignard, la pointe terriblement proche du visage de Meli. Lyr jeta un œil en direction de Ralan et vit que l'endroit où Kien se tenait un instant auparavant était maintenant inoccupé. Lorsqu'il se tourna de nouveau vers Meli, les yeux de sa compagne étaient empreints de terreur. La même terreur qu'il percevait de manière brûlante à travers leur lien.

— Mon illusion te plaît ? demanda le prince, le visage déformé par la rage et la folie. J'ai eu amplement le temps de la perfectionner.

— Laissez-la partir, dit Lyr en s'efforçant de garder un ton calme.

Le bras de Kien se resserra autour de la gorge de Meli, lui arrachant un cri plaintif.

— C'est drôle comme tu as trouvé une autre âme sœur, Lyrnis Dianore. Ça n'arrive qu'avec la réincarnation, tu sais. Tu le savais, non ?

Sans un mot, Lyr passa Arlyn à Kai.

— Je l'ai appris. Et accepté.

— Vraiment ? demanda le prince avec une lueur sournoise dans les yeux. Je connais un sort pour rappeler les souvenirs d'une vie passée. Je pourrais l'utiliser, moyennant une compensation. Tu pourrais retrouver ton ancien amour. Il y a toujours un risque que la vie actuelle de celle-ci soit effacée, mais tu ne la connais pas depuis longtemps. D'après mon espion, en tout cas.

Meli écarquilla les yeux, le souffle court. Pendant une seconde seulement, Lyr trouva l'idée tentante. Pendant presque trente ans, il s'était langui de revoir Aimee. Mais lorsqu'il croisa le regard de Meli, tous ses doutes et tout son passé disparurent. Il aimait Meli pour la personne qu'elle était aussi sûrement qu'il avait aimé Aimee. Son cœur tambourina dans ses oreilles. Ou peut-être... peut-être encore plus.

Lyr redressa les épaules et regarda Kien droit dans les yeux.

— Il va falloir trouver mieux que ça. Je n'ai aucun besoin de ce que vous proposez.

— Je vois, dit Kien en faisant glisser le plat de sa lame sur la joue de Meli. Que dirais-tu de ça ? Laisse-toi attacher et guide-moi jusqu'à Moranaia, et je ne la tuerai pas. Cette lame est en acier, tu sais.

Me laisser attacher ? La vision de Lyr se brouilla et la bile lui remonta dans la gorge. Allafon s'était servi d'Arlyn pour le forcer à se laisser enchaîner. Par les dieux, il avait juré de ne jamais se laisser capturer de nouveau de la sorte. Lyr agrippa le pommeau de son épée et s'efforça de ralentir sa respiration. Pouvait-il le faire ? Par Arneen, il n'allait pas avoir le choix. Si Kien infligeait une lacération suffisamment profonde à Meli avec une lame en acier, elle se viderait de son sang avant qu'ils puissent lui faire franchir le portail. Kai ne pourrait pas guérir une telle blessure.

Puis Meli murmura calmement dans son esprit :

— *Je ne suis pas allergique au fer.*

ALORS QUE LYR enregistrait les paroles de Meli, elle fit lentement glisser sa main gauche le long de son corps jusqu'à ce qu'elle puisse agripper le manche de sa dague. Par Freyr, elle en avait assez qu'on se serve d'elle et qu'on la considère comme une petite chose fragile. Elle était bien plus forte qu'ils ne croyaient.

Du coin de l'œil, elle vit Ralan s'approcher discrètement. Puis Teyark de l'autre côté. Son ravisseur s'agita un peu et Teyark s'immobilisa.

— Notre père ne te permettra pas de revenir, Kien, quelle que soit la façon dont tu franchiras le portail, dit Teyark.

— Il n'aura pas vraiment le choix quand vous aurez tous les deux disparu du paysage, répondit Kien d'une voix forte qui irrita l'oreille de Meli.

Teyark ricana.

— Je ne suis pas un devin. Quelle est ton excuse pour vouloir me tuer ?

— Je n'ai pas besoin de te tuer. Tu n'auras pas de descendance. Chose qui devrait être assez simple à réaliser pour moi.

— As-tu oublié notre sœur ? demanda Ralan.

Le bras de Kien se resserra encore et Meli hoqueta.

— Ce n'est qu'une enfant.

— Quand tu es parti, peut-être, dit Teyark en s'avançant

encore d'un pas. Quelques siècles écoulés ont tendance à vieillir une personne. Je pense que tu vas devoir revoir tes plans dans ta course au pouvoir.

— Elle s'écartera de mon chemin, sinon...

Un vrombissement crépitant interrompit le prince au beau milieu de sa phrase et une vague de chaleur déferla sur Meli. Kien poussa un cri strident et bondit de côté, forçant la jeune femme à griffer son bras de sa main libre lorsque ses voies respiratoires se retrouvèrent bloquées. Après un autre vrombissement suivi d'une autre vague de chaleur, la prise de Kien se relâcha suffisamment pour qu'elle puisse respirer de nouveau. La senteur âcre de cheveux et de vêtements brûlés flotta dans l'air autour d'eux et Meli eut des haut-le-cœur. Mais cette diversion lui permit de sortir sa dague, pointe vers le bas pour qu'elle soit plus difficilement repérable.

Lorsque Kien pivota sur ses talons, Meli aperçut l'origine du feu. Caolte se tenait debout au milieu du sentier, une autre boule de feu au creux de la main.

— Mon frère vous avait ordonné de quitter les lieux. Je prendrai un grand plaisir à vous tuer.

Le cœur de Meli cogna dans sa poitrine lorsque Caolte lança sa boule de feu. Est-ce qu'elle allait être touchée aussi ? Mais Kien esquiva juste à temps. Un curieux soulagement.

— Prenez garde, dit-il, ou je vais la tuer.

Meli entendit Lyr jurer derrière eux. La lame de Kien était pressée contre sa joue, à deux doigts de la taillader. Elle respirait de façon laborieuse et se sentait oppressée. Elle pouvait le faire. Elle *devait* le faire. Loki – un dieu – croyait en elle. Il était largement temps qu'elle fasse de même.

Ralan leva son épée et Kien pivota pour lui faire face. Une petite diversion, qui fut cependant suffisante. Alors que Kien proférait une autre menace, Meli projeta sa dague vers l'arrière, directement dans l'estomac de son ravisseur. Son cri de douleur résonna dans les oreilles de la jeune femme, et pendant un bref instant, il desserra sa prise autour de son cou. D'un mouvement agile, elle se libéra.

Et courut.

~

C'était arrivé si vite que Lyr n'avait presque rien vu. Un instant, Kien tenait fermement Meli. Celui d'après, il hurlait et Meli s'échappait. Elle traversa précipitamment la clairière, directement vers Lyr, alors que les mains de Kien volaient jusqu'à sa taille. Est-ce que c'était... un manche de couteau qui dépassait de son ventre ?

— *N'attaque pas*, dit Ralan dans son esprit. *C'est un ordre.*

Lyr haussa les sourcils. Sérieusement ? Mais il n'eut pas le temps de poser des questions avant que Meli le rejoigne. Il rangea rapidement sa dague dans son fourreau et la prit dans ses bras. Alors que la jeune femme l'étreignait fermement en retour, il regardait fixement l'autre côté de la clairière. Elle avait poignardé Kien. *Meli* avait poignardé *Kien*. La jeune femme n'était peut-être pas une guerrière, mais c'était tout comme.

Lyr n'eut pas le temps de s'émerveiller davantage. Alors que Ralan, Teyark et Caolte s'avançaient vers lui, Kien s'élança et passa précipitamment entre eux, ne s'arrêtant même pas quand une boule de feu mit le feu à sa cape. Il courait en direction du portail comme s'il avait une armée à ses trousses. Teyark et Caolte s'apprêtaient à le poursuivre, mais Ralan leur ordonna de s'arrêter.

— Pas maintenant. Je finirai par l'affronter, mais il vaut mieux que ce ne soit pas aujourd'hui.

— Vous osez me donner des ordres ? le défia Caolte.

Ralan adressa à peine un regard au Sidhe.

— Si vous le pourchassez maintenant, votre frère vous suivra. Dans son état actuel, il y a des chances qu'il se retrouve gravement blessé.

— Il ne m'arrêtera pas, moi, maugréa Lyr en s'écartant de Meli et en tirant son épée.

— Ne le suis pas, dit sèchement Ralan.

Lyr se tourna vers le portail, totalement prêt à ignorer son ami, mais les mots que Ralan prononça ensuite l'arrêtèrent.

— Sur ordre de ton prince. Ne m'oblige pas à te faire obéir de force.

— Bon sang, tu pourrais en finir avec lui ! cria Kai d'un ton frustré en accord avec les pensées de Lyr. Pourquoi veux-tu attendre à la fin ?

— Les futurs que je peux voir s'avèrent tous défavorables si nous le poursuivons maintenant. Il a des subalternes qui doivent être mis hors d'état de nuire. (Les épaules du prince s'affaissèrent et il se passa une main dans les cheveux.) On doit se concentrer sur le fait de ramener Arlyn à Moranaia.

Lyr serra les dents. Il voulait agir, mais Ralan avait raison. Arlyn avait besoin d'aide. Après avoir adressé un dernier remerciement à Caolte, le groupe se précipita vers le portail.

Meli tenait fermement la main de Lyr, qui percevait son inquiétude à travers leur lien.

— *Est-ce que nous risquons de tomber sur lui dans les brumes ?*

Il pressa sa main pour la rassurer.

— *Kai est un guide chevronné et il va nous ramener directement à Moranaia, où Kien ne pourra pas nous suivre.*

— *Au moins nous n'aurons pas à compter sur les runes.*

Il plongea ses yeux dans les siens.

— *Toi et tes runes, vous nous avez sauvés, car je n'aurais pas pu supporter la perte d'Arlyn et Kai.*

Meli baissa la tête dans un geste de déni, mais ils atteignirent le portail avant qu'elle puisse répondre. Kai observa le groupe, Arlyn pâle et immobile dans ses bras.

— Restez près de moi, dit-il. Je n'aurai pas beaucoup d'énergie à consacrer à votre sécurité.

Alors qu'ils se rassemblaient autour de Kai et franchissaient le portail, Lyr envoya davantage d'énergie à Arlyn, sans se soucier de ce que cela lui coûterait. Ses instincts de combat s'émoussèrent et il ne pouvait qu'espérer qu'ils n'en auraient pas besoin. Kai avait besoin de ses propres réserves pour pouvoir tous les guider à travers le Voile turbulent. À chaque pas, les brumes tournoyaient violemment autour d'eux. Meli tressaillit à son côté.

Puis ils arrivèrent enfin à destination. La lumière d'un vrai soleil réchauffa le cœur de Lyr et l'énergie de Moranaia le traversa de part en part. Il soupira sans y penser, heureux d'être de retour chez lui. Il regarda Arlyn, espérant que le mal qui l'affectait disparaîtrait comme pour les Neoriens, mais elle demeurait inerte. Il échangea un regard apeuré avec Kai.

— Je perçois toujours son pouls, mais il est très faible, dit Kai. Lial doit être au camp des Neoriens. Il pourra...

— Les fées, l'interrompit Ralan d'un ton résolu. Lial mettrait trop de temps.

Kai partit en courant vers l'étang des fées. Lyr et Meli le suivirent dans un même élan.

~

Meli essaya de ne pas penser au sang qui séchait sur sa main et sur sa tunique. Au bruit spongieux de la dague s'enfonçant dans les chairs. La bile lui remonta dans la gorge et elle chassa ce souvenir. Il y avait trop à faire pour se retrouver paralysée maintenant. Les fées allaient-elles les aider cette fois ? Lyr serait détruit s'il arrivait quoi que ce soit à Arlyn.

Meli le serait peut-être aussi.

Elle s'efforça de ne pas penser à cette possibilité. Alors que la forêt défilait, elle se concentra sur la seule chose positive. Lyr l'avait choisie, *elle*. Elle ne savait pas si Kien avait menti à propos de ce sortilège, mais peu importe. Lyr avait refusé l'opportunité de retrouver Aimee... pour elle. Ameliar Liosevore, qui avait toujours été considérée comme la dernière en pratiquement tout au cours de sa vie. Elle qui n'avait jamais été assez bien pour personne à l'exception de ses parents. Elle chérit ce petit miracle alors qu'ils approchaient de leur destination.

Kai s'arrêta brusquement à l'entrée de l'étang aux fées, Lyr et

Meli derrière lui, mais ils n'eurent pas longtemps à attendre. La fée apparut aussitôt et leur accorda le droit d'entrer. Meli crut reconnaître celle de la dernière fois, Nia, mais elle ne savait pas si l'apparence générale des fées présentait beaucoup de variations. Elles affectionnaient peut-être toutes le bleu.

Alors que Kai s'agenouillait en bordure de l'étang avec Arlyn dans les bras, la fée s'approcha en planant au-dessus de l'eau, sa silhouette s'agrandissant comme auparavant. Lyr et Meli s'arrêtèrent à quelques pas, mais elle pouvait sentir à quel point son compagnon voulait se précipiter vers eux. Il se retint par la force de sa volonté. Et par amour. Il ne voulait pas interférer avec le processus de guérison d'Arlyn simplement pour se rassurer.

— Princesse Nia, dit Kai d'une petite voix. Pouvez-vous la sauver ?

La fée plaça une main sur le front d'Arlyn.

— C'est le poison répugnant de la Terre. Il s'attaque surtout à son sang Moranaien. Je vais appeler ma famille.

Quatre autres fées – deux hommes et deux femmes dans un arc-en-ciel de couleurs – émergèrent de la brume qui s'élevait en volutes de l'étang. Leur taille augmenta, comme pour Nia avant eux, et ils vinrent se placer autour de Kai et Arlyn. Meli ne vit plus grand-chose à partir de là, car une lueur verte emplit l'air, l'aveuglant. Elle détourna la tête. Comment Kai pouvait-il le supporter en étant si près ? Elle perçut la peur de Lyr et passa un bras autour de sa taille.

Lorsque la lumière disparut, les fées s'écartèrent. Les quatre qui étaient venues aider s'inclinèrent devant Nia et quittèrent les lieux aussi silencieusement qu'elles étaient apparues. Meli se précipita vers eux avec Lyr, tous deux aussi inquiets l'un que l'autre. Puis elle soupira de soulagement en voyant Arlyn cligner des yeux de manière incrédule en regardant Kai.

Lentement, Arlyn balaya la clairière du regard et elle parut étonnée de voir la fée.

— Où... ? Comment... ? commença-t-elle d'une voix éraillée, avant de se racler la gorge. Qu'est-ce qui s'est passé ?

Meli la regarda dans les yeux, la familiarité qu'elle avait toujours ressentie à son égard se mêlant à une nouvelle forme d'affection. Une amitié qui n'avait rien à voir avec leur passé. Elles étaient peut-être des âmes de sang, comme Nia l'avait dit, mais elles allaient tisser leurs propres liens dans cette vie.

Fort heureusement, elles en auraient l'occasion à présent.

CHAPITRE 35

yr se sentit immensément soulagé en entendant la voix d'Arlyn et un rire nerveux lui échappa. *Les dieux soient loués !*

— De quoi te rappelles-tu ?

Elle se massa les tempes.

— Kai s'est battu avec le Sidhe. Naomh, c'est ça ?

Arlyn poussa un petit cri et se tourna vers Kai.

— Tu as été blessé. Est-ce que ça va ?

— Il m'a soigné, répondit son âme sœur.

Arlyn le regarda dans les yeux, ses traits se détendant alors qu'ils échangeaient quelques mots en privé.

— Au moins, tu sais maintenant, murmura-t-elle.

Kai avait dû lui dire ce qu'il avait appris à propos de sa filiation, mais il était clair qu'il n'avait pas envie d'en parler. Au lieu, lui et Lyr se mirent à raconter la fin de leur escapade. Le regard effaré d'Arlyn se tourna vers Meli lorsqu'elle entendit la façon dont Kien avait été mis en échec, au moins temporairement. Mais quand elle demanda des nouvelles des autres princes, Lyr réalisa pour la première fois qu'ils ne les avaient pas suivis. Il avait été trop inquiet pour s'en préoccuper avant.

— Elle a besoin de repos, les interrompit Nia, les mains sur les hanches. Ne minez pas nos efforts et comprenez que seule une bonne nuit de sommeil pourra finir le travail. Vous aurez tout le temps de discuter plus tard.

Lyr hocha la tête d'un air contrit.

— Merci pour votre aide, Princesse Nia.

La fée laissa retomber ses mains le long de son corps, semblant un peu moins agacée.

— Notre famille doit beaucoup à la vôtre, *Myern* Lyrnis. Revenez quand vous aurez décidé ce qui doit être fait à propos d'Alfheim, maintenant que l'une des leurs est aussi l'une des vôtres. Nous ferons ce que nous pourrons.

Sur ces mots, Nia rapetissa et sa petite silhouette disparut dans la brume. Arlyn insista auprès de Kai jusqu'à ce qu'il la laisse se mettre debout.

— Je peux marcher. Tu es assez fatigué comme ça, mon amour.

— Arlyn...

— Mais tu peux m'offrir ton soutien.

Les yeux brillants, elle prit son bras et s'appuya lourdement sur lui. Il grommela, mais ne discuta pas, et l'aida à progresser sur le sentier.

Malgré tout ce qui s'était passé, Lyr ne put s'empêcher de sourire. Si Arlyn était suffisamment rétablie pour contester son état de faiblesse, elle s'en sortirait. Il les suivit, Meli à son côté, heureux de se détendre maintenant qu'il était soulagé. Mais ce fut de courte durée, car il ne tarda pas à apercevoir Lial se dirigeant vers eux sur le sentier, l'air renfrogné.

— Est-ce que tu pourrais arrêter de disparaître ? maugréa le guérisseur. Sans Ralan, je n'aurais même pas su que tu étais revenu.

Lyr baissa les yeux sur sa tenue. La cape. Grimaçant, il la détacha et la plaça sous son bras.

— Mes excuses. J'avais oublié que je portais encore ce truc.

— Ou de me dire que tu t'en allais, dit Lial avec les lèvres pincées. Enfin, tu as au moins prévenu ta mère avant de disparaître pendant deux jours.

— Deux jours ? *Miaran !* s'exclama Lyr en se passant une main dans les cheveux. Je ne savais pas que le temps passerait si différemment ici.

Lial croisa les bras.

— Et où étais-tu passé ?

— Sur le domaine privé d'un seigneur Sidhe, répondit Lyr en haussant les épaules. Viens avec moi et je vais tout te raconter.

Lial lui emboîta le pas et ils poursuivirent en direction du domaine. Toujours contrarié, le guérisseur informa Lyr des derniers développements par de courtes phrases. Les enfants neoriens avaient été renvoyés à leur reine, et les adultes étaient presque prêts à partir. Aucun ne se rappelait vraiment ce qui s'était passé, seulement des bribes à propos de la folie ambiante et de l'attaque des Sidhes. Frustrant, mais pas étonnant.

Lyr leva les yeux vers le ciel de fin d'après-midi.

— Tu penses qu'ils seront prêts à partir demain matin ?

— Oui, heureusement, répondit Lial. Essaie de ne pas te faire blesser de nouveau. J'ai mérité quelques jours de repos.

Lyr donna son accord en riant. Le guérisseur était sans aucun doute celui qui avait le plus besoin de repos.

Quelques jours plus tard, Lyr se radossait à son siège et observait la lueur ondoyant autour de son miroir de communication. Il avait récemment parlé à la reine de Neor et résolu un différend pressant entre deux nobles de sa branche. Et il y avait pourtant encore beaucoup à faire. L'affaire suivante sur la liste ? Dame Vionafer d'Alfheim. Elle avait demandé à lui parler plus tôt que prévu. Il attendait seulement que Meli se joigne à lui.

Lorsque son âme sœur arriva, son air renfrogné se transforma inévitablement en un sourire, sa présence apaisant son exaspération. Quelque chose avait changé entre eux, même sans discussion spécifique à ce sujet. Aucun d'eux n'avait parlé d'amour, mais ce sentiment était perceptible à travers leur lien. Lyr lui offrirait les mots plus tard, lorsqu'il aurait le temps de savourer l'instant.

— Tu penses qu'il s'est passé quelque chose à Alfheim ? demanda-t-elle en s'approchant.

Le regard de Lyr parcourut son corps. Telia n'avait pas chômé pendant qu'ils s'étaient absentés et elle avait fabriqué une robe d'été légère pour Meli. L'étoffe délicate caressait sa silhouette à des endroits qu'il aurait voulu explorer avec ses mains. Meli rit et il secoua la tête, s'efforçant de la regarder dans les yeux.

— Désolé, dit-il en se raclant la gorge. Je... oui, je pense qu'il s'est passé quelque chose.

Lyr prit un moment pour retrouver sa maîtrise avant de se lever, essayant de détacher ses yeux de Meli alors qu'elle s'installait près de lui. Puis il activa le sort pour communiquer avec Alfheim. Presque aussitôt, le visage pâle du haut-mage apparut.

— Pardonnez-moi pour le délai, Dame Vionafer. J'étais absent du domaine.

— Je vous remercie de m'avoir rappelée quoi qu'il en soit, étant donné tout ce qui s'est passé. (Les mains du mage tremblaient lorsqu'elle les joignit fermement devant elle.) Il y a quelques jours, l'énergie souillée s'est infiltrée dans la cité par le nord. J'ai fait déplacer ceux qui habitaient là, mais les gens commencent à paniquer. Et laissez-moi vous dire que les Ljósálfar paniquent rarement.

Meli fronça les sourcils.

— Mes parents ?

— Ils vont bien, même s'ils sont inquiets. (Vionafer afficha un petit sourire las.) Je suis heureuse de vous savoir en sécurité, Ameliar. J'ai toujours su que vous trouveriez votre place. Un charmant ami commun me l'avait assuré.

— Loki ? demanda Meli, effarée.

— En personne. (Le mage se redressa comme si elle se préparait à la suite.) Je dois vous avouer que le roi n'est pas au courant de cette discussion. Il est toujours contrarié par la mort de sa cousine, dame Teronver, et aveugle à la sévérité du désastre à venir. Mais hier, Freyr lui-même m'a ordonné d'agir. Je pense que nous aurons un nouveau roi sous peu.

Lyr poussa un long soupir.

— Nous ne sommes plus à un cauchemar diplomatique près. Si vous avez le soutien de votre dieu, je suppose que c'est suffisant pour moi. Nous avons trouvé la source de l'empoisonnement de l'énergie et nous avons rompu le sort. Mais trouver un moyen de réparer les dégâts ne sera pas simple. En attendant, les fées de Braelyn nous ont finalement accordé leur aide.

Le mage parut étonné.

— Les fées ? Une surprise, sans aucun doute. Nos ancêtres n'ont pas été bienveillants à leur égard.

Lyr ne voyait aucune raison de lui expliquer que la princesse Nia avait uniquement accepté de les aider à cause de Meli.

— Vous aurez manifestement l'occasion de faire meilleure impression. Je ne sais pas encore quand, car je dois consulter mon roi, mais j'espère pouvoir envoyer de l'aide à Alfheim au plus vite.

— Vous avez toute ma gratitude. (Elle se redressa et ses mains cessèrent de trembler.) Et je vous assure que ce n'est pas rien.

— En effet, dit Lyr en inclinant la tête. Soyez certaine que je vous recontacterai dès que possible.

Après encore quelques échanges de politesses, la communication prit fin. Meli s'affaissa contre Lyr et il sentit sa préoccupation comme si c'était la sienne. Il la prit dans ses bras.

— Nous allons résoudre le problème et ta famille sera en sécurité, *mialn*.

Elle posa son front contre son torse.

— Je sais.

MELI SE BALADAIT dans les jardins pendant que c'était possible. La pluie était tombée par intermittence toute la journée qui avait suivi leur retour du domaine des Sidhes. Elle leva les yeux vers le ciel, mais il était difficile d'évaluer la couverture nuageuse à travers la canopée. Était-ce son imagination ou les feuilles étaient-elles moins vertes aujourd'hui ? Elle avait peu de notions de l'enchaînement des saisons ici.

Elle aurait préféré être encore au lit, blottie contre Lyr, mais il s'était levé de bonne heure pour voir les derniers Neoriens franchir le portail. Son corps s'échauffa au souvenir de la nuit qu'ils avaient passée et des mots d'amour qu'il avait prononcés. Elle leva de nouveau les yeux, appelant de ses vœux une bonne pluie pour la rafraîchir cette fois. Lyr avait du travail en retard et avait ensuite passé la plus grande partie de la journée à s'occuper de sa paperasse. Elle ne voulait pas le distraire ou il en aurait pour plusieurs jours encore.

La pluie ne tomba pas et Meli prit un autre tournant pour trouver Arlyn assise sur un joli banc en pierre. Elle s'arrêta, sans trop savoir que faire. C'était la première fois qu'elle voyait la fille de Lyr depuis leur retour la veille, car Kai l'avait pressée de rejoindre leur chambre pour suivre les directives de la fée. Devrait-elle s'approcher ? Aux dernières nouvelles, Arlyn était toujours contrariée à propos de la réincarnation.

Avant qu'elle puisse se décider, l'autre femme leva les yeux et lui sourit.

— Je ne vais pas te mordre.

Meli rit nerveusement.

— Me mordre ?

— Désolée. C'est une expression terrienne. (Le sourire d'Arlyn s'élargit.) Je veux dire que je ne me fâcherai pas si tu t'approches. Tu n'as pas besoin de m'éviter.

Meli fit quelques pas hésitants vers elle.

— Je sais que tu voulais du temps pour digérer ce que tu as appris sur moi. Est-ce que tu es toujours contrariée ?

— Plus maintenant.

Devant l'expression dubitative de Meli, Arlyn secoua la tête.

— Après tout ce qui s'est passé, ce n'est pas... ça ne me paraît plus si important. Je ne peux pas dire que ça ne me met plus mal à l'aise, mais on va arriver à dépasser ça.

— Au moins, nous savons d'où vient cette impression d'être connectées, dit Meli en s'approchant encore un peu. Je ne suis pas ta mère dans cette vie, c'est vrai, mais nous pourrions être amies cette fois.

— J'aimerais beaucoup, dit Arlyn. Vraiment.

~

Lyr pianotait sur son bureau. Cette querelle à propos d'un bout de terrain ne datait pas d'hier, mais la loi était si obscure qu'il s'en souvenait à peine. Ses yeux balayèrent les étagères de livres dans son bureau, mais aucun d'eux ne lui apporterait la réponse. Sa respiration se fit saccadée. Il allait devoir se rendre à la bibliothèque. Il se sentit nauséeux, mais se leva. Il n'y avait pas moyen d'y couper.

Lyr fit appel à toute la force de sa volonté. Cette dispute ne pouvait plus attendre sans risquer de finir en bain de sang. En réalité, c'était déjà un miracle qu'il ait tenu si longtemps sans avoir besoin de mettre les pieds dans la bibliothèque. *Clechtan !* Sa mère s'y était déjà aventurée. Pourquoi ne le pourrait-il pas ?

Il finit par se retrouver devant la double porte et éprouva des difficultés à respirer au souvenir de son passage dans le cachot d'Allafon, où le fer l'avait rendu impuissant alors qu'il percevait la blessure mortelle de sa mère. L'inquiétude de Meli se répercuta en lui à travers leur lien et il s'efforça de la rassurer. Il fallait qu'il entre dans cette pièce. Il était plus que temps.

D'une main tremblante, il poussa l'un des battants et se glissa à l'intérieur. Lyr avait presque cinq-cent-cinquante ans et il avait toujours aimé cette pièce. Il soupira de soulagement en constatant que ce sentiment n'avait pas disparu. L'escalier en colimaçon au centre de la salle circulaire, avec une plateforme à chaque niveau pour accéder aux immenses rayonnages, lui rappelait encore les aventures de son enfance. Il avait passé de nombreuses heures à monter et descendre ces marches quand il n'était qu'un petit garçon, prétendant être le gardien d'un précieux trésor.

Tout en haut de la tour, Lyr pouvait à peine distinguer la partie préférée de ses parents, un petit espace aménagé où sa famille se réunissait souvent pour lire. Son cœur se serra à l'idée que sa mère avait chuté de là-haut, de cet endroit qu'elle chérissait. Lentement, il descendit la volée de marches menant au niveau inférieur. Son regard tomba sur l'emplacement où sa mère avait atterri, et il frissonna.

Percevant un léger bruissement, il pivota sur ses talons.

— Lyr ? l'interpella sa mère depuis la porte.

— Comment arrives-tu à le supporter ? De te trouver ici ?

Elle esquissa un sourire.

— Ce n'est pas toujours facile, mais je fais avec. J'ai beaucoup de bons souvenirs aussi dans cette bibliothèque.

— C'est vrai.

La tension se relâcha dans son ventre et il put de nouveau respirer correctement pour la première fois depuis qu'il était entré.

— Nous devons juste amener Kien devant la justice maintenant, ajouta-t-il.

Lynia observa les rayonnages et son sourire s'élargit.

— Je t'aiderai à trouver les réponses dont nous avons besoin. N'en doute jamais.

PLUS TARD CE SOIR-LÀ, Lyr était allongé avec Meli dans ses bras, ses cheveux lui chatouillant le nez. Il avait besoin de se reposer. Demain, il irait voir le roi avec Ralan. Le seigneur Naomh devait ensuite arriver quelques jours après son retour de cette mission plaisante. Et une fois que le roi aurait donné son accord, il allait devoir organiser des expéditions à Alfheim et sur Terre. Il avait une montagne de travail devant lui.

Meli remua et Lyr resserra ses bras autour d'elle. Son bas-ventre se raidit et il poussa un petit soupir alors que les doigts de sa compagne traçaient des cercles paresseux sur son torse.

Il pourrait dormir plus tard, après tout.

FIN

~

MERCI D'AVOIR LU La Menace. Si vous souhaitez savoir quand le prochain tome sera disponible ou me poser des questions, vous pouvez vous inscrire à ma liste de diffusion à https://www. bethanyadamsbooks.com/livres

Je répondrai en personne, alors merci par avance de m'excuser pour toutes mes erreurs!

À PROPOS DE L'AUTEUR

Depuis qu'elle a déniché *Casque de feu* à la bibliothèque scolaire, Bethany Adams est une grande fan de fantasy. Déjà à l'école, elle soumettait à ses camarades des histoires griffonnées dans ses cahiers. Enfin, elle a décidé de publier ses propres romans. Quand elle n'écrit pas, Bethany adore la lecture et les jeux vidéo.

www.ingramcontent.com/pod-product-compliance
Lightning Source LLC
Chambersburg PA
CBHW060947190726
48286CB00005B/1468